译文名著精选

YIWEN CLASSICS

失乐园

〔英〕弥尔顿 著 刘捷 译

John Milton

Paradise Lost

上海译文出版社

图书在版编目(CIP)数据

失乐园 / (英)弥尔顿(Milton, J.)著;刘捷译
—上海:上海译文出版社,2012.6(2023.5 重印)
(译文名著精选)
书名原文:Paradise Lost
ISBN 978-7-5327-5667-4

Ⅰ.①失… Ⅱ.①弥… ②刘… Ⅲ.①叙事诗—英国—近代 Ⅳ.①I561.24

中国版本图书馆 CIP 数据核字(2012)第 007897 号

John Milton
PARADISE LOST

失乐园
〔英〕约翰·弥尔顿 著 刘 捷 译

上海译文出版社有限公司出版、发行
网址:www.yiwen.com.cn
201101 上海市闵行区号景路 159 弄B座
浙江新华数码印务有限公司印刷

开本 890×1240 1/32 印张 16.25 插页 2 字数 248,000
2012 年 6 月第 1 版 2023 年 5 月第 14 次印刷
印数:40,001-43,000 册

ISBN 978-7-5327-5667-4/I·3333
定价:59.00 元

译本序

六个年头静静地从指尖滑过，面对英语史上的第一部史诗，它的博大精深，它的丰富情愫，我是否忠实准确地弹奏了它的每一个音符？

在拙译《失乐园》即将送交出版社之际，这个问题愈发强烈地叩击着我的心扉。从选择译题到完成译稿，就译者而言，这只是一个自我欣赏、自以为是、诚惶诚恐的过程，一个竭力而为、打上分号的苦乐阶段。从1934年上海第一出版社发行的朱维基先生所译的《失乐园》全译本至今，在近八十年的社会变迁中，这部史诗以其无穷的魅力吸引着中国的学者和读者，读者、译者和出版者接力传递，不同的版本为其延展着生命的市场，一部经典作品在不同时代的助兴下演绎着自身的故事履历。在我的阅读中，每一个译本都提供了学习、借鉴和欣赏的乐趣，每一次阅读都是一次在历史深度的经线上穿行的快乐之旅。我想引用读书时抄录的以下一段话来为我不自量力的尝试自我解嘲，安抚我这忐忑之心。《哥伦比亚美国文学史》①的编撰者在其《前言》中为自己的版本有种解释，颇能达意："在上一部与本书同类的集体编写的文学史——《美利坚合众国文学史》(1948)的序言中，主编罗伯特·E·斯皮勒及其合作者曾经宣称：'每一代人至少应当编写一部美国文学史，因为，每一代人都理应用自己的观点去阐释过去。'在那以前，当第一次世界大战刚刚结束不久，《剑桥美国文学史》的编者也发表了类似的意见。"

具有大家风范的约翰·弥尔顿被后人戴上多顶桂冠，如诗人、散文家、文学家、历史学家、社会活动家、政论家、哲学家，似乎再多的桂冠都适合戴到他头上。其实，最直截了当地说，他是智慧的化身，一位伟人。他1608年12月9日生于伦敦，1674年11月8(10?)日卒于伦敦。他一生苦读勤思，学而不厌，精通拉丁语、希腊语、意大利语、阿拉米语、希伯来语、法语、古英语和西班牙语，即使在双目失明之后，他仍然要求女儿玛丽和黛博拉用八种语言念书给他听，而她们却不知所云。

弥尔顿的父亲在新兴的资产阶级的崛起中十分成功，拥有足够的经济能力负担儿子的昂贵教育。在十岁时，父亲就为他请了一位私人教师，两年后把他送进极负盛名的圣保罗大教堂学校，1625 年再把他送进剑桥大学基督学院。在剑桥大学的七年，他兴趣广泛，博览群书，接受严格的诗歌写作和雄辩术训练，于 1632 年获得硕士学位。接下去的五年，由于家道殷实，生计无忧，他大多数时间住在父亲在伦敦郊外新购的住宅里，优哉游哉地在书海里畅游，偶尔进城去购买数学和音乐方面的书籍。据资料记载，在这段时间里，他遍读了手所能及的拉丁语、希腊语和意大利语的所有古典著作。他是一个例外：在代表他成就的作品问世之前，他就以通才、饱学之士的雅名享誉欧洲。

从 1637 年下半年开始，他精心安排自己的欧洲游学之行，比如在哪儿下榻，何时何地与欧洲文化和宗教学说的大师们晤面。1638 年 5 月，他带着一个用人启程前往法国，在巴黎会晤了大名鼎鼎的雨果 · 格劳修斯[②]——一位荷兰人，外交家、诗人和神学家，正致力于促进英国、丹麦、荷兰和瑞典形成泛新教国家联盟。此后他从尼斯前往热那亚。在意大利的罗马、那不勒斯和佛罗伦萨，他参加音乐会，参观绘画和雕塑收藏品，惊叹哥特式的、新古典主义的、巴洛克风格的建筑把这些城市变成了艺术作品的广场。在文艺复兴的发源地，他

---

① 埃默里 · 埃利奥特等编撰，《哥伦比亚美国文学史》（朱通伯等译），四川辞书出版社，1994 年版。

② 雨果 · 格劳修斯(1583—1645)，荷兰人，第一次从真正意义上阐述了国际法的概念，提出了公海自由的经典理论。

是当时意大利最负盛名的诗人乔瓦尼·曼素(1561—1645)的座上客；他应邀在文人雅士的聚会上朗诵自己的诗作；他应约与各界名流见面交流。在佛罗伦萨期间，他造访了囚禁在家的天文学家伽利略。当他在日内瓦获悉自己的祖国难免一场内战时，1639年8月，他启程回家。大多数研究弥尔顿的学者认为，英国内战的爆发标志着他的早期创作结束。他这个时期的诗作主要有《科玛斯》(Comus，1634)和1645年结集出版的《诗歌集》，其中有《基督诞生的清晨》(On the Morning of Christ' Nativity)，《欢乐的人》(L'Allegro)，《沉思的人》(L' Penseroso)，《利西达斯》(Lycidas)和《十四行诗》(Sonnets)等。

回国之后，他在伦敦城里找了一处房子，模仿在佛洛伦萨所见，创办起一所面向新兴资产阶级男童的学校。1642年，他在三十三岁时与十七岁的玛丽·鲍威尔结婚。他们在伦敦城里生活了大约六周之后，玛丽回到娘家，直到1645年春才回到他身边。1652年，在生下第四个孩子后两天，玛丽去世。1656年他再次结婚，两年后，凯瑟琳·伍德斯托克因难产去世；1663年，他娶伊丽莎白·明萨尔为妻，这是一段幸福的婚姻，尤其是在伦敦大火之后，弥尔顿几乎在失去所有生活来源的情况下，明萨尔的忠诚和能力保证了他在平静中度过最后的岁月。

从1640年到1660年，弥尔顿创作的第二个阶段，史称英国资产阶级革命的前半段，其间的重大事件有：1640年恢复长期议会，1642和1648年爆发了两场内战，1649年议会组成特别最高法庭，经过审判，查理一世被送上断头台，随后成立由资产阶级和新贵族掌权的共和国，他出任国务会议的拉丁文秘书，1658年克伦威尔去世，1660年查理二世回到伦敦即位，斯图亚特王朝复辟。由于时政的混乱和新兴的新闻出版业的影响，他自觉不自觉地撰写了一些独树一帜的小册子，观点激进，针砭时弊，如《论教规的原则和离婚》(Doctrine of Discipline and Divorce,1643)，《论教育》(On Education，1644)，《论出版自由》(Areopagitica，1644)，《论国王和官吏的职权》(The Tenure of Kings and

Magistrates， 1649)，《为英国人民声辩》（A Defence of The English People，1651)，《再为英国人民声辩》（Second Defence of The English People，1654)，《论基督教教义》（De Doctrina Christiana，1650s)。直到今天，《论出版自由》仍是新闻界和出版界津津乐道的经典之一。

1660年5月，查理二世结束流亡，回到伦敦，成为新的国王，拥护君主主义的狂热分子随即展开疯狂的反攻倒算。克伦威尔内阁的几名成员在议会审判后被送上断头台，弥尔顿，作为支持处死查理一世和拥护共和主义最活跃的辩护人，不得不靠人带着东躲西藏。同年6月，议会采取措施，准备将他逮捕，宣布他的《为英国人民声辩》和《偶像破坏者》应该公开烧毁，结果他所有付梓的作品被付之一炬。8月，议会通过法案，列出支持处死查理一世和与克伦威尔政权关系密切的要员名单，统统判处死刑。尽管弥尔顿不在死刑名单之列，但却没能幸免遭受迫害。11月下旬，他被捕入狱，经过许多人的努力，12月15日获释。曾经三载作为弥尔顿的拉丁文秘书助手，又是其公职继任者的安德鲁·马维尔，此时八面玲珑，不顾与弥尔顿交往甚密的嫌疑，公开为其前任开脱。他用心良苦地指出，在查理一世被处死之后不久，弥尔顿就完全失明，处在黑暗之中，这是上帝对他的惩罚，是上帝对被政客误导，迷入歧途的好人的鞭笞，他应该活下来饱尝这名正言顺的黑暗的惩罚。从此他进入忧患余生。1666年，一场大火将他在伦敦城里的老房子烧毁，1650年代以来他所写的不多的几首诗和散文消失在火海中。从1660年斯图亚特王朝复辟到1674年去世，他的第三个创作阶段，他给世人留下了《失乐园》（Paradise Lost，1667)，《复乐园》（Paradise Regained，1671)，《力士参孙》（Samson Agonistes，1671)。

虽然“《科玛斯》今天看来大概是最流行、最易懂的”[①]，甚至弥

---

① 艾弗·埃文斯著《英国文学简史》（宗齐译），人民文学出版社，1984年版，第43页。

尔顿认为《力士参孙》是自己最好的作品，但是，无论批评的风向如何调整，《失乐园》肯定在弥尔顿的所有作品中闳中肆外，金声玉振，莫与为比，最引人关注。弥尔顿十分推崇荷马史诗、维吉尔史诗和但丁的《神曲》，在自己的创作中继承和发展了史诗的宏大和崇高，广泛吸收先贤们流传下来的史诗要素的营养。从 1668 年补充的《诗体说明》，1667 年第一版的十卷本到 1674 年第二版的十二卷本，清楚地表明诗人对史诗传统的尊重、认同和心灵呼应。虽然《失乐园》是对《圣经 · 旧约 · 创世记》别具一格的再现和对西方元典的阐释，然而撒旦及其追随者对上帝的造反，堕落的天使战败，人的创造，人因撒旦的诱惑而堕落的主题，深深烙上了作者对 1650—1660 年英国社会、历史、政治重大事件的经历和理解的印记，从而赋予这部史诗巨大的创造性和超越性。

没有人确切知道弥尔顿何时开始构思他的《失乐园》，但孕育的时间肯定很充分。有人说 1639 年他从欧洲游学回国后即开始计划，要用英语写出英国的第一部史诗，起初准备讴歌亚瑟王和圆桌骑士，后又希望抒写克伦威尔，他认为他们构成英国历史上的宏大叙事。收藏在英国剑桥大学三一学院图书馆的《被逐出伊甸园的亚当》的剧作手稿表明，早在 1639—1640 年，他已开始相关的构思。在《论基督教教义》中，他问道，上帝为什么要创造人？类似的句子出现在《失乐园》中。在《利西达斯》中，他把天主教教徒比作跳进羊圈的狼，这一形象及其行为被移植到他的史诗中。在《科玛斯》中，美丽的少女在森林中与兄长分开之后，与司酒宴之神的科玛斯遭遇，科玛斯装扮成牧羊人，花言巧语引诱她，这一幕同夏娃在森林中面对撒旦附体的蛇的表演何其相似。科玛斯的引诱被美德的力量打败，撒旦的引诱取得了导致夏娃堕落的胜利。科玛斯和撒旦有着惊人的相似之处，如行为目标明确，不惧失败，能言善辩，足智多谋，撒旦是科玛斯形象的发展和丰富。总之，1652 年完全失明之后，他的繁重公务逐渐有所减轻，从 1656 年开始，他口述诗行，女儿们轮流笔录。1661 至 1666 年的五年间，他把几乎所有的时间用于创作，最终完成《失乐园》。

人类文化的古典遗产，欧洲的文艺复兴和启蒙主义，深刻地影响了弥尔顿，共同构成弥尔顿的思想源流。在他的作品中，一方面，传说、神话、寓言、历史故事和典籍的引用随处可见，另一方面，截止到 17 世纪上半叶的最新科学发展也同样得到反映。古典主义的智慧，希伯来感情主义的仁爱，现代性的核心价值理念，隐含在字里行间，沉淀在《失乐园》中，构成了一座探索不尽的宝藏。

在 1680 年代以前，我们今天意义上的批评还没有出现。由此看来，《失乐园》作为当时的畅销书直到今天生命力不衰，证明它经受住了各个时代、各种批评流派的考验。任何批评都是经验和观念的尺度反映，而经验和观念总在不断积累和更新，因此，只要读者还在，在批评的道路上就不乏其人。

在本书的翻译过程中，不少学界前辈和朋友以各种形式帮助我，尤其是在遇到困难时鼓励我，我把他们铭记在心。我感谢上海译文出版社的吴洪先生，他第一个给我提供参考资料，让我坚定信心；感谢责任编辑，他使我在惴惴不安之中神闲气定，针对译文善意地提出了宝贵的修改意见；我感谢上海译文出版社的宽宏大量，由于我的愚钝，交稿时间一拖再拖，十分惭愧；西南科技大学外国语学院的陈丛梅教授多次审读译稿，常常指津；石发林教授在审读中提出了很好的建议，陈才副教授提供了整个译文所需的全部注释，谢春副教授和尹松涛讲师为原文和译文的电子文档做了大量的工作，陈才副教授和研究生蒋文婧为译文收集了约 50 部参考书籍，胡晓华副教授在 2012 年寒假，尤其是在春节期间，抱病审读了 12 卷清样中的 10 卷，提出了 24 条修改意见，仅仅对他们说一声感谢是远远不够的，如果把这六年比作一项工程周期的话，那么他们是整个工程的参与者。

最后，我要特别致谢四川省教育厅人文社科重点研究基地——四川外国语言文学研究中心，一段行程啊，谢谢你陪我走完。

刘　捷

2011－11－9 于西南科技大学

诗体说明

本诗的韵律为英语英雄诗体，没有韵脚，就像荷马用希腊语、维吉尔用拉丁语写的史诗一样。对于一首诗或者一篇好的韵文，尤其是篇幅较长的诗作而言，韵脚既非必要的修饰成分，也非精确的装饰音，它只不过是一个野蛮时代的发明罢了，以便淡化感伤的题材和不和诗韵的音步。韵脚的确能使诗歌增色，自从经过一些现代著名诗人运用后，已经变得习以为常，然而，就表现许多事物而言，由于它们自身的烦恼、障碍和束缚，所以远不如愿，与它们对事物的应有表现相比，通常效果更差。因此，一些主要引人注意的意大利和西班牙诗人拒绝在长诗和短诗中使用韵脚，不是没有原因；自从我们最好的英语式悲剧诞生以来，情况同样如此。就事论事，韵脚对所有有鉴赏力的耳朵而言，微不足道，没有真正的音乐趣味。韵律的构成仅仅在于恰当的节奏、适当数量的音节，而感觉是从一个诗行不同地延长到另一个诗行，不在于相似句尾的丁丁当当的声音：这正是既精通诗艺，又精通全部优秀演说技巧的古典作家们避免的一个毛病。因此，认为本诗忽略韵律将是一个缺点的人如此之少，尽管对庸俗的读者而言，也许这可能像是一个缺点，以至于它理所当然地树立起一个将会受到尊敬的榜样：英语史上的首创，它挣脱押韵令人烦恼的现代束缚，恢复史诗的古典自由。

第一卷

内容提要*

开卷首先扼要介绍全诗的主题：由于人的违忤[①]，因此他失去了安身立命的伊甸园[②]；接着叙述他堕落的主要原因：蛇，确切地说，撒旦[③]化身之蛇；他把众多天使纠合到身边，反叛上帝，上帝颁令，他与扈从悉数被逐出天国，跌进无底的深渊。这一情节之后，本诗切入细节，描写撒旦和他的天使如今坠入地狱：这里描写的地狱不在‘中心’（因为天和地或许被认为尚未形成，所以肯定不被诅咒），而在黑暗茫茫的某个地方，叫混沌[④]最恰当。在那里，撒旦和他的天使们躺在燃烧的湖上，经受着雷击和惊吓，过了相当漫长的一段时间之后，他从神志迷乱中清醒过来，唤起倒在身旁，名位和尊严次之的同道：他们商兑他们痛苦的堕落。撒旦叫醒此刻仍倒下的昏昏沉沉的全体扈从。他们站立起来：报数；列阵；按照以后在迦南[⑤]和毗连地区家喻户晓的偶像，任命主要将领。撒旦向他们坦怀陈词，用收回天国的希望安慰他们；但最后告诉他们，源自一则古老的预言或者传说，一个新的世界和一种新的动物将会在天国里得以创造。但是，天使们早已存在，之后才有看得见的创世，许许多多先辈的意见支持此说。为了验证该预言的真实性，因此而决心做什么，他求助于全员会议。于是他的同僚跃跃欲试，地狱之都，撒旦之宫，倏忽建成，凸立深渊。与会的阴间侪辈就座其中。

　　说起人啊，他的第一次违迕和禁树之果，
它那致命的一尝之祸，给世界带来死亡，
给我们带来无穷无尽的悲痛，从此丧失

伊甸园，直到一位比凡人更加伟大的人
使我们失去的一切失而复得，赢回幸福
生活的世界[6]。歌唱吧，天上的缪斯女神[7]，

---

* 《失乐园》首次发行时没有“内容提要”，在长诗或史诗的每一卷附上情节摘要便于理解乃为惯例。本诗增加这一部分作为研读该诗的一个补充，以飨广大读者。

①《圣经·旧约·创世记》中记载：上帝创造了人类始祖亚当和夏娃，并将他们置于伊甸园中。受蛇引诱后，夏娃违抗天主圣父的命令，与亚当一同吃了圣父禁止吃的分别善恶树（知识树）上的果实，从而犯罪，遂被逐出伊甸园。

②基督教《圣经》中人类始祖亚当和夏娃最初居住地，意为幸福的乐园或天堂。伊甸园在东方，有四条河从伊甸流出滋润园子。这四条河分别是幼发拉底河、底格里斯河、基训河和比逊河。现存只有前两条。

③撒旦是基督教和犹太教教义中专与人类为敌的魔王。在《圣经》中他曾是上帝座前的六翼天使，后反叛上帝，堕落成为魔鬼，被视为与光明力量相对的邪恶、黑暗之源。

④古希腊农民诗人赫西俄德在《神谱》中说：“万物之先有混沌，然后才产生了宽阔的大地。”提出了“原始混沌”。古罗马诗人奥维德在《变形记》中发挥了赫西俄德对混沌的描写，认为混沌是天地未开辟时横贯宇宙的东西：“天地未形，笼罩一切、充塞寰宇者，实为一相，今名之曰混沌。其象未化，无形聚集：为自然之种，杂沓不谐，然燥居于一所。”同样在《变形记》中，他将混沌分成四种元素：以太、空气、泥土和水，并由这四种元素形成了天空、陆地、海洋和万物。荷马认为混沌是洪水和深深的黑暗，淡水和咸水是诸神之父。《圣经》的作者试图以一种体系化的神学宇宙论阐明世界的发生过程，这个过程是，在非终极的意义上，上帝与原始混沌共同存在，然后在某一时刻，上帝决意创造我们当今的世界，于是上帝从混乱中带来秩序。不论原始“混沌”是否为上帝所造，“秩序”肯定为上帝所造，造物主常常也就是“秩序”的化身。《创世记》并没有明确说混沌是上帝创造的，按照逻辑推理，有两种解释：一种是，上帝是在某种“原初基础”之上开始创世工程的，原初基础是未分化的混合物，即混沌；另一种是，当初只有精神性的上帝之灵，物质性的天与地皆为后来神的偶然创造或必然创造。

⑤迦南通常指西起地中海沿岸平原，东至约旦河谷，南至内格夫，北至加利利地区的一片区域，包括今以色列、约旦及埃及北部的一部分。《圣经》故事中称之为上帝赐给以色列人祖先的“应许之地”，是一片“流着奶和蜜”的土地，被称为乐土。

⑥比凡人更加伟大的人指耶稣基督，造物主天主圣父的儿子，为上帝的化身。亚当、夏娃犯罪后，每个人都有了原罪。人有了罪性，不可避免就会实际地犯罪，产生罪行，因此每个人都要受罚下地狱。天主是慈爱的，不愿看到人下地狱，于是派他的圣子耶稣来代替人受刑。耶稣被残酷地钉在十字架上，死去，而人类获得救赎。

⑦缪斯女神在希腊神话中是天神宙斯的九个女儿，每人分管从绘画到音乐等诸多艺术中的一种，是歌手和乐师的技艺传授者和庇护者，并赋予诗人和歌唱者以艺术灵感，因此尤其受到文学家和诗人的尊崇，一般也作为对诗人的雅称。缪斯女神的数目不定，有三女神之说，亦有九女神之说。

你要么在何烈山①，要么在西奈山的隐蔽
山头，曾经挥洒神灵，启示那位牧羊人②，
他最早训诲选民③，开泰之初，天地如何
远远摆脱混沌④；或者，但愿锡安的山岗⑤，
紧紧环绕神谕圣殿的西罗亚⑥的清溪赐予
你更多的快乐；因此，我祈求你帮助我
完成我这一鸣惊人的诗篇⑦，让我的神思
酣畅淋漓，一鼓作气，意在要高高飞越
爱奥尼之巅⑧，追求诗歌或散文迄今为止
尚未尝试过的题材。高山景行的圣灵⑨啊，
当着那样一些形形色色的神殿，你其实
更喜欢那些有着纯洁而正直之心的人们。

---

①何烈山又名西奈山，位于埃及和迦南之间，是基督教的圣山。在西奈山上，上帝亲授摩西“十诫”。见《圣经·旧约·出埃及记》第3章第1节、第19章第20节。

②指摩西，纪元前13世纪的犹太人先知，带领在埃及被奴役的以色列人到流着奶和蜜的应许之地——迦南。神借着摩西写下《十诫》给他的子民遵守，并建造会幕，教导他的子民敬畏他。

③指以色列人。上帝挑选以色列民族作为自己的选民，拯救他们脱离埃及法老的奴役。据《旧约·申命记》第7章记载，以色列人出埃及赴迦南途中，摩西训诫他们：“耶和华，你的上帝，从地上的万民中拣选了你，特作自己的子民。耶和华专爱你们，拣选你们，并非因你们的人数多于别民，原来你们的人数，在万民中是最少的，只因耶和华爱你们。”

④上帝未创造天地之前宇宙处于混沌状态。

⑤锡安山位于耶路撒冷以南，因为有耶稣曾走过的足迹，是基督徒的圣地。耶稣在耶路撒冷被捕遇难后，教徒按照耶稣受难前曾到达过的地方，筑成一条受难之路，而锡安山鸡鸣堂，就正是其中一处耶稣曾作停留的地方，锡安山的马可楼，是耶稣享用最后晚餐的楼房。

⑥《新约·约翰福音》记载，西罗亚乃耶路撒冷城外一水池，其水流经圣殿，耶稣曾以此水治愈盲人。

⑦指《失乐园》的创作，意在反映他的创造精神。

⑧即赫利孔山，是希腊神话中缪斯女神居住地。弥尔顿以此暗示他的诗篇要超越现有的史诗。

⑨圣父、圣子和圣灵三位一体在基督教中合为一神。弥尔顿自恃为受神启示的有灵感的诗人。

请你给我多多的指教，因为你无所不知；
亘古至今，就像一只鸽子一样，你展开
巨大的翅膀，蹲在广阔无垠的深渊上面，
孵化它，使它孕育①：因此，光明才驱散
我心中的黑暗，才使我从平庸平步高雅，
从而激励我要攀登这一伟大主题的巅峰，
但愿我能够坚决维护永恒的天道②，证明
上帝之道对人之正当。

　　首先要说说，不管上苍九天如何之高远，
地狱如何之深广，但却没有什么能逃过
你的目光；首先要说说是什么原因促使
我们的父母祖先③，尘世之主，尽管生活
幸福，如此得天厚爱，然而却叛离创造
他们的上帝，违背他的意愿，就为一条
天规④？谁第一次引诱他们那样肮脏背信？
那条恶魔一样的蛇，正是他，他把妒忌
和报复，织成诡计多端的罗网，以欺骗
人类的母亲⑤。在他的利令智昏把他自己

---

① 喻开天辟地时圣灵降临的情况。见《圣经 · 新约 · 路加福音》第 3 章第 22 节。

② 见《旧约 · 诗篇》第 145 篇第 17 节："耶和华在他一切所行的，无不公义；在他一切所做的都有慈爱。"又见《新约 · 启示录》第 15 章第 3 节："唱神仆人摩西的歌，和羔羊的歌，说：主神-全能者啊，你的作为大哉！奇哉！万世（或作：国）之王啊，你的道途义哉！诚哉！"

③ 指亚当和夏娃。

④ 指禁食知识树的果子。

⑤ 蛇是魔鬼撒旦托身的动物，欺骗夏娃吃了知识树的果子。见《旧约 · 创世记》第 3 章第 1—6 节："耶和华神所造的，惟有蛇比田野一切的活物更狡猾。蛇对女人说：神岂是真说不许你们吃园中所有树上的果子么？女人对蛇说：园中树上的果子，我们可以吃，惟有园当中那棵树上的果子，神曾说：你们不可吃，也不可摸，免得你们死。蛇对女人说：你们不一定死；因为神知道，你们吃的日子眼睛就明亮了，你们便如神能知道善恶。于是女人见那棵树的果子好作食物，也悦人的眼目，且是可喜爱的，能使人有智慧，就摘下果子来吃了，又给她丈夫，她丈夫也吃了。"

和那些追随他的造反天使一个不剩踢出
天堂之前，正是他们煽风点火般的支持
助长他踌躇满志，产生过人一头的野心，
只要他起而反戈，自信应该与上帝比肩
而立；怀揣野心勃勃的目标，为了反对
上帝的宝座和统治权力，他在天上挑起
背信弃义的战争，轰轰烈烈地发动进攻，
败得一塌糊涂的尝试。他胆敢公然武装
反抗上帝，无所不能的上帝，他从缥缈
虚幻的苍穹喷射出一往无前的滚滚火焰，
毁灭的结局令人惊骇，那火焰蹿向深不
可测的地狱[1]，在那里，他披戴金刚镣铐，
囚禁在法场的烈火中[2]。他和他那帮凶相
毕露的扈从，在被击败打倒之后，依照
凡人尘世的尺度，持续九天九夜的时间
长度，他们在火光熊熊的深渊前翻后滚，
狼狈惶惑，虽然得以免死苟活，但劫数
掀起他的更大狂怒，如今失去的是幸福，
得到的却是永恒的痛苦，这种折磨何时
不在心头：既有冷酷无情的自尊，也有
咬牙切齿的仇恨，他恶狠狠的目光环顾
四周，看到灰心丧气和巨大的灾难场面；

---

① 见《圣经 · 新约 · 路加福音》第 10 章第 18 节：“耶稣对他们说：我曾看见撒旦从天上坠落，像闪电一样。”

② 见《新约 · 启示录》第 20 章第 1—3 节：“我又看见一位天使从天降下，手里拿着无底坑的钥匙和一条大链子。他捉住那龙，就是古蛇，又叫魔鬼，也叫撒旦，把他捆绑一千年，扔在无底坑里，将无底坑关闭，用印封上，使他不得再迷惑列国。……”

就在这一刻，凭借天使望穿天涯的能力，
他看到阴沉的环境一片荒凉，如同穷乡
僻壤；一座令人毛骨悚然的地牢，四面
合围，仿佛一只点燃的巨大火炉，虽然
火焰飞蹿，然而却黯然无光，一片漆黑
反而恰恰有助于发现悲哀景象千奇百怪，
在那悲痛的范围地带，令人沮丧的地方，
和平与宁静决不驻足，无处不有的希望
永不光顾，那地方只有绵绵不断的折磨
掀起一阵阵洪水一般炽烈的火浪，永不
枯竭的硫磺，为永不熄灭之火加柴注料。
永恒的正义为那些反叛之徒已经准备好
这样的地方，这儿就是他们注定的牢笼，
在漆黑一片之中，天设地域，远离上帝
和天国的光明，有如从中心到天极三倍
之遥[1]。这儿啊，与从他们坠落前的地方
相比，真可谓天壤之别！他的那些同党，
随同他一起坠落此地，完全淹没在熊熊
烈火的洪流和旋风之中。他不久就看见，
在自己身旁滚来滚去的同伙名叫别西卜[2]，
论他的权力和他的罪恶仅仅次于他自己，
很久以后在巴勒斯坦[3]，其恶名家喻户晓。

---

①据托勒密天文学理论：天居上，地居中，地狱居下。天堂离地狱的距离相当于天离地的距离的三倍。

②别西卜为鬼王名，见《圣经·新约·马太福音》第12章第24节：“但法利赛人听见，就说：这个人赶鬼，无非是靠着鬼王别西卜啊。”

③《圣经》中的犹太国境，为圣地。现分属约旦和以色列。

魔鬼之魁，从那以后，天上称其为撒旦，
打破可怕得窒息的沉默，言词大胆自信，
这样开口说道：

“但愿你是他，但是哦，多么深的坠落！
他曾经住在幸福的明亮王国，身披超然
之光，辉煌盖过灿烂的繁星，如今却是
面目全非！虽然他集思广益，博采众长，
与我怀抱同一希望，成为我的麾下一员，
敢于在壮丽的事业面前铤而走险，然而
此刻却遭到同样的毁灭和不幸；你看看
天阙该有多么高，坠进地狱该有多么深，
上帝的万钧雷霆，如此强大，在那以前
有谁知道那些可怕武器有这么大的威力？
但是，无论是那些武器也好，还是盛怒
之下不可抗拒的胜利者所能强加的其他
惩罚也好，都不能够使我懊悔或者改变。
虽然外表的光泽退去，但那不屈的意志，
极度的蔑视，从奖赏不公的感觉中油然
而生，从而激起我的勇气，率领我全副
武装的精灵大军，浩浩荡荡，奔赴轰轰
烈烈的战场，不得不与那最高强权一决
高下。他们更愿意选择我，对他的统治
深恶痛绝，于是在天国的平地上，一场
动摇他的宝座，而结局难以估量的交锋
在他最强大和敌对的两军间爆发，虽然
战败，又有何哉？一次败仗，并非输光；
我们不可征服的意志，深思熟虑的报复，

永世的仇恨，决不屈服或者放弃的勇气，
还有什么不可战胜。所以他的盛怒或者
他的威力，必然永远不会夺走我的光荣。
不久之前还对他的帝国充满忧虑，如果
仅此一仗就胆战心寒，就卑躬屈膝恳求
赦免的天恩，神化他的权力，那才真是
无可救药的坠落；那才真是远比这坠落
更失身份的堕落和更失身份的耻辱行为；
因为诸位神灵的力量注定是命运的安排，
纯洁无比的元素①不可能一下子火熄灯灭；
经过亲身经历此次重大事件之后，武器
装备要更加精良，运筹帷幄，早做准备，
胸怀必胜的希望，我们就可以做出决定，
要么用暴力，要么用诡计向我们的大敌
发动旷日持久，你死我活的战争。现在
他洋洋得意，大喜过望，一手独揽王权，
施行天国苛政。”
　　那变节的天使这样说道，虽然痛苦在身，
但却在深深绝望的折磨下放声自吹自擂；
他那位胆大妄为的同伙马上这样响应：
　　“啊，大王，啊，众多冠冕天使的首领，
在你的组织指挥下，他们率领那些严阵
以待的撒拉弗②进行战斗，在骇人的交锋

① 天使不是由肉体构成的，而是由纯洁元素构成的。
② 即“六翼天使”，源于希伯来文，意为“燃烧”（或者是“治愈者”和“至高者”的合成字），所以又被称为炽天使。撒拉弗是所有天使九阶中的最高位，在天使群中甚持威严和名誉，被称为是“爱和想象力的精灵”。

过程中，无所畏惧，使天堂永久的国王
岌岌可危，无论是靠力量，还是靠时机
或者命运的支撑，无不验证了他的至高
无上！那恐怖的一幕历历在目，我为此
而悲叹：伤心的倾覆，下场可耻的失败，
使我们失去天堂，那支浩浩荡荡的大军
遭到可怕的毁灭性打击，整体溃不成军，
但众多神灵和天上的精英能够承受一蹶
不振到达这样的程度：因为我们的精神
和勇气犹在，不可征服，元气很快恢复
如常，虽然我们的光荣消褪殆尽，这里，
有始无终的苦难一口吞掉了我们的幸福
生活，然而我们的征服者(此刻我确信
他拥有万能之力，若非如此，怎能征服
如此强大的我军？)，他竟然给我们留下
我们这样的精神和我们完整强大的力量，
用于经历和承受我们的痛苦，以至于此，
我们才能满足他愤怒的报复？或把我们
当作战败的奴隶，无论其所作所为如何，
我们都得为他的强权效劳，在地狱之心，
在这烈火里经受苦劳，或在黑暗的深渊
当差供遣？虽然我们感到力量未曾消减，
或因为将要经受永久的惩罚而永远不死，
但是，即使这样，那又能带来多少裨益
显达？”

那位大恶魔针锋相对，连珠炮一样答道：

“坠落的基路伯[1]呀，一击即败实乃可悲，
无论主动或者被动，然而这点毋庸置疑：
若论行善施好，那绝不会是我等的任务，
但任何时候，作恶才是我等唯一的快乐，
我们就是要与他对抗，如果他意志崇高，
我们就反其道而行之。因此，如果天道
旨在抛弃我们之恶而扬其善，那么我们
就不得不千辛万苦，颠覆他的那一目标，
直到找出一条一条弃善通恶的途径为止；
如果我没有失算的话，我们的努力或许
屡试不爽，也许这样才将使他感到心伤，
从他忠告预定的目标扰乱他从内心深处
发出的忠告。但是，你瞧瞧！那位怒气
冲冲的胜利者已召回他那些复仇和穷追
不舍的执行者退回天国大门： 身后射向
我们，暴风雨中铺天盖地的冰雹，已经
消散；在天国悬崖接纳我们坠落的燃烧
洪流，已经平静；怒不可遏，翅膀发出
红色闪电的雷暴，也许已用尽他的一道
又一道闪电，现在安静下来，不再发出
咆哮，震彻茫茫无际，无限广阔的深渊。
不管我们的仇敌出于轻蔑还是出于愤怒
已经得到满足才让出的机会，但愿我们
不要错失，让它擦肩而过。你看看那边

① 又译为“嗟嚕咱”，基督教《圣经》中司知识的二级天使（常描绘为长有翅膀，人头兽身）。

阴沉沉的原野，凄凉，荒芜，杳无人迹，
空空无光，除了这些乌青色的火焰微光，
苍白，可怕，还有什么光照？但愿我们
挣脱这燃烧的重重火浪，从此奔向彼岸；
如果那儿有凡能休息的港湾，就在那儿
休息，重新集结我们遭折磨的英雄好汉，
自报公议，从今以后我们如何才能最大
限度伤害我们的敌人，我们的损失如何
得到补救，如何去战胜这场可怕的灾难，
从希望之中我们可以赢得什么样的增援，
要不，从绝望之中找到什么样的答案。”

　　撒旦就这样对他最亲密的盟友夸夸其谈；
他昂起高过火浪的脑袋，两只眼睛喷出
火花般的闪闪亮光；除此以外，他身体
其余的部分斜卧在火湖之上，大大摊开，
又长又宽，那漂浮的卧姿不知长达多少
路德①；他的躯体之粗壮，如同寓言里边
有名怪兽的尺码，比如那位曾向朱庇特②
开战的提坦③或大地女神之子，比如那位
古时候占据塔尔苏斯④兽穴的布里阿柔斯⑤

---

①面积单位： =1/4 英亩或 1 077.7 平方米；长度单位： =6—8 码。

②古罗马神话中的众神之王，对应古希腊神话中的宙斯。

③又译泰坦，众巨神之一，天神乌拉诺斯和大地女神盖亚之子。

④阿达纳平原古代的政治中心，扼托罗斯山重要山口吉里吉亚门南口，现为土耳其南部城市。

⑤希腊神话中百手三巨人之一，曾助宙斯打败提坦。

或堤丰①；又比如那只海兽利维坦②，上帝
在他的全部作品里边，把他创造成一只
遨游洋流的海洋巨怪：他，偶或在挪威
海浪的泡沫上安眠，海员如是说，常有
为避免夜间船沉的轻舟舵手，认为那是
某个岛屿，就抛锚在他鳞片状的外皮上，
把船系泊在他的身旁，把他当成避风港，
夜色当时笼罩大海，希望黎明延误迟到。
那魔王长长地躺着，拉直他巨大的躯体，
被铁链紧紧锁在燃烧的湖上；从今以后，
若非最高权力的上帝的意志和最高批准，
放任他出逃，让他去追求他自己的险恶
阴谋，那么他永远爬不起来，不能昂首
扬头，因为他恶贯满盈，罪愆罄竹难书，
活该罚入地狱受罪；与此同时，他千方
百计拉帮结伙从恶，愤怒之余，他或许
可以看到，他的种种恶意如何适得其反，
反而带来无穷无尽的善良、怜悯和仁慈，
通过上帝展现在他引诱的人身上，但是，
在他自己的头顶上，三倍的混乱、愤怒
和报复倾泻而至。即刻，他巨大的身躯
壁立而起，脱离火湖，每一只臂膀拖起
后飘的火龙，就像两道斜坡，尾巴尖突，

---

①提坦巨人之一，为百首蛇怪，企图夺取对神和人的最高统治权，被宙斯用雷电击死，埋于埃特纳火山下。

②在《圣经》中是象征邪恶的一种海怪，通常被描述为鲸鱼、海豚或鳄鱼的形状。

卷成两道巨浪，中间是一条可怕的山谷。
接着他舒展双翼，振翅高飞，奋力划破
感觉起来异常沉重的昏暗的空气，直到
降落在一方旱地为止；那旱地仿佛因为
固体燃烧剂而曾经燃烧，如同湖泊因为
液体燃烧剂而曾经燃烧一样，所以呈现
那样的色调：就好像当地底之风的力量
搬走从珀罗洛斯海角撕裂一座山岗之后
留下的伤痕，或者就像那咆哮的埃特纳
火山[1]被粉碎的一侧，它本身易燃和注满
燃料的五脏六腑因此孕育着火焰，火山
猛烈喷发，风助火力，蒸发后留下一个
烟雾缭绕、恶臭熏天的烤焦底部，此地
就是他那双受到诅咒的两脚踏上的唯一
歇息的地方。他的副手追随他形影不离，
如同鬼神，凭借他们自己已恢复的力量，
而不是借助天上强权的勉强容忍，逃离
冥河激流，所以彼此欣喜若狂。
　　“这爿地，这抔土，还有这气候，”于是
那位败落的大天使说，“难道这就是我们
必须用天堂换来的地方，用天上的光明
换来的伤心阴暗？如此也罢，既然现在
他是帝王，他当然可以随心所欲，发号
施令，无论言行如何，他必然一贯正确：

① 珀罗洛斯是西西里东北部的一个海岬，地貌恶劣；埃特纳火山位于意大利西西里岛东北部，是欧洲最高的活火山。

离他越远越好。论理智，他与我们不相
上下，论力量，则高出对手，一枝独秀。
再见吧，幸福的土地，欢乐美好的家园！
欢呼吧，恐怖！欢呼吧，你这阴曹地府！
你，深不可测的地狱，来欢迎新的户主：
他心如止水，不因时过境迁而一改常态，
心自有它的容身之地，在它自己的世界，
能够把地狱变成天堂，把天堂变成地狱。
即使我仍在原职原位，甚至于左迁擢升，
无论身居何位，他雷霆在手，有谁堪与
一比强大？不管情况怎样，在这个地方
我们将会自由自在；上帝不会因为妒忌
建造地狱，于是把我们从这里撵走另发。
这里我们可以稳坐江山，按照我的选择，
尽管在地狱为王，但却仍不负远大志向，
宁愿在地狱里当政，也不愿在天堂供职。
因此，为什么我们还让我们忠实的朋友，
那些我们的事业伙伴和患难与共的战友，
如此丧魂落魄地躺在已经被忘却的湖上，
而不召唤他们与我们分享这不幸宅第里
他们的部分？不然再试一次，重整队伍，
只要可以重新夺回天堂，不惜一切手段，
否则身在地狱，还有什么更大损失好谈？”

撒旦说完之后，别西卜就这样对他答道：
“各路大军的英明统帅，除了上帝以外，
没有谁能够战胜他们；他们在陷入绝境，
在战斗残酷激烈时，在危险的作战前线，

常听到你的声音，发起总攻的必胜信号；
虽然他们现在匍匐在地，精疲力竭倒在
那边的火湖上，恰如我们片刻之前惊魂
不定，魂飞魄散一样，但是，如果他们
再次听到你的声音，在恐惧和危险之下
他们希望中充满活力的保证，他们必将
即刻再次获得新的勇气，从而恢复生机；
掉进如此致命的深渊，这也难怪！”
他的话音几乎还没落地，魔王魁首马上
就向岸边不停地移动；他那笨重的盾牌，
天堂神火煅造，巨大，滚圆，又重又厚，
拖在身后。那面巨大的圆盾，犹如满月，
悬挂在他的双肩，那球状犹如托斯卡纳
那位大师[1]，在夜晚通过望远镜观察所见：
他从飞索尔[2]的山头或在瓦尔达诺[3]，远远
看到在凸凹不平的球体上，存在着未经
发现的一片片陆地，一条条江河，或许
还有一座座高山。从挪威群山之上砍伐
下来的最高松树，可作大型旗舰的主桅，
但与他的战矛相比，不过区区一根小棍。
他拄着战矛当拐杖，以此支撑自己踉踉

---

①指意大利物理学家和天文学家伽利略。伽利略（1564—1642），意大利物理及天文学家，终生在佛罗伦萨大学执教，他发明望远镜，第一个将望远镜用于天文观察。托斯卡纳位于意大利中部，佛罗伦萨的首府。弥尔顿游学意大利时曾访伽利略于狱中。

②位于佛罗伦萨东北三英里处的一座小山，上有伽利略用于天文观测的高塔。

③瓦尔达诺，意大利城市佛罗伦萨的所在地，即瓦尔达诺河谷。佛罗伦萨为托斯卡纳区首府，历史上曾经是意大利首都。伽利略 8 岁时随家搬到此地，在此地度过大半人生。

跄跄的步履，行走在正在燃烧的泥灰上，
与踏在天庭碧空上的步调完全判若两样；
此外，那灼热的气浪，星火闪跃，铺天
盖地，烤得他浑身疼痛难熬。即使如此，
他却统统忍受，一直走到火海岸边为止，
他站在岸上，呼唤他的军团，他们虽然
形如天使，但却神志恍惚地躺着，就像
层层叠叠的秋叶撒满瓦伦布洛萨[1]的条条
小溪，那儿的参天古木遮天蔽日，从而
使埃特鲁斯坎[2]树影斑驳；或者就像漂来
漂去的稀稀拉拉的海草，他看到的景象，
就如同当初布西利斯[3]和他的孟菲斯骑兵[4]
出于对背信弃义之人的憎恨，他们追击
歌珊地[5]的逗留者时，俄里翁[6]武装的狂风，
激怒红海海岸，其惊涛骇浪吞没了他们
一样：同伙的浮尸和毁坏的战车，无处
不在的悲惨绝望，数不尽的损失，这些
覆盖着洪流，他们令人惊骇的变化令他
目瞪口呆。他的叫声如此响亮，以至于

---

① 佛罗伦萨附近一浓阴密布的山谷。弥尔顿曾游历该地。

② 意大利中部一古国。

③ 以色列人寄居埃及原是埃及王所允许的，但埃及王食言。上帝命摩西率众而逃，埃及追兵连车马都淹死于红海。见《圣经 · 旧约 · 出埃及记》第 14 章。弥尔顿以希腊神话中虐杀客民的布西利斯指代埃及的国王。

④ 指埃及军队。孟菲斯为埃及最古老的首都。

⑤ 出埃及前以色列人居住的埃及北部肥沃的牧羊地。见《旧约 · 创世记》第 47 章第27 节。

⑥ 希腊神话中玻俄提亚的巨人猎手，后被阿耳忒弥斯所杀，死后化为猎户星座。传该星座显现预示暴风雨来临。

空洞的深深地狱充满回响："各位王子，
各路大王，勇士们，天堂之花曾经属于
你们，现已丧失，但愿这样的惊愕能够
抓住永恒的天使；或者你们已选择此地，
经过艰苦作战之后以便恢复你们的疲乏，
你们发现就在这儿可以安眠，悠闲自得，
仿佛就在天国的山谷一样？或者，你们
就以这副绝望的姿态发誓崇拜那征服者？
他现在看着基路伯和撒拉弗在洪流之中
滚来滚去，身边漂浮着零零散散的武器
和战旗，直到不久之后，来自天堂大门，
他快速扑来的追军看到优势，大军压境，
把我们踩在脚下，一落千丈，或者因为
受到连环霹雳攻击，所以我们呆若木鸡，
一头掉进这深渊之底为止：请你们醒醒，
要么站起来，要么就将永远倒下！"

　　他们听到之后，窘迫不安，于是就展开
翅膀，雀跃而起，就像当班的士兵一样，
出于习惯，在值班的时候打盹恰被他们
敬畏的长官撞见，猛然醒来，比起打盹
以前精神更加振作。他们并非没有感到
他们自己身陷何等悲惨的苦境，也不是
没有感到剧烈的痛苦，然而一听到他们
统帅的声音，他们闻风而动，人数之众，
就像阿姆兰之子[①]在埃及厄运当头的时候，

① 指摩西。

他围绕海岸，挥动那根立竿见影的卜杖，
应召而来的蝗虫[1]犹如一片乌云，借东风
盘旋而至，笼罩在不敬法老[2]的王国上空，
使尼罗河流域处处黯然无光，漆黑如夜，
进入眼帘的坏天使如此之多，数不胜数，
他们展开翅膀，在地狱的苍穹之下盘旋，
忽上忽下，围绕着簇簇火焰翻飞，直到
看见发出的信号：他们伟大的苏丹[3]不断
挥舞高高举起的战矛，指引他们的方向，
他们保持着稳定的平衡姿态，向下降落
在坚硬的硫磺石上，挤得原野满满当当：
即使人口稠密的北方，从她寒冷的下身
落下的野蛮子孙[4]，跨过莱茵河或多瑙河，
当时他们就像一股洪水不停地涌向南方，
从直布罗陀[5]以南向北延伸到利比亚[6]沙滩，
他们的数量也决不能与这儿的数量相提
并论。毫不拖延，每一个中队和每一个
小队，一个个队长匆匆忙忙地奔向他们
了不起的司令官所站的地方：他们身材

---

① 见《圣经·旧约·出埃及记》第10章第12—15节："耶和华对摩西说：你向埃及地伸杖，使蝗虫到埃及地上来，……蝗虫上来，落在埃及的四境，……因为这蝗虫遮满地面，甚至地都黑暗了，……"

② 埃及王的统称。

③ 原为伊斯兰教国家君主的统称，此处指撒旦。

④ 指哥特人和汪达尔人。哥特人在3、4世纪时从多瑙河下游入侵罗马帝国；汪达尔人于5世纪前叶进攻高卢、西班牙和非洲北部地区，并于445年侵入罗马，大肆破坏掳掠。

⑤ 欧洲伊比利亚半岛南端的城市和港口，濒临直布罗陀海峡，扼地中海和大西洋通道的咽喉。

⑥ 非洲北部临地中海一国家。

如神，体格魁梧过人，个个都具有王子
一般的高贵尊严，这些原来曾经在天堂
掌权的天使论资就位；虽然天上的记录
曾经留下他们的名字，但是，由于造反，
劣迹斑斑，已经从《生命册》①中被抹掉，
如今早已被遗忘。然而，如果他们不在
夏娃的子孙之列，就不会谋得新的名号；
他们在地球上游荡，直到上帝考验人类，
极度容忍的期间，他们频施欺诈和谎言，
诱使人类绝大部分堕落，背弃曾经创造
他们的上帝，从而玷污他看不见的荣耀；
那荣耀常常使他们改变外形，换成一副
野兽的形象；他们是一群魔鬼，却披上
快乐的宗教外衣，威风凛凛，金玉其外，
受人崇拜，奉若神明：因此，在异教徒
世界，或以五花八门的名字，或以形形
色色的偶像，他们成为家喻户晓的人物②。
缪斯，请你说说，一旦听到他们那伟大
帝王的召唤，按照他们后来所称的名字，
谁第一，谁最后，从燃烧的长榻上睡梦
醒来，按照角色大小，依次逐个地来到
他站立的空空湖岸，但与此同时，那帮
乱哄哄的喽啰却站得远远的？那些头头

---

① 见《圣经 · 新约 · 启示录》第 20 章第 15 节：“若有人名字没记在生命册上，他就被扔在火湖里。”

② 叛神虽在天上被除名，却在人间异教徒中被奉为神明。见《新约 · 罗马书》第 1 章第 23 节，及《旧约 · 诗篇》第 106 篇第 19、20 节。

脑脑来自地狱深渊，徘徊徜徉在大地上，
寻找他们的猎物，久久以后，竟敢安排
他们的牌位紧邻上帝的神位，竟敢安排
他们的祭坛紧邻他的圣坛，在各个民族
中间和周围放上崇拜的偶像，竟敢大胆
顶撞尊位在基路伯中间的耶和华①从锡安
发出的惊天霹雳；更有甚者，他们常常
把他们的座座神龛设立在他的圣殿里面，
供上令人厌恶的祭品；他们竟然用该受
诅咒之物亵渎他的神圣大典和庄严节日，
竟敢凭借他们的黑暗公开侮慢他的光明。
第一个是摩洛②，恐怖之王，他浑身沾满
以人献祭的鲜血，还有父母的汪汪眼泪；
虽然他们孩子们的一阵阵哭声穿过烈火
飞向他狰狞的偶像，但那大鼓小鼓鼓声
喧天，哭声因而充耳不闻。在亚珥歌柏
和巴珊③，在拉巴④和她潮湿的平原，直到
亚嫩河远端的支流地区，那亚扪人⑤无不
崇拜他。可他不但不以诸如此类的胆大

① 见《圣经 · 旧约 · 列王纪下》第 19 章第 15 节："希西家向耶和华祷告说：坐在二基路伯上耶和华——以色列的神啊，你是天下万国的神，你曾创造天地。"

② 基督教《圣经 · 旧约》中的摩洛神，古代腓尼基等地所崇奉的火神，信徒以焚化儿童向其献祭。

③ 亚珥歌柏、巴珊和亚嫩为死海东部地区，现为约旦一部分，敬奉摩洛。

④ 亚扪人的首都，位于耶路撒冷东 50 英里，有"水城"之称。见《旧约 · 撒母耳记下》第 12 章第 27 节："我攻打拉巴，取其水城。"

⑤ 古代闪米特人的一支，以游牧为生，居住在约旦河以东，他们的主要城市为巴勒斯坦境内的拉巴亚扪（意为亚扪人的都市）。同摩押人一样，亚扪人的始祖是以色列先祖亚伯拉罕的侄子罗得。

妄为的邻近地区为满足，反而施展欺诈，
诱导聪慧过人的所罗门[1]为他在那座腥风
血雨的山上兴建他的神庙，与上帝圣殿
面对面分庭抗礼，并使他的小树林成为
令人愉快的欣嫩子谷[2]，从此以后，人们
就把托非特[3]和黑色的欣嫩子谷称为一种
地狱。第二个是基抹[4]，淫秽恐惧的摩押[5]
子孙，从阿洛埃[6]到尼波[7]，延伸到最南端
亚巴林[8]的荒野；在希实本[9]以及在何罗念[10]，
在希宏王[11]的国土上，在葡萄藤遍地覆盖，
鲜花烂漫的西比玛山谷及其以外的地方，
再从以利亚利延伸到沥青湖[12]：别名毗珥[13]，
那时，他在什亭[14]诱骗从尼罗河长途跋涉
而至的以色列人，为他举行淫乱的礼仪，

---

① 所罗门为以色列的第三任王，以智慧见长，但老年受嫔妃诱惑，在耶路撒冷的橄榄山上为凶神摩洛建神庙。橄榄山被称为“不洁的山”、“邪僻的山”及“可耻的山”。见《圣经 · 旧约 · 列王纪下》第 23 章第 13 节。

② 位于耶路撒冷西南，沿橄榄山南麓的深谷，原为王室花园，曾为异教徒焚烧儿女献奉摩洛之地。见《列王纪下》第 23 章第 10 节及第 34 章第 1—4 节。

③ 耶路撒冷以南希农山谷中的神坑，古希伯来人在此举行人祭。

④ 摩押人所崇拜的日神。

⑤ 在《圣经》中指罗得和大女儿所生的儿子，是摩押人之始祖。

⑥ 亚嫩河畔一小城。

⑦ 摩押一小镇，亚巴林群山中一高峰，是摩西升天之地。

⑧ 指死海东面的土地。

⑨ 希实本在亚巴林山以东，是亚摩利王希宏的京城。

⑩ 摩押一镇名。

⑪ 与摩西同时代的亚摩利的王。

⑫ 以利亚利为希实本东郊一小城。沥青湖指死海。

⑬ 原为山名，因巴兰在此筑坛而得名。

⑭ 在摩押的原野中，为以色列人归途安营之地，在约旦河东。见《旧约 · 民数记》第 25 章。

从而使他们付出惨重的代价。从那以后，
他把他淫荡的秘密祭神仪式甚至扩大到
那座臭名昭著的小山①，紧邻那位杀人狂
摩洛的小树林边，淫欲与憎恶比肩而立，
直到正直的约西亚王②驱赶他们进入地狱。
尾随这些而至的那些男性以及这些女性，
从那古老的幼发拉底河洪水泛滥的沿岸，
到把埃及和叙利亚陆地分开的溪流一带，
他们共同的名字就叫巴力以及亚斯他录③。
就神灵们而言，只要他们感到心满意足，
就可以随心所欲，或者做男，或者为女，
亦可不男不女，他们纯洁的本体是如此
柔软和单纯，与关节或者肢体既不相连，
也不受其支配，也不像赘肉悬挂在脆弱

---

①指锡安山。

②基督教《圣经》故事人物，公元前 7 世纪犹太王。他将橄榄山上的神庙砸烂，将欣嫩子谷改为烧垃圾的地方，被人们称为地狱之口。

③巴力并非某个特定的神，而是“神”的尊称，随着时间地点的不同，不同的地方神都被称为巴力。在腓尼基文化中，他不但是太阳神也是农业神，是丰饶的象征。在古犹太人对这位神祇的崇拜中，或因崇拜过度，仪式过于奢侈，不但祭献活人，还耗巨资建造寺庙，动员上千的祭司和劳力，甚至出现淫乱的场面，致使某些人反感，从而视其为堕落之神。巴力堕落之后成为所罗门王 72 柱的魔神之一，有三个头，分别为人、猫和大青蛙，身体是人或说是蜘蛛，还有着猫的尾巴和爪，蜘蛛的八只脚，相当丑陋。巴力被视为堕落之神的缘由的另一说法是他和耶和华从前都是雨神，两者的相似性和同行竞争关系使他成为耶和华最大的敌人。亚斯他录在西亚一带很多文化中皆有出现，别称甚多，一说是所罗门王 72 柱魔神之一，形象为嘴角濡血，全身黑色并散出恶臭的毒气，右手牵着一条地狱之龙；他能穿越时空，鼓吹自由的学说，其实是教导人们怠惰，因而从天使被打入地狱。在腓尼基文化中她是丰饶神之一，亦是爱神，是巴力神的妹妹，同时也是其妻，与巴力的太阳神地位相对，她是月神，也是管理阴间的女神，利用破坏来重建地上的秩序。巴力和亚斯他录是象征男人和女人的二大主神。

无力的骨骼上面；但是，他们可以选择
各种各样的外形，膨胀或者压缩，明亮
或者阴暗，他们既能实现天空中的目标，
也能完成爱或者恨的任务。以色列民族
为了那些神灵，常常抛弃以色列的上帝，
在他正当的祭坛前空空荡荡，人迹罕至，
而对兽性的诸神顶礼膜拜；正因为如此，
他们才在战斗中就像弯弓一样头颅低垂，
倒在卑鄙的敌人战矛面前。在这些成群
结队的偶像中间，有一位名叫亚斯托勒①，
腓尼基人称其为阿斯塔特，天堂的女王，
她的头上戴有新月形的触角；每每明月
之夜，西顿②的处女们就会把自己的誓词
和欢歌一遍遍献给她那光彩夺目的形象；
在锡安，歌声同样绵绵不绝，她的寺庙
矗立在那座非分的山上，此乃溺爱妻子
之王③所建，他的心，尽管就像天宽地厚，
但却陶醉于美女的偶像崇拜，于是倒向
肮脏的一座座偶像。塔模斯④，接踵而至，
他在黎巴嫩一年一度的创伤吸引着那位
叙利亚的少女哀悼他的命运，一首一首

① 亦称阿斯塔特，为腓尼基人崇拜的月亮女神。
② 西顿为腓尼基古老的城名，西顿人即为腓尼基人。
③ 指所罗门，古代以色列王国第三任国王，大卫王朝的第二任国王。
④ 叙利亚的神，传为爱恋亚斯他录的王子，在黎巴嫩游猎时被熊咬死，每年复活一次。也译为塔幕次，美索不达米亚神话中的一个神，伊师塔的情人，在某些方面与希腊神话中的阿多尼斯相似，他成为庄稼季节性死亡和重生的化身。

情至意尽的小曲在夏季天天响起，在此
期间，发源于他故乡岩间的阿多尼斯河①，
紫红的河水平稳流入大海，或许这就是
塔模斯一年一度的创伤血染河水的结果：
当以西结②的目光扫过异化的犹大那一群
阴暗无光而倍受崇拜的偶像时，他信目
而望，看到她们在神圣的门廊纵情悲嚎，
爱情的故事以同样的狂热使锡安的女儿
受到感染。接下来的一位实实在在感到
悲哀，掠来的约柜毁掉了他的兽类形象，
在他自己的神庙里，他直挺挺地摔倒在
门槛边缘的地上，脑袋和两只手臂分离，
令他的崇拜者们羞愧难当：他名叫大衮③，
海怪，上半身是人，下半身为鱼，但是，
他却让他的神殿巍然耸立在亚瑣都④之顶，
从而使得巴勒斯坦海岸全境，迦特以及
阿什克隆，以革伦和加沙的偏远的边界，
无处不深恐敬畏。他后边跟来的是临门⑤，

①叙利亚境内多条河流名为阿多尼斯河，每年夏天河水泛红，传为塔模斯的血染红，人们同时纪念他。

②以西结为犹太的先知，曾在异相中看到犹太大家妇女坐在耶和华圣殿北门口为塔模斯哀哭。见《圣经 · 旧约 · 以西结书》第 8 章第 14 节。

③非利士的国神。非利士人夺得约柜（皂荚木制，为藏上帝法版用，见《旧约 · 出埃及记》第 25 章第 10 节）后，将其移至大衮庙中，次晨见神像扑于柜前，乃扶归原位，第三天早晨又见神像扑倒在门槛上，头手折断。见《旧约 · 撒母耳记上》第 5 章第 4 节。

④亚瑣都、迦特、阿什克隆，以革伦和加沙为巴勒斯坦近地中海的五大名城。

⑤《旧约 · 列王纪下》中亚述人和巴比伦人崇拜的神。

他讨人喜欢的神座位于美丽的大马士革[1]，
建筑在那河水清清，土地肥沃的亚罢拿
和法珥法两条河的河岸，他也不揣冒昧，
同样要与上帝之家相顶相背：一旦失去
一位麻风病患者[2]，他就得到了一个国王，
他的名字叫亚哈斯，一位愚蠢的征服者，
他拆掉上帝的祭坛[3]，以示轻蔑，再换上
叙利亚风格的祭坛，坛上燃烧着他那些
令人作呕的祭品，而供奉的一座座神像
全是他征服的败将。就在这一个个之后
露面的一大群偶像名重一时，姓氏如下：
奥西里斯[4]，伊希斯[5]，何露斯[6]以及其随从，
他们施展怪异的畸形和妖术，误导欺骗

---

①叙利亚首都。

②以色列的先知以利沙告诉叙利亚的将军乃缦，到约旦河沐浴七次即可治愈其麻风病。乃缦愤怒地反问："大马色（大马士革）的河亚罢拿和法珥法岂不比以色列的一切水更好么？我在那里沐浴不得洁净么？"从仆劝其一试，果然治愈。从此他不再祭祀别的神，只祭祀耶和华。故"失去一个癞子"。见《旧约 · 列王纪下》第5章。

③见《圣经 · 旧约 · 列王纪下》第16章第10—15节："（攻取大马士革后）亚哈斯王上大马色去迎接亚述王提革拉毗列色，在大马色看见一座坛，就照坛的规模样式作法画了图样，送到祭司乌利亚那里。祭司乌利亚照着亚哈斯王从大马色送来的图样，在亚哈斯王没有从大马色回来之先，建筑一座坛。王从大马色回来看见坛，就近前来，在坛上献祭；烧燔祭、素祭、浇奠祭，将平安祭牲的血洒在坛上，又将耶和华面前的铜坛从耶和华殿和新坛的中间搬到新坛的北边。亚哈斯王吩咐祭司乌利亚说：早晨的燔祭、晚上的素祭，王的燔祭、素祭，国内众民的燔祭、素祭、奠祭都要烧在大坛上。燔祭牲和平安祭牲的血也要洒在这坛上，只是铜坛我要用以求问耶和华。"

④又译俄赛里斯，古埃及的冥神和鬼判，伊希斯的兄弟和丈夫。

⑤古埃及司生育和繁殖的女神，奥西里斯之妹和妻，何露斯之母；其形象是一个给圣婴哺乳的圣母。

⑥古埃及的太阳神，奥西里斯和伊希斯之子，形象为鹰或鹰头人。

狂热入迷的埃及和她的一个个祭司宁愿
去寻找他们的那些披着兽形伪装，流离
失所的游神，而不是人。以色列人同样
用黄金在何烈浇铸成牛犊①；叛王②在圣地
伯特利和在达恩犯下了同样的双倍罪行，
他把造物主上帝比做那啃食牧草的公牛，
耶和华，他在前进途中经过埃及的一个
深夜，仅仅一击，最早的埃及人就连同
她咩咩哄叫的邪神统统化为乌有。最后
走来的是彼列③，即使他不在天堂的堕落
神灵行列里边，但也没有谁比他更淫秽
下流，比他更贪求肉欲，比他更加甘愿
堕落。没有神庙为他而立，也没有香火
为他而供，而当祭司效尤以利之子④渎神
革教时，色情和暴力就在上帝的圣堂里
泛滥，还有谁的神殿和祭坛比他的人气
香火更旺？在朝廷和王宫，他照样处在
主导地位，在骄奢淫逸的城市中，伤害、
暴行屡见不鲜，骚乱的喧嚣高高地掠过
城市塔楼顶端的上空；每当夜幕把大街

---

① 摩西出埃及时，曾向埃及人借金银珠宝。到达何烈山时，摩西的哥哥亚伦收集金子铸造牛犊，让人民祭拜。见《圣经 · 旧约 · 出埃及记》第 34 章第 4 节。

② 叛王是所罗门的臣子的儿子耶罗波安，非常能干，深受所罗门王信任。王死后，王子罗波安继位。耶罗波安挑拨人民反对罗波安，迎他为王。他即位后，铸二金牛，置于耶路撒冷北部圣地，一在伯特利，一在达恩。见《旧约 · 列王纪上》第 12 章第 20、28、29 节。

③ 基督教《圣经》中魔鬼的别名。

④ 以利是祭司，“以利的两个儿子是恶人，不认识耶和华。”见《旧约 · 撒母耳记上》第 2 章第 12 节。

小巷遮盖，彼列的儿子们就出来，个个
厚颜无耻，趁着酒劲东游西逛。一条条
索多玛[1]的街道，还有基比亚[2]的那个夜晚，
目睹了热情好客的大门敞开，为了避免
更加残暴的强奸，于是献出客居的少妇[3]：
上述这些，一个个都是位高权重的精英，
其余的诸神尽管赫赫有名，但说来话长，

---

① 索多玛意为罪恶渊薮，是古巴勒斯坦一个城镇，可能位于死海南部。据《圣经 · 旧约 · 创世记》第 19 章 24 节记载，因为城中居民的邪恶，天降大火，将它与俄摩拉城一起焚毁。

② 耶路撒冷外不远的一小城。

③《旧约 · 士师记》第 19 章记载：一个利未人，娶了一个犹大伯利恒的女子为妾。妾行淫离开丈夫，回犹大伯利恒，在那里住了四个月。她丈夫追来，带着一个仆人，两匹驴去见她，用好话劝她回来……那人不愿再住一夜，就备上那两匹驴，带着妾起身走了，来到耶布斯的对面，耶布斯就是耶路撒冷。临近耶布斯的时候，日头快要落了，仆人对主人说："我们不如进这耶布斯人的城里住宿。"主人回答说："我们不可进不是以色列人住的外邦城，不如过到基比亚去。"又对仆人说："我们可以到一个地方，或住在基比亚，或住在拉玛。"他们就往前走。将到便雅悯的基比亚，日头已经落了。他们进入基比亚要在那里住宿，就坐在城里的街上，因为无人接他们进家住宿。晚上有一个老年人，从田间作工回来，他原是以法莲山地的人，住在基比亚，那地方的人却是便雅悯人。老年人举目看见客人坐在城里的街上，就问他说："你从哪里来？要往哪里去？"他回答说："我们从犹大伯利恒来，要往以法莲山地那边去。我原是那里的人，到过犹大伯利恒，现在我往耶和华的殿去，在这里无人接我进他的家。其实我有粮草可以喂驴，我与我的妾，并我的仆人，有饼有酒，并不缺少什么。"老年人说："愿你平安。你所需用的我都给你，只是不可在街上过夜。"于是领他们到家里，喂上驴，他们就洗脚吃喝。他们心里正欢畅的时候，城中的匪徒围住房子，连连叩门，对房主老人说："你把那进你家的人带出来，我们要与他交合。"那房主出来对他们说："弟兄们哪！不要这样作恶！这人既然进了我的家，你们就不要行这丑事。我有个女儿，还是处女，并有这人的妾，我将她们领出来任凭你们玷辱她们，只是向这人不可行这样的丑事。"那些人却不听从他的话。那人就把他的妾拉出去交给他们，他们便与她交合，终夜凌辱她，直到天色快亮才放她去。天快亮的时候，妇人回到她主人住宿的房门前，就仆倒在地，直到天亮。早晨，她的主人起来开了房门，出去要行路。不料那妇人仆倒在房门前，两手搭在门槛上。就对妇人说："起来！我们走吧！"妇人却不回答。那人便将她驮在驴上，起身回本处去了。到了家里，用刀将妾的尸身切成十二块，使人拿着传送以色列的四境。

比如说爰奥尼亚的神祇们，雅完[1]的子嗣
所崇拜的神祇，他们公开承认自己自吹
自擂的父母生在天地之后；天神的长子
提坦，虽然在他身后的兄弟姊妹一大堆，
但其弟萨腾[2]篡夺了当哥与生俱来的权力，
而他自己和瑞亚[3]的儿子，强大的朱庇特，
如法炮制，从他手中篡位，夺取统治权。
这些神灵首先在克里特和伊达[4]名噪一时，
继而在寒冷的奥林匹斯[5]白雪皑皑的山巅，
他们最高的天界，统治广达半空；或者
在特尔菲[6]悬崖上，或者在多托纳[7]，遍及
多利斯[8]地区全境；或者追随年迈的萨腾
飞越亚得里亚海[9]到达赫斯帕里亚[10]原野，
然后跨过凯尔特[11]漫游天涯群岛[12]。
　　所有这些，还有那源源不断，成群结队
而至的神灵们，一个个情绪低落，神情
沮丧，可就在这样的表情中也似乎可见

---

① 雅弗之子，爰奥尼亚人，即希腊人的始祖。见《圣经 · 旧约 · 创世记》第 10 章第2 节。

② 又译萨杜恩，罗马神话中的农神，在希腊神话中为克洛诺斯，提坦之弟。

③ 萨腾之妻。

④ 克里特为希腊南部地中海一小岛；伊达为该岛中央一座山，传宙斯在此养育长大。

⑤ 位于希腊东北部，是神话中众神居住地，山顶终年积雪。

⑥ 阿波罗显灵地。

⑦ 宙斯显灵地。

⑧ 指希腊。

⑨ 地中海的一个大海湾。在意大利与巴尔干半岛之间，通过南端的奥特朗托海与爰奥尼亚海相通。

⑩ 指西方原野，主要指意大利。

⑪ 指法国。

⑫ 指英国各岛。

一抹隐隐约约的高兴眼色，因为，他们
已发现他们的统帅并不绝望，发现他们
自己虽为残兵败将，但却尤可重振力量；
虽然迷茫和观望流露在他的脸上：但是，
他马上找回昔日的骄傲，在价值而不是
物质的幌子下，他言辞激烈，慢慢鼓起
他们正在失去的勇气，驱散他们的重重
恐惧。于是，一道道命令发布，在清脆
嘹亮的战斗号角声中，他那面巨大王旗
升起。阿撒泻勒[1]，身高就像基路伯一样：
他声称拥有那份自豪的光荣权利，毫不
拖延，从闪闪发光的旗杆上展开那一面
威严的王旗，让它高高飘扬。旗帜宛若
一颗顶风飞驰掠过的流星，装饰的宝石
和纹章金光灿烂，还有天使的武器图案
以及战功记录：在这期间，响亮的金属
乐器不停演奏着军乐：作为回应，全体
官兵发出震天的怒吼，那吼声撕破地狱
穹顶，飞舞穿越，充满“混沌”以及太古
“黑暗”统治的王国。倏然之间，透过
昏暗，可见千千万万的旗帜竖起，挺立
天空，色彩斑斓，随风飘扬，与之相配，
林立的战矛浩如烟海，蜂拥的头盔层层

---

[1] 阿撒泻勒在《圣经 · 旧约 · 利未记》中指旷野里的恶鬼；犹太教赎罪日，祭司将众人之罪置于负罪羊之首，放至旷野交与恶魔；他在犹太教传说中是娶世上女子为妻的天使首领；他在伊斯兰教神话中是神怪；在本诗中是伙同撒旦叛逆的堕落天使。

叠叠，竖起的盾牌密密麻麻，阵列之长不可丈量。不久以后，他们就组成完美无缺的方阵，踏着长笛和悦耳的雷高德奏起的多利亚调式[①]节拍出发：就像武装出征的古代英雄，气质高贵，浩浩荡荡，高昂的士气代替了骁勇激发产生的盛怒，从容不迫，面对死亡的恐惧，可以逃跑，可以可耻地撤退，然而他们却坚如磐石，毫不动摇，也不缺少庄严的旋律去抚慰和消除思想烦恼的力量，从凡人和仙人内心里边驱除烦闷、疑虑、恐惧、悲伤以及痛苦。于是他们，团结一致，一个鼻孔出气，死心塌地，踏着柔和的管乐曲调默默无语地移动，那曲调犹如魔法神力，吸引他们疼痛的双脚走过那一片烧焦的土地。现在，他们按照计划已经集合就绪；整整齐齐的战矛盾牌，身穿古装的勇士们，队列之长，武器之耀眼，不寒而栗的前锋，随时听候他们的伟大统帅即将下达的命令。他两眼飞快一瞥，老到的目光扫过全副武装的纵列，随即东西一顾，全军尽收眼底：他们的秩序按部就班，他们的容貌和身材神似一般；最后他一一清点他们的人数。此时此刻，他的心因为自豪而舒展，对自己的力量

① 古希腊以简朴、庄重为特色的调式。

和荣耀充满信心：因为自从人类被创造
出来之后，如以下所列，决不会有一支
力量能与如此威风凛凛的大军相提并论：
那些遭遇苍鹭战祸的小人国步兵，即使
弗莱格拉[1]的巨人族通通出动，加上战斗
在底比斯[2]和伊利昂[3]的英雄民族，再加上
双方混战的助阵诸神；广为流传的浪漫
故事或传说之中的尤瑟之子，还有围绕
在他周围的不列颠和阿莫里凯[4]的骑士们；
所有在阿斯波拉门[5]，蒙塔班，大马士革，
或者在摩洛哥，或者在特列皮松，那些
受洗的教徒或者异教徒格斗勇士，或者
从北非海岸比塞塔[6]登船，在封太拉比亚
大败查理曼大帝[7]及全部贵族的萨拉森人。
与凡夫俗子的勇猛顽强相比，这支队伍
多么了不起！他们目不转睛，盯着他们
令人敬畏的统帅；他，无论是体形还是

---

①古希腊北部马其顿王国巴兰半岛，传为希腊神话中巨人的出生地。弗莱格拉的巨人族与育芙作战，被育芙打败。

②又译忒拜，古埃及城市，古希腊名战场。

③小亚细亚西北部的古城特洛伊的拉丁名，古希腊名战场。荷马史诗《伊里亚特》就是写特洛伊之战。特洛伊与希腊联军交战，双方都得到神的援助：特洛伊有阿芙洛狄特和阿波罗，希腊联军有赫拉和阿西娜等。

④法国西北部一地区的古称，与今布列塔尼相当。

⑤阿斯波拉门位于法国东南部尼斯北六英里处。蒙塔班为法国南部一要塞。大马士革为今叙利亚首都。摩洛哥位于西北非。特列皮松为希腊一大城市。都是古代传奇故事中征战比武之地。

⑥北非突尼斯的一个港口。

⑦查理曼是西罗马帝国和法兰克王国的君主。传他在公元778年为讨伐萨拉森人而从西班牙撤退到法兰克，十二勇士中一位叫迦内龙的叛徒在途中埋下伏兵，在封太拉比亚使查理曼全军覆没，其爱将罗兰牺牲。

仪态，卓尔不群，无不令部下引以为豪，
一站就像一座高塔：他的形体没有失去
固有的全部光华，也没有表露出堕落后
大天使今非昔比的模样，受损的仅仅是
量之过多的荣耀：就像太阳初升的时候，
目光穿过地平线薄雾蒙蒙的天空，看到
他修剪过的光束一样，或如从月亮身后，
朦胧之中，把生灾致难的暮霭泻向半个
世界的月食，使得一个个帝王晕头转向，
唯恐改朝换代而惶惶不安。如此的阴暗，
然而大天使却在他们个个之上熠熠发光；
他的脸庞上烙下了雷击留下的深深伤痕，
挂念堆砌在他失去光泽的脸上，双眉下
露出不屈不挠的勇气，不可忽视的傲慢，
正在等待复仇：他眼光凶狠刻毒，既有
些许懊悔，又有些许狂怒，他看着自己
作乱的同案犯们，一定程度上的追随者
（在天国曾见他们如何尽享天赐之福），
而今被判有罪，永远被罚入痛苦的地狱，
千千万万的天使因他的罪过而受到天罚，
就因为他的背叛，所以从永恒的光耀里
被突然摔下；尽管他们的荣耀已经凋败，
然而他们多么忠实地站着，就像是天庭
大火卷过森林后的橡树或者山上的松树，
虽然头顶焦枯，光杆一条，但生长高贵，
挺立在焦土荒野。现在，他在酝酿讲话；
他们随即改变方阵，从两翼呈弧形向他

靠拢，他的同僚们半圆地围着他：他们
聚精会神，鸦雀无声。他三次试图开口，
三次鄙夷，但眼泪如天使的哭泣，夺眶
而出，交织着叹息的话语终于脱口而出。
“千千万万流芳百世的天使啊！除万能
上帝以外，所向披靡的权贵们啊！那场
冲突绝没有什么不光彩，虽然后果可怕，
就像此地给出的证明一样，但是，如此
可怕的变化，谁不恨之入骨？有谁能够
做到神机妙算，握有先见之明，能预言
先知，博古通今，从知识的深度去忧虑，
洞晓这样一支天使联合大军，就像站在
这儿的这支队伍，竟会尝到失败的滋味？
然而，谁又能够相信，在遭受失败之后，
这些强大的军团，这些被逐而流落他乡，
使天庭空空如也的斗士，不会重新登天，
依靠自我的力量，夺回他们当然的职位？
至于本人，各位天使，请你们为我作证，
我是否不听商量，或者逃避危险，以至
造成我们的希望破灭。但他，天堂帝王，
直到此时，势力巨大，胜券在握，安稳
端坐在他的御座上，那日积月累的声望，
一贯的承诺或风俗习惯支撑着他的地位，
他那帝王的尊严一展无余，但他的力量
仍然有所隐藏，它在引诱我们试图篡位，
从而迫使我们坠落。从今以后，论力量，
我们知己知彼，既然如此，我们既不会

主动挑起，也不惧怕别人挑起新的战争；
我们精华犹存，可以着手制订秘密计划，
采用欺诈或者诡计，让他的武力见鬼去；
最终他仍能从我们身上发现，凭借武力
去征服，最多不过征服了他敌人的一半。
太空可能产生新的世界，有关它的传闻
在天上是如此地盛行，传说不久的将来
他打算创造一代人，并在那儿安置他们，
他的选择认为他们应该受宠，应与天堂
骄子平起平坐：那儿，但愿能够去看看，
那儿或者别的某处，或许就是我们应该
首先突围的地方：因为这样的阴间深渊
将永远不会锁住身受束缚的天上的天使，
而地狱也不会天长地久一般被黑暗覆盖。
但是，要深思熟虑，务必完善以下想法
和打算：和平已经令人绝望，有谁甘愿
去想投降？那么，只有战争，或者公开，
或者不言自明，必须有个答案。”
他话音刚落，为了认可他的言论，趾高
气扬的基路伯就从腰下拔出明亮的佩剑，
千千万万把利剑在空中飞舞，一片突然
出现的剑光把地狱的每个角落照得通亮。
他们情绪激昂，愤怒直接指向至高无上，
抓起武器猛击他们响鼓般的盾牌，飞向
天穹的挑战喧嚣和鼓噪，一浪高过一浪。
不远处有一座山，令人毛骨悚然的山头
喷吐着火焰和翻滚的浓烟；山腰和山麓

全都放射出斑斑点点的闪光，一种征候，
毫无疑问，在山体的内部藏着金属矿物，
此乃硫磺的杰作。振翅急速挺进的大军
飞向那里，猛士难以计数。而在这之前，
一队队的先锋，装备着铁锹或者丁字镐，
飞奔在皇家大营军队的前面，有的在挖
阵地战壕，有的在修筑壁垒。玛门[1]指导
他们如何干活。玛门，天堂的堕落天使，
见利忘义；即使原在天堂之日，他时时
处处两眼朝下，他的所有心思只有一个，
脚踏黄金，对天堂大道富丽堂皇的崇拜，
胜过其他天使对至福直观中神圣或圣洁
之物的欣赏；他是第一个，人同样如此，
遵循他的指点受到教育，在地球的中心
翻来覆去地搜索，伸出不恭不敬的双手，
在他们地球母亲的五脏六腑内到处翻寻，
以便得到埋藏的珍贵财宝。他的伙计们
不久就钻进山里，撕开一道宽宽的伤口，
挖出黄金的一根根肋骨。但愿没谁羡慕
生长在地狱里的财宝；也许那儿的土壤
尤其适合宝贵的灾祸生长。这里，那些
要么对凡人俗事津津乐道，要么就说起
令人惊奇的巴别塔[2]，以及孟菲斯[3]的列王

---

①叙利亚语意为“财富”；《圣经》中作财神解。见《圣经·新约·马太福音》第6章第24节。亦指恶魔名号。

②古巴比伦一城市及该城市所建之塔，此处代表巴比伦。

③此处的孟菲斯指古埃及尼罗河畔一古城，孟菲斯的列王指金字塔的建筑师们。

伟业如何的人们，要让他们知道，他们
那些有关名望、力量和艺术的一座一座
纪念碑，即使再伟大，邪恶的天使不用
吹灰之力就能超越，人类一世不断操劳，
无数人手难以完成的工作，他们仅需要
一个小时。附近的平地上，建好的座座
熔炉里面，底部布满来自那湖泊的液体
燃烧剂的脉络，身怀绝技的第二支队伍
把又大又重的矿岩化石为浆，一道工序
接着一道工序，清除金属熔化后的浮渣；
第三支队伍一旦在地里面施工完成各种
各样的浇铸模具，他们就从沸腾的熔炉，
通过奇妙的传送，使熔浆流入每个凹槽，
如同在一架管风琴里，共振板一旦送气，
一股气流就会从一根琴管吹进一排琴管。
不久以后，一座巨大的建筑物拔地而起，
就像是从地球喷发而出的一团薄雾一样，
在优美动听的交响乐和甜美的歌声之中，
一座神殿一样的建筑落成，圆圆的壁柱
笔挺直立，金黄色的楣梁飞架在多利斯
风格的主柱上；檐口或中楣镶嵌着一幅
一幅的浮雕，应有尽有；在大厦的顶部
是黄金的回文装饰。在埃及与亚述①两地
踌躇满志，力拼财富，攀比奢华的时候，

① 亚洲西南部一古国。

不管是巴比伦还是阿尔开罗①，他们祀奉
柏罗斯②或塞拉皮斯③等等他们的神偶时，
或者供奉他们列王时的所有建筑，没有
一座如此富丽堂皇。大厦升高，再升高，
直到她庄严的高度方才停止，岿然不动，
一扇扇整整齐齐的黄铜折叠门大大打开，
可见里边铺石大道平平整整，光光滑滑，
大道上方的空间宽宽敞敞：大厦的拱顶
难以捉摸，不可思议地悬挂着一排一排
灯盏，宛如繁星点点一般，加注石脑油
和树脂的号灯灯火通明，仿佛天外生光，
亮亮堂堂。结队麇集，啧啧称羡的魔群
争先恐后涌进，有的对建筑物连声称叹，
有的对建筑师④歌功颂德：其技艺在天上
众所周知，因为高耸入云的一座座楼塔
出自他的手，那是被授予权杖的天使们
居家的官邸，上帝安置他们就如同王子，
如此之大地提高他们的权利，委托他们
每位统治一个天使团，使他们地位显赫。
在远古的希腊，他的名字并非闻所未闻，
或者无人颂扬，在奥索尼安⑤的大地之上，

① 即今埃及首都开罗。
② 柏罗斯是神话故事中迈锡尼文明（前 1600—前 1100）时代海神波塞冬的一个孙子，埃及的一位国王。
③ 塞拉皮斯是古埃及的地下之神，其崇拜者曾经遍及希腊和罗马。
④ 指玛门，（弥尔顿认为）又名马尔西巴。见第 37 页注①。
⑤ 指意大利。意大利被罗马征服前，其西海岸住有古代拉丁民族奥索尼安人。

人们叫他马尔西巴[1]，他们杜撰神话传闻，
谎称勃然大怒的朱庇特把他从水晶雉堞
扔出，他如何从天国垂直坠落：从早晨
一直到中午，从中午一直到起露的黄昏，
他的坠落在夏季持续了整整一天，就像
伴随夕阳西下的一颗流星，从天顶掉到
爱琴海的楞若斯岛上[2]。他们这样的传说
其实不然；因为他和这群反叛的暴徒们
很早以前就已经坠落；现在，修建天堂
大楼高塔之说对他毫无裨益，无论如何
诡计多端，还是难逃倒栽葱一样被摔下，
与他忙忙碌碌的同伙们在地狱从事建筑。

　　其间，长着翅膀的一个个传令官，按照
最高统帅的命令，在威风凛凛的仪式中，
伴随着声声号角，面向集合起来的队伍
宣布，一次庄严的全体大会将马上召开，
地点就在地狱之都[3]，撒旦和他的重臣们
穷奢极欲的议会大厦。传令官的召唤声
此起彼落，传遍了每一支分队和每一支
方阵中队，命令那些有地位或遴选名士
出列赴会；赴会者马上成群结队，成千

---

①马尔西巴是罗马火神伍尔坎（希腊的赫菲斯托斯）的姓。据希腊神话，火神被宙斯从天上摔下，落在爱琴海东北部的楞若斯岛（属希腊）上，成为瘸子。

②在《伊利亚特》第1章第591—595行描述了关于赫菲斯托斯坠落的故事。

③地狱之都意指魔窟，无法无天的混乱之地，为弥尔顿所拟，与万神殿对应。

上万前去：所有的入口万头攒动，虽然
大门和门廊统统大大打开，但是主会场
宽敞的大厅(尽管就像一座室内比武场，
披铠挂甲的勇士们常常在那儿纵马驰骋，
挑战苏丹王[1]麾下的异教徒豪侠，为争夺
奖赏，要么你死我活，要么就比武论道)
还是水泄不通，无论是空中还是在地上，
翅膀摩擦着翅膀，发出嘶嘶沙沙的声响。
仿佛春天的蜜蜂，趁着太阳进入金牛宫[2]，
把它们密密麻麻的幼子一群群地倾泻到
蜂箱的周围；他们在朝露和漫漫鲜花中
这儿那儿地飞舞，或者在他们麦秆搭建
起来的城堡周边，在刚涂过香膏的光滑
木板上走来走去，最后细说他们的国事，
交换彼此的意见。空中城堡如此的拥挤，
就像人满为患，因满满当当而显得窄小，
随着一道信号，瞧那奇迹！眼前看上去
大大的块头，个子超过地母的巨人儿子，
一瞬间，他们就变得比最小的侏儒还小，
在狭窄的空间有如蜂拥，多得不可计数，

---

① 中世纪埃及等伊斯兰教国家的王。

② 黄道十二宫之一，太阳入金牛宫的时间是 4 月 20 日至 5 月 20 日。在天文学上，以地球为中心，太阳环绕地球所经过的轨迹称为“黄道”。太阳在黄道上自西向东运行，每年环“天”一周。古代巴比伦把整个黄道圈从春分点开始均分为 12 段，每段均称为宫，各以在黄道两边的一条带上对应分布的星座命名。黄道十二宫(zodiac)一词来自希腊语 zodiakos，意思是动物园。在希腊人眼里，星座是由各种不同的动物形成，这也就是十二个星座名称的由来。十二个星座分别是：白羊座、金牛座、双子座、巨蟹座、狮子座、室女座、天秤座、天蝎座、人马座、摩羯座、宝瓶座和双鱼座。

就像印度山里著名的矮人族，或如仙乡
之妖，聚集在森林旁边或者在清泉水岸，
午夜狂欢，被迟迟而归的农夫亲眼看见，
或者梦中所见，那时，头顶的月亮坐在
女仲裁人的位置上，她朦胧的航向正在
接近地球的轨道：他们一个个载歌载舞，
如痴如醉，欢乐的乐曲使得他神魂颠倒；
他的心既充满喜悦也有害怕，怦怦直跳。
无形无体的魔鬼就这样收缩他们的个头，
虽然他们把巨大的个头最大限度地缩小，
但在地狱之宫的大厅当中，他们的数量
却仍然多得难以胜数。然而在大厅深处
隐蔽的壁凹里，了不起的一个个撒拉弗
首领和基路伯们坐在那里举行秘密会议，
他们体形依旧，保持着原有的个头尺寸，
金色的座位上是一千个半人半神的大魔，
密密麻麻拥挤在一起，座无虚席。经过
片刻的肃静，宣读会议通知，盛会开幕。

第二卷

内 容 提 要

磋商开始。撒旦激辩，为了夺回天堂是否甘冒发动另一场战争的危险：为此有的献计献策，有的劝阻。第三种建议成为首选，撒旦在这之前就已提出，另一个世界，另一种与他们相当或并不比他们逊色多少的生物大约此时已创造完成，为了弄清天堂里有关这一预言或传闻的真相，他们拿不准将派谁去完成这一艰难的调查：撒旦，他们的首领，得到殊荣和喝彩，答应独自出征。会议就这样结束，其余的各走各的，各干各的，随心所欲，悠哉游哉直到撒旦回来。他一路跋涉来到地狱的大门，发现大门紧闭和坐在那儿看门的卫兵，卫兵最终把门打开，向他露出地狱与天堂之间的深渊。在执掌此地的“混沌”指引下，他千辛万苦，终于过关，看到了他寻找的新世界。

　　君王尊贵庄严，高高在上的宝座，即使
印度和霍尔姆斯[①]的财富，或华丽的东方，
极富之手阵雨般泻在她列王头上的无限
珍珠和金子，也相形见绌，寒碜而无光，
撒旦坐在那上边，得意扬扬，受之无愧
被抬举为十恶不赦的显要；从深自绝望
被提升到如此之高，岂不出乎他之所料？
他心比天高，欲壑难填，继续纠缠要向
天国发动徒有虚名的战争，虽结果难料，
但妄自尊大的丰富想象抖落开来是这样：
　　“各位掌权天使，各位统治天使，上苍[②]

诸神！无论地狱多深，她都不可能埋葬
永恒的元气，尽管受到压迫不得不坠落，
但我不因失败而放弃天堂。天上的各位
道德天使，从这样的屈尊中站起，比起
不曾经历坠落更加光荣，更加虎虎生威，
希望他们不要为自己的第二次命运担心：
不变的天律首先创造我，其次通过自由
选择，此外，在足智多谋或者搏杀战斗
方面，样样在行，功勋卓著，这场失败，
迄今至少已经得到弥补，已在一个安全
之地安身落脚，虽然我作为你们的领袖
天经地义，然而全体赞同，支持我坐上
这没有嫉妒的王位。在天堂之中，高出
一等的地位既能带来尊严，也可能招致
每一个部下的妒嫉，但是，这里的诸公，
谁会妒忌谁坐在这一最高地位？它暴露
无余，最为突出，它是天打雷轰[3]的目标，
保护你们的一道防波堤，被判罚在无穷
无尽的痛苦中承担起最大的份额。因此
这里没有争夺职位的利益，也没有派系
斗争能够滋生的冲突；因为在地狱里面，
肯定没有谁会要求优越的地位，没有谁，

---

①波斯湾一岛屿，是该地区的商贸中心，以珠宝贸易闻名。

②见《圣经 · 新约 · 歌罗西书》第 1 章第 16 节：“因为万有都是靠他造的，无论是天上的，地上的；能看见的，不能看见的；或是有位的，主治的，执政的，掌权的；一概都是藉着他造的，又是为他造的。”

③指宙斯的攻击。撒旦寓意上帝是暴君。

他目前的痛苦份额如此之小，但却野心
勃勃，会有更多的觊觎。那么利用这一
优势，团结起来，坚定信念，比在天堂
能够做到的更加坚定一致，现在，我们
回去，要求得到本该属于我们的那一份
昔日遗产，一定确保成功，而不是成功
可能会向我们做出的保证；是巧施锦囊
妙计，还是公开宣战，我们现在就讨论，
决定最佳方案；谁愿意发言，悉听尊便。”

他刚一讲完，坐在他身旁的摩洛，持有
权杖之王，站立起来，在天庭的战斗中
他的表现最强硬和最凶猛；此刻的绝望
使他更加暴躁：他的信心在于，论力量，
他与上帝看上去是半斤八两，与其较少
被在乎，不如完全不被在乎；既然不被
在乎，他也就无所恐惧：他不在乎上帝
或地狱，或更坏的遭遇，因此这样说道：

“我的意见是支持公开宣战，说到用计，
不敢自吹，我是大大的外行：有谁需要，
或在他们需要的时候，就让他们去策划，
而非现在。因为他们坐下来策划的时候，
其余千百万全副武装，渴望中等待飞上
天顶信号的立正战士，天堂的亡命之徒，
由于我们的耽误，就将坐在这里，逗留
不去，难道让他们去接受这样一个耻辱
难当的黑暗洞穴，上帝暴政统治的监狱，
作为他们的栖身驻地？不，让我们宁愿

选择地狱的火焰和狂怒武装起来，突然
越过天庭的一座座高塔，杀出一条不可
抵抗之路，把我们的重重痛苦变成反抗
那位虐待狂的可怕武器[①]，一旦与他力量
强大的战争机器的喧嚣相遇时，他必将
听到来自阴间的雷声，因为他将会看见
闪电把同样愤怒的黑色火焰和恐怖射进
他的那些天使中间；塔尔塔罗斯[②]的硫磺，
还有怪异之火，那些他自己发明的种种
折磨妙方，将轮番出现在他的王位御座
周围。不过，凭借直线上升的翅膀迎战
居高临下的敌人，也许这条路攀登起来
险峻陡峭，似乎充满艰难。让他们这样
去想，如果忘却湖[③]的催眠水还没使他们
麻木，采用什么天性的行动我们才能够
升天回到我们天赋的席座：对我们而言，
门第与坠落，方向相反。但当敌人来势
汹汹，紧紧地咬住我们溃不成军的屁股，
穷追不舍，直到把我们赶进地狱，经受
何等的逼迫，经过多么吃力的飞行逃跑，
刚刚过去的一幕，有谁觉得我们的坠落
如此之深？因此，登天容易，后果可怕！
虽然他比我们强大，但我们应再次挑衅，
他的愤怒或许会找到一条更可怕的道路，

---

① 指地狱中的硫磺火焰。
② 即地狱。
③ 由遗忘河—利西河水汇成。

导致我们毁灭：如果地狱里的恐惧变成
更加严重的毁灭，那该多好：逐出天堂，
罚进这极度悲哀的可恶深渊，还有什么
比身在此境更加凄惨；不可扑灭的烈火
带来的痛苦必将在此把我们，他的愤怒
所指向的奴隶，折磨到没有希望的尽头，
无情的天罚，什么时候才召唤我们以苦
赎罪，进入严刑拷打的时辰？更大毁灭
还在后头，我们将遭灭顶之灾，被消灭
干净。既然这样，我们还有什么可恐惧？
惹他发怒，让他怒不可遏，为何要犹豫？
把他的狂怒刺激到顶点，这或许将大大
消磨我们自己，或许使这精华荡然无存，
然而这比起悲惨的永生不知快乐多少倍：
也许吧，如果我们的神圣本质千真万确，
那就不可能终止存在，按最保守的估计，
我们的境况要多糟就有多糟，但不至于
寂灭；通过交手我们感到，我方的力量
足以扰乱其天堂，虽难进入，但可采取
连续不断的袭击，吓一吓他宿命的王位：
这样做即使不算胜利，也算得上是报复。”

　　他皱眉蹙额说完，他的神色在公开宣扬
不顾一切的报复，危险的战争，那模样
哪儿像天使。在他对面站起来的是彼列，
他的举止温文优雅一些，更富有人情味；
如此彬彬有礼，哪像是从天堂掉下的人？
他看上去从容高贵，曾经立下丰功伟绩：

但是，这一切都是故弄玄虚，徒有其表；
虽然他的舌头滴着吗哪①，但却能够颠倒
黑白，能使天衣无缝的建议或悬而不决，
或夭折，原因是他的全部心思卑鄙龌龊，
满肚子坏水，所以对所有心高气傲之举
胆小如鼠，没精打采；然而他长于取悦，
能说会道，这样开始他的话语：

“我应该在很大程度上支持公开的战争，
同路的各位啊，因为论仇恨我一点不少，
力主马上开战的主要理由，虽欲望强烈，
但却在很大程度上难以令我信服，似乎
给我们的全盘胜利蒙上了一种不祥之测；
当他的武功不可匹敌，技艺不可低估时，
正是他对自己所献之策，对自己的擅长
缺乏信心的时候，他把自己的勇气建在
绝望的基础之上，他的整个目标和意图
就是通过极端手段报仇之后，彻底消亡。
首先请问，怎样报仇？天国的座座塔楼
塞满武装的岗哨，从而使条条入口通道
固若金汤；在边界标志的深渊上，要么
常有他们的一个个军团安营扎寨，要么
他们展开看不清的翅膀，飞进夜的王国
纵横侦察，对奇袭不屑一顾。或者我们
应该依仗武力，杀出一条血路，在我们

① 犹太教、基督教《圣经》故事所述古以色列人经过荒野所得的天赐食物，意为天助、精神食粮。

身后，整个地狱也许掀起黑黝黝的起义，
搅得天上无比纯洁的天光黑白混杂不清，
然而我们了不起的大敌照样坐在王座上，
不可亵渎，不受污染，神灵的天性不可
玷污，立刻就会把她的淘气鬼驱逐出去，
不无胜利地把可耻卑贱的火焰清除干净。
这样一败涂地被击败，我们的最后希望
变成彻底的绝望；我们必然要触怒那位
万能的胜利者，他将发泄他全部的愤怒，
因而必将终结我们，这就是我们的对策，
最终竟灰飞烟灭；多么悲哀可怜的对策；
尽管充满痛苦，但又有谁愿意放弃这种
理智的生命，宁愿让那些漫游穿越万古
千秋的思想消亡，宁愿让它们处在没有
知觉，一动不动之中，在黑夜还未创造
出来的宽广子宫里边被吞噬，无影无踪？
假设这种结局还算过得去，我们那怒火
中烧的敌人是到此为止，还是永远惩罚，
有谁知道？他能怎样难以预料；但肯定
他绝不会希望后者。难道他，如此英明，
马上就让他的怒火熄灭，大概他的澎湃
激情已退，或不知不觉中，给他的敌人
如愿的希望，好在他的愤怒中结果他们，
好让他的愤怒免除他们没完没了的惩罚？
那我们为何停止？那些力主开战的会说，
‘我们已被判罪，留下性命，注定永远
悲哀；无论所作所为，没有什么能超过

我们受的痛苦，我们还能糟到什么地步？’
如此说来，这般坐着，这般开会，这般
武装，是不是糟到极点？当我们在强力
之下逃命，后有追兵，头顶苦恼的惊雷，
哀求地狱庇护我们，那时怎么样？当时，
这地狱似乎就是躲避那些创伤的庇护所。
当我们被缚倒在燃烧的湖上①，那又怎样？
那肯定糟之又糟。吹燃那些沉眠中无情
之火的呼吸，如把它们吹成七倍的愤怒，
把我们投进呼啦啦的火焰，那又该怎样？
或者他的红血右手把灾祸降落我们头上，
重新武装那中断的报复，那又应该怎样？
如果她所有的仓库全都打开，地狱之天
喷出她瀑布般的烈火，迫在眉睫的恐怖，
威胁着某一天将会可怕地掉到我们头上
之时，也许我们还在策划或者敦促发动
荣誉之战，当场就被抓进烈焰的暴风雪，
一个个被狠狠地掷在他的巨石上，动弹
不得，全都成为难以忍受的一阵阵旋风
玩弄的对象和被捕食的动物，或者锁链
缠身，永久地沉入那边沸腾的大海底部，
在那儿与反反复复的呻吟叹息会话交谈，
希望荡然无存的结局，多少世纪，哪来
喘息之机，没有同情，痛苦得不到缓解，
难道这不会更糟？因此，公开或者暗战，

---

① 此为撒旦和其同伙初次醒来时的状况，见第 1 卷第 210 行。

我的声音都完全一样： 勿做此事；因为
谁用暴力或诡计去对付他，或有谁背叛
他的意志，他一眼就能看穿，能有何为?
他从天庭之顶看着我们徒劳的一举一动，
嗤之以鼻，不仅有阻止我们力量的万能，
而且还有挫败我们种种阴谋诡计的智慧。
那么，天堂一族，我们就这样狗彘不若
生活下去。这样遭受蹂躏，这样被驱逐，
在这儿锁链裹身，蒙受这些折磨? 好死
不如活活赖着，这就是我的意见；因为
不可避免的命运要征服我们，这是来自
上帝的判决，胜利者的意志。我们既然
有力量敢做，就应同样有力量敢于承受，
既然天命如此，就不怪法律不公： 如果
我们聪明的话，首先弄清这一点，要与
如此强大的敌人竞争，什么将会砸下来，
天才知道。我感到好笑的是，那些枪尖
面前勇敢而不顾危险的天使，遇到失败，
他们就畏缩，害怕，知道什么后果必然
接踵而来： 根据征服者的判决，或忍受
流放，或披镣戴铐，或蒙受耻辱和痛苦。
这是我们目前的判决，如我们能够维持
和忍受这一判决，我们至高无上的敌人
最终也许会大大地缓和他的愤怒，而且，
也许相距如此遥远，不把我们放在心上，
只要不去滋事冒犯，他会为施加的惩罚
心满意足；如果他的呼吸不再掀起烈焰，

这些漫漫怒火就将渐渐减弱。那么我们
纯洁一等的本质要么将战胜它们的毒气，
要么将接受渐渐熟悉起来的酷烈与炎热，
或者因心情和秉性有所转变，最终适应
此地环境，或者因没有痛苦反而不习惯；
这儿的恐怖色彩将渐渐变淡，黑暗将被
光亮取代，除此以外，未来的日子似箭
如飞，它将会带来什么希望，什么机遇，
什么变化，值得等待，因为我们的处境
眼下虽说倒霉，但没倒霉透顶就算幸运，
如果我们不再给自己增添更多的悲哀。”

　　彼列的这一番话披裹着一件理智的外衣，
如此力主宁静中的懒惰与不光彩的安逸，
而不是和平；在他之后玛门①这样说道：

　　“如果战争就是上上策，我们不惜一战，
要么废黜他在天上的王位，要么就夺回
我们自己已失去的权利：当永恒的命运
不可避免地带来转瞬即逝的机会，那时
我们会有希望废黜他的王位，让‘混沌’
评判这场争论：前一种主张后一种见识
相互抵牾，徒劳无望：处在天庭的范围
疆界以内，如果不打败上苍天君，这里
那里，哪里我们能够安身？假设他应该
大发慈悲，公开赦免诸位，那也得再次
臣服，承诺保证；我们将在鄙视目光下，

① 见本书第 37 页注①。

低声下气站在他的面前，硬着头皮接受
严厉的法律，用似鸟啭鸣般的颂歌赞美
他的王位，被迫唱起哈利路亚①，去赞颂
他的神性；其间，受到我们忌恨的君主，
不可一世地坐着，他祭坛上的朵朵仙花，
我们奴颜婢膝的谢罪礼，散发出一阵阵
唯神尊享的香气。在天堂里，那必定是
我们的任务，那是我们必不可少的快乐；
把崇拜奉献给我们之所恨，如此去消磨
永生多么令人厌烦。那么，让我们放弃
用武力不可能实现的追求，我们也放弃
上帝准予而不能接受的许可，与其追求
天上我们耀武扬威的家臣地位，还不如
就从我们自己身上寻找我们自己的称心
如意，该怎么活就怎么活下去，虽身处
广漠的壁凹，但却无拘无束，责任全无，
宁愿选择艰难中的自由，也不愿去佩戴
卑躬屈膝的浮华那舒适的枷锁。当我们
能够创造毫微中的伟业，有害中的有用，
逆境中的成功，那么，我们的伟大就将
显得举世无双，依靠劳动和忍耐，无论
在什么地方，都能在险恶处境之下兴旺，
都能从痛苦中创造安乐。我们害怕这儿
漆黑一团的深邃世界吗？那天堂的主宰

---

① 《哈利路亚》被后人称为天国的国歌。它是希伯来语，意为赞美主，赞美耶和华。“哈利路”在希伯来语中意为赞美，“亚”是耶和华的简称。

陛下为什么常常选择居住在厚厚的云墙
和黑暗之中[①]？虽然庄严伟大的黑暗覆盖
他的王座四周，但他的光辉却没有变暗；
一阵一阵低沉的雷声集合起它们的愤怒，
从那儿发出它们的吼叫，地狱比较天堂，
有何两样？就像他仿制我们的黑暗一样，
当我们高兴时，为何不能仿造他的光明？
这块荒凉的土地并不缺少她隐藏的光泽，
既有宝石，也有黄金；我们也不乏技能
和手艺，能够从此建起富丽堂皇的大厦；
天堂的炫耀还能够有几多？我们的痛苦
在时间的长河中也许会变成我们的元素[②]，
这些刺骨的火头现在有多威猛就将变得
有多温柔，我们的韧度变成它们的韧度；
那韧度必将搬走痛苦的感觉。方方面面
欢迎和平的主张，欢迎井然有序的安定，
在最佳安全环境中我们可以如何去调整
我们目前的不幸，我们现在比过去怎样，
都得仔细审视，从头脑中彻底去除有关
战争的胡思乱想： 你们已知道我之所讲。”
　　在他刚结束发言，话音落地之前，会场
上下就响起一片低沉连续的声音；仿佛
狂风大作后空心的岩石保留下来的声响，

①见《圣经·旧约·诗篇》第18篇第11节：“他以黑暗为藏身之处，以水的黑暗、天空的厚云为他四围的行宫。”

②据古希腊哲学，万物依靠各元素而存在。玛门认为天使在地狱之火中，久之，则火也变为天使存在的元素。

它唤起大海彻夜不宁，此刻嘶哑的韵律
在安抚守夜无眠而精疲力竭的职业水手，
轩然大波之后它的咆哮，使船抛锚停泊
在意外的峭壁港湾：玛门话音落定之后，
欢声雷动不绝于耳，他建议和平的劝说
正中大家下怀：因为那样的又一次战斗，
他们害怕结局远比地狱有过之而无不及：
惊雷和米迦勒①之剑带来的惧怕如此深远，
仍在他们内部挥之不去；创建一个冥府
帝国的欲望如此强烈，在与敌对的天堂
比拼之中，帝国的崛起与否一要靠时间
又漫又长的推动进程，二要靠政治策略。
这时的别西卜，除撒旦之外，此刻没有
谁坐在比他更高的位子上，他有所察觉，
带着一副阴沉沉的表情站起，他那一站
似乎一根擎国支柱凭空渐渐升起；深谋
远虑和公共利益深深地刻在他的前额上；
虽然身陷废墟，但在他的脸上仍有王侯
一般建言时发出的威严：他站起来就像
圣贤之人，阿特拉斯②般力大无双的肩头
适合承担最强大的君主国的重累，长相
更像是时值夜晚或者夏天正午时的天空，
吸引听众，招惹注意，这时他开口演讲。
　　“尊贵的各位座天使以及各位掌权天使，

---

①基督教《圣经》中的天使长之一，曾率领他的使者与魔鬼撒旦决斗。
②希腊神话中的巨人，因与宙斯作战受罚作为天柱，以肩负天。

天堂的子子孙孙，天上的各位道德天使；
我们现在必须放弃这些头衔，改换门户，
另称为地狱王子？因为直接投票的倾向
就是如此，继续待在这里，在这里建树
一个成长壮大的帝国；这当然不成问题；
在我们还在做梦的时候，天堂之王已经
宣判此地就是我们的地牢，还不知道吧，
这儿不是我们安全的静居处，他的巨擘
不及的地方，从此生活在天庭高高权限
统治之外，重新拉帮结党反对他的王位，
虽然被扔在如此遥远、不可避免的深井
下面，但做他的大批俘虏不可变，受到
最严厉的束缚不变：因为他，毋庸置疑，
无论在高天还是深底，他是唯一的帝王，
他的领地不会因为我们的反抗丢失一寸，
他自始至终一直将是统治者，他的帝国
超过了地狱，在这儿他用铁杖[①]统治我们，
就像在天庭使用金杖[②]统治他的臣民一样。
既然如此，我们干吗坐下计议是和是战？
战争已经决定了我们的命运，失败加上
不可弥补的损失；迄今和平的条款既难
达成，也难恩准；除了严加监管，戴镣
受罚，接受武断的惩罚外，给予的和平

①铁杖表示敌对、无情。见《圣经·新约·启示录》第2章第27节："他必用铁杖管辖他们，将他们如同窑户的瓦器打得粉碎。"

②金杖表示恩爱。见《旧约·以斯贴记》第5章第2节："王见王后以斯帖站在院内，就施恩于她，向她伸出手中的金杖。"

将会是我们的奴役，竟为了这样的和平?
但是，就我们敌视和憎恨的力量，不可
抑制的反抗，报复，虽然缓慢，和迄今
仍在暗中策划的阴谋而言：如何让那位
征服者能从他的征服中收获最少，如何
让他能从施加给我们的极度苦难中感到
最少的快乐，我们还能够怎样回报和平?
机会总是无时不有，我们不必冒险远征，
侵略天堂，它那高高的围墙既不怕强攻，
也不怕包围，同样不怕来自地狱的伏击。
假如我们能够找到一种轻而易举的方案，
那又怎样?有一个地方(但愿天上远古
流传的预言传闻确凿无误)，另一个世界，
一个崭新的种族，所谓人类的幸福家园，
人如我样，大约这个时候应该已被创造
完毕，虽然在力量和优秀方面逊色一等，
但天上的统治者，他却对那人宠爱有加；
这就是他的意志，在众神之中早有宣告，
震撼天庭里里外外的一则誓言可以证实。
让我们集中心思，把所有的注意力指向
那里，要了解清楚什么样的创造物住在
那里，形体如何，或者用什么材料制成，
天赋的才能怎样，他们的力量是大是小，
他们的弱点在什么地方，什么样的方法
可以最佳一试，是采用暴力还是用巧计：
尽管天堂的大门已经关闭，天堂的最高
仲裁人兵多将广，防范严密，然而此地

似乎是他的王国最远的边疆，没有掩蔽，
交给谁就谁占有谁把守： 或许就从那里
发动出其不意的进攻，某种有利的行动
也许能够如愿以偿，要么就用地狱之火
把他的全部创造化为灰烬，要么就统统
拿过来据为己有，就像我们被驱除一样，
驱除生于我们之后的居民，或如不驱除，
就引诱他们加入我们的队伍，如果这样，
他们的上帝有可能被证明是他们的仇敌，
他将用后悔之手彻底毁掉他自己的成果[①]。
这样将超过平常的报仇，用我们的破坏
打断他的快乐，就在他心神不宁的时候
我们得到大快大乐；到那时他的一个个
宠儿，头在前，脚在后，被他猛力掷下，
加入我们的队伍，而他们必将诅咒他们
脆弱的起源，诅咒凋谢的天福，那凋谢
如此迅速。但愿这样一个建议值得一试，
否则就坐在这儿的黑暗之中，白费心思，
虚构帝国吧。”别西卜这样为其恶毒主张
狡辩，它首先出自撒旦，部分已被提及：
因为追根溯源，除恶积祸盈的鼻祖以外，
谁能提出如此包藏祸心的主张，使人类
一张家谱的种族混乱，尘世与地狱你中
有我，我中有你，向伟大的造物主发泄

---

① 见《圣经 · 旧约 · 创世记》第 6 章第 9 节：“耶和华说，我要将所造的人和走兽，并昆虫，以及空中的飞鸟，都从地上除灭；因为我造他们后悔了。”

无所不能的恶意？然而他们的恶意适得
其反，反而将增添他的荣耀。这一大胆
诡计使地狱的各个阶层欢欣鼓舞，欣喜
在他们的一双双眼睛中闪烁发光；全体
投出同意的赞成票：因此他又重拾话题：

“你们做出了很好的裁定，冗长的争议
圆满结束，与会的诸公，你们不负众望，
重大的决策已定；它可能再一次把我们
从深不见底的地狱提升起来，不管命运
如何，却距离我们古老的位置越来越近；
或许看得见的那些明亮的疆界，从那里
调动附近的武装，迅速开拔，我们也许
碰巧能够重新进入天堂；否则另选地方，
温暖一些，安全一点，天上的明媚阳光
驻足普照，当东方的光束大放光明之时，
这一昏暗被一扫而光的地方；那儿空气
温暖怡人，将轻轻吐出她的芬芳，医治
这些毒辣辣的火焰留下的伤疤。但首先
我们将派谁去寻找那个新世界，我们将
推选谁足以承担此任？他必将冒着风险，
穿越伸手可触的黑暗，游走的双脚踏过
深不可测，无底可及的深渊，前去发现
足迹罕至的荒路，或者展开双翼，猛禽
一样放飞，不知疲倦的翅膀不停地拍打，
高高地飞越茫茫无际的裂口[1]，然后才能

① 指新世界与地狱之间的混沌之界。

抵达那座幸福的岛屿①；因此，什么力量，
怎样的艺术才足以应付，或者找到什么
借口才能使他安全通过那些严格的哨兵
和哨位，站岗放哨的天使的盘查？为此，
他必须缜密周全，我们现在投票决不可
掉以轻心；因为我们派谁去，在他身上
肩负着大家的重托和我们最终的希望。”

　　这样说完，他就坐下，眼神流露出期望，
等待有谁会站出来要么赞成，要么反对，
或者挑战这危险的一试；但大家像哑巴，
陷入沉思默想，反复掂量危险；每一位
与会者都从其他面孔的镇定中大为吃惊，
读到自己的心惊肉跳：在那些参与天庭
混战的勇士中，竟然不能找到一位挑选
出来的干将，就像铁打的硬汉，能独自
一个承担或者接受这一胆战心惊的征程；
直到最后，撒旦，此刻超群的荣耀使他
在同党面前卓尔不群，意识到自己身价
最高，于是带着王者的自豪，无动于衷
这样发言：

　　“啊，天堂的后裔，天上的各位座天使，
鸦雀无声以及毫无异议紧紧地抓住我们，
虽然不是泄气，但事出有因：征程又险
又远，一旦迈出地狱就要踏上向阳路线；
我们的监狱构造坚固，不可容忍的烈焰

① 指地球——新世界。

形成吞噬一切的巨大弧线，把我们九重
包围在里面，扇扇坚硬的大门熊熊燃烧，
把我们与外界分离隔断，谁都禁止出外。
越过这些，如果还有任何关口，下一道，
尚待创造完成的‘黑夜’一关，它虚幻
深邃，张开大口凝视着他，威胁他一口
把他完全吞掉，要把他拽进夭折的深壑。
从那以后，假如他逃进任何种类的世界，
或者不知名的地方，留给他的不是完全
不知道的危险，而是那不可逃脱的危险。
但是，啊，伙伴们，如果站在公共利益
这样的重大关头，借口困难或危险可能
阻止我挺身一试，从而无所进言，无所
判断，那么，我就将不配坐在这一流光
溢彩的宝座上面，不配担当用权力武装
起来的帝国君主。为何我掌握这些王权，
不拒绝当政，却要拒绝接受与众多荣耀
成正比的危险的大部分份额？谁在当政，
归他的危险应该相称，就像他坐在大家
上面极受尊敬一样，危险越多，越应该
多加一些给他。所以，再见，各位强大
有力的掌权天使，虽然已经坠落，但是
你们仍是天庭的心头之患；当这儿将是
咱家的时候，就在家想想，最大的好处
也许是它能减轻目前的苦恼，能使地狱
变得更容易忍受；如果有措施或有魔力
去暂缓或者麻醉，或中止这座不详宅第

那痛苦该有多好：时刻设岗放哨，警惕
醒着的敌人，其间我处身在外，要闯过
黑暗摧毁的道道海岸，为我们大家寻找
解放：此次冒险谁也不许与我同行结伴。”
精明之君这样说着站起身来，抢先阻挠
七长八短的回应，以免重要将领中另外
有谁可能将就他的决定，现在才来提出
（可想而知将会遭到拒绝）从一开始他们
就害怕提出的冒险请求；这样拒绝也许
还会从舆论上防止他的一个个竞争对手，
不费吹灰之力就会赢得声名鹊起的机遇，
他则必须战胜千难万险，博得崇高名誉。
他们虽然害怕冒险，但更惧怕他的话音，
谁都难以亲近；他们紧跟他立刻站起身；
他们同时突然站起来发出的声音，如同
遥远的隆隆雷声在耳边响起。他们俯身
鞠躬，无不充满敬畏地向他致意；赞扬
他的高度等于赞扬上帝在天堂至高无上：
为了大家的安全他藐视自己面临的危险，
他们没有忘记表达他们对他的肉麻颂扬：
因为这些被诅咒的幽灵还没把操守德善
完全丢光，以免坏人将会自吹自擂他们
在尘世徒有其名的英雄壮举，巧取荣耀，
或卖弄满腔热情，文饰不可告人的野心。
他们就像这样在阴暗中结束了他们前途
叵测的会商，为他们无敌的统帅而欢欣：
就像当北风入睡的时候，从一座座山头

冉冉升起的一块块铅云，密密麻麻堆在
天庭兴高采烈的脸上，阴沉晦暗的天空
怒目鸟瞰着昏昏暗暗的原野，要么下雪，
要么降雨，如果容光焕发的太阳能偶尔
含笑告辞，馈赠晚霞余辉，一片片原野
就会复苏，百鸟就会恢复一曲曲的歌唱，
咩咩叫的羊群就会证明他们的喜悦之情，
以至欢乐之声在山上山下回荡。人类啊，
羞耻难当！受到诅咒的魔鬼与魔鬼尚能
保持坚定的和谐，然而唯一的理性动物
人类，恩惠天授，承载希望，相煎何急；
上帝宣扬和平，他们却生活在彼此敌对，
相互仇恨，你我冲突之中，残酷的战事
连绵不绝，蹂躏大地，彼此间誓不两立。
除此之外，仿佛(这可能诱使我们协调
一致)人没有足够多的恶魔般敌人一样，
可他们为了毁灭他，正在日日夜夜等待。
地狱的集会至此解散；趾高气扬的魔鬼
重臣按照顺序鱼贯离场：在他们的中间
走着他们高大的最高统帅，看上去就像
独自一个即可匹敌天堂，把他称为地狱
可怕的皇帝一点不夸张，尊严与神相似，
威仪堂堂无可比拟；炽如火焰的撒拉弗
就像一道圆环一样把他团团包围在中间，
色彩鲜艳的纹饰和竖立的武器作为装扮。
于是，就在庄严的喇叭声中，他们宣布
他们的会议结束，会议取得伟大的成果：

搭乘四个方向的风，四个神速的基路伯
每个口衔如金似铜，发声洪亮的小喇叭，
说明那传令官的声音：空空如也的深渊
无论多远多偏，无处不闻，所有的地狱
臣民发出他们震耳欲聋的欢呼作为回应。
从那时起，子虚乌有、肆无忌惮的希望
或多或少打起他们的精神，他们的心情
大为轻松，各级天使或如鸟散，或游荡，
或各走各的路，任凭爱好或忧伤的挑拣
带他走入无措的茫然，不宁思绪的休眠
在那里他也许最有可能找到，以乐款待
令人厌烦的时光，直到那伟大统帅返还。
有的在平原上，有的在高高的空中来来
去去飞旋，有的在急驰奔跑，展开竞赛，
好像是在参加奥林匹克运动会[1]或皮提亚
竞技会[2]；有的在给他们狂躁的骏马安上
马勒，有的让飞驰的车轮避让标杆立桩[3]，
有的阵列相对，仿佛不平静的天空一度
陷入那警告骄傲之城的战争，大军冲向
云层中的会战，各路先锋的前面是突前
策马的空中城堡骑士，平握手中的长枪，
迎战布阵最为密集的个个军团；从天庭
那一端和这一端，空中充满比武的兵器

① 为祭祀宙斯而定期举行的体育竞技活动。

② 皮提亚的原野在特尔菲附近，皮提亚竞技会为纪念阿波罗战胜巨蟒皮同而举行。

③ 古希腊罗马的战车竞赛，车绕标杆，逼近而又巧避者胜。

闪闪的寒光。另外的比巨人堤丰的愤怒
更火，凶猛地撕碎一片片岩石和一座座
山岗，旋风中天马行空；地狱几乎承受
不起这样疯狂的喧嚣。恰如阿尔喀德斯[①]
带着胜利从奥卡利亚[②]凯旋时一样，感到
身披毒袍，忍痛撕碎，把塞萨利[③]的松树
连根拔起，连同利察斯，一块儿从艾他
峰[④]顶扔进优比亚海底[⑤]。还有的温文尔雅
一些，退进一条寂静的山谷，在一排排
竖琴演奏的一支支天使乐曲的伴奏声中，
唱吟他们自己的英勇事迹，战争的厄运
造成的不幸坠落；悲叹命运竟然让暴力
或者机缘奴役自由的美德。他们的唱吟
虽然各抒己见，但是，那种和谐(永恒
精灵之唱，相比之下又能妙到哪儿去？)
使地狱不再是地狱，把蜂拥而至的听众
带进狂喜销魂之乡。有的分开坐在一座
隐僻的小山上，正在可心如意说文论道
(只因为雄辩陶冶心智，歌唱愉悦感官)，
兴高采烈交流思想，据理争辩最高天意、

---

①即赫拉克勒斯，又译海格立斯，罗马神话中称为赫丘利，为宙斯和阿尔克墨涅之子，为大力士。

②古希腊东部一城市。

③希腊中东部一地区，位于屏达思山和爱琴海之间。

④位于希腊中南部塞萨利的一座山峰。

⑤赫拉克勒斯从奥卡利亚战胜归来，在希腊南部的拉哥尼亚得到一件袍子，来自多年前曾与之战斗并被其杀死的人首马身怪兽内萨斯。袍子带有剧毒，腐蚀肉皮，赫拉克勒斯疼痛难耐，愤怒之下将送袍人利察斯投入优比亚海(位于西爱琴海)中。(见《变形记》第9章)弥尔顿综合了这个故事发生地的两种版本：在戏剧中为优比亚岛(亦埃维厄岛)，在奥维德的《变形记》中则为塞萨利。

先见之明、意志和命运：那不变的命运，
自由的意志，绝对性的先见之明，各种
命题多如牛毛，迷失在绕来绕去的迷宫
里面。接着他们深入广泛地争论善与恶，
争论幸福快乐与最终的痛苦不幸，激情
与冷漠，光荣与羞耻，这些都统统不过
是虚荣的智慧，谬误的哲学：然而这是
一种令人愉快的魔术，它能够暂时控制
痛苦或者苦恼，刺激产生靠不住的希望，
或者就像用比钢铁还硬三倍的愚顽耐心，
武装冷酷无情的胸膛。另外还有一部分，
如同一支支飞行中队和一支支飞行大队，
敢作敢为，冒险要去探索那宽广的阴霾
世界，看看或许有什么地方能够为他们
提供更加舒适的居住环境，他们的飞行
路线转向四个方向，顺着四条阴间河流
堤岸向前，四条冥河不断喷出它们险恶
不祥的汩汩水流，水流注入燃烧的火湖[1]；
不共戴天的洪水，深恶痛绝的斯提克斯[2]，

---

① 见《圣经·新约·启示录》第19章第20节："……他们两个就活活的被扔在烧着硫磺的火湖里。"第20章第10节："那迷惑他们的魔鬼被扔在硫磺的火湖里，……"

② 本卷577—584行中记述了冥府中五条河流：斯提克斯（悔恨之河，分隔地府与人间的主要河流。古希腊人因为这条河神圣，常以此河立誓，诸神以此河立誓而违反誓约者将九年无法说话）、阿克龙（苦难之河。船夫卡戎——厄瑞玻斯和夜女神之子，在此将安葬的亡魂送到对岸的冥府。相传安葬的死者要在口中放有一枚钱币才能在此渡河）、科赛特斯（悲叹之河，被认为是阿克龙的支流。未被安葬的亡魂会在此河河岸飘荡数百年）、火河（熔岩之河，奔流着火焰的一条河）和利西（遗忘之河，汇成遗忘湖。死者之灵饮该河水之后可以忘却前生。但在但丁的《炼狱》中，亡灵需要洗清罪恶，而不是忘却前生）。

悲伤和忧愁的阿克龙，那河水又黑又深；
科赛特斯，名称来自哀悼，悔恨的水流
上面能够听到恸哭的哀嚎；凶猛的燃素，
她湍急的火流掀起愤怒燃烧的滚滚波浪。
远远离开这四条河，还有一股慢慢悠悠，
静静悄悄的水流，遗忘之河，名叫利西，
她翻来滚去的河水就是一座漂浮的迷宫，
有谁喝了她的水就会立刻忘记他的过去
是什么状况，他是谁，忘记欢乐和忧伤，
愉快和痛苦。这条河流的另一边是一片
冰冻的陆地，黑暗而荒凉，可怕的冰雹
和旋风永远不停地狂怒咆哮，打在坚硬
大地上的冰雹不但没有消融，反而堆积
成山，就像古代建筑留下来的断壁颓垣；
此外全是深深的积雪和冰场，一道海湾
宽如塞波尼斯大沼泽①，夹在古老加修山②
和达米亚达③之间，整个大军曾经在那儿
覆灭：焦干的空气灼烤刺痛，犹如朔风
砭骨，苦寒送上炉火的效果。革命党人
受到诅咒，定期全部被老当益壮、蹼脚
哈皮④般的复仇女神⑤带到那里：感受冰火

① 尼罗河口的沼泽、滩涂。
② 埃及一山名，在托夸多·塔索的《被解放的耶路撒冷》中是罗马将军庞培的坟墓所在地。
③ 托夸多·塔索的《被解放的耶路撒冷》中提到的尼罗河入海口处一城市。
④ 即哈耳皮埃，身是女人，翅膀、尾巴及爪似鸟的怪物。
⑤ 指厄里倪厄斯，是司复仇的三位女神——阿勒克图（不安女神）、墨纪拉（妒忌女神）和提希丰（报仇女神）——的总称。

两极变换交替的痛苦滋味，感受那转换
更猛的极端刺激，从烈焰的火床再移到
冰天雪地中冻馁，他们舒服的天暖消散，
就像树桩钉在那里不能动弹，经过一轮
冰冻，只要时间周期一到，就会被仓促
送回火焰。他们在利西忘川的峡口之间
来来往往摆渡，他们的悲痛在加深增大，
因为每次渡过，他们就挣扎，希望触到
诱人的涌流，水沿如此之近，哪怕只有
小小的一滴，所有的痛苦，所有的悲哀，
就那么一小会儿，统统将被美美地遗忘；
但命蹇时乖，美杜莎①与戈耳戈②恐怖之徒
守卫着渡口，他们的跃跃欲试没有希望。
说起忘川之水本身，曾经逃过坦塔罗斯③
那嘴唇，飞一般地躲过所有活口的品尝。
富有冒险精神的支支中队大队，就这样
迷迷茫茫凄凄惶惶转来转去地行军前进，
一个一个因惊骇而瑟瑟发抖，面色苍白，
惊呆的眼睛第一次看到他们可悲的住地，
找不到安宁：他们穿过无数山谷，黑暗
而沉闷，经过许多悲伤之地，越过片片
冰天雪地，跨过一座座火烧火燎的峰顶，

① 希腊神话中的三位蛇发怪女之一，原为凡俗女子，因触犯阿西娜，头发变成毒蛇，面貌也极为丑陋，凡看她一眼的人都变成石头，最后被珀尔修斯杀死，其头颅被割下装在阿西娜的盾上。

② 三位蛇发怪女之一，面貌可怕，人见之立即化为顽石。

③ 宙斯之子，因泄露天机，被罚站立在齐下巴的水中，头上有果树，口渴欲饮时，水即流失，腹饥欲食，果子就被风吹去。

无数沼泽湿地、天坑地洞、巨岩、湖泊，
以及死亡阴影：一个死亡的宇宙，上帝
用诅咒创造的邪恶世界，因为唯恶即善，
这里所有生命死亡，死亡幸存，大自然
反常地孕育所有怪异、所有变态的事情，
令人憎恶，难以言说，至今杜撰的寓言
望尘莫及，即使可怕的戈耳戈或海德拉[1]，
或者客迈拉[2]制造的恐怖也相形见绌。
　　就在这个时候，上帝和人类的敌手撒旦，
怀揣罪大恶极的阴谋，心急如火，振翅
急速飞向地狱之门，尝试他的孤独旅程；
时而在左岸，时而又在右岸，他的飞翔
无处不到，时而水平飞行轻轻掠过深渊，
时而就像高空旅游，昂头飞向火焰苍穹。
仿佛远远看见海上的一支舰队挂在云端，
借助天国的赤道之风，要么是从孟加拉，
要么是从特拿德或者替道[3]诸岛远航驶近，
商人们从那些地方带来他们的各种香料：
他们追赶着贸易之路的潮涨潮汐，由经
宽阔的埃塞俄比亚海[4]驶向好望角，逆风
顶浪，常常夜夜航行，驶向遥远的南方。
魔王飞出去的距离似乎同样遥远：地狱

---

①希腊神话中的九头蛇，相传割去九头中任何一头，会生出两个头，后为大力神赫拉克勒斯所杀。
②狮头、羊身、蛇尾的吐火女怪。
③位于印度东部的摩鹿加海的两个岛屿，因香料著名。
④今印度洋。

边界终于出现，他的高高飞翔到达可怕
深渊的顶部，就在三道三层大门的面前；
三层是黄铜，三层是铁，还有三层非常
坚硬，不能穿过的岩石，岩石周围布满
永远燃烧不尽的火环。那些大门的前边，
两侧分别坐着一个令人敬畏的魔体怪物；
一个从腰部以上来看似乎是美丽的妇女，
但下半身却长着一层层鳞片，又粗又肥
又硕大，恶臭肮脏，一条蛇，长着致命
螫针：一大群地狱猎犬缠绕在她的腰间，
狺狺的狂吠从来没有停止的时候，大大
咧开的一张张塞佩拉斯[1]似的怪嘴，发出
敲钟打铃一样令人心惊肉跳的隆隆轰鸣，
响声震耳：不过，如果他们的喧哗受到
任何的干扰，在他们愿意的时候，他们
就会爬进她的子宫，就像钻进藏身狗窝，
虽然看不见，但却仍然在不断咆哮嚎叫。
在把卡拉布里亚[2]与刺耳的特里纳克里亚[3]
海岸彼此隔开的海里沐浴，愤怒的锡拉[4]
远远不及这些猛犬来得恐怖：那位夜间
飞行的女魔，暗中受到召唤，由于婴儿

① 守冥府大门的长有三个头的狗。

② 意大利南部一行政区域。

③ 意大利西西里岛的旧称。

④ 又译斯库拉，希腊神话中吞吃水手的女海妖，有六个头十二只手，腰间缠绕着一条由许多恶狗围成的腰环，守护着墨西拿海峡的一侧。现实中的斯库拉是位于墨西拿海峡（意大利半岛和西西里岛之间的海峡）一侧的一块危险的巨岩。锡拉的愤怒，见奥维德《变形记》第14章。

血腥味的诱惑，所以她就穿云破雾出现，
与拉普兰[①]的女巫共舞，痛苦之中的月亮
在她们的魔力面前，当时为之黯然失色，
那一幕同样难敌这群恶犬的丑恶。另外
一个怪物，如果可以被称作怪物，划归
任何一类都无可辨认，也许可以称之为
关节或者肢体，或者物体，它看似影子，
因为看似独一无二，它站着黑乎乎一团，
仿佛‘黑夜’，仿佛比复仇女神凶狠十倍，
如地狱一样可怕，挥舞一杆可怕的标枪；
他的头上所戴酷似一顶王冠。撒旦现在
近在咫尺，那个怪物从他的座位上急忙
迎上前去，当他迈出可怕的大步的时候，
地狱随之抖动。大胆的魔王也许对对方
感到惊奇，惊奇而不害怕；在他的面前，
除上帝和圣子，他目空一切，决不躲让，
于是带着轻蔑的神情，他抢先这样表白：
　　“你是何物，来自何处，该诅咒的怪物，
虽说狰狞可怕，但岂敢斜插过来，粗暴
挡在前面，阻拦我通往那边大门的前进
道路？我本来打算穿过那些大门，呼啸
而去，我心已决，不用问你同意不同意：
闪到一边去，不然你这地狱养的将自尝
愚蠢的滋味，接受挑战天庭精灵的教训。”

---

① 北欧一地区，传说中夜间出没的巫女的故乡。

那位怪物满腔愤怒，对他这样反唇相讥：
“你就是那个背信弃义的天使，你是他，
首先打破天上的和平，不讲信义，直到
叛乱一刻，他洋洋得意地拉走三分之一
天堂的子孙，结成叛乱武装，共同起誓
反对至高无上的上帝，因此，他们和你
才被上帝驱逐，宣告有罪，判罚到这里，
在悲哀和痛苦之中打发没完没了的日子？
注定要进地狱，你还自视为天上的精灵，
竟敢在这里狂言挑衅，蔑视在此地实行
统治的本王，我是你的国王，你的君主，
这更令你怒不可遏？装疯卖傻的亡命徒，
展开你的翅膀，赶快飞回你受罚的地方，
免得我扬起蝎子鞭[①]驱赶逗留不去的逃犯，
或者，只要这支标枪一击，陌生的恐惧
就会攫住你，尝尝前所未有的剧痛。”
令人毛骨悚然的恐怖之徒这样说完之后，
如此的扬言和如此的威胁使那怪物变形，
可怕扩大十倍：未经核实的撒旦，站在
另外一边，他无比愤慨，气得七窍生烟，
如同一颗燃烧的彗星，点燃那挂在北极
天空中长长的巨大蛇夫座[②]，从他的长长
头发的发梢末端，抖动落下瘟疫和战争。
双方势不两立，各自瞄准他的对手头部；

①见《圣经·旧约·列王纪上》第12章第11节：“我要用蝎子鞭打你们。”
②蛇夫座是赤道带星座之一，从地球看位于武仙座以南，天蝎座和人马座以北，银河的西侧。

他们的双手将决定生死存亡，没有二次
打击的打算，双方疾首蹙额，如此这般
投桃报李，就像当两片铅色黑云，携带
天庭填满弹药的大炮，嗒格嗒格地来到
里海[1]的上空，然后经过一段时间的盘旋，
于是前锋对阵前锋，直到阵风发出信号，
双方投入半空之中他们的黑色遭遇之战：
两个力大无比的猛士就像这样双眉紧锁，
以至于地狱因为他们紧绷着脸黑上加黑，
他们站着这样较劲；任何一方从未见过
这般伟大的敌手[2]，除此一回：如果不是
坐在地狱大门近旁，那位保管命运钥匙，
蛇一般的女巫起身，在骇人听闻的大声
疾呼中冲到他们中间，那么，伟大壮举
至此业已完成，整个地狱本该因此欢腾。
　　“父亲啊，你的手打算做什么，”她喊道，
“你要你独生儿子的命？儿啊，你怎么
发那么大的火，用那根要命的标枪对准
你父亲的头？结果对谁有利，他才知道；
对他有利呀，他坐在天上，此时正冲你
嘲笑，你注定是他的苦力，只要他愤怒，
他就称之为正义，命令你去执行其愤怒
使命，他的愤怒总有一天会将你俩摧毁。”

---

①欧亚两洲间一内海，传说中极其险恶。
②指耶稣。见《圣经 · 新约 · 哥林多前书》第 15 章第 26 节：“因为基督必要做王，等上帝把一切仇敌都放在他的脚下。尽末了所毁灭的仇敌就是死。”

　　她一旦说完，地狱的瘟神闻风马上住手，
然后接过她的话茬这样向她答对：
　　“你的大声疾呼多么奇怪，你调停一刻
所说的话多么离谱，以至于我这闪电般
迅疾的手受阻，略去告诉你迄今它打算
完成什么样的壮举；这是我头次认识你，
你是什么样的动物，这样一副双重体形，
第一次在这阴间的山谷里相见，为什么
你就叫我父亲，把那个幻影称为我儿子？
我不认识你们，迄今为止，在我的眼里，
从没见过有谁比他和你更令人恶心。”
　　于是那地狱大门的女门房对他这样答道：
“这么说来你已把我忘记，我在你眼中
如今似乎那样地令你厌恶，而在天堂里
我曾被认为是大大的美人，那时在集会，
刚好瞥见所有的撒拉弗和你纠合在一起，
在胆大包天地策划反对天堂之王的阴谋，
一切来得是那么突然，难以忍受的剧痛
使你感到惊讶，你的两只眼睛眬眬朦朦，
黑暗中感到天旋地转，当时从你的头上
频频吐出熊熊的烈火，直到头部的左边
大大裂开，明亮的体形和面容像你一样，
那时宛如天宫仙女光彩耀人，一个全副
武装的女神，我从你的脑袋里一跃而出[1]：

---

① 来源于希腊神话，智慧、技艺和战争女神阿西娜从宙斯的头里蹦出来。见希腊诗人赫西俄德的《神谱》第 901 行。

惊愕抓住天堂的所有居民，他们一开始
怕得后退，叫我‘罪孽’，因为我的身上
烙有凶兆的符号；但渐渐熟悉起来之后，
我高兴能用迷人的魅力和美丽征服十分
讨厌我的你，主要是你，你完美的意象
处处留在我身上，看到你自己在我身上，
你变得倾心迷恋，开始快乐地和我交往，
这样那样，秘而不宣，以至于我的子宫
孕育一个渐渐长大的负担。其间，战争
爆发，交战的战场全在天堂；彻底胜利
属于我们全能的敌人，他留在天堂之家，
（还会有什么别的结果）而属于我们的是
损失，从最高的九天被驱逐出来： 向下，
从天堂之顶他们倒立俯冲，不得不坠下，
向下掉进这深渊，我的坠落大体上一样；
就在那段时间，这一把权力巨大的钥匙，
递交到我的手里，责任就是让这些大门
永远关闭，没有我来开门，无论他是谁，
休想通过这些门。我孤孤单单坐在这里，
心事重重，但没坐多久，我怀孕的子宫，
你的孩子，直到那时已经长得超大无比，
我时而感到胎动，时而感到悔恨的阵痛。
你见过他，你自己就是他的生父，终于，
这令人作呕的儿子撕开我的内脏，猛冲
而出，我整个下半身的体形因遭受恐惧
和痛苦的折磨从而扭曲变形，于是渐渐
变得越来越怪： 然而我近亲繁殖的敌人，

他一出生，就挥舞着他那杆为制造毁灭
而打造的夺命标枪：我一边逃跑，一边
大声呼喊‘死亡’[1]；一听到这可怕的名字，
地狱就哆嗦颤抖，全部的洞穴都在叹息，
‘死亡’的叫声反复回荡。我虽然在逃，
但他的追赶(似乎燃烧的欲火远比怒气
更大)速度更快，我，他惊慌中的母亲，
被他赶上，他强行拥抱，强行与我发生
肮脏的内部繁殖关系，正因为那次强奸
才生出这些乱吼乱叫的怪物，以至无休
无止的闹闹嚷嚷声把我包围，如你所见，
每一小时怀孕，每一小时分娩，我饱尝
无穷无尽的悲痛，因为当他们希望重返
养育他们的子宫的时候，他们就钻回去，
边咆哮边撕咬我的内脏，享受就餐乐趣，
然后忽然跳出，用新一轮恐怖把我围住，
惹我恼怒，我得不到任何停顿或者休息。
在我的双眼之前，面对面坐着我的仇敌
和儿子，长相狰狞的‘死亡’，因为缺乏
其他的猎物，所以就纵容他们狼吞虎咽
他的母亲，我，很快就会被啃光，但是
他知道，他的末日和我的末日休戚相关；
他知道我将证明自己是一口苦食，无论
何时都将是他的一副毒药；宣布的命运

---

①“死”是“罪”的产物。见《圣经 · 新约 · 雅各书》第 1 章第 15 节：“私欲既怀了胎，就生出罪来；罪既成长，就生出死来。”

就是如此。但父亲你啊，我预先警告你，
躲开他那致命的标枪；不要徒劳地希望，
那些闪光的铠甲，虽然经过天国的回火，
一旦在身，刀枪不入，因为致命的打击，
除了统治上天的他，没有谁能够匹敌。”

　　她一说完，难以琢磨的魔王就立刻接受
教训，此刻温和一些，圆滑地接过话题：

　　“亲爱的女儿，既然你声称我是你父亲，
让我在这里见到我的英俊儿子，在天上
与你嬉戏调情，信誓旦旦，快乐而甜蜜，
但时过境迁，现在说起岂不感伤，历经
可怕的变化，降临我们头上的无法预料，
也意想不到，我肯定我的到来没有敌意，
仅仅是要从这黑暗和凄凉的痛苦栖身地，
解放他和你，解放所有为了我们的公正
要求而武装起义，从天堂上与我们一起
坠落的天使，天上的居民：我离开他们，
独自肩负这前途叵测的差事，为了大家，
我自己一个暴露无遗，一步步踏着虚无
缥缈的深渊，踽踽独行，穿越巨大太空，
要去搜索，要在漫游徘徊之中寻找一个
曾被预言，而应该存在的地方，它同时
具有以下标志：在这以前已经完成创造，
又大又圆，一个天赐之福的地方，紧邻
天堂森林边缘，动物新贵就安置在那里，
一个种族，也许为填补我们腾出的空间，
虽说离天堂远一点，却能防止强势之众

过分拥挤，或偶然变成新的烤肉：情况
要么这样，要么还有更大的秘密，根据
现在的计划，我急于要知道，一旦知道，
我就会马上回来，把你和‘死亡’带到
那里，你们将自由自在住在那里，你们
将身披芳香，在迎合的天空，上上下下
看不见地静静翱翔；在那里你们将暴殄
天物，所有的东西都将是你们的猎物。”

　　他一说完，母子俩似乎喜不自禁，“死亡”
听到他的辘辘饥肠将被填饱，龇牙咧嘴，
魔怪一般恐怖地眉开眼笑，祈求他狼吞
虎咽的食欲交上那好时光；邪恶的母亲
同样欣喜，对她父亲这样说道：

　　“保管好这阴间深渊的钥匙是我的责任，
这也是天堂全能的君主下达给我的命令，
他严禁打开这些非常坚硬的大门；‘死亡’
随时做好准备，要用他的标枪迎战任何
来犯的武装，他英勇无畏，现有的力量
休想打败他。但是，就他上述命令而言，
我欠他什么？他恨我，把我从上摔下来，
摔在此地，掉进这地狱底下巨大而暗无
天日的深渊，坐着充当可恶的服役帮工，
被限制在这里，天堂的居民，天上所生，
却偏偏在这里经受没完没了的极大烦恼
和痛苦，在我的周围是重重叠叠，各种
各样的恐怖，还有我自己生的一窝怪物
吵吵闹闹的喧嚣，他们以我的内脏为食：

你是我的父亲，你是我的创始人，给我
生命的人是你；除了你，我应该服从谁，
应该跟从谁？你不久就将把我带到那个
光线明亮和天赐之福的新世界，带我到
生活得舒舒服服的诸神中间，我将坐到
你的右手一侧[①]，骄奢淫逸，在那里发号
施令，相称地做女儿和情人，天长地久。”
　　她这样边说边从她的身体侧面掏出那把
性命交关的钥匙，我们所有不幸的悲哀
阀门；她的兽形之躯宛如火车滚向大门，
毫不犹豫地高高拉起那巨大的格子吊闸，
除了她自己，即使地狱的所有天使合成
一体也不可能动它一动；接着在锁眼中
转一转错综复杂的一个个锁孔，一根根
又大又重的铁制或坚固岩石的驻栓插销
轻而易举就被打开：地狱的大门倏然间
迅速打开，随着辗轧的噪声又猛然弹回，
门上的铰链在开合时刮擦发出的刺耳声
犹如不和谐的雷音，震动了阴阳交界间
黑暗界最深的谷底。她打开门，却没有
力量关上门；一扇扇大门竖着大大打开，
以至于一支打着旗帜的军队，连同侧翼
散开的分队，在展开的军旗下齐步前进，
横列编队的松散战马战车，皆可能通过；

① 这里撒旦、“罪孽”和“死亡”模仿了基督教中的三位一体（圣父、圣子及圣灵合为上帝）。“罪孽”想象自己同父亲撒旦称王并坐于其右。另见本书第3卷第62行。

竖着的大门如此之宽地敞开，就像一张
炉口吐出关不住的浓烟和血红色的火焰。
在他们眼睛的前面，在视野所及的地方，
突然间出现一片神秘而古老的浩瀚海洋[1]，
它又深又黑，宽广无边，尺寸不可丈量，
那儿的长度、宽度、高度、时间和地点，
已被统统遗忘；那儿资格最老的“黑夜”
和“混沌”，自然状态的老祖宗们，他们
要维持永恒的无政府状态不变，在此起
彼伏的战争的喧闹声中，凭借混乱局面，
支持湿、干、热、冷，四个凶猛的战士，
把他们胚胎状态的原子带进战争，争夺
这儿的统治大权；原子围绕着他们各自
派系的旗帜，在他们各自的家族中稠密
云集，状如轻武器或者重武器，或扁平
或锋利，或迅捷或缓慢，多得不计其数，
就像把卡[2]的沙子或者昔兰尼[3]的热带泥土，
他们应征而来，像沙囊一样为战斗之风
压舱，以便他们轻飘飘的翅膀保持平衡。
“混沌”统治的瞬间，原子中的大多数
黏附于他；他坐着充当裁判，结果引发
更多的争吵，正因为如此他才得以统治：
在他之下，无所不管的高级仲裁官名叫
“机会”。进入这个未开化的深渊，自然

---

① 指洪荒。见《圣经 · 旧约 · 约伯记》第 4 章第 32 节。
② 埃及与突尼斯之间的沙漠，亦有学者认为是指利比亚沙漠中的一城市。
③ 现利比亚首都的黎波里附近的一古城。

世界的子宫，或许她的墓穴，她的构成
不是海，没有岸，不是空气，也不是火，
而是所有这些元素在他们孕育的起因中
无序混合，如果不是万能的造物主命令
他们变成他要创造更多世界的黑色原料，
战事必然总是难免：那谨慎的魔王进入
这个未开化的深渊，站在地狱边缘察看
一阵，沉思着他的旅程：他不得不渡过，
但却没有狭窄的海岔。噪音在他的耳畔
传来，又响又有毁灭性，那声音之响亮
绝不低于（孰大孰小可以比试一下）贝娄[1]
发动她所有捣毁的引擎，决心抹掉某个
首府城市时的狂怒咆哮；如果天堂框架
崩塌，这些哗变的元素从她轮轴上撕碎
坚定的地球，那震耳欲聋的喧嚣，相比
之下或者不及。最终，他展开他那巨帆
一般的双翼，在涌浪一样的烟雾中拔地
而起，高高飞翔，从此飞越无数的里格，
仿佛坐在一张上升的云椅[2]里，他的驾驭
不受约束，但那张云椅不久失灵，遭遇
一个巨大的空虚：突然之间，出其不意，
他扑腾的羽翼失去功能，犹如一只铅锤，
他垂直下坠一万英寻之深，若不是由于
阴差阳错，一块被注入火和硝石的云彩

① 罗马神话中的女战神。
② 一种云制的装置，神灵坐于其中，依靠它升上天堂。

力挽狂澜，匆匆把他托起，向下的坠落
有多少英里深，就向上托回多少英里高，
那么直到此刻，他仍在向下坠落；这场
狂怒终止，熄灭在不是海，也不是完全
干燥的陆地，而是在一片沼泽的流沙中：
他在挣扎，险些被活埋，脚踏天然黏稠，
半飞半走；现在适合他的是桨和帆两样。
就像当格里芬①穿过茫茫荒原，急急忙忙
飞越金属岩石的山冈或者沼泽地的山谷，
追赶亚力马斯边②时的情形一样，这后者
不为人知地从觉醒的保管眼皮底下偷走
被看守的黄金：这位魔王同样如此急切，
头啊手啊翼啊脚啊各尽其功，穿过狭窄、
崎岖，或密或稀的矿石沼泽地带或悬岩，
焦急赶路，或者游泳，或者溺水，或者
跋涉，或者爬行，或者飞行：一种习以
为常的疯狂嘈杂之声，震耳欲聋的声音，
终于冲进他的耳朵，各种声响无比高亢，
混成一片，传遍空洞的黑暗：折向那边，
他无所畏惧，要在那里会会住在闹声中
深渊底层里的幽灵，不管他们是哪一类，
问问他们，距离黑暗与光明交界的海岸，

---

① 格里芬是希腊神话中一种鹰头狮身有翅的怪兽，黄金（亚力马斯边一直企图盗取）的守护者。

② 亚力马斯边是传说中居于塞西亚（古代欧洲东南部，位于黑海和里海之间一地区）北部一独眼民族的居民（只长有一只眼睛）。据古希腊史学家希罗多德记载，在古希腊诗人亚里斯提阿斯遗失的书稿中有对亚力马斯边人在色雷斯（北风之神居住于此）以北的极北地区与黄金守护者格里芬斗争的记述。

哪一条路行程最短；就在那时，他直接
看见“混沌”的王座，覆盖在荒芜寂寞
深渊之上他那大大展开的黑糊糊大帐篷；
登上王位的“黑夜”，森罗万象数她最老，
身穿黑暗的马甲，与“混沌”坐在一起，
与他的统治配对；他们旁边站着的还有
俄耳枯斯和阿迪斯①，及提起大名就令人
闻风丧胆的狄摩戈根②；其次还有“谣言”
和“机会”，“吵闹”和“混乱”同在其中，
还有长着千张各种各样嘴巴的“不和谐”。
撒旦大胆转身，这样对他们说道：“你们
这些神灵，深渊底层这里的精灵，‘混沌’
和古老的‘黑夜’，我来可不是充当密探，
有意偷窥你们王国的秘密，或者把你们
王国扰乱，而是因为迫不得已才在阴暗
不毛的这里徜徉徘徊，因为那向上通向
光明的道路要穿过你们广大宽阔的帝国，
我单独一个，没有向导，半途迷路失向，
我在寻找最为便捷的道路，引导我奔向
你们黑暗的疆界与天堂疆界交汇的地方；
或者，但愿从你们拥有主权，其他什么
地方，我通过这个深渊后，走一条直路，
到达那里，天上之王最近才占有的地方；
指指路吧，如果我把占领者统统赶出去，

---

① 俄耳枯斯和阿迪斯分别为罗马和希腊神话中的冥王，地狱的统治者。
② 希腊神话中的魔王，冥府之神。

把失去的原有地域还原到她原始的黑暗，
恢复你们的统治（这就是我此行的目标），
重新在那儿竖立起古老的“黑夜”旗帜，
那么它带给你们的利益不是吝啬的报偿；
你们的收获将会是这样或者那样的利益，
而我的收获是雪耻报仇。”

　　撒旦这样说罢，那老迈的无政府主义者
神色不安，支支吾吾地编出这样一席话
来回应他：“你是谁，陌生来客，我知道，
你就是那个势力强大的领头天使，后来
成为反对天堂之王的首领，可是被打倒。
我看到也听到，因为这样一支庞大军队，
在毁灭再加毁灭，溃退跟随溃退，混乱
之中再添混乱的情况下，难以鸦雀无声
穿过担负重载的深渊逃走；多达数百万
乘胜追击的大军像滚滚洪流从天堂大门
奔涌而出。我驻守在这儿，我的边境线；
只要我能，决不会推辞保卫剩下的地盘，
它就那么一点点，却仍在不断受到蚕食，
来自我们内部的争吵，正在削弱这古老
‘黑夜’的王权：首先是你的地牢地狱，
从下方在长度和宽度方面不断伸长展宽；
接着，不久前是天和地，另外一个世界
刚刚挂在我的王国上空，一条金链[1]连接
天堂的那一边，你的军团就从那儿坠落：

① 连接人间和天堂。见《伊里亚特》第 8 章第 15—24 行。

如果你沿着那个方向走，你就离得不远；
危险也同样离得不远；祝你成功，去吧；
浩劫、破坏和毁灭都是我的收获。”
　　他说罢，撒旦从容不语，但却喜不自禁，
现在他的海洋即将找到一条海岸，由于
重新燃起的渴望和已恢复的力量，如同
一座烈火的金字塔，他雀跃而起，飞进
野性的天空，穿过短兵相接的各种元素
打击，在四面八方的重重包围之中奋力
前进；遭受的困扰和遇到的危险，远比
阿尔戈号[1]在暗礁林立间穿过博斯普鲁斯
海峡[2]时遭受和遇到的更猛烈，更加巨大：
或者当尤利西斯[3]从左舷避开卡律布狄斯[4]，
右舷擦着漩涡涉险而过时的遭遇，同样
不可相提并论。因此，面对困难和难以
承受的艰辛时，他克服困难，战胜艰辛，

---

① 阿尔戈号是希腊神话中的一条船名，意为“轻快的船”，是在智慧女神雅典娜的帮助下由希腊最优秀的船匠阿尔戈建成。忒萨利亚王子伊阿宋为要回被叔父珀利阿斯篡夺的王位，率领希腊英雄乘坐此船历尽艰难取得了金羊毛。

② 博斯普鲁斯海峡又称伊斯坦布尔海峡，沟通黑海和马尔马拉海，并将土耳其亚洲部分和欧洲部分隔开。

③ 古希腊史诗《奥德赛》中的英雄奥德修斯的拉丁名。在《奥德赛》中则讲述了特洛伊战争数年后，奥德修斯(在墨西拿海峡)历经艰险回家的故事。

④ 卡律布狄斯被称为漩涡怪，是海王波塞冬与大地女神盖亚之女。她因偷宰了大英雄赫剌克勒斯的牛羊，被宙斯扔进墨西拿海峡，囚禁于意大利半岛南端，积愤难平，每日三次吞吐海水，形成一个巨大的漩涡，将经过的船只吞噬。其对面即为锡拉岩礁——希腊神话中吞吃水手的女海妖斯库拉（见《奥德赛》第12章第234—259行）。现实中的墨西拿海峡的一侧是一块危险的巨岩，它的对面是著名的卡律布狄斯大漩涡。希腊神话中关于斯库拉、卡律布狄斯的传说很可能就是得灵感于墨西拿海峡的礁石、激流与漩涡。

继续前进；只要他一旦过去，立刻就是
人类堕落之时，前所未有的改变！“罪孽”
和“死亡”沿着他的行踪全速紧追不舍
（天上的意志如此），要在他身后，铺出
一条又宽又直的大路，跨过黑暗的深渊，
汹涌澎湃的海湾驯服地承受起一座大桥，
那令人惊叹的长度从地狱一直不断伸展，
抵达这个脆弱世界最遥远的天体；那些
堕落的天使通过这座桥舒舒服服地来来
往往，要么引诱，要么惩罚凡人，除开
受到上帝和守护神特别保护的那些以外。
但是现在，光明的神圣影响力终于出现，
一个微微发光的黎明，从天堂的一道道
围墙射出，从遥远的地方射进“黑夜”
毫无光泽的胸膛；“自然”首先就从这里
开始形成她最遥远的边缘，“混沌”如同
被制服的敌人，没有经过多少吵吵闹闹，
多少敌对喧嚣，就从她最遥远的忙碌中
撤退，以至于撒旦几乎不用费力，借助
可疑光亮，此刻轻而易举就漂荡在大为
平静的波浪上，如一只小船，风吹雨打，
虽然丢掉了船帆和滑轮，却愉快地驶进
避风港；或者就像在空气的虚无原野上，
称一称他展开的两只翅膀，悠闲地眺望
远远的九天天堂，一个圆环一圈圈扩展，
他搞不清楚那是方的呢还是圆的，栩栩
如生的蓝宝石装饰着一座座蛋白石高塔，

以及城堡上的一处处城垛，那曾经是他
与生俱有的地方；就在它的旁边，一条
金链上挂着这已经创造完成的整个世界，
大小如同月亮旁边亮值最小的一颗星星。
他满怀应该诅咒、祸患无穷的报仇心理，
在一个应该诅咒的时辰匆忙朝那儿急行。

第三卷

内 容 提 要

上帝坐在他的王位上，看着撒旦飞向这个当时才刚刚创造完成的世界；上帝指着撒旦给坐在右手边的儿子看，预言他将成功地诱使人类堕落；他从种种非难中澄清自己的正义和智慧，因为创造出来的人是自由的，足以抵挡他的诱惑；但他宣称对人有仁慈之意，有关他的堕落不是由于他自己的恶意，有别于撒旦的所作所为，是受到了撒旦的引诱。耶稣基督赞扬父亲对人表现出来的高尚情怀；但上帝又宣称，仁慈不能惠及不满足神圣正义的人；人因追求神性已经冒犯上帝的最高权威，因此他和他所有的后裔将被交给死亡，除非能找到谁足以偿还他的冒犯，忍受对他的惩罚，否则难免一死。耶稣基督自愿提出自己甘愿为人赎罪：圣父接受他的请求，命令赐他肉身，宣布他在天堂和尘世的提升；他命令所有的天使崇拜他；他们遵命，在竖琴的伴奏下齐声高唱颂歌，赞美圣父圣子。与此同时，撒旦降落到这个世界赤裸球面最外层的一圈；他在那儿漫游徘徊，首先找到一个后来叫“空虚的地狱边缘”的地方；无论什么人或物都飞向那儿；他从那儿来到据说通过天梯才能攀登的天堂大门，它的旁边流淌着苍天之上的水流：他的行程从此沿着太阳的轨道移动；他在那儿遇见管理太阳的乌列[①]，但事先把自己变成一个再普通不过的天使的样子；他假装满怀热望要看看新的创造和上帝安置在那儿的人，向他打听人居住的地方，在得到指点之后，他首先降落在尼法提斯山[②]上。

赞美您啊，神圣之光，天堂头生的儿女，

我或者可以，不会招致任何责备，公平
把你称之为与上帝一道永远共存的光线？
因为上帝就是光，千秋万代他一直身在
可望而不可即的光里，因此就在你里面，
就在原本就有的明亮精华的明亮光流中。
或者更确切，赞美你，天上纯洁的涌流，
谁会知道你那源泉的祖先？论你的存在，
早在太阳之前，早在苍穹之前，从无限
空虚和不具形态的无限杂乱中得胜而出，
一听到上帝的召唤，你就如同一件斗篷，
盖住那冉冉升起，又黑又深的水体世界。
虽然长期被扣留在那个朦胧的侨居之地，
但我却逃脱那阴森森的冥湖，如今展开
更加敢于冒险的翅膀重访；当飞行途中，
伴随着不同于那俄耳甫斯③里拉琴的曲调，
在穿过完全黑暗和中间色度的黑暗期间，
我要歌颂“混沌”和亘古永恒的“黑暗”，
根据天上缪斯女神④的赐教，我在歌声中
冒险经历黑暗中的下降，然后再次飞向
高高的天上，虽说千难万险：我又安然
重回你身边，感受你那至高无上的生命

① 意为上帝之火或上帝之光，乌列为基督教《圣经》和伊斯兰教《古兰经》所载天使长之一，其他三位分别为：米迦勒、加百利和拉斐尔，各掌管世界的四分之一。

② 又译拿法提斯山，位于亚美尼亚境内的托罗斯山脉。弥尔顿认为其比邻亚述（第 4 卷第 125 行）；在本书第 11 卷和《复乐园》第 3 卷中是撒旦引诱耶稣的地方。

③ 又译奥菲士，诗人和歌手，善弹竖琴，弹奏时猛兽俯首，顽石点头。

④ 即乌拉尼亚，九位缪斯女神之一，主司天文。

灯盏；然而，你再也看不见我这双眼睛，
虽然它们在徒劳转动[1]，要寻找你的锐利
光线，但却不能找到曙光；平静得就像
一滴水的白内障如此厚厚地盖在眼球上，
或者如同蒙上一层面纱，只见一片黑暗。
但我不能久留；怀着对神圣颂歌的热爱，
我要漫游缪斯出没的清泉[2]，阴凉的树林，
阳光明媚的小山；但主要是你，锡安山[3]
和山下鲜花烂漫的条条小溪，就在潺潺
水声的清流中，你曾经冲洗神圣的双脚，
我夜夜探望：有时候没有忘记另外两对，
他们与我命运相同，仿佛我与他们名望
相当，盲人萨米里斯[4]和盲人梅奥尼德斯[5]，
两位年老的先知，提瑞西阿斯[6]和菲纽斯[7]。
那时溪流自由自在，谱写着和谐的诗章，
牵动思绪万千，仿佛无眠的小鸟在暗中，
一声声歌唱，她藏在最阴暗隐蔽的地方，
她小夜曲似的曲调悠悠扬扬。四季一年

---

① 弥尔顿在 1652 年后彻底失明。

② 指海林肯山的泉水。缪斯被认为是海林肯山的泉水的水仙。（波奥提亚、海林肯山、德尔斐和帕纳塞斯是缪斯崇拜的中心地区）

③ 又译郇山，耶路撒冷山名，古大卫王及其子孙的宫殿及神庙所在地。

④ 色雷斯诗人，因喜欢美少年雅辛托斯招阿波罗嫉妒，阿波罗告诉缪斯女神，说萨米里斯自吹唱歌胜过缪斯女神；另传，萨米里斯挑战缪斯女神：如果他获胜，将得到缪斯女神的宠爱。最终他失败了，缪斯女神使他失明并夺去了他的歌唱天赋。

⑤ 盲人诗人，《伊里亚特》和《奥德赛》的作者荷马的另一古名，源于其出生地西安纳托利亚的梅奥尼亚。

⑥ 古希腊城邦式拜的一位盲人先知，在索福克勒斯的《俄狄浦斯王》和《安提戈涅》中有描述。他预见了俄狄浦斯的悲剧。

⑦ 色雷斯国王，双目失明，具有先知天赋。见阿坡罗陀洛斯的《书库》1.9.21。

就在这样的曲调中来来往往，但是白昼
不再回到我的身旁，无论清晨还是傍晚，
无论是夏日玫瑰风景还是春天百花争艳，
无论牛羊成群的画面还是人的可爱脸庞，
无一亲密靠近；恰恰相反，永远的黑暗
和烟云把我包围，通向人类的快乐路线
条条被截断，因为美丽的知识之书交到
我手上的时候，大自然的杰作已被删去
和擦掉，只剩空白一卷，知识已被完全
关在一处入口外。天上之光，如此丰富，
但愿你能射进我的内心，穿过五脏六腑，
照亮我的脑海，就在那儿给我种上双眼，
从那一刻起，所有的雾霭都将纷纷消散，
清除干净，于是我可以看见，可以讲述
凡人肉眼看不见的万事万物。

　　现在全能的天父从天上，从纯洁的九天，
从他坐在最高顶点那儿的高高御座上面，
俯身鸟瞰，他自己的作品和他们的作品
立刻尽收眼底：在他的四周，站着天堂
所有圣洁的天使，他们密密麻麻，多如
繁星，从他目光中得到的祝福超过任何
言语；在他的右手一侧，坐着他的独生
儿子，神采奕奕，酷似上帝的光荣形象；
在地球之上，他首先看到的是我们最早
两位先父先母，到那时为止，人类仅仅
只有他们两位，被安置住在幸福的乐园，
在天赐之福独往独来的地方，享受没有

干扰的欢乐，享受没有敌手争夺的爱情，
收获欢乐和爱情那永不凋谢的累累果实；
接着他又看到在地狱和深渊之间，撒旦
在那儿，在黑暗一侧暗褐色的高空之中，
沿着天堂的围墙飞行，此刻疲惫的双翅
已做好俯冲的准备，他的双脚如愿以偿
踏上这个世界赤裸裸的表面，它看上去
犹如一片坚硬的陆地，没有苍穹的拥抱，
不能确定它到底是在海洋还是在天空里。
上帝从自己凌空的视角看着他，在过去，
现在，未来之中看着他，于是不无先见
之明地对他的独生儿子说出这样一席话：
“唯一的亲生儿子，你看看我们的对手
携带着怎样的愤怒，没有什么规定界限，
没有什么地狱的栅栏，没有在地狱堆在
他身上的全部镣铐，甚至没有那道宽宽
断开的绝对深渊能够阻止他；他看起来
决心如此之大，不顾一切将要采取报复，
以至于报应将落在他自己反叛的脑袋上。
现在他已经挣脱所有的束缚，一路过关，
飞到距离天堂不远的地方，进入光明界，
直接扑向刚刚创造完成的新世界，人类
就被安置在那儿，他的意图就是要尝试，
如果使用暴力，是否能够将人一举消灭，
或者更恶毒，施展某种欺诈诡计，诱使
人堕落；人将会堕落，因为人愿意倾听
讨好奉承的谎言，轻易违反唯一的命令，

他服从的唯一誓言：因此，他和他背信
弃义的子子孙孙将会坠落：谁的过错呢？
除了他自己还能是谁的过错？忘恩负义，
从我这儿，他应有尽有；虽然他有选择
堕落的自由，然而我使他既正直又公正，
足以抵抗堕落。我如此创造所有的天上
掌权天使和精灵，包括两类：他们要么
站着，他们要么站不起来；他们或站立
就站立，或倒下就倒下，完全听凭自由。
如果没有自由，他们必定只是唯唯诺诺，
表面一套，心里一套，他们能提供什么
证据证明真正的忠诚，不变的信念和爱？
他们能得到什么赞美？一旦意志与理性
（理性同样也是选择）双双被剥夺了自由，
两者皆处于被动，没有价值，形同虚设，
不为我而为需要服务，从这样的服从中
我又能得到什么快乐？因此，至于公正，
适用他们，适用他们的创造，不能一味
非难他们的创造者，他们的创造，或者
他们的命运，根据绝对天命或远古先见
之明所做出的安排，似乎命定已经压倒
他们的意志；他们自己立法，颁布他们
自己反叛的命令，不是我：即使我预见，
预见对他们的罪恶而言不会有任何影响，
即使预见不到，他们的罪恶仍然被证明
必然不可避免。有鉴于此，他们的犯罪
自导自演，总之，要么出于他们的判断，

要么出于他们的选择，没有命运的阴影，
没有命运以任何方式的强迫，与我预见
准确无误毫无牵连；正因如此，我创造
他们，赋予其自由，他们必须保持自由，
直到他们奴役自己为止：否则，我必须
改变他们的天性，撤销不可更改的永恒
最高命令，那命令赐予他们自由，他们
自己决定他们的坠落。第一类因为他们
自己的引诱坠落，自我引诱，自我堕落；
人坠落是因为前者的欺骗陷害：人因此
将得到怜悯，而前者不能；仁慈和正义，
我荣耀的两极，因此将普照天地，但是，
仁慈始终都将发出最为光辉灿烂的光彩。”

就在上帝讲这番话的时候，浓郁的芬芳
弥漫整个天堂，妙不可言的崭新快乐感
在上帝选出的神圣天使中间传播：无与
伦比的耶稣基督在大家的眼中最为耀眼，
他父亲的所有光辉，神圣的天性，在他
身上栩栩如生，在他脸上，神圣的同情
清清楚楚，一目了然，那无穷无尽的爱，
那无限的仁慈，溢于言表，于是他这样
对他的父亲说道：

“啊，父亲，你讲话的结尾是最高判决，
它充满天性的仁慈宽厚，人将得到宽恕；
为此无论是天还是地，必将对你的功德
大加赞扬，赞美的颂歌和圣歌不绝于耳，
一支支，一曲曲，环绕在你的王座四周，

祝福你的歌声必将在天地之间久久回荡。
人，你最小的儿子，你刚刚创造的动物，
你如此宠爱，为什么注定最终必将失去？
虽然与他自己的愚蠢相关，难道就因为
欺骗，欺骗得逞，人就必将堕落？父亲，
这绝不是你之所要，这绝不是你之所要，
你是法官，万物出在你手上，你的判决
无不公道。难道敌人如此实现他的目标，
挫败你的创造？他将实施他的蓄意犯罪，
但是你的善良不会产生任何结果，纵然
他的判决罪加一等，然而他已实现报复，
在他的身后把整个人类拖进地狱，人类
就因为他而堕落，难道就让他得意而归？
你的创造是为了你的荣耀，难道你自己
愿意废除你的创造，因为他而使之毁灭？
你的善良美德和你的崇高伟大双双将会
因此而受到怀疑，受到中伤，尽管不会
受到蔑视。”

伟大的造物主对他这样答道：“啊，儿子，
因为有你，我的心里才充满巨大的喜悦，
知我心者非我儿子莫属，你是唯一听懂
我的话、理解我的智慧、能够替我代行
而为的儿子，所有你之所言乃我之所想，
如同我永恒的意志已经作出的宣告一样：
人不会完全毁灭，只要谁愿意谁就能够
获得拯救，然而这不是他的意愿，而是
我自由赐予的恩典；虽然被剥夺了权利，

受到肮脏越轨欲望的吸引而犯罪，但是，
我准备再一次恢复他堕落的权力，甚至
凭借来自我的支持，他必将再一次站在
平坦的地面上，反对他不共戴天的仇敌，
凭借来自我的支持，但愿他知道他那个
堕落的环境是多么脆弱，他的彻底解救
应该归功于我，除我之外不属于任何人。
我已经有所挑选，选出部分特别的选民，
赐予他们特殊的恩典；这就是我的意志：
其余的人都将听从我的命令，每当他们
请求得到宽恕的时候，他们有罪的身份
常常将会受到警告，警告他们及时抚慰
受到激怒的上帝；因为我愿意清除他们
黑暗的感觉，所以，但愿此举能够满足
祈祷、忏悔的需要，并带来应有的顺从，
软化他们铁石般的心肠。就祈祷、忏悔、
应有的顺从而言，只要他们的努力真诚、
全心全意，那么我的耳朵不迟钝，眼睛
不会视而不见。我将把我仲裁人的良心
放进他们内部，如同一个领路人，如果
他们听从他，坚持不懈，他们就将获得
非常习惯的一个又一个光明，平安到达
终点。那些忽视和嘲笑我这长期的忍耐
和我的白昼恩典的人，将绝对与此无缘；
然而痛苦的将更加痛苦，盲目的将更加
盲目，以至于他们可能跌跌撞撞，掉进
越陷越深的深渊；我仅把这样的人排除

在怜悯外。但这还远没了结；既不服从
也不忠诚的人打破他的诺言，反对至高
无上的天庭，佯装具有神性，罪恶滔天，
所以彻底失败，受到惩罚，除了献身于
那命中注定的毁灭以外，他的背信弃义
已经使他一贫如洗，如果没有其他的人
出于心甘情愿，有能力取而代之，不折
不扣偿清欠下的债务，以命抵命，那么
他和他的全部子孙难逃一死，要么他死，
要么正义必死。天上的掌权天使，你们
说说，哪儿我们将找到这样的爱，你们
之中谁愿意变成凡人，去赎回人的死罪，
用正义去挽救非正义，在整个天庭里面
可有这样高贵的恻隐之心？”

　　他问道，然而，天上的整个唱诗班哑巴
一样地站着，整个天庭寂静无声：没有
一个站出来作为人的保护者或者求情者，
更不用说有谁敢把死亡的罚款揽到自己
头上，代付赎金救人。如果不是那满怀
神圣之爱的耶稣基督他发自肺腑的斡旋，
那么，如今的全人类一个不会得到拯救，
早就已经被严厉的判决判处死亡，进入
地狱，因而必然已经无影无踪。他发自
肺腑的斡旋这样重新开始：

　　“父亲，你已经说过，人将会得到宽恕，
你那些飞行使者中飞得最快的熟门熟路，
难道宽恕就不会想方设法去遍访你那些

预料之外，未被恳求，未被寻求的全部
生灵，让他们一起来到你的面前？向往
幸福的人，不会不来；人一旦死于罪孽，
坠入地狱，就永不可能找到慈悲的帮助；
为了他自己的赎罪，或奉上相应的祭品，
他负债累累却于事无补，最终毫无结果：
那么，看看我吧，我提议我替他，生命
换生命，让你的愤怒降落到我的头顶上；
把我视为凡人吧： 为了他的缘故我愿意
离开你的怀抱，自愿放弃这份仅仅次于
你的光荣，为他最终而死深感心满意足，
愿‘死亡’把所有的狂怒发泄到我身上；
在他的黑暗势力之下，我不会因被征服
而长卧不起；你已经赐予我，在我身上
永葆生命，尽管现在我向‘死亡’让步，
然而因为有你，我生命不止，我就是他
应该得到的替身，那个我可以死，但是，
请你不要将我，他的猎物，在偿清那笔
债务之后，留在可恶的坟墓，不要让我
清白的灵魂在那儿永远忍受与堕落同葬
一处的痛苦；此外，我必将胜利地复活，
战胜我的征服者，夺回他炫耀的战利品，
到那时‘死亡’必将遭受他毁灭的创伤，
可耻地屈从，他致命的毒钩被解除武装。
我必将八面威风，牵着地狱内外的战俘，
高高地穿越广袤无际的太空，公开曝光
黑暗疆界里的一个一个恶魔。你从天堂

鸟瞰，看到这样一幕你必将满意地微笑，
当我因你而复活时，必把敌人一扫而光，
最后是‘死亡’，他的尸体将会塞满坟墓：
那时，父亲，我赎回的大众和我将一起
进入久违的天堂，我回来看到你的脸庞，
愤怒的阴云必将从你的脸上消散得干干
净净，阴霾不再，和平有了保证，天地
重归于好；从此以后，必将不再有愤怒，
你的面前只有纯粹的快乐。”

　　他的话到此讲完，但是，他温顺的神态
欲静却语，就像呼吸一样向世间的凡人
吐露着永恒的爱，脸上只有子女的孝顺
熠熠闪光：他如同乐于献身的一件牺牲，
专心致志在等待要为他伟大父亲的意志
服务。整个天堂里赞叹不已，急欲知道
这可能意味着什么，可能奔向什么地方；
但上帝马上这样答复道：

　　“啊，你为遭到天罚的人类在天地之间
找到不可多得的和平，啊，你是我独一
无二的快乐源泉！你知根知底，我多么
珍爱我所有的作品，尽管人是我的最后
创造，但并非微不足道，以至于为了他，
我不惜让你从我的怀抱和我的右手离开，
松开你一段时间，去挽救失去的全人类。
因此，去把你的天性与那些只有你能够
救赎之人的天性同样连在一起，当处女
受孕，叹为惊奇的分娩瓜熟蒂落的时候，

你自己将会变成地球上人类中间的一员，
化作肉身：在亚当住的地方，尽管你是
亚当的儿子，然而却是整个人类的源泉。
由于所有以他为根的人不得不亡，所以，
所有以你为第二祖先的人将会得到复活，
凡能得到复活的都将得到复活，没有你，
一个不能复活。他的犯罪使他所有子孙
统统有罪，你传递的美德将赦免其罪行，
他们所宣布放弃的他们自己的正当以及
邪恶的行为，双双将被移植，在你身上
定居，从你的身上，他们获得新的生命[1]。
所以人，作为最为正义的一位，将为人
赎罪，将受审而死亡，他从死亡中复活，
伴随他的复活，那些他用自己宝贵生命
赎回的同胞们也将复活。不惜献身一死，
以死完成救赎，所以天国之爱必将战胜
地狱之恨，如此昂贵的救赎，地狱之恨
如此轻易就能毁灭，并且仍在毁灭那些

---

① 第290—294行见《圣经·新约·罗马书》第5章第14—21节：“然而从亚当到摩西，死就作了王，连那些不与亚当犯一样罪过的，也在他的权下。亚当乃是那以后要来之人的豫像。只是过犯不如恩赐，若因一人的过犯，众人都死了，何况神的恩典，与那因耶稣基督一人恩典中的赏赐，岂不更加倍的临到众人么？因一人犯罪就定罪，也不如恩赐，原来审判是由一人而定罪，恩赐乃是由许多过犯而称义。若因一人的过犯，死就因这一人作了王，何况那些受洪恩又蒙所赐之义的，岂不更要因耶稣基督一人在生命中作王么？如此说来，因一次的过犯，众人都被定罪；照样，因一次的义行，众人也就被称义得生命了。因一人的悖逆，众人成为罪人；照样，因一人的顺从，众人也成为义了。律法本是外添的，叫过犯显多；只是罪在那里显多，恩典就更显多了。就如罪作王叫人死；照样，恩典也藉着义作王，叫人因我们的主耶稣基督得永生。”

原本可能得到，但却拒绝接受慈悲的人。
虽说从天上下凡，接受人的本性，然而
你既不会减少也不会降低你自己的天性。
因为你，尽管在最高的天赐之福中享有
与上帝平起平坐的王位，但却同样喜爱
神圣的快乐，已经放弃一切，要去挽救
一个完全丧失的世界，一个世界与其说
因为耶稣基督与生俱来的权利，不如说
因为你的美德失而复得，因为你的善良，
远非伟大或高尚，才有这样的失而复得；
由于你心中洋溢的爱比洋溢的荣耀更多，
因此你的蒙羞必将提升人的地位，并且
促使他们与你一起到达这一王位的高度；
你将以肉身坐在这里，将在此既统治神
又统治人，既是神子又是人子，你就是
救世主，宇宙之王，我将接受你的功德，
赐予你永远统治的所有权利；我将降低
座天使、权天使、掌权天使和统治天使
等等的地位，置于你的麾下，你是他们
至高无上的领袖：那些住在天堂或地上，
或尘世之下，地狱里的，都将听命于你；
当传令的大天使们接受你的指派，宣布
召开你那令人生畏的审判大会，你离开
天庭，光荣地前往出席的时候，你必将
出现在空中：所有东西南北活着的人们
将毫不拖延，所有那些古往今来、受到
传唤的死者，将在他们的长眠中被如此

洪亮的钟声惊醒，必将毫不拖延地匆忙
赶往这场最高的审判。那时，你的全体
圣徒聚集一堂，你将审判那些堕落的人
以及堕落的天使，根据你的判决，他们
被控有罪的将沉入地狱；一旦她的数量
达到饱和，就将永久关闭。其间，这个
世界将会燃烧，新的天地将从她灰烬中
诞生，正义的人将在那里安居，在种种
长期磨难后，他们怀着胜利的喜悦和爱，
看到金色的白昼，高贵壮举的累累硕果，
真理的美丽。那时你将放下王者的权杖，
因为那时将不再需要王者的权杖，上帝
将会无所不有。但是你们，一个个天使，
都要崇拜他，他为了完成上述伟业而死，
崇拜圣子吧，尊敬他就像尊敬我一样。”

　　上帝刚刚讲完，几乎整个天使大军立即
发出一片欢呼，山呼海啸般的欢呼来自
数不胜数的天使，宛如神圣的歌声优美
悦耳，在祝福的声浪中，整个天堂变成
狂欢的海洋，那和撒那的响亮歌声充满
永恒的天国：他们面向圣父圣子的王座
深深鞠躬，表达敬意，满怀庄严的崇拜
之情，他们把黄金与不凋花[1]编织的花冠
扔向地面。昔日生长在伊甸园的不凋花，

[1] 传说中的一种不会凋谢的紫色的花，原产地中海沿岸，后被用来指开紫色花的一大植物种属，其花为深紫色。

一种生命无限循环的仙花，紧邻生命树
开始绽放，但不久以后，因为人的冒犯
被移栽到天堂，离开它的原生地，从此
生长在天堂，团团花簇从高高的天空中
遮掩着生命之泉，从那儿欢乐之河划破
天堂的中部，她琥珀色的清清河水哗哗
流过极乐世界的鲜花乐土；选出的天使
用这些永不凋谢的花朵捆扎他们的华发，
然后镶上光束的花边；散开在地的花环
现在不计其数，层层叠叠，明亮的地面
如同一片碧玉的海洋，在天上朵朵玫瑰
绽放的微笑之中，放射出紫红色的光芒。
在这之后，他们再戴好花冠，拿出他们
金色的竖琴，竖琴不需要调律，在他们
身旁闪闪发光，就像悬挂的一只只箭袋，
在令人陶醉的交响乐悦耳动听的序曲中，
他们唱起他们的圣歌，掀起一阵阵狂喜，
除了与旋律优美的声部完美结合的和声，
没有丝毫杂音，天堂之中如此和谐一致。

　　你，天父，他们首先歌颂你，无所不能，
永恒不变，生命无限，无所不在，流芳
百世之王；歌颂你，天地万物的缔造者，
光明的源泉，你自己在灿烂辉煌的光亮
里面，不可看见，在那里，你坐在御座
上面，不可企及，只有当你拖过来一块
烟云，围在你四周，就像围住一座光芒
四射的神龛，遮住你如日中天的光芒时，

在过分的光亮中，你才露出黑色的下摆[1]；
天堂迄今令人眼花缭乱，以至于那无比
明亮的撒拉弗也无法靠近，只好用两只
翅膀捂住他们的双眼。其次他们歌颂你，
所有的创造中数你第一，他的亲生儿子，
气宇轩昂，在你惹人注目的脸上看不到
一丝云影，当全能的天父容光焕发之时，
除你以外，没有生灵能看见：他的光辉
烙在你身上，他的光荣植根在你的身上；
他的博大精神洋溢在你身上，百世流芳。
依靠你，他创造了极乐世界和所有住在
那儿的神灵；依靠你，他才打倒了那些
造反的天使；那天你不惜你父亲的可怕
雷霆，没有停下火焰熊熊的战车的车轮，
当你驾驶战车辗过那些乱成一团的敌对
天使的脖颈的时候，以至于震动了天堂
牢固结实的骨架。在完成追击凯旋之后，
忠诚的天使们向你纵声欢呼，一致赞扬
你圣子，你有天父的威力，对他的仇敌
实施了凶猛的报复，然而对人却不一样：
人因为受到他们蓄意犯罪的坑害而堕落，
所以造物主才大慈大悲，因此你对他们
不但不要如此严厉审判，而且要倾向于
更多的怜悯：一旦你亲爱的独生子理解

---

① 天父出现时其御座周围光芒四射，光芒的边缘明暗交替处被认为是天父衣袍的下摆。

你的意图，不但不对脆弱的人进行如此
严厉的审判，反而要更多地倾向于怜悯，
他就会立即结束你脸上流露出来的怜悯
与正义的冲突，以平息你的愤怒，因为
人的罪过，他甘愿献身赴死，在所不惜
坐在你助手的位子上所享有的天赐之福。
绝无仅有的爱啊，如此神圣的爱，哪儿
还能找到！为耶稣基督，为人类的救星
欢呼吧，从此以后，你的名字将会成为
我颂歌中的丰富题材，我的竖琴将永远
不会忘记对你的颂扬，不会在赞美天父
之时把你遗忘。

　　他们在天堂里，在布满星星的天体之上，
就这样兴高采烈，欢歌笑语地尽情享受
他们幸福的时光。与此同时，撒旦飞落
这个圆形世界：其第一层弧形外表隔开
发光的内层天体，阻断“混沌”和古老
“黑暗”的侵袭进路；他徒步走在这个
黑暗球体的坚硬表面：一个球体，过去
似乎那么遥远，现在似乎只是一片无边
无际的大陆，既黑暗又荒芜，地处偏远，
裸露处在没有星光、双眉紧锁的“黑夜”
和无情的天空之下，而且“混沌”时时
威胁的风暴在四面八方咆哮；另外一边，
虽然与天堂的围墙相隔遥远，但天空中
却多多少少折射出微光，风暴狂呼怒号
引起的烦恼较少：魔王逍遥地走在这儿

广漠的原野上。仿佛一只秃鹫，生长在
喜马拉雅山，游牧的鞑靼人[1]以白雪皑皑
山脊为界，一旦他离开食不果腹的地方，
来到羊群放牧的山上，在狼吞虎咽吃掉
小羊的羊肉或者初生的羊羔之后，飞向
印度的河流：恒河或海达佩斯河[2]的源头；
然而，他中途会降落在塞利卡那[3]的戈壁
沙漠上，那儿中国人利用风帆与风驱动
他们的藤制轻便货车：那魔王就像这样
在那片大风吹刮的陆地海洋之上，茕茕
孑立，走来走去，专心寻觅自己的猎物：
孤苦伶仃，因为在那个地方根本找不到
其他动物，无论活的或死的，尽管那时
一个没有，然而从此以后，每当“罪孽”
把虚荣塞满人的杰作，昙花一现的所有
东西虚无缥缈，就像空气中的水汽一样，
飞离地球，上升到那里，多得不计其数：
所有的东西虚无缥缈，所有的人在白干，
他们把他们的荣誉或永恒的名望，或者
幸福的愚蠢希望统统建立在今生或来世；
那些在尘世得到他们的奖赏，得到苦行
迷信和盲目狂热的成果，除了凡人赞扬
一无所求的人，他们在那儿找到再恰当

---

① 中国古代北方游牧民族。
② 指位于印度旁遮普邦的杰赫勒姆河。恒河是印度北部的一条主要河流。
③ 意为“丝绸之国”，即中国。

不过的回报，就像他们的所作所为一样，
结果空空如也；所有造物主之手还尚未
完成的作品，或流产，或变异，或不近
人情地祸福掺半，逃离尘世，飞到那里，
徒劳地徘徊在那儿，不在邻近的月球上，
如同有些人的梦想，直到最终消亡为止；
那些银色的一片片原野更加适合居民们，
要么是那些升天的圣徒们，要么是介于
天使与人之间的中间精灵们拥有[①]：来自
古老世界的男男女女不般配的结合生出
那些巨人，他们最初就来到此地，虽然
当时名噪一时，但所有的功业终归徒劳：
示拿平原[②]上巴别塔的建筑大军紧接在后，
如果他们有必要的资金，即使白费心思，
他们还会建造一座座新的巴别塔：其他
来者独来独往；他叫恩培多克勒[③]，为了
被视为神，竟然愚蠢地跳进埃特纳烈焰

① 本卷第 462—464 行，描述了上帝的儿子们来到人间和凡人女子结婚生子，繁衍巨人种族。该故事在本书第 11 卷第 573—627 行中有详细记述。

② 即美索不达米亚平原，美索不达米亚是“两河之间”的意思，指底格里斯河和幼发拉底河之间的肥沃土地，被认为是人类文明发祥地之一。

③ 公元前 5 世纪生活在西西里的古希腊哲学家、诗人、医生，持活物论观点，认为万物皆由火、水、土和气 4 种元素所形成，动力是爱和憎，爱使元素结合，憎使元素分离。据传说，他曾宣布有朝一日他会升天成神。就在预见的那天，他神秘地失踪了。人们认为，他为了可以使人相信他的预言已经实现而跳入了埃特纳火山口。也有人认为他相信自己的预言，但是天国的马车最终未能出现，于是他绝望地跳入了埃特纳火山口。更多的人认为整个故事都是虚假的，不过他晚年确实曾到希腊旅行，并死在那里。

熊熊的火山口[1]；另一个叫克里奥布洛图[2]，
为了享受柏拉图的极乐世界，纵身跳进
大海；诸如此类的还有好多，说来话长，
胚胎和白痴，隐士和修道士，无论披戴
是白，是黑，还是灰[3]，统统都徒有其表。
这儿有漫游的香客，为了寻找活在天上，
死于墓地的人而迷途远方；还有的穿上
多米尼克[4]或方济各会[5]的丧服，坚信死亡
走近伊甸园，于是想方设法，乔装打扮
要从这儿通过；他们通过七星天[6]，然后
通过恒星天，再后通过平衡所谓的黄道
震动的水晶天，最后通过宗动天；现在，
圣彼得[7]在天堂的三柱门旁边，带着钥匙，

---

①埃特纳火山是位于西西里东海岸，比邻墨西拿和卡塔尼亚的一座活火山。

②克里奥布洛图是古希腊一位年轻的伊庇鲁斯人。在读柏拉图的《裴多篇》后，迫不及待地要体验精神的不朽而跳水溺亡。见拉克坦提斯的《神圣教规》。

③根据教会的传统色彩：白色代表加尔默罗会（或称圣衣会），黑色代表多米尼克会（或称多明我会、道明会），灰色代表方济各会（或称方济会）。

④天主教托钵修会的主要派别之一，又称布道兄弟会。会士均披黑色斗篷，因此称为“黑衣修士”，以区别于方济各会的“灰衣修士”，加尔默罗会的“白衣修士”。

⑤方济会是天主教托钵修主要派别之一，又称法兰西斯派，是拉丁语小兄弟会的意思，因其会士着灰色衣服，故又称“灰衣修士”。1209 年意大利阿西西城富家子弟方济各得教皇英诺森三世的批准成立该会，1223 年教皇洪诺留三世批准其教规。方济各会提倡过清贫生活，衣麻跣足，托钵行乞，会士间互称“小兄弟”。他们效忠教皇，反对异端。

⑥弥尔顿在克罗狄斯 · 托勒密“地心说”基础上认为宇宙有十层天。最近地球的七星天由里到外分别是：月球天、水星天、金星天、太阳天、火星天、木星天、土星天；第八层为恒星天；第九层为水晶天，其作用为平衡黄道的震动；第十层为原动天，为其它天层运动提供动力。

⑦早期基督教会所称耶稣十二门徒之首。天主教会认为他是第一代教皇，掌握天国的钥匙。

好像在等候他们，就在他们从天堂附近
抬起他们的脚向上攀登的一刹那，瞧啊！
突如其来的猛烈狂风，一左一右地刮过，
把他们横向吹出一万里格以外，飘落到
遥远的空中：那时你可以看见蒙头斗篷，
头巾，道袍，以及他们随身的各式穿戴，
统统都被吹掉，撕成碎片；接着是遗骨，
念珠，特赦券，特许状，赦免状，教宗
诏书，随风嬉戏玩乐：所有的这些东西
被狂风高高卷起，飞过这个世界的背面，
远远飘进一片既巨大又宽广的地狱边缘，
从那以后，那儿就被叫做“愚人的乐园”[1]，
久而久之，无人不知，目前因无人居住，
所以人迹罕至；当魔王经过时不期而遇
这个黑暗的球体，他久久地游荡，直到
最终一缕光亮渐渐出现为止，他才转身，
游走的脚步匆匆奔向那儿；他远远看到，
宏伟的阶梯逐级攀升，上达天堂的围墙，
在阶梯的顶部，屹立着一座高高的建筑，
即使是国王的宫殿大门，看起来也远远
比不上这座建筑的富丽堂皇：它的正门
门面装饰着钻石和黄金，它的豪华入口
镶嵌着五光十色、绚丽夺目的颗颗宝石，
一层一层的宝石，光彩熠熠，既非世间

① 犯罪者居住的没有边界的地域。无边界的地域是《失乐园》的一个重要主题。撒旦破戒造反，人企图获得神性，都是对上帝的犯罪。

可以依样葫芦，也非描影法的铅笔能够
绘就。雅各①看到，一队一队闪光的守护
天使在阶梯上来来往往，他们要么拾级
而上，要么顺阶而下，当时他为了躲避
以扫②，逃往巴旦亚兰③，在路斯④的旷野上，
他在夜空下从梦中一觉醒来，冲口大喊
“这是天堂之门”。每一级台阶都有寓意，
神秘叵测，并非一动不动地在那里永远
竖立，而是时不时地被拖起，拉回天堂，
从视野中消失，无影无踪；在它的下面
涌动着碧玉般湛蓝的大海或者珍珠一样
清澈明亮的海水，后来从地球到达这片
海面的来客，要么依靠天使们腾云驾雾，
扬帆而至，要么坐进马车任由悍马飞奔，
飘飘然然飞临这片海面。那时一级一级
天梯被放下来，要么是为了看看那魔王

---

① 雅各为以色列三大圣祖之一（另两位分别是亚伯拉罕和以撒）。据《圣经·旧约·创世记》记述，雅各是以撒的次子、亚伯拉罕的孙子，出生时用手抓着孪生哥哥以扫的脚跟，故取各“雅各”（“抓住”的意思）。他曾用“一碗红汤”为代价换取以扫的长子名分，又与其母利百加合谋骗取父亲以撒的祝福。因害怕以扫报复，他逃往哈兰投奔舅父拉班，娶表妹利亚、拉结为妻，又收使女辟拉、悉帕为妾，共生子12人。后来，雅各带领全家返回迦南地，走到雅博渡口与天使摔跤，天使给他改名为“以色列”，并给他祝福，并把应许给亚伯拉罕、以撒的地给他的子孙，使他们成为一个民族；雅各的后裔因此称为“以色列人”。雅各被认为是亚伯拉罕的正统后裔，他的十二个儿子的子孙发展成十二个支派，后来统一成以色列民族。雅各晚年因逃避饥荒被其子约瑟接往埃及，在歌珊定居，并死在那里。

② 基督教《圣经》中的人物，艾萨克和利百加之子，将长子名分卖给其孪生兄弟雅各布。

③ 雅各布的叔叔拉班的家乡。拉班在以扫发怒时为雅各布提供避难所。

④ 巴勒斯坦一古城市，位于耶路撒冷北部，今圣地伯特利。

敢不敢由此轻松攀登，要么是为了已被
赶出福门之外，他所有的悲伤火上浇油。
正对天梯，刚好就在天赐福地的伊甸园
上面，敞开的大道一头连着天梯的下方，
一端向下通达地球，一条大道宽敞开阔，
虽然长久以后锡安山上的道路宽宽敞敞，
越过那片应许之地通向如此仁慈的上帝，
然而若论宽度，相比之下远远望尘莫及；
天使们根据他的最高命令经过这条大道，
来来往往，常常去走访那些幸福的部落；
他的眼睛在小心谨慎地观察，从约旦河
发祥地帕内亚斯[1]到别士巴[2]，在那儿圣地
与埃及和阿拉伯海岸接壤；天梯与地球
之间的豁口看来要多宽广就有多么宽广，
它的边界就在那儿抵挡黑暗，仿佛抵挡
大海浪涛汹涌的堤岸。一级一级的黄金
台阶宛如鱼鳞层层上延，撒旦就从这里
爬上通往天堂之门的天梯，正当他爬到
天梯的下半段，回头俯瞰，在忽然之间
一眼看到这个完整的世界，他诧异惊叹。
就像一个侦察兵，当他冒着极大的危险，
彻夜穿过黑暗和不毛之地上的小径之后，
终于在令人愉快的黎明破晓时分，到达
某座高高攀升的大山的峰顶，他的眼前

---

① 又名达恩，位于约旦河源头，迦南北部边界。
② 又名比尔谢巴，位于迦南南部边界。

展现出意想不到的一幕： 有的是第一次
所见的异域美好风光，有的是某个赫赫
有名的大都市，光彩熠熠的一座座塔尖
和尖塔点缀其间，冉冉升起的太阳此刻
正用他的束束光芒为之添辉加彩。虽说
早已见识过天堂，然而如此奇观却使得
这位邪恶的幽灵心乱如麻，一见这整个
世界，看到她如此的美丽，他心中燃起
更大的妒火。高高站在黑夜伸展的阴影
所形成的盘旋华盖之上，从那儿他竭尽
所能四处打量： 从天秤座东头到白羊座，
以及后者肩上，地平线另外一侧，远离
大西洋的仙女座；接着他从天极到天极，
横向观察；他不敢稍许久留，匆匆忙忙
笔直下行，飞进大气圈的最高层，轻轻
松松，蜿蜒曲折地穿过纯净透明的空气，
他那绕来绕去的飞行路线，出没在数不
胜数的群星中间，虽然他们远看是闪闪
发光的星星，但近在咫尺却像别的世界，
或者他们看来好像别的世界，或者快乐
幸福的群岛，就像那些赫斯帕里亚花园①，
千古流芳，带来好运的田野，片片森林，
道道姹紫嫣红的河谷，多么幸福的岛屿；
但他没有停下来打听谁住在那里： 群星

① 赫拉嫁给宙斯时，地母盖亚赠她仙女赫斯帕里亚四姊妹，看守栽有金苹果树的花园，被称为赫斯帕里亚花园。

上空金色的太阳就像那光辉灿烂的天堂
吸引着他的眼睛。他一拐弯，改变方向，
划过平静的苍穹飞向那里；但是，上升
或者下降，或者要水平飞行多远，难以
判断，这取决于地球是否在宇宙的中心；
在那里，远离的伟大天体远远散发光辉，
以至于密密匝匝的粗野星座与他的威严
眼睛保持着应有的距离；每当他们按照
节奏挪动他们繁星的舞步，他们在计算
年月日的长度，把他们各自不同的快速
运转要么主动转向他那万物欢呼的灯盏，
要么因为他的磁波而被动旋转；他渐渐
把温暖送进宇宙，尽管看不见，但却让
温暖轻轻地穿透每个星座的内部，甚至
还将无从察觉的力量投射到苍穹的底部：
他发光的位置设计安排得如此令人惊叹。
魔王降落在那儿，仿佛一个斑点，也许
天文学家通过他的玻璃光学望远镜从来
没有在太阳的明亮天体上见过这个黑子。
他发现这是一个明亮的地方，妙不可言，
无论地球上的金属还是宝石，相去天渊；
这个地方各不相同，然而相同的是处处
充满灿烂的光亮，就像带着火苗的铁块
红彤彤发光；如果说像金属，部分好像
黄金，部分好像光亮的白银；如果说像
宝石，大部分是红玉或者黄玉，红宝石

或者贵橄榄石等等，如同亚伦[①]的胸牌上
十二块闪闪发光的宝石；另外一种宝石，
与其说在什么地方见过，倒不如说常常
出自想象；那种宝石，或像那样的宝石，
人间的哲学家们徒劳地如此长时间寻找，
虽然他们凭借他们精湛的技能缚住圆滑
易变的赫耳墨斯[②]，从海里召来解除绑缚、
外形多变的老迈普罗狄斯[③]，要从干馏釜
蒸馏得到他的原形，然而最终还是徒劳。
当如此远离我们的太阳，炼金术士之王，
只要神奇地一点，加上地球湿气的配方，
他就能在这儿的黑暗中创造无数的珍宝，
要么它们色彩斑斓，要么它们效果奇妙，
那时，如果这儿的原野和土地吐出灵丹
妙药，江河之中流淌着可以饮用的黄金[④]，
有何怪哉？当他正午时分的光线，来自
天上赤道，直接照在头顶的时候，魔鬼
注视着在这儿遇到的新鲜事情，他没有
头晕目眩，他的眼睛能眺望得又远又广，
这里，完全没有遮挡视线的障碍，除了
十足的阳光，没有阴暗，现在，当光线
仍然直线向上照射时，从不透明的天体

① 基督教《圣经》故事人物，摩西之兄，相传为犹太教的第一个大祭司。
② 希腊神话中众神的使者，并为掌管疆界、道路、商业、科学发明、辩才、幸运及灵巧之神，也是盗贼和赌徒的保护神，同罗马神话中的墨丘利。
③ 海神，善预言，能随心所欲改变自己的面貌。
④ 一种化学制剂，以前被认为是可以治病的甜果汁饮料。

那儿没有圆圆的阴影落下，在任何地方，
空气都不会如此澄澈，以至于他的视线
能够到达遥远的目标，借此他马上看见
一个光明天使站在他的视野之中，约翰[1]
看到过同样一位，那是在太阳里：虽然
他转过背去，但是，他的光辉没被挡住；
一顶放射着太阳光线的金色三重冠[2]环绕
在他头上，脑勺上同样明亮的卷发如波
似浪，披在他双肩羽毛丰满的翅膀之上；
他看起来肩负着什么重大的任务，或者
正在聚精会神地冥思苦想着什么。心怀
鬼胎的魔王此刻因为有希望找到谁问路
而高兴起来，他可能指引他迷途的飞行
到达伊甸园，人的幸福之地，他的行程
终点，我们的痛苦起点。但是，他首先

---

① 约翰是西庇太的儿子，使徒雅各的兄弟，兄弟二人都被耶稣基督称为“雷霆之子”。约翰这个名字的原意是“耶和华所喜爱的”。他的确是主耶稣所爱的使徒。约翰在十字架下受耶稣特别托付，照顾圣母马利亚。

② 三重冠是主教冠和人间的皇冠结合产生的，通称教宗冕或三重冕，是罗马教廷教皇的礼冠。它由一个金银丝编成的主教冠上套一个铜制鎏金王冠、银制鎏金王冠、纯金王冠组成，后有两根饰有金丝的垂带，带的底端绣有梵蒂冈的国徽。关于教皇为何要定教宗礼冠为三重的原因不一。有人说，三重王冠代表基督教的“身、心、灵”，象征教皇是世上所有世俗之人的导师、天主教会自圣彼得传下的教宗；又有人说，三重王冠代指地狱、人间、天堂，代指教皇“基督在世代表”的崇高身份。但现在通俗的解释是来自著名神学家托马斯·奎纳斯的《圣经五十五要义》。托马斯认为，三重冠象征教皇作为天主教会最高领袖，自称是基督在世上的代表，而教皇又是梵蒂冈罗马教廷的首脑，有最高的立法、司法和行政权，所以皇冠为三重。三重冠与一般的主教冠不同，它只在教皇加冕、布道、举行高规格的弥撒时方佩戴。它与一般的王冠也不同，教宗在举行仪式时要将它在基督的像前脱下以示尊重，以礼仪中教宗不会戴它，而是放在祭坛上。教宗只会向全世界发表“城市与世界”的祝辞、发表圣座隆重宣言以及在出场、退场时戴上。

要脱壳，改变他的本来面貌，否则也许
既延误又危险：这时他看似一个基路伯
小伙子，没到壮年，但在他的脸上堆着
天上青年般的微笑，举手投足无不优雅
得体，他的伪装天衣无缝；在一顶花冠
下面，下垂的头发宛如波浪抚弄着双颊；
他肩上的两只翅膀羽毛丰满，色彩鲜艳，
羽毛上点缀着黄金；他着装紧束，以便
行动迅速敏捷；在故作得体的步态前面，
他举着一根银杖。因为相距太远，所以
他的移动没被听见；在他靠近前，光明
天使收到来自耳朵的警告，转过他容光
焕发的脸庞，立刻被认出是大天使乌列：
上帝面前的七大天使之一，他站在距离
上帝的御座最近的地方，随时听候命令；
七大天使[1]是他的眼睛，要么把层层天空
扫视一遍，要么就肩负着他的紧急使命，
下至地球，跨过湿地和旱地，飞越大海
和大陆；撒旦这样与他搭讪：
　　“乌列！因为你就是那些七大天使之一，
站在上帝那高高的御座前面，光辉灿烂，

① 七大天使在《圣经·新约·启示录》中指七位御前天使，分别代表礼拜一到礼拜日。但在《旧约·创世记》中神的七位创造天使由于以七日（亦代表了礼拜一至礼拜日）完成了天地的创造，因此七大天使指这七位创造天使。他们分别是：领导天体星辰并守护冥界的乌利尔（亦称乌列），守护人类的灵魂的拉斐尔，上帝的复仇者拉贵尔，以色列守护神米迦勒，灵魂的复仇者沙利叶，掌管天堂的炽天使与智天使加百列（亦称加百利），守护冥界灵魂的雷米勒。见《旧约·以诺书》第20章。

所以你常常最先听到上帝的声音，是他
伟大权威意志的解释者，你穿过最高天，
是把他的意志送到他儿子们驻地的特使；
你在这儿，就像得到了光荣，极有可能
是在执行最高命令，作为他的眼睛时时
巡视这周围附近新的创造；难以用言语
表达的愿望是看一看，了解了解他所有
这些令人惊叹的杰作，只不过主要是人，
他主要的快乐和喜爱，为了人，他如此
完美地安排他的所有这些杰作，以至于
吸引我离开基路伯的唱诗班，独自徘徊
在这里。最光辉灿烂的撒拉弗，说说看，
在所有这些发光天体中哪一颗上边有人，
他住的确定地点，或者居无定所，或者
任选这些发光天体，他要住哪儿就哪儿；
这样我也许会找到他，要么悄悄看一眼，
要么当着他的面公开赞美他，去看一看
伟大的造物主赐予他的世界，以及倾注
给他的百般宠爱；身临其境，我就可以
既为了人，也为了所有的杰作而去赞美
宇宙的造物主；他已经正当地把他那些
叛逆的敌人赶进深不见底的地狱，为了
弥补这个损失，他才创造了人这样一个
幸福的新种，以便为他提供更好的服务：
他的所有手段多么高明。”

　　这就是这位虚假骗子说的话；他之所以
没被揭穿，是因为无论人还是天使双双

都不能辨别伪善；这位除上帝自己以外，
谁也看不见的唯一邪恶之徒，由于上帝
宽容的意志，他才得以行走穿过天和地：
虽然"智慧"常常清醒无眠，但"怀疑"
就睡在"智慧"的大门边，把她的责任
推给"单纯"，当哪儿看不出邪恶的时候，
"善良"也就认为没有邪恶：虽然乌列
是太阳的摄政王，被认为在天上天使中
目光最为犀利，但此刻却一度受到欺骗；
面对心地不良而欺诈成性的冒名顶替者，
他有求必应，报以自己诚实坦率的回答：
　　"美丽的天使，你急于知道上帝的杰作，
从而赞美伟大的创造巨匠，你这个愿望
不会因为过分以至于招徕责备，与其说
你的愿望显得过分，不如说更值得赞扬；
你的愿望把你领到此地，你就这样告别
你在天上的宅第公馆，无依无靠，也许
有的天使仅仅满足于在天上听到的传言，
而你却要用你的双眼去亲自目睹：由于
他的一件又一件作品的的确确精妙绝伦，
能够见识见识真是赏心悦目，如果铭记
在心，绝对值得，每每想起，无不快乐；
但是，那些创造出来的头脑，又有多少
能够理解他们的数量，或者那创造他们，
却又深藏为什么要创造他们的无限智慧？
我曾看到，形无定形的物象，这个世界
物质的原貌，一遍一遍地听从他的话音：

‘混乱’一听到他的声音，野蛮的骚乱
马上驻足俯首，无穷无限才划定了边界；
一听到他的第二道命令，光明立即出现，
黑暗退却逃窜，秩序从混乱无序中产生：
从那以后，土、水、风、火这四大讨厌
元素，匆忙地迅速跑向它们的几个驻地，
神灵一般缥缈虚幻的天上精华向上高飞，
千姿百态，无精打采，在一个圆周内部
滚动，渐渐变成数也数不清的满天繁星，
如你所见，他们如何运行；每颗星都有
他的指定位置，各自都有他的运行轨道；
其余的围成一圈，就像围墙把这个宇宙
围在中央。瞧瞧下方那个天体，它面朝
我方的光亮虽然是源自我方的折射反照，
但也亮亮堂堂；那儿是地球，人的住地，
白天明亮，此外就如同其他的半球一样，
‘黑夜’将会涌入，但她在那儿的副官，
邻近的月亮(以此称呼那颗对面的美丽
之星)将适时干预，她每月绕地球一圈，
周而复始，重新穿越中天，而她的容颜
三相[1]因此装满和撒空借来之光，一方面
照亮地球，另一方面在她苍白的领土上
阻挡抵御‘黑夜’。我指向的那一个地点
就是伊甸园，亚当居住的地方，他住在
那边那些参天大树遮天蔽日的浓荫深处。

---

① 指月相：新月、上弦月和满月。

不可能迷路，你走你的道，我走我的路。”
　　说完之后，他转过身去，撒旦深深弯腰
鞠躬，如同在天堂里习惯上对待高一级
天使一样，那儿绝不会忽略应有的礼貌
以及尊敬；他动身离开，扑向脚底下方
地球的边疆；怀抱胜利的希望，他向下
快速飞离黄道，一口气陡直下飞，经过
多次盘旋，直到降在尼法提斯山顶为止。

第四卷

内 容 提 要

撒旦现在看到伊甸，并且就在他必须尝试反上帝反人类的大胆计划的地方附近，此刻他疑虑重重，陷入恐惧、妒忌和绝望的激情漩涡之中；但最终他确认从恶，继续他奔向伊甸园的行程；描写转入伊甸园的外貌景象及其所处环境；他跳过边界，变成一只鸬鹚[①]蹲在生命树上，从乐园的最高点四下观望。描写乐园；撒旦第一次看到亚当和夏娃[②]；他对他们优美体态和幸福生活感到惊讶，但却下定决心要促使他们坠落；他偶然听到他们的交谈，从而获悉他们被禁止去吃知识树上的果实，否则将受到死亡的惩罚；他打算从此入手实施他的诱惑，诱使他们违迕：于是他暂时离开他们，通过其他渠道进一步了解他们的情况。与此同时，乌列驾着一道阳光光束降临，警告看管伊甸园大门的加百利[③]说，一个邪恶的天使已经逃脱地狱，冒充成一个心地善良的天使在正午时分经过了他的领地，向下奔向伊甸园，后来因他在山上的愤怒姿态而被发现。加百利承诺在天亮之前找到他。夜晚降临，亚当和夏娃一边交谈一边准备休息：描写他们的凉棚，他们晚上的祷告。加百利抽出他守夜的一队队天使围绕伊甸园巡逻，安排两个强壮的天使到亚当的凉棚，以防那个邪恶的天使有可能在那儿伤害睡着的亚当和夏娃；他们在那儿，在夏娃的耳边找到他，他正在诱惑梦中的她；尽管他不愿意，但他们还是把他带到加百利面前；当受到盘问时，他不屑回答，准备抵抗，但由于来自天庭征兆的阻止，所以他飞出伊甸园。

那时，当罪恶势力之龙遭到第二场败仗[④]，
愤怒降临，向人发起报复之际，他[⑤]看见

天启⑥，听到天上在大声疾呼：灾难即将
降临地球居民的头上！就这警告的声音
而言啊，因为当时我们的始父始母已经
从警告得知，他们隐秘的敌人正在靠近，
为时不晚，所以，能躲则躲，也许这样
可以逃过他那致命的圈套；眼下的撒旦，
人类原告之前的诱惑者，此刻怒火中烧，
由于那场第一次较量的失败，和他逃亡
进入地狱的缘故，第一次降落，要报复
天真无邪的脆弱人类：尽管他敢于冒险，
长途奔袭，无所畏惧，但却没有他速度
之快的欣喜，没有自吹自擂的理由着手
他的可怕企图，这企图邻近分娩，此时
正在他喧嚣的胸中翻转沸腾，就像一座
魔鬼的加农炮产生的后坐力弹到他身上；
恐惧和怀疑分散了他思绪混乱的注意力，
从底部搅动他那内心之中的地狱，因为
他随身带着地狱，地狱在他身上，团团
把他围在中央，他既不能走出地狱一步，

---

①一种贪吃的海鸟，象征无法满足的贪婪。

②基督教《圣经》故事人物，所谓“人类始祖”亚当的妻子。

③又译为“加百列”，犹太教信奉的四大天使之一，或基督教《圣经》中传达上帝佳音的七大天使之一。也译为“哲布勒伊来”，指伊斯兰教《古兰经》中传达安拉启示的四大天使之一。

④罪恶之龙指撒旦；第一次失败，指撒旦在天上的争战中被米迦勒及其使者打败，摔到地上。见《圣经 · 新约 · 启示录》第 12 章第 3—12 行。

⑤指约翰。

⑥指末日审判。在《启示录》中，圣约翰预见末日，上帝交给他一个卷轴，上面有七个封印，他打不开；他见一只羔羊（耶稣）将打开封印从而引发大审判。

也不能因为地点变迁而让地狱从他身上
飞开：现在，良心唤醒沉睡状态的绝望，
唤醒有关过去他的境况如何，现在如何，
境况必将更糟的酸辛记忆；多一分不义，
多一份惩罚，必然而然接踵而至。现在，
令人愉快的伊甸躺在眼前，他时而投去
自己那悲哀的伤心目光，时而仰望苍天，
盯着正午炽热的太阳，这个时候，太阳
高高坐在他子午圈的塔楼上①：思前想后，
百感交集，于是他这样开始悲叹：

“啊，你头上顶着无比灿烂的光荣桂冠，
就像这个新世界的天主从你独占的领土
纵目俯瞰；所有的星星一看到你的容颜，
马上就会藏起他们相形见绌的颗颗脑袋；
虽然我在对你呼叫，然而声音并不友好，
加上你的名字，哦，太阳②，我要告诉你，
我是多么憎恨你的光线，光线使我想起
我来自怎样的堕落状况，想起昔日高过
你的天空，何等辉煌；直到在天庭掀起
战争，反对天上无敌的天王，狼子野心
和骄傲才把我摔下：为什么啊！他不该
从我得到这样的回报，正是他把我创造，
那样明亮高大，他道德高尚，从不责怪，
他的礼拜仪式并非艰苦重任。给他献上

①指正午。
②撒旦把上帝比作太阳。

赞美，轻而易举的补偿，向他表达感谢，
难道还有什么比这举手之劳更轻松的事?
天经地义啊！然而他所有的善在我身上
都被证明是恶，在我身上完全变成恶念；
多蒙提携，身居如此的高位，我却鄙视
顺从，以为再高一步就会置我于最高处，
无穷的感激，巨大的债务，就在一瞬间
统统一笔勾销；那债务是如此难以承受，
总是还债，总是欠债，忘记了从他那儿
我仍然在得到什么，不懂因欠债而心存
感激，就不欠谁什么，一旦负债，及时
清偿，然而却还个不完，那是什么负担?
唉，如果他那一言九鼎的命运之神任命
我为一个级别低下的天使，那么我必定
安分守己，心满意足，就不会燃起野心，
怀抱非分之念。然而为什么不呢？某个
掌权天使，与我同样位高权重，他野心
勃勃，我虽不才，却在拉我入伙；但是，
其他与我同为重臣的掌权天使们，面对
来自内部或者外部形形色色诱惑的进攻，
不但没有倒下，反而坚定不移。你拥有
站立的同样自由意志和权利吗？你拥有。
既然天上的自由之爱对大家都平均有份，
那你责怪谁，或者责怪什么？那就诅咒
他的爱，因为爱或者恨，对我而言两者
一样，它在分发永久的悲伤。不，受到
诅咒的是你，因你自由选择的意志违背

他的意志，落得如今的下场，追悔莫及。
我，多么痛苦！从哪一条路我才能逃脱
无限的愤怒，无限的绝望？不管我飞到
哪里，哪里就是地狱，地狱就是我自己；
阴间底部更深一层的地方，宽宽地张开，
一直发出要把我吞没的威胁，与之相比，
我受苦的地狱似乎就是一座天堂。那么，
唉，请最后发发慈悲吧：有没有为忏悔
留下什么地方，为宽恕留下一点点余地？
除了降服，绝无余地；鄙视这个词禁止
我那么做，我担心在下面的精灵中丢人
现眼，我采用其他承诺和别的大话引诱
他们，而不是屈服，自吹我能征服权力
无限的上帝。他们哪里知道，唉，我呢，
为那些自负的吹嘘我付出了多大的代价，
备受折磨，何等痛苦，我的内心在呻吟：
他们拥戴我坐上地狱的王位，头戴王冠，
手执权杖，然而，我爬得越高也就跌得
越深，直到掉进仅有的最为深重的苦难，
野心赢得如此的欢乐。不过话又说回来，
我可以忏悔，我可以通过上帝的大赦令
恢复以前的地位；然而向上再向上蹿得
更高的野心将会多么快地被召回，假装
归顺的誓言将会多么快地被撤销：悠闲
将宣布暴力之下，痛苦之中的句句誓言
因而无效。极端仇恨的创伤已深深扎根，
真正的和好如初绝不可能再在那儿生长：

那么做只会导致我更为严重的故态复萌，
更加沉重地坠落：如果这样，我就势必
付出双倍的痛苦去购买昂贵的短暂间歇。
惩罚我者对此心知肚明；因此，我乞求
和平的距离与他赐与和平的距离都一样
遥远。所有的希望就这样不在考虑之列，
为了他的新欢，创造的人类，为他取代
这个世界，他看着我们被抛弃，被流放。
因此，再见吧，希望，再见吧，与希望
相随的恐惧，再见吧，怜悯！对我而言，
所有的善德一去不返，我的善德就是你，
罪恶：有你，我就有与天王划分的帝国，
有你，我统治的空间或许将会超过一半；
不久之后，人和这个新世界都将会知道。”
　　当他这样表白之时，愤怒，妒忌和绝望，
每一种激情都使他神情黯淡，他的脸色
三次变得苍白，他借来的容颜因此受损，
其伪装因此暴露，如果有眼，一眼看穿。
由于上天之心远离如此邪恶的私心杂念，
所以永远心明眼亮。为此他马上意识到，
每次烦恼不安都要用外表平静抹平遮严，
行骗的高手，在假冒神圣的外貌下玩弄
谎言的鼻祖，祸心深藏不露，报复隐伏：
然而，他要弄欺骗行诈的把戏还不到家，
乌列就曾受到警告；他的眼睛追赶着他
离开的行踪方向，在亚述的山①上，看到

① 指尼法提斯山。见本书第 93 页注释②。

他那损毁的外貌，如此奇丑无比的外貌，
绝不可能降落到幸福行列之中任何一位
天使的头上：他的样子凶狠，举止狂暴，
这是他的记号，那时他孤孤单单，以为
谁也观察不到，谁也不会看见。就这样
他继续他的行程，一直来到伊甸[1]的边界，
美好宜人的伊甸园就在那儿，近在眼前；
她的圈地围绕着绿色的树冠，仿佛一圈
乡村护堤围绕着陡峭荒野上的开阔田园，
她崎岖不平的侧面杂草丛生，灌木交错，
宛如一口拒绝访客们的洞穴，呈现一片
自然而然的野生状态；其头顶上空长满
西洋杉、松树、枝叶繁茂的棕榈和冷杉，
一道森林的风景线，一顶空中的遮阳棚，
高不可攀；随着地势一级一级向上抬升，
浓荫层层叠叠，看来犹如一座森林剧场[2]，
蔚为壮观。然而，高过这些树冠的顶上，
伊甸园的青墙倏然耸现：从此给予我们
大众的始祖[3]宽阔的视野，他脚下的帝国[4]，
邻近的四围，一览无余。高出那道青墙，
一排绝妙的大树排列成一圈，树上结满
奇珍异宝般的果实。金色的花簇和累累

①伊甸园。

②剧场暗示人类堕落的悲剧即将在伊甸园上演。

③指亚当。

④指伊甸园外以下的世界。把亚当比作君主源于《圣经·旧约·创世记》第1章第28节：“神就赐福给他们，又对他们说：要生养众多，遍满地面，治理这地，也要管理海里的鱼、空中的鸟，和地上各样行动的活物。”

果实一下子出现，仿佛涂上釉彩，五光
十色，无比鲜艳： 与把太阳的光线洒向
晴朗的黄昏时分的云块，或者每当上帝
完成沐浴大地的时候，洒向雨后的彩虹
相比，太阳更乐意把他的光线洒向他们：
看上去这是一幅多么可爱的乡村风景画；
此刻迎接他靠近的是愈来愈纯净的空气，
它本应激起他内心春天般的欢乐和欣喜，
能够赶走所有的悲哀，除了绝望。现在，
温和的微风扇动着他们载满芬芳的翅膀，
撒下一方土地的芳香，喃喃低语从哪儿
他们偷来那些芳香的战利品。如同水手，
当他们扬帆穿越好望角，现在已经经过
莫桑比克，从阿拉伯半岛，幸福的乐土，
盛产香料的海岸刮起的东北海风，迎面
送来塞巴[1]的特有香料味，于是他们非常
高兴航行中磨磨蹭蹭，古老的海神眉开
眼笑，不知多少里格为感激不尽的芳香
喝彩欢呼。恶魔如此欣赏那些香味糖块，
以至于他对香味的喜爱超过阿斯莫丢斯[2]
对鱼腥味的喜爱，他来了，他们的祸根。

---

① 指《圣经》中的“希巴”，又译为“示巴”，因香料和珠宝生意著名，位于阿拉伯半岛西南角，即现在的也门。

② 弥尔顿援引《多比传》中多比亚司的故事。多比的儿子多比亚司旅行到米堤亚，与犹太女子萨拉结婚。萨拉的前七任丈夫都在婚礼的当晚被她的魔鬼情人阿斯莫丢斯杀死。多比亚司遵照天使拉斐尔的示意，用火烧鱼的心和肝脏，利用发出的臭味驱逐恶魔。阿斯莫丢斯被迫逃到埃及地界，被天使擒获。见《多比传》第8章。

阿斯莫丢斯因迷恋托比特[1]的儿媳，所以
招致鱼腥味的驱赶，从米蒂亚[2]全力以赴
逃到埃及的时候，在那儿牢牢被缚。

　　撒旦经过长途跋涉，现在来到那座陡峭
蛮荒小山的上坡路上，他一边沉思一边
缓缓而行；然而再往前走完全无路可往，
荆棘盘根错节，严严实实，无论人或者
野兽的必经之路，因为处处树丛，处处
杂灌，处处藤蔓的纠结缠绕，条条不知
所向：那儿仅有一道门，暗自藏在一边，
面朝东方：当罪恶元凶看到这正当入口，
他嗤之以鼻，根本就不会把它放在眼里，
仅仅轻轻一跳，他就高高跃过那座山上
所有的屏障或者最高的篱墙，落在里边，
稳稳站住。就像一只在饥饿驱使下的狼，
为了在不常去的地方寻找要捕获的猎物，
小心翼翼地巡行，偷看牧羊人在牧场上，
在什么地方放心大胆把他们的羊群关入
围栏，于是他就轻易跳过栅栏进入羊圈：
或者就像一个盗贼，正要去偷某位富人
没有藏起来的现金，他家的门坚固安全，
横加杠，竖加栓，牢不可破，不惧攻击，
但盗贼要么从窗子，要么从房瓦上爬进；
这位第一大盗就是这样爬进上帝的羊圈：

---

① 又译为托比、多比。

② 又译为米堤亚、米太或米底，亚洲西部一古国，后为波斯所灭。

从此，无耻的雇工[①]就这样爬进他的教堂[②]。
于是他飞向长在树木中间最高的一棵树，
就像一只鸬鹚蹲伏在那生命之树的顶上；
然而，他之所以去到那里不是为了赢回
真正的生命，而是蹲着图谋如何让死亡
降临那些活着的生命；不是为了去思考
那赐予植物生命的力量，而是仅仅用于
眺望观察，得到善用的生命树，曾经是
生命不朽的保证。除了独一无二的上帝
以外，不管是谁，不但几乎不知道正确
评价他面前的善举，反而把最好的东西
变为最坏的东西，恣意滥用，或者用于
他们最卑鄙的目的。现在，他看到身下
一派格外的奇观，那造物主的所有财富
展露在狭窄的空间，以便满足人类感官
所有的快乐，不仅如此，因为这座花园
就是上帝天赐之福的伊甸园，由他安排
在伊甸的东方，所以这是一座人间天堂；
伊甸的边界起自浩兰[③]，向东延伸，直到
希腊列王的伟大建筑，塞流西亚[④]的皇家
城堡，或者很久以前伊甸子孙们的驻地，

① 指牧师。

② 弥尔顿把自私的牧师混入教会比作撒旦进入伊甸园，借以讽刺教会。类似的比喻出现在《利西达斯》第113—131行，自私的牧师被比喻为恶狼。

③ 古以色列东部一村庄，亚伯拉罕曾在此居住，位于现土耳其东南部。

④ 小亚细亚的一座古城，位于巴格达东南部底格里斯河畔，现伊拉克境内，由亚历山大大帝的一位将军建造。

提拉撒城[1]那一带：在这片可爱的土地上，
上帝圈定远比可爱更加令人愉快的乐园；
他使这片富饶的土地长出各种珍稀树木，
他们悦目、芳香、味美；在这万木中间，
那棵生命树高高矗立，一树植物的黄金，
一树繁花盛开一样的芳香果实；知识树[2]，
我们的死亡之树，紧紧长在生命树[3]一旁，
由于为知恶付出惨重代价，所以才知善。
一条大河[4]向南流经伊甸，虽然他的流向
没有改变，但当他经过草木丛生的山冈
之时，已变成一条地下暗河，因为上帝
投放的那座山就是他的花园，她的地面
因而被抬升得高高超过奔腾而去的水流，
大地的气孔就像脉络，通过它们给干旱
送去自然提灌的清泉，一条一条的小溪
浇灌着花园；从那以后，溪流汇合为一，
跌下陡峭的林中空地，融入山下的洪流，

①伊甸的一个城市，位于美索不达米亚，即两河流域。在《圣经·旧约·列王纪下》第19章第12节和《旧约·以赛亚书》第37章第12节提到“提拉撒的伊甸人”。

②知识树又称分辨善恶树，或善恶知识树，位于伊甸园中。上帝吩咐亚当、夏娃伊甸园内所有树上结的果子他们都可以食用，唯独知善恶树上的果子例外，因为他们吃后必死。后来夏娃受蛇的哄诱，食了知善恶树上所结的果子，也让亚当食用，遂被上帝逐出伊甸园。见《旧约·创世记》第3章第1—24节。

③生命树，位于伊甸园，其果实能使人得到永不朽坏的生命。蛇诱骗夏娃吃知善恶树的果子，说她将会变得和神一样聪明，而且“不一定会死”。在吃了知善恶树的果子以后，亚当和夏娃被赶逐离开伊甸园。上帝安排基路伯把守伊甸园的入口，防止人类吃到生命树的果子。见《创世记》第2章第7—24节。

④指底格里斯河。

洪流穿过黑暗的通道，马上又一次出现
在眼前，而今分成四大主要支流①，各自
随意奔泻，蜿蜒曲折地淌过一个又一个
著名的王国以及一片又一片美丽的乡村，
这里不必逐一述说，然而不得不说的话，
如果“艺术”能够表达，那就说说来自
蓝宝石源头的条条潺潺溪流，如何滚滚
流过闪闪发亮的珍珠和黄金一般的沙滩，
在夜色的垂饰之下，宛如琼浆玉液一样，
沿着迷宫般曲曲弯弯的河道流动，拜访
每一棵植物，滋养与伊甸园相称的仙花，
当然，她们不是花圃和精美花坛的杰作，
而是那造物主的慷慨，他使山冈、平原
和谷地，或者密不透光的阴暗午休凉亭，
或者被朝阳第一抹温暖霞光照亮的开阔
田园，繁花似海，无处不烂漫：这地方
就是这样，一片幸福的乡村土地，气象
万千；赫斯帕里亚②的那些纯粹寓言故事，
如果真实可靠，只有在这儿才真实可靠：
在丰茂的林子里面，一些树木渗出芳香
四溢的树胶和香脂，另外一些树上挂满
可爱的果实，金黄色的外壳光滑而闪亮，

① “有河从伊甸流出来，滋润那园子，从那里分为四道：第一道名叫比逊，就是环绕哈腓拉全地的。在那里有金子，并且那地的金子是好的；在那里又有珍珠和红玛瑙。第二道河名叫基训，就是环绕古实全地的。第三道河名叫底格里斯，流在亚述的东边。第四道河就是幼发拉底河。”见《圣经·旧约·创世记》第2章第10—14节。

② 赫斯帕里亚的故事，参见第3卷第568行注释。

味道可口怡人。在林间草地或者丘陵间
平整的草原上，羊群在啃食鲜嫩的香草，
其间要么点缀着棕榈覆盖的小丘，要么
在可灌溉的溪谷大大敞开她的库房四周，
无刺的玫瑰[①]和姹紫嫣红的鲜花给她镶上
一圈花儿的裙边。另外一边，凉爽幽深，
荫翳的山洞和地穴比比皆是，它们上面
覆盖的葡萄藤郁郁葱葱，一边轻轻爬行，
一边铺开紫色的葡萄；同时，汩汩水流
手挽手，落下一道道陡峭的山坡，要么
落地分散，要么汇入一座湖泊，她水晶
一样的镜面捧着长春花编织的桂冠献给
四周的湖岸。每当兴趣广泛的潘神[②]携手
美惠三女神[③]和霍莉[④]翩翩起舞，带路走向
永恒的春天的时候，一阵阵微风，春天
温柔的旋律，就会一边呼吸田园和丛林
发出的气息，一边为那颤抖的树叶调音，
百鸟因此加入合唱。并不是说恩纳仙境[⑤]，
普罗塞耳皮娜[⑥]采花的地方，那儿她自己

①罗伯特·赫里克在诗歌《玫瑰》中陈述：“圣安布罗斯说：‘在人类堕落前，玫瑰本无刺’。”

②也称作“潘”，希腊神话中人身羊足、头上有角的畜牧神，爱好音乐，创制排箫，象征自然。

③美惠三女神指希腊神话中分别代表妩媚、优雅和美丽三种品质的多位女神，常指光辉女神阿格拉伊亚、激励女神塔利亚和欢乐女神欧佛洛绪涅三位。她们是宙斯和赫拉的女儿（此一说），众神的歌舞演员，为人间带来美丽欢乐。

④希腊和罗马神话中司四季和时辰以及正义和秩序的诸女神。

⑤指位于意大利西西里岛的一片树林。普罗塞耳皮娜在此被狄斯抢走。

⑥宙斯和刻瑞斯之女，为冥王窃走，强娶为后。

比鲜花更美，然而却被冥府的狄斯[1]摘去，
刻瑞斯[2]为此痛苦万分，为寻找她而踏遍
世界[3]，也不是说奥龙特斯河畔那达芙妮
芬芳的树林[4]，卡斯特利亚的灵泉[5]，可以
与这伊甸的乐园竞争；也不是特赖登河
环绕的尼西亚岛[6]可以比肩：有位老人含[7]，
异教徒称其为亚扪[8]或者利比亚的朱庇特，
他把阿玛尔忒亚[9]以及她面色红润的儿子，
年幼的巴克斯[10]藏在岛上，从而躲过继母
雷亚[11]的眼睛；也不是阿玛拉山[12]可以企及：

---

①希腊神话中的冥王，天神克罗诺斯的儿子之一，海神波塞冬和众神之神宙斯的兄长。三兄弟在推翻提坦神的统治之后，瓜分了世界，狄斯得到了冥府，成为广阔的地底世界的统治者。他通常是坐在四匹黑马拉的战车里，手持双叉戟，无论前面有任何障碍他都将铲除。如果他走入阳界，那必然是带领牺牲者的灵魂去冥府，或是检查是否有阳光从地缝射进黄泉。

②罗马神话中的谷物和耕作女神。

③指古罗马诗人奥维德在《变形记》和荷马的《给得墨忒耳的赞歌》中讲述的故事。宙斯和刻瑞斯之女普罗塞耳皮娜在位于西西里岛的恩纳原野采花时被狄斯抢走。谷物女神克瑞斯四处寻找女儿，并诅咒一切谷物停止生长。最后，狄斯同意普罗塞耳皮娜每年回其母身边六个月。所以，谷物只有半年生长期。

④奥龙特斯河畔的森林，位于叙利亚境内，安提俄克（古叙利亚首都，现土耳其南部城市）附近，内有阿波罗神庙，以高大的柏树和月桂树著名。传说达芙妮在太阳神阿波罗正想强占她时化为桂树。

⑤卡斯特利亚为达芙妮林中一泉，传说饮用其水可获灵感，故被称为灵泉。

⑥位于非洲北部突尼斯附近。传（罗马神话）农神萨杜恩之子利王阿蒙神为保护其子巴克斯免受继母雷亚迫害将其藏于该岛。阿蒙神被认为同朱庇特和诺亚的儿子含姆。

⑦又译为“含姆”，《圣经》和《古兰经》中人物，诺亚之子。

⑧古埃及的太阳神。

⑨希腊神话中的海中仙女，有一可从中取食物的牛角。河神阿刻罗俄斯的角被赫拉克勒斯折断后，她将自己的一个送给阿刻罗俄斯。

⑩又译为“巴克科斯”，是罗马神话中的酒神和植物神，相当于希腊神话中的狄俄尼索斯。

⑪来源于希腊语，含义是“生育女神”。

⑫阿玛拉山位于现埃塞俄比亚，在弥尔顿的时代，有人认为天堂位于赤道之上的此处。

尽管有人相信那就是伊甸园，处在昼夜
平分线之下，尼罗河源头，阿巴辛①列王
在那儿保护他们的孩子们，光亮的岩石
把外界隔绝，上山需要满满一天，但是，
与这亚述乐园②相比，相差万里。大恶魔
看到这儿一派生机盎然，心里感到悲哀，
所有鲜活的动物，前所未见，新奇陌生。
两个无比高贵、又高又挺的身体，似神
直立，裸体中的庄严被天生的荣幸覆盖，
似乎万物之主，因为在他们神圣的神情
之中，闪现着他们辉煌的造物主的意象，
似乎拥有真理、智慧、神圣、要求严格、
纯洁的特征，虽然要求严格，却被赋予
真正的子女的自由；虽然双方并不平等，
这正如他们的性别看上去并非平等一样，
但男人却从上帝得到真正的权力；因为
他被赋予思考和勇敢，又因为她被赋予
温柔、可爱、妩媚、优雅，所以他只为
上帝，她只为他身上的上帝③：他那饱满
方正的天庭，骄傲的眼光，表明他绝对
统治的权力；雅辛托斯④似的卷发，前额
中分，散发着阳刚之气，一波一波成束

① 非洲北部古国阿比西尼亚，现为埃塞俄比亚。
② 指伊甸园。伊甸地区的大部分在亚述境内。
③ 亚当由上帝创造，夏娃源于亚当。弥尔顿暗示亚当距上帝更近，更能与上帝交流。
④ 希腊神话中阿波罗所钟爱的美少年，被阿波罗误杀后，为纪念他，使其血泊中长出风信子花。

下垂，仅与宽肩齐平[1]：她披着不加装饰、
乱蓬蓬的金色长发，就像一层面纱向下
飘落到她纤细的腰间，然而嬉戏的发卷
如波似浪，就像葡萄藤卷曲着她的卷须，
这意味着顺从，但也需要受到小心控制，
她温顺相从，他才得以最大程度地享受，
顺从而腼腆地半推半就，适度得意忘形，
欲罢不能，就可以推延甜蜜爱情的时间。
那时，那些隐秘而神圣的部位无遮无盖；
那时，没有自觉有罪的羞耻感：一件件
造物主作品的放荡羞耻，不名誉的名誉，
罪恶的渊薮，你们金玉其外，败絮其中，
如何使全人类陷入不幸的困境，又如何
使人类的生活背离他最幸福的生活方式，
背离了简单朴素，一尘不染，天真无邪。
他们就这样一丝不挂地走过，完全不避
上帝或者天使的目光，因为他们思无邪；
他们就这样手拉手走过，自从他们相遇
在爱情的怀抱以来，他们是迄今最令人
喜爱的一对；自从亚当生育子子孙孙后，
他就是男人中最英俊的男人，夏娃就是
女人中最美丽的女人。一片小树丛长在
一块草地上，树影下传来绵绵低声细语，
他们两人在一条清泉旁坐下身来，经过

---

① 或暗讽保王党（留长发）。“你们的本性不也指示你们，男人若有长头发，便是他的羞辱么？但女人有长头发，乃是他的荣耀，因为这头发是给他作盖头的。”见《圣经 · 新约 · 哥林多前书》第 11 章第 14—15 节。

并不繁重的愉快园艺劳动后，尽情享受
称心如意的凉爽西风，使无忧无虑变得
更加轻松，那有益健康的饥渴令人感激
不尽，他们吃起他们的水果晚餐；遂愿
顺从的果树枝丫又低又矮，结出的果实
甜如花蜜；在繁花似锦的柔软泉边坡面，
他们似坐似躺，仙果沿着斜坡近在手边：
他们咀嚼美味佳肴一样的果肉，口渴时
就用水果外壳舀来溢满泉沿的汩汩清流；
既不缺少讨人喜欢的微笑，也不乏亲密、
温文尔雅的交谈；男当女配，姻缘幸福，
年轻人的嬉戏调情应有尽有，旁若无人。
在他们的周围，大地上形形色色的动物
活蹦乱跳，嬉戏玩耍，从此以后，他们
成为林地或荒野，森林或洞穴等等猎场
之中的野生动物；好动的狮子后腿直立，
用它的前爪逗弄着幼崽；熊，猞猁，虎，
豹，在他们面前欢跳耍闹，笨拙的大象
展尽它的全部力量，卷起他柔软的长鼻，
引来他们哄堂大笑；狡猾的蛇迂回靠近，
借用戈尔迪[1]编结的技巧把他长长的身体
像辫子卷成一盘，虽然他已经给出致命
诡计的证据，但没引起注意；其他俯卧
在草地上的动物，现在坐满草地，要么

---

① 希腊神话中弗利基亚国王，他打的难解之结被称为戈尔迪之结（按神谕，能入主亚洲者才能解开，后马其顿国王亚历山大挥剑把它解开）。

两眼发呆，要么在临睡之前反刍，因为
西斜的太阳此刻急急忙忙，正在以全速
赶往亚述尔群岛①，在冉冉上升的天秤座
之中，一群繁星引领傍晚；那时，撒旦
仍在出神凝望，就像最初站在那儿一样，
最终从失语中勉强恢复这样悲哀的演讲：
　　“噢，地狱啊！我的两眼在悲痛中看到
什么？使用其他模式创造的人类被捧上
如此的高位，占据我们的天赐福祉之地，
也许是地球生养，而非精灵，却与天上
明亮的精灵们相差无几。我对他们全神
贯注，就想弄个明白；我本来可以去爱，
在他们身上，非凡的外表如此生气勃勃，
创造他们之手给他们的体态倾注了多少
优雅。啊，高贵的一对，你们难以想到，
你们的变化正在迫近，近在咫尺，一旦
这些快乐统统消失之时，就是打发你们
走向苦难之日，你们现在品尝欢乐越多，
苦难就会越加深重： 幸福，要不是严密
防范，那么幸福就难以持久；这个高地，
你们的极乐世界，天堂把这样一个敌人
阻止在外，但保卫不严，此时却让敌人
进到里面；然而我并非刻意与你们为敌，
虽然我得不到同情，但我可能同情你们，
如此孤立无助。我试图与你们结成联盟，

① 又译为亚速尔群岛，位于北大西洋中部，属葡萄牙领土。

彼此和睦，如此坦率，如此亲密，所以，
从今以后，我必须与你们，或你们必须
与我同住。我的住地或许不如这伊甸园
美丽，令你们满意；但请接受同样属于
你们造物主的作品；他交给我，我同样
大方把它送人。地狱将完全敞开其大门，
派出她的全部魔王款待你俩；那儿不像
此地面积有限，会有空间容纳你们数不
胜数的子孙；如果没有更好住处，那么
谢谢他，他迫使我违心地这样报复你们，
用你们代替他，你们没有错待我，错待
我的是他。当我行动时，看到你们天真
无辜，我本应回心转意，尽管受到诅咒，
我应该拒绝，然而理由正当透明，通过
征服这个新世界，实现报复，扩大荣誉、
帝国，还用问吗，迫使我此刻必须出手。”
　　那魔鬼这样说了一大通，假借迫不得已，
暴君的托辞，为他穷凶极恶的行为辩解。
然后，从那棵高高的树上高高的落脚点，
他飞落而下，混入那些形形色色，长着
四足，嬉戏玩耍的兽群之中，时而这般，
时而那样，借用他们的外形，千方百计
服务他的目的：靠近一些观察他的猎物，
在不被察觉之中，通过引人注意的言行
他可以更多地了解，留意他们状况如何。
现在他是一只狮子，围着他们转来转去，
高视阔步，两眼凶光；接着如同一只虎，

偶然发现两只温驯的幼鹿正在林边一块
空地玩耍，他马上贴地逼近，然后卧中
抬头观察，再三换位，就像虎挑选地点，
要从何处突袭可以确保抓住他俩，一爪
抓一只：正当第一个男人亚当对第一个
女人夏娃滔滔不绝说出这样动人的话语
之时，他全神贯注地听到崭新的声音。

“你是所有这些快乐独一无二的分享人，
不可或缺的部分，你自己比一切更珍贵；
那位创造我们，并且为了我们创造这个
丰裕世界的天神，一定无限善良，如同
他的善良，他的宽容慷慨同样无穷无限，
他使我们从那尘土中获生[①]，把我们安置
在这儿，在极乐世界，我们在他的身边，
既没有什么功德可言，也无能在需要时
为他做点什么；他要求我们的全部效劳
仅仅就是遵守这样一条，当心这一嘱咐，
在伊甸园，所有的树上结满美味的果实，
品种如此之多，别去品尝那唯一的一颗
知识树上的果实，它就种在生命树旁边；
从‘死亡’到‘生命’近在咫尺，相生
相克，不管‘死亡’为何物，毫无疑问
是种可怕的东西；因为你清清楚楚知道
上帝的宣告，谁要品尝那棵树上的果实，

---

① 上帝用地上的尘土造了亚当（见《圣经 · 旧约 · 创世记》第 2 章第 7 节），用亚当的一条肋骨造了夏娃（见《创世记》第 2 章第 22 节）。

谁就必将死亡：在如此之多的神迹之中，
这是留给我们要服从的唯一神迹，其他
神迹赋予我们统治的权力，让我们统治
陆地上，天空中，大海里所有其他动物。
因此，不要让我们去苦苦思考这条容易
遵守的禁律，禁律之外的许可种类之多，
领域之广，足够让我们好好欣赏，各种
快乐任挑任选，没有限制，但是，请让
我们赞美他，不管什么时候，我们赞美
他的慷慨，我们接下来的工作令人愉快：
剪一剪这些生长的植物，照料这些鲜花，
虽说辛苦，但有你相伴，苦中有甜。”

　　夏娃对他这样答道：“你啊，我为你而生，
我从你得生，我是你的肉中肉，没有你
我无所适从，你是我的向导，我的源头，
你刚刚说出来的话既恰当又正确，因为
我们的的确确应该把所有的赞美，以及
每一天的感谢献给他，尤其是我：当初
你因为喜欢像你自己一样的配偶而无处
可得，所以，我才享受到迄今为止如此
幸福的命运，无论在哪一方面，我欣赏
你的卓越超群。我常常会回想起那一天，
当我第一次一觉醒来，发现我自己躺在
花儿的阴凉下憩息，万分纳闷我在哪儿，
我是谁，何来何往，如何实现何来何往。
距离那儿不远的地方，从一个山洞大量
涌出的水流发出一种喃喃的低语，水流

散开，汇入一座清澈的平湖，那时平湖
保持纹丝不动，纯净得就像是长天碧空；
我向那儿走去，心里边空空如也，为了
窥视清澈如镜的平湖，我在绿色的岸边
躺下，对我而言，那似乎是另一个天空。
当我弯腰俯瞰的时候，恰恰在我的对面，
在汪汪粼粼的湖水里面出现了一个人影，
正弯着腰直直盯着我，我惊得向后一退，
它也惊得向后一退，然而不久，我高兴
探头一望，它同时也探头相望，那相对
相望的眼神既有同情也有爱；如果没有
一个声音像下面这样提醒我，那么迄今
我的两眼仍死死盯着那儿，苦苦地白白
渴望：‘你所看到的，你看到那儿的美人
就是你自己，你走它就走，你来它就来；
但是，请跟我来，我要带你去一个地方，
那儿不是影像在等你出现，等你的温柔
拥抱，你是他的意象，他与你不能分离，
你可以喜欢他，你将为他生下众多像你
自己一样的孩子，从那以后，被人称为
人类的母亲。’除了规规矩矩跟在后面，
这样看不见地被领着，我又能够怎么样？
直到我看见你为止，英俊而高大，千真
万确，在一棵法国梧桐树下，然而据我
看来，比起平静光滑的水中镜像，自己
以为少了几分美丽，几分吸引人的温柔，
几分亲切与和蔼。我转身而退；你边追

边喊，‘回来，美丽的夏娃，你在躲谁？
你在躲的人，你从他出生，你是他的肉，
他的骨；我借给你我的侧面，离我心脏
最近的部分，给你存在，给你血肉生命，
让你在我身旁，从今以后有个亲爱的人
安慰，不可分离：我追求你，我的灵魂
其中的一部分，断言你是我的另外一半。’
随即你的手轻轻握住我的手，我不再跑，
从那以后，我看到男子气概的智慧风度
如何超越美丽，唯有那样才是真的完美。”

　　我们共同的母亲这样说完，双眼流露出
只有夫妻间才有的倾慕，眼光光明正大，
她温顺地百依百随，半拥半抱，斜靠在
我们第一位父亲的身上，在她瀑布一般
散开的金发遮盖下，她隆起的乳房半边
光光地贴在他的胸膛上。他，既为她那
美丽，也为她唯命是从的魅力欣喜若狂，
脸上荡漾着超凡脱俗之爱的微笑，就像
朱庇特播洒云雾盖住五月的繁花，疯狂
亲吻婚姻保护神纯洁的嘴唇时，他面向
朱诺①的微笑。那魔鬼因为妒忌把脸转向
一旁，但又不无羡慕地朝他们侧目窥望，
不怀好意的一瞥之后，他这样自我哀叹：

　　“多么可恨的一幕，这折磨恼人的一幕！

① 罗马神话中的天后，主神朱庇特之妻，主司生育、婚姻等，相当于希腊神话中的赫拉。

这两个人如此陶醉在彼此的怀抱，远比
快乐的乐园更加幸福，他们将享受无穷
无尽的福上之福，同时我却被打入地狱，
那儿既没有爱也没有欢乐，在种种折磨
之中，我们最大的强烈愿望仅仅就一个，
至今没有完成，渴望的痛苦总在折磨我；
不过，但愿我不会忘记从他们自己口中
我得到的收获。所有的东西看起来并非
统统属于他们；一棵要命的大树，所谓
知识树，挺立在那儿，禁止被他们品尝，
知识受禁？太费猜想，不合道理。难道
他们的主人竟妒忌他们拥有知识？求知
岂能为罪，岂能该死？他们只需要保持
无知，那就是他们的幸福生活，那就是
他们的服从，他们忠诚的证明吗？天哪，
多么美妙的基础，他们的毁灭建在上面！
就从这里入手，我要用更大的求知欲望，
刺激他们的头脑去拒绝满怀妒忌的命令，
首创的命令，其设计意图是为了使他们
一直处在卑贱低微的地位，因为，知识
可提升他们到达与诸神平起平坐的高度；
一旦有如此渴望，他们就去尝，就去死：
还能有什么更大的可能接踵而至？但是，
我必须首先转遍这园子，不漏一个角落，
仔细搜索；偶然的运气或许带路，也许
我在那儿遇见某位逛来逛去的天上精灵，
在泉边或在浓荫深处，从他的口中套出

更多值得了解的情况。迄今幸福的情侣，
汝等能活且活；直到我回来为止，享受
短暂的快乐，因为漫长的苦难随后就到。”
　　话音未落，他轻蔑地掉转他骄傲的脚步，
但鬼鬼祟祟，小心翼翼；他的游走开始
穿过树林，穿过荒地，越过山冈和沟谷。
与此同时，在最遥远的地平线终点，天、
地、海在那儿相汇，落日正在缓缓下垂，
他在傍晚时分的光线水平瞄准，直端端
照到伊甸园的东门上。那是一大堆岩石，
一堆雪花石膏，层层叠叠向上直达云天；
愈远愈显眼，一条山路从平地绕来绕去，
向上攀援，轻易抵达一道高高的大门口；
其余的地方都是陡峭的悬崖，要么高矗
壁立，要么垂天而挂，不可能攀越上爬。
加百利坐在这些由岩石组成的柱子中间，
他[1]是天使守护神中的大天使，正在等待
夜晚的降临；在他的周围，天堂的青年
赤手空拳，正在进行英雄气概般的比赛，
然而近在咫尺之间，天上的武器、盾牌、
头盔以及战矛，高高悬挂，钻石和黄金
镶嵌在上面，明亮耀眼。乌列到达那边，
他乘着一束太阳的光芒穿过黄昏，滑翔
而至，神速得就像一颗流星，横越秋天
夜空；那个时候，水蒸气就像着火一样

---

① 指加百利，意思为上帝的力量，与米迦勒、乌列和拉斐尔一起为四大天使。

给天空打上印记，提醒水手要小心提防
猛烈的风暴将从他罗盘的什么方位点上
迎面袭来： 因此，他急急忙忙这样开口：
“加百利，就你而言，命运授权你负责
此地[1]，你要千万当心，不让任何坏东西
靠近或者进入这个幸福之地；就在今天
正午时分，一位天使来到我的管辖之地，
他看上去充满热情，想要了解更多有关
万能上帝作品的情况，主要是人，上帝
最新的意象。我发现了他下定决心全速
飞去的方向，注意到他划过空中的路线，
然而远在伊甸北部的山上，他首先降落，
我马上就看出他的神情与天堂格格不入，
狂热之中隐藏肮脏。虽然我的眼睛仍然
在追踪他，但他却在阴影下从我的视野
消失。我担心他是被驱逐天使中的一个，
已经冒险逃出地狱，即将制造新的麻烦；
你的当务之急就是必须把他找到。”

　　那位长着翅膀的勇士回答他时这样说道：
“乌列，你坐在太阳光辉明亮的轨道中，
既看得远，又看得宽，怪不得无论何时
你一目了然。在这道大门，守卫的天使
已经布置就绪，谁也不会被放进，除非
非常熟悉的天使，诸如来自天堂；自从

① 犹太官员、祭司分班次掌职，由抽签决定。见《历代志上》第 25 章第 8 节：“这些人无论大小，为师的、为徒的，都一同掣签分了班次。”见《历代志上》第 26 章第 13 节：“他们无论大小，都按着宗族掣签分守各门。”

正午时刻以来，没有谁来过。如果其他
类别的精灵，存心不良，有意跳过这些
尘世界限，那么如你所知，物质的栅栏
难以把精神之灵阻止在外。但是，如果
他在这些环形步道范围以内，无论假扮
成为什么样子潜伏下来，明日拂晓之前，
我将查明你所说的到底是谁。”

　　在他许下如此诺言之后，乌列跨上那道
明亮的光束返回他的岗位；现在，向上
照射的光束背负他斜线向下而行，奔向
此刻已经沉降到亚述尔群岛下面的太阳；
不管这个天体的移动快得多么难以想象，
他滚动到那儿都得整整一天；不管这个
地球多么少言寡语，抄借近路飞向东方，
都得在那儿与他分手，给他西方的宝座
披上反射的紫色和金色交织的云彩盛装。
现在夜色越来越浓，黄昏的灰色为天地
之间的所有万物穿上她朴实素净的衣装。
万籁俱寂，因为走兽和飞鸟已偷偷溜进
他们的兽穴和鸟窝，躺在它们的草榻上，
只有那不眠的夜莺除外；整个漫漫长夜，
她唱着她那多情的悠扬之歌；寂静称心
如意： 现在，苍穹就像铺满逼真的蓝色
宝石，微微发光；率领星斗大军的那颗
长庚星一路当先，最为明亮，直到月亮
身披乌黑的庄严冉冉升起，当然的女王
最终揭开她无与伦比之光的面纱，铺开

PANNEMAKER-DOMS. sc.

她银白色的斗篷盖住黑暗。

亚当此时对夏娃这样说道："美丽伴侣，
现在万物已经退隐休息，夜间时刻提醒
我们同样要休息，因为就人而言，上帝
对劳动和休息已经有所安排，就像白昼
和夜晚连续不断一样，睡眠的及时露珠
现在带着轻轻的催眠重量，正一点一点
打在我们的眼睑上。其他的动物在整个
漫长的白天东游西逛，无所事事，较少
需要休息；人有自己约定的每天的体力
和脑力劳动，劳动宣告他的尊严，表明
老天爷对他方方面面的关照；与此同时，
上帝对其他懒散动物的活动范围，他们
那些所作所为并不在意。明天，在新晨
第一缕逼近的阳光擦亮东方之前，我们
必须起身，投身于我们令人愉快的劳动，
改造那边花儿朵朵的藤架，远处的条条
绿色小径，我们中午的步行小径，两侧
树枝蔓延，缺乏修剪，它们在嘲笑我们
手工不足，要求我们增加人手，而不是
我们两双手就足以对付它们的放肆生长。
此外嘛，那些花丛，那些滴不完的树胶，
布满路面，既难看又不光滑，如果我们
想要走起来舒服，就得清除。此刻遵照
造物主的意愿，'夜晚'命令我们休息。"

天生丽质、十全十美的夏娃，对他这样
答道："我的创始人和官人，你的命令，

无论什么，我无异议地服从；上帝命令
如此：上帝是你的法律，你是我的法律：
不再求知就是女人最幸福的知识，也是
她的荣耀。与你交谈，我完全忘掉时间，
忘掉日落之后和昼夜的交替；昼夜同样
令人高兴。黎明的气息清新甘美，最早
起身的鸟儿用歌声欢呼清晨越来越明亮；
当太阳把他的朝晖首先洒向这一片讨人
喜欢的土地，照在晨露闪闪发光的草上、
树上、果实上和鲜花上时，他多么可爱；
阵阵小雨之后，富饶的土地散发出芬芳；
温暖的黄昏，既惬意又令人喜爱，随后
跟来；其后是寂静的夜晚，肃静的禽鸟，
这美丽的月亮，天上的这些宝石，满天
星斗，她的随行人员，一起到来：但是，
在清晨百鸟之歌中，黎明升起时的清晨
气息，这令人喜爱的土地上升起的太阳，
香草，果实，鲜花，那闪闪发光的露珠，
雨后的芬芳，肃静的鸟儿，寂静的夜晚，
温暖可爱的黄昏，月下漫步或星光灿烂，
诸如此类的等等，如果没有你都不可爱。
但是，为什么整个漫长的夜晚星月普照，
这幅壮丽的景象何时闭上眼睛入睡安眠？”

　　对她的提问，我们共同的祖先这样答道：
“上帝和人的女儿啊，多才多艺的夏娃，
那些天体有他们要完成的轨道，绕地球
一圈需要一个白天晚上，从陆地到陆地，

按照秩序，再到各个民族，尽管未诞生，
但服侍之光已事先备好，他们有降有升，
以免黑夜可能会重新夺回她古老的领地，
整个黑暗卷土重来，将自然界中的生命
以及万物消灭干净，这些温和的发光体
不但对他们有所照明，而且有各种各样
储热保暖的作用，凭温和的热量，或者
升温，或者滋养，或者部分地释放他们
天体的能量，落到生长在地球上的百般
物种身上，以此方式可使他们更加容易，
百分之百地接收来自太阳更强烈的光线。
这些天体，虽然那时夜晚已经深深入眠，
没人看见，但并非徒劳发光。尽管不见
一个人，但是，别以为天堂就没有观众，
就没有上帝的赞美。无论我们清醒之时
还是熟睡之时，成千上万看不见的精灵①
出没大地；不分白昼黑夜，看到他这些
作品，他们赞叹不已。从灌木丛或山冈
陡坡，我们多么频繁地听到那飞向子夜
星空的天上之音在盘旋回荡，或者独唱，
或者这边唱，那边和，此起彼落，歌颂
他们伟大的造物主；当他们在守夜站岗，
或者在夜间环形巡逻时，常常成群结队，
在天上器乐之声的演奏之中，加入他们

① 守护人间的天使，他们赞叹上帝在人们熟睡时创造的杰作，而这是人类自己无法创造的。

完整的和声曲调，他们的歌唱隔开黑夜，
把我们的思想升华到天堂。”
　　这样说着，他们手拉手走过，旁无他物，
走向他们乐而忘忧的凉棚。当掌握全部
权力的种植园主在总体设计时为了让人
得心应手，于是他选择了这么一个地方；
月桂和爱神木编织的顶棚严严实实盖在
屋顶上，密不透光，更高一层长着吐芳
飘香而结实的叶片；两侧种着爵床莨菪[1]，
香气扑鼻的茂密灌木团团围绕在每一边，
形成一道苍翠碧绿的隔墙；每一边挂满
美丽的鲜花，各种颜色的蝴蝶花，玫瑰，
还有茉莉花，争相交错地高高仰起她们
盛装打扮的头，仿佛精心制作的马赛克；
在脚下，紫罗兰，番红花，以及洋水仙
等等丰富的内饰，就像铺在地上的刺绣，
最昂贵的宝石镶嵌的彩图也没有这一般
缤纷色彩；这儿的其他动物，昆虫、兽、
鸟或者蠕虫，无一敢入，这是他们出于
对人的敬畏。成荫的凉棚内部更加神圣，
深藏不露，虽然出于想象，但是，无论
西尔维纳斯[2]或潘，绝没在此住过，无论

[1] 多年生带刺草本植物，生长于地中海一带；古希腊科林斯柱头上的叶形装饰源于其叶形。
[2] 罗马神话中古意大利的森林田野之神。

宁芙[1]还是福纳斯[2]，绝没在此出没。这里，
秘密幽深，新娘夏娃用芬芳四溢的香草、
百花和花环，装饰她初恋的婚床，天上
合唱队唱起许门颂歌[3]，多么美妙的一天，
婚姻天使带她走向我们的始祖，其裸装
远比佩戴诸神赠与豪礼的潘多拉[4]更美丽
可人；当赫尔墨斯把潘多拉带到雅佩特[5]
那轻率的儿子面前时，她施展她的美色，
诱使人类陷入她的圈套，对人进行报复，
因为他曾经盗取朱庇特最初的原始天火。
唉！悲哀的结局何其相像！
　　他们这样来到荫翳的小屋，两人都站住，
两人转身，在露天下崇拜上帝，是上帝
创造了他们所看见的上苍、天空、大地
和天堂，月亮华丽灿烂的球体，和布满
行星的太空："全能的造物主，你除创造
'白昼'，你也同样创造'黑夜'，白天，

① 希腊和罗马神话中居于山林水泽的仙女。
② 罗马神话中畜牧农林神。
③ 指婚礼之歌。
④ 在希腊神话中，主神宙斯因普罗米修斯盗火给人类而图谋报复，命火神赫菲斯托斯用黏土做成地上的第一个女人，起名潘多拉。古希腊语中，潘是所有的意思，多拉则是礼物。"潘多拉"即为"拥有一切天赋的女人"。宙斯命令赫尔墨斯把她带给普罗米修斯的弟弟"后觉者"厄毗米修斯成为他的妻子。宙斯给潘多拉一个密封的盒子，里面装满了祸害、灾难和瘟疫等，让她送给娶她的男人。潘多拉被好奇心驱使，打开了那只盒子，立刻里面所有的灾难、瘟疫和祸害都飞了出来。人类从此饱受灾难、瘟疫和祸害的折磨。而智慧女神阿西娜即雅典娜为了挽救人类命运而悄悄放在盒子底层的美好东西"希望"还没来得及飞出盒子，奸猾的潘多拉就把盒子关上了。
⑤ 诺亚之子，此处根据提坦神伊阿珀托斯的故事，为普罗米修斯和厄毗米修斯之父。

我们忙于指派给我们的工作，干完一天
农活后，我们为我们的互相帮助和相互
恩爱感到高兴，是你赐予我们这一万福
王国，这令人开心的地方，就我们而言，
这里过于宽广，你给的富裕缺少人分享，
在这里无人收获的果实掉在地上。但是，
你已经答应，一个民族必然会来自我们
两人，将会布满大地，每当我们醒来时，
我们像现在一样寻找你那睡眠的礼物时，
他们必将与我们同声赞美你无限的善良。”

　　说完这番一致心愿的话，除纯洁的崇拜
以外，再也没有其他的礼拜仪式，对此
上帝最为喜欢，他们手牵着手走进他们
凉棚里面最深的地方，直截了当肩并肩
躺下，根本不用费力脱掉我们穿在身上
那样的令人烦恼的伪装，我相信，亚当
不会转过身去背对他美丽的新娘，夏娃
同样不会拒绝夫妇之爱的神圣典礼仪式：
那些一本正经高谈阔论纯洁、地位身份、
天真无邪的伪君子，无论怎样诽谤婚姻
肮脏不洁，但是，上帝却宣布婚姻纯洁，
他的命令针对一部分人，其余听凭自由。
我们的造物主命令增殖；谁在命令禁欲，
除了我们的毁灭者，上帝和人类的仇敌？
我为你欢呼，婚后的爱情，神秘的法则，
人类子子孙孙的真实来源，伊甸园里面
所有财富中，其他共有，唯独这份不可

分享。你把不法的淫欲从人的身上赶走，
使它徘徊在野蛮的兽群中间；你把忠诚、
正义、纯洁、亲爱的关系建在理智基础
之上，第一次使父亲、儿子和兄弟之间
自然而然的亲情众所周知。我绝对不会
称你为罪孽，或者加以指责，或者认为
你不配这最神圣的地方，你是喜爱家庭
生活乐趣的不竭源泉，无论现在或过去，
正如一个个圣人和族长常常宣称的那样，
你的床没有遭受玷污[1]，童贞一样地纯洁。
爱神[2]在这儿射出他的金箭，在这儿点燃
他永不熄灭的灯盏，舞动他的明亮翅膀，
在这儿统治，在这儿深深陶醉；这不是
没有爱情，没有快乐，没有倾慕，花钱
买笑，沉湎人尽可夫的女人，逢场作戏；
这不是宫中暗藏奸情的混合舞会，或者
放荡的化装舞会，或者子夜舞会，或者
小夜曲：失恋的情人唱给他骄傲的美人，
面对这些，最好轻蔑地离去。受到夜莺
催眠，他们相拥入梦，赤裸的四肢上面，
覆盖着上午修枝的繁花屋顶泻下的玫瑰。
睡吧，幸福的情侣；啊，你们如不追求
更多幸福，更多知识，这就是最大幸福。

　　现在，夜晚用她的阴影圆锥一步步测量，

---

① 见《圣经 · 新约 · 希伯来书》第 13 章第 4 节：“婚姻，人人都当尊重，床也不可污秽；因为苟合行淫的人，神必要审判。”

② 指罗马神话中的丘比特，在希腊神话中叫厄洛斯。

已经到达月下这巨大苍穹的半腰，走出
象牙城门的基路伯，通常这个时候武装
立正，排成准备战斗的队列，即将奔向
他们夜间值班的岗位；加百利这个时候
对权力比自己低一级的副手这么说道：
　　“乌薛[①]，抽出一半队伍，沿着南边巡逻，
一丝不苟，密切察看；另一半立刻北上，
我们巡逻到西面尽头会合。”他们如火焰
一样分开，一半向左，一半向右。从中
他挑出两个既有辨别能力又强壮，站在
他身旁的天使，交给他们的任务如下：
　　“伊斯瑞尔和齐风[②]，快快飞行，搜遍
这个花园，不要漏掉任何一个隐蔽角落，
但是，主要是那两个俊男美女的住宿地，
也许他们现已躺下入睡，确保不受伤害。
　　今天傍晚乘着太阳西下，来了一位天使，
他说起看到一位恶魔似的天使有意飞向
这里(谁竟会想到呢？)，他逃脱了地狱
封锁，此行肯定不怀好意；你们在哪里
找到这样的家伙，紧紧抓住，带到此处。”
这样说着，他率领他那令月亮眼花缭乱、
闪闪发光的纵列出发；这两位直奔凉棚，
寻找他们搜查的目标。他们在那儿发现，
他像一只癞蛤蟆蹲着，近在夏娃的耳边

① 一种神秘的天使，其名意为“上帝的力量”。在《圣经》中为人名。
② 伊斯瑞尔和齐风分别意为“发现上帝”和“搜索者”。在《圣经》中没有伊斯瑞尔；虽有齐风，但非天使。

正在尝试用他魔鬼的艺术触摸她的那些
想象器官，利用它们打造他列在清单上
一样的错觉、幻想和睡梦；或者，假如
输入毒液，他就可以污染，如和煦微风
源自清清的河流一样，从纯净的血液中
产生的动物精神[1]，结果至少会导致混乱、
不满的思想，徒劳的希望，空虚的目标，
过度的欲望，由于想入非非，骄傲自大，
因而毁灭。伊斯瑞尔的意愿是如此强烈，
就用他的战矛轻轻点他一下，因为没有
任何虚假能够承受天上利器一击，一旦
触及，它必然会原形毕露。由于被发现
和猛然一惊，他突然跳起来。如同一座
存放炸药桶的军火库，里边储备的炸药
足以应对传言中的一场战争，一旦堆积
如山的硝石粉末被星星之火点燃的时候，
黑色煤灰般的微粒突然燃烧，四处飞舞，
火光漫天，那魔王就像这般惊起，露出
本来模样。那两位英俊的天使如此突然
看到狰狞可怕的魔王，吃惊不小，倒退
几步；尽管吓了一大跳，然而镇定自若，
马上向他问话：
　　“你逃脱你的牢笼而来，你是那些罚入

① 罗伯特·伯顿在其《忧郁的解剖》（1621）中将人的精神分为三类：自然的精神、生命的精神和动物的精神。自然精神产生于肝脏，通过血脉流散……生命精神产生于心脏……动物精神由生命精神构成，传送到大脑，大脑通过神经控制器官产生感觉和作出反应。

地狱的叛逆天使之中的哪一位，为什么
你改头换面，就像一个敌人，蹲在这里，
在这两个人睡者的面前伺机观察？”

　　“这么说来，你们竟不认识，”撒旦说道，
一副不屑一顾的样子，“你们竟不认识我？
你们曾经知道我，你们望尘莫及，你们
不敢飞上我坐在那儿的高度；不认得我
证明你们自己不出名，你们的群体地位
最低；或者，如果你们认识，你们为何
还问，废话开头，喜欢同样的废话结尾？”
齐风反唇相讥，对他这样答道：

　　“叛逆的天使，别以为你的外貌和以前
一样，或者亮光不减，就像你当初端端
正正，清清白白，站在天堂里众所周知
一样。当你不再善良，荣耀就在那一刻
离你而去，你现在就像你的罪孽和服刑
之地一样黑暗肮脏。我们所以到这儿来，
就是为了你，无可置疑，谁派我们前来
我们就将向谁报告，他的责任就是保护
这个地方不受侵犯，这两个人不受伤害。”

　　那位基路伯如此说道，他低沉的叱责声，
年轻英俊的脸上的严肃，为他增添不可
战胜的魅力。那个魔鬼窘迫得坐立不安，
觉得善良是多么地威严可怕，看见美德
在她的原形中多么可爱，看见他的损失
多么痛苦，然而更重要的是在这里发现，
他的光泽已在众目之中明显削弱，不过

似乎斗胆不减。“如果我必须大打出手，”
他说，“那就将帅对将帅，当差的走开，
或者同时一齐来： 要么将赢得更大光荣，
要么失去更少。”勇敢的齐风说：“但愿
你的畏惧省得一试，我们中最弱的一个
就能把你制服，一旦邪恶，从此脆弱。”

　　那魔鬼陷入狂怒之中，虽然说不出话来，
然而就像一匹马，戴着马勒，桀骜不驯，
一边骄傲地前进，一边嚼着他的铁马勒。
想拼或者想飞，他认为都是徒劳；敬畏
苍天已使他心如死灰，远胜气馁。现在
他们靠近西头，两支半圆形巡逻的队伍
刚好在那儿相遇，汇合后密密站成一排，
等待新的命令。他们的首领加百利出现
在前面，对他们这样高声叫道：

　　“啊，朋友们，我听到敏捷脚步的足音，
急急忙忙沿着这个方向而来，此时一瞥，
可见伊斯瑞尔和齐风穿过黑暗，与他们
一道来的那第三位，虽然有着帝王之相，
但却因失去光彩而苍白；根据他的行为
方式和凶狠态度，他似乎是地狱的王子，
因此，没有一场较量，不可能离开这里；
坚如磐石站好，因为他的神情不无挑衅。”

　　他几乎还没说完，那两位天使已经来到
面前，简要报告他们带来的是谁，发现
地点，在干什么，何种外形，卧伏姿态。
加百利严厉地注视着他，这样对他说道：

“你为什么打破惩罚你叛逆的法定界限，
撒旦，偏要来其他天使负责的地盘捣蛋？
他们不但证明自己不会去效法你的犯罪
榜样，而且有权利和正义向你发出质问，
为什么斗胆闯进这个地方；看来似乎是
孤注一掷，要去破坏二人的睡梦，正是
上帝把他们安排住进这儿的幸福乐园。”
撒旦的脸上一副轻蔑的表情，这样回嘴：
“加百利，你在天堂中的聪明才智颇得
好评，我对你怀有同感，但是，你提出
这样一个问题使我心生怀疑。活在那种
地方，有谁喜欢他的痛苦？虽然被判罚
到那里，但谁不愿意挖空心思挣脱地狱？
毫无疑问，换了是你，你也会甘冒不韪
逃离苦难，愈远愈好，希望舒畅与痛苦
个调个；有多少伤痛，就补偿多少快慰，
愈快愈好；为此我在这个地方找来找去：
在你看来我没有理智，你只知什么是善，
但却没染指过邪恶。那么，你愿意反对
他囚禁我们的意志吗？如果他安心打算
让我们待在那黑暗的监禁中，那就让他
把铁门关得严一些。这就是你要的答案；
其他的都不假：他们说的地方就是找到
我的地方，但那并不意味着暴力或伤害。”
他这样奚落一番。那位好斗的天使恼怒
之下，鄙视地似笑非笑，如此作答：“哦，
自从撒旦坠落以后，天堂蒙受多大损失，

他是一位多么聪明的法官，却栽在愚蠢
二字上，现在，他逃脱牢狱，重新现身，
装腔作势，竟然质疑囚禁他们是否明智，
质疑追问未经许可就擅自离开他的法定
地狱界限，什么胆量带他到这里的天使！
无论采用什么方式，只要能够躲开痛苦，
逃脱对他的惩罚，他都认为实在是聪明。
你仍然可以这么认为，这么放肆，直到
愤怒，因你出逃惹起的愤怒，七倍惩罚
你的逃亡，把你的那一番聪明踢回地狱，
此外没什么能给你更好的教训，要知道
再大的痛苦也不可能与招来的无限愤怒
相提并论。但是，为什么你就形影相吊？
为什么整个地狱没有随你逃跑一路前来？
他们少一些逃跑的念头，痛苦就会减少，
或者你比他们更难以忍耐？胆大的统帅，
第一个逃离痛苦，如果你已经面向遭到
唾弃的狐群狗党申明这一次逃走的理由，
那么，可以肯定，你不是为了自己逃跑。”
那魔王紧锁双眉，板着脸对他这样答道：
　　“并不是说我忍不下去，或者躲避痛苦，
出言不逊的天使；你非常清楚，我曾是
你的顽敌，就在决战的时刻，一阵雷霆
齐发的援助使得你大获全胜，除此而外，
你使用的战矛又有何惧哉。但你的言语
仍然词不达意，跟以前比没有什么两样，
这证明你没有经验，经验理应来自过去

反反复复的艰苦尝试和功亏一篑的经历，
一个值得信赖的领袖，如果他自己未曾
走过，就不会挥师冒险穿越危险的道路。
因此，我，我独自一个，身先士卒开路，
一路飞过荒芜凄凉的深壑，前来探一探，
看一看这个创造完成的新世界，地狱中
有关它的传闻沸沸扬扬，我希望在这里
找到更好的栖身之地，好让我那支今非
昔比的队伍定居在这个世界，或在中空；
虽然据为己有少不了再一次的拼争较量，
你和你招摇的猛士为此决不会拱手相送，
但是，服务他们高在天堂的上帝，唱唱
赞美主子的颂歌，敬而远之，阿谀奉承，
这才是他们轻轻松松的事务，而非打仗。”

枕戈待旦的天使毫不犹豫对他如此答道：
“撒旦，你不折不扣地出尔反尔，首先
假装出于聪明才飞离痛苦，然后又承认
是密探，这证明你只是一贯说谎的骗子，
绝非什么领袖；你竟敢自诩‘值得信赖’？
哦，美誉，噢，那值得信赖的神圣美誉
遭到如此玷污！对谁值得信赖？对那些
跟你造反的恶徒？一帮妖魔鬼怪的武装，
有魔王必有魔卒；服从你的军令，瓦解
对公认的最高权威的忠诚，这难道就是
你的行为准则和攻守同盟的信义？阴险
狡诈的伪君子，你此刻看起来似乎反倒
成了自由的保护神，而非昔日那位撒旦，

溜须拍马，卑躬屈膝，奴隶一般地崇拜
天堂的威严君主？除了痴心妄想要夺权，
取代他登上统治宝座外，还有什么祸害？
但愿记住我此刻对你的忠告： 滚开滚远！
从哪儿逃跑你就飞回哪儿。如果你从此
以后，在这些神圣的范围以内再次露面，
我就将你锁链加身，拖回那阴间的深渊，
把你关严关牢①，以至于从此以后你不敢
藐视地狱之门轻易能开，门闩锁得不严。”

　　尽管他如此恐吓，撒旦却根本不睬这番
威胁，反而火上浇油，忿忿不已地回答：
　　“守护边关就妄自尊大的基路伯，虽然
天堂之王骑上你的翅膀，你和你的伙伴
曾经常常伏轭②，拉着他胜利的车轮参加
游行庆典，穿过那天上星星铺砌的大道，
但是，当我成为你的阶下囚，那时再去
谈论锁链，在那之前，你自己感受一下
我这决胜的手臂，远远比你期待的沉重。”

　　就在他倒出这番话的时候，明亮的天使
中队变得火红，他们的方阵如新月两角，
越变越尖，开始把他围在中间，斜端在

---

①《圣经·新约·启示录》第 20 章第 1—3 节：“又看见一位天使从天降下，手里拿着无底坑的钥匙和一条大链子。他捉住那龙，就是古蛇，又叫魔鬼，也叫撒旦，把他捆绑一千年，扔在无底坑里，将无底坑关闭，用印封上，使他不得再迷惑列国。等到那一千年完了，以后必须暂时释放他。”

②《旧约·撒母耳记下》第 22 章第 10—12 节：“他又使天下垂，亲自降临；有黑云在他脚下。他坐着基路伯飞行，在风的翅膀上显现。”

他们胸前的战矛，密密麻麻，如西丽斯[1]
成熟的麦田等待丰收，麦芒如织的麦穗
低垂着她们的头，如波似浪，随风摇摆；
忧心如焚的庄稼汉站着满腹狐疑，唯恐
打麦场上他满怀希望的一捆捆麦穗证明
竟是空壳。作为对手的撒旦，感到惊恐，
他集中他的所有力量，膨胀放大般站着，
就像特涅利夫或者阿特拉斯[2]，岿然不动；
他的身高耸入天空，他的头盔上装饰着
恐怖的羽毛，手上并非没有武器，似乎
既持矛又握盾。如果不是上帝为了阻止
这样一场不无恐怖的恶斗，及时在天上
高高挂出他的金天秤，那么，此刻令人
心痛的行动就可能接踵而至，如果双方
爆发一场恶战，不仅仅是伊甸园，而且，
也许天堂那布满星星的天幕，或者全部
几大元素，因为这场冲突的暴力，那么，
至少难免破坏、扰乱、撕碎。在处女宫
和天蝎宫[3]之间，那神迹迄今可见；所有
创造出来的东西他首先放在里边称一称，
悬挂的圆形地球与空气分量相当，秤锤
平衡，而今交战和王国，凡事称称重量。

① 又译刻瑞斯，为谷物和耕作女神。
② 特涅利夫岛位于北大西洋东部，是加那利群岛中最大的岛屿，上有曾被认为世界上最高的山峰。阿特拉斯山脉位于非洲西北部，在突尼斯、阿尔及利亚和摩洛哥境内，是希腊神话中阿特拉斯以肩负天的地方。
③ 处女宫和天蝎宫为黄道十二宫中的两个星座，天秤宫位于其间。

他把两个砝码放进天秤的两端，称一称
双方分开和双方交战的结果；后者马上
升高，碰到秤梁，加百利一见这个征兆，
首先开口对那魔王这样说道：

“撒旦，我知道你的力量，而你也知道
我的，但那不是我们自己的，而是天赋；
由于你的我的不被老天准许，所以自吹
自擂双臂能如何是多么愚蠢，然而现在
我力大你两倍，玩你如玩泥。如你反抗，
就抬头看看证据，读读那边天上神迹中
你的命运，你的重量就摆在那儿，表明
你多轻多弱。”魔王抬起头，看到他高高
翘起来的秤盘；他不再多说，只好嘀嘀
咕咕逃走，‘黑夜’的影子也随他而去[1]。

---

① 意为天亮。

第五卷

内 容 提 要

清晨来到，夏娃告诉亚当她的噩梦；尽管他为此感到不快，但仍安慰她；他们动身要开始他们白天的劳动。他们在凉棚的门口唱起晨祷的颂歌。上帝，为了使人不可辩解，派遣拉斐尔[1]来提醒他有关他的顺从，他的自由地位，他的敌人近在咫尺，他是谁，为什么是他的敌人，以及凡是有助于亚当去了解的别的情况。拉斐尔降落到伊甸园，他的外表得到描述；坐在凉棚门口的亚当远远地看到他的到来；他走出去迎接他，把他带到小屋，用夏娃采集的伊甸园的精选水果款待他；他们在桌子旁交谈。拉斐尔说明他的信使来意，要亚当留意他的处境，提防他的敌人；应亚当的请求，拉斐尔告诉亚当谁是那个敌人，他是如何成为敌人的，从他首先在天堂反叛说起，以及如何起因；他如何把他的队伍拉到北方地区，在那儿煽动他们与他一道造反；他说服了所有的追随者，只有一个叫亚比得[2]的撒拉弗是例外，后者在争辩中劝阻，反对无果，随后与其分道扬镳。

现在，清晨挪动她玫瑰色的脚步[3]从东方
一步步走来，把珍珠般的露珠[4]洒满大地，
就在这个时候，如平日一样，亚当醒来，
因为他的睡眠源自完全消化和适度水汽，
刺激性小，所以轻如空气，哪怕奥罗拉[5]
舞扇，风过树叶和起雾小溪的轻微声音，
枝头百鸟的尖声晨歌[6]，就足以轻轻驱散
他的睡眠。他发现夏娃还没醒来，秀发

不理，脸颊泛红，仿佛度过了一个睡眠
不宁的夜晚，这使他惊讶不已。他侧身
半坐半卧，迷恋陶醉，由衷之爱的目光
游走在她美丽的身上，不管她是醒是睡，
他都能够看到美丽绽放出来的独特魅力⑦；
于是，他抚摸着她柔软的手，声音温柔，
就像当西风之神对弗洛拉⑧轻言细语一样，
悄悄地这样说道："醒来吧，我最美的人，
我的新婚伴侣，我的最新发现，老天爷
最后的无与伦比的礼物，我的永远不会
厌倦的快乐，醒来吧，早晨天已经大亮，
清新的田野呼唤着我们；要去看看我们
照料之下的植物如何节节向上，香木橼
树林如何开花，没药树怎么滴脂，芦苇
怎么放香，造物主如何涂染她那些色彩，
蜜蜂落座花丛如何吮吸甘汁，我们正在

①又译"拉弗尔"，《圣经》传说中的天使长之一，司医疗。

②亚比得名字源于《历代志上》第5章15节。在《圣经》中他并非天使，其名字可能源于希伯来语，意为"上帝的仆人"。

③此处弥尔顿借用荷马史诗《奥德赛》第2卷中"……玫瑰色的手指点亮黎明……"的用法；有学者认为弥尔顿意欲将奥德赛与亚当做比较。

④在《仙后颂》第4卷中有"珍珠般的露珠"的描写。

⑤奥罗拉是希腊神话中的曙光女神，象征晨曦；她用扇子扇动树叶，伴随着鸟叫，唤醒亚当。

⑥意指早晨所作的祷告。

⑦优雅是夏娃的美丽所独具的。夏娃美丽的重要意义与亚当内在美的关系是夏娃在本书第4卷第489—491行中论述的主题，同时也是亚当和拉斐尔在本书第8卷第546—575行中谈论的主题。

⑧希腊人认为西风之神是森林诸神中最温柔者。弗洛拉又译福罗拉，为古罗马宗教信奉的女花神。这里夏娃被比作西风之神的妻子弗洛拉。

错过早晨的第一时间[1]。”
这样的娓娓细语使她梦中初醒，她两眼
吃惊地盯着亚当，拥抱着亚当这样说道：
　　“哦，只有在你怀里我的思想才有港湾
宁静休息，我的光荣，我的完人[2]，高兴
看到你的脸，高兴早晨回来；这个夜晚，
(直到此刻我绝没度过如此的夜晚)因为
我做了个梦，说是梦吧，平日常常梦中
之人是你，或者梦见昨天的劳动，或者
第二天的安排，但这回却不一样，梦中
所见是烦恼和冒犯之类，直到这个恼人
之夜，以前我的头脑从不知道那些事情。
我想，谁近在我的耳边，声音温文尔雅，
招呼我出去走走；我认为那是你的声音：
‘夏娃，为什么你还在睡觉？现在时光
美好，安静凉爽，除了夜间啼鸣的鸟儿[3]，
现在醒来，唱着他最甜最美的爱情之歌
以外，寂静笼罩大地；此刻，满月当空，
大快人心的月光使万事万物的面孔半明
半暗，如果无人欣赏，岂不枉然；上天
无眠，正瞪圆双眼；你，造物主的欲望
目标，除你以外，无所顾盼，虽然乐于

① 始于早晨六点。

② 夏娃称亚当使她变得完美，暗示她自己本身并不完美，尽管她有时对亚当来说显得完美(见本书第 8 卷第 545—560 行)，许是因为亚当认为自己在夏娃被创造前也不完美，但是夏娃必须被教导认为自己是不完美的(见本书第 4 卷第 489—491 行)。

③ 指夜莺。

看见万物，但你的美丽迷人，令他销魂，
所以总是目不转睛。’一听到你的呼唤声，
我就起身，可找不到你：为找你，于是
我直往前奔，我想，我走个不停，独自
穿过条条小路，那些小路突然把我带向
那棵遭禁的知识树。它看上去外表美丽，
远比在白天的时候我想象中的更加美丽，
就在我疑惑不解地打量时，一个有翅膀，
模样就像我们常常看到来自天上的天使，
站在它的旁边：他带着露珠的头发异香
扑鼻。面向那棵树，他同样在注目凝视，
‘噢，多美的树啊，’他说，‘你挂果太多，
竟然没有神，没有人，一个没有，屈尊
来为你减轻一点点负担，知识就是这般
受到鄙视？对于知识，要么嫉妒，要么
限制，所以禁止品尝？谁要禁止，不管
是谁，休想再拦住我品尝你提供的美味，
否则为何种在这儿？’说完他没有踌躇，
用大胆的手臂摘过果子就吃。面对如此
大胆的行为证实如此大胆的话，我胆颤
心惊，一身冷汗；但他却因此欣喜若狂：
‘天赐仙果啊，你又香又甜，然而这样
采摘却更加香甜，受禁于此，看似就像
仅仅适合诸神，然而却能够把人变成神！
为什么人不能变成神，就因为善的传播
越来越广，其内涵越来越丰富？这不但
对创始者丝毫无损，反而赢得尊重更多。

来吧，幸福之人，天使一样美丽的夏娃，
你也来分享：虽然你已感到幸福，或许
你会更加幸福，但得到的尊敬不会更大。
尝尝这个，从此以后你就加入神的行列，
你自己就是一位女神；不受地球的局限，
而像我们一样，凭你自己的功德，有时
在空中，有时登高迈向天堂，去看一看
住在那儿的神祇们生活怎样，你也可以
那样生活。’这样说着，他靠过来递给我，
甚至递到我嘴边，他摘下的同一颗果子
分出的一块：那香喷喷的气味令人愉快，
使人迫不及待胃口大开，以至我，我想，
身不由己，不得不尝一尝。随即我与他
一起飞向高高的云天，看到身下的大地，
无穷无尽地扩展延伸，一幅景象，多彩
多姿，多么宽广；正当惊叹于我的飘飘
欲仙的如此高飞和变化的时候，突然间
我的向导无影无踪，我，我认为，下沉
掉进梦乡，不过，醒来发现这只是个梦，
我多么高兴啊！”夏娃这样讲述她的夜晚，
忧心忡忡的亚当这样答道：
　　“我自己的最佳意象和倍加亲爱的一半，
昨夜睡梦之中你的思绪烦恼也同样使我
受到波及；我也不会喜欢这样一个讨厌
烦人的怪梦，但我担心邪恶开源；然而
邪恶又从何而来？在你身上不可能包含
任何邪恶，你生来纯洁。但是，要知道

在人的心灵之中有许多次要的智能因素，
它们服务理性为主。在这些因素中幻想
担任次要职责；就外部世界的万事万物
而言，它们全是机敏的五官描述的对象，
幻想产生种种的想象，种种的空间形态，
理性和幻想或者相连，或者分离，形成
我们肯定什么，或拒绝什么，总之就是
我们称之为的知识或者意见；当造物主
休息的时候，她也退进私密的大脑隔室。
在她缺席的时候，伪装的幻想常常未眠，
正在对她进行模仿，但是，疯狂的工作
绝大多数发生在梦里，常常制造出支离
破碎的形象，把过去已久或新近的言行
混为一谈。在我看来，我们昨晚的交谈①，
一些内容与你的所梦有如此之多的相似，
但又有奇怪的补充。不过，没必要伤感：
邪恶进入神或人的头脑，也许来来往往，
尽管如此，但却没有证据证实在那之后
没有留下污点，或者该受责备；这给我
希望，你的的确确憎恶睡着时梦中所见，
醒来时你绝对不能苟同，不能那么去做。
因此，没必要灰心丧气，不要愁眉苦脸，
你的容貌常常要比晴朗的早晨，世界上
最初的微笑更令人高兴，更加晴朗无云；
就让我们起来吧，在树林里，在清泉边，

① 指本书第 4 卷第 657—688 行的谈话。

在花丛中开始我们新一天的劳动。现在，
鲜花怒放，散发出它们从夜间保留起来，
贮藏下来，专门献给你的精妙暗香。”

　　他这么安慰他美丽的妻子，她高兴起来，
但是，两滴徐徐滚动的眼泪从她的眼眶
默默无阻地流下，她的头发把它们抹揩；
另外珍贵的两滴已准备就绪，各就各位
进入它们清澈透明的水闸，他抢在泄掉
之前吻尽它们，认为它们是甜美的懊悔，
虔诚的敬畏的高尚符号，害怕违反天条。

　　放下了所有的包袱，他们匆匆赶往田野。
不过，一旦走出那茂盛林木阴暗的顶棚，
来到露天，首先映入他们眼帘的是曙光
和太阳，刚刚升起来的太阳，带着车轮，
迄今辗在洋面的边缘，射出他平行陆地
表面的带露光线，照亮山水如画的宽广
土地上伊甸园的整个东方和伊甸的片片
幸福原野，他们深深地鞠躬，表达崇拜，
开始他们的祈祷，每天早晨，按时祈祷，
祈祷中变化多样的风格融为一体，为了
赞美他们的造物主，他们既不缺少那些
变化多样的风格，也不缺少圣洁的欣喜
若狂；论说抑扬顿挫，论唱则张嘴晓声；
他们的才思敏捷，口若悬河，出口成章，
无论是散文还是节奏鲜明的韵文，无需
鲁特琴或竖琴辅之以更多的甜美，反而
更加谐调悦耳：他们这样开始：

"善之父母，万能的上帝，这些都是你
光荣的杰作，你的这个宇宙的构架如此
合理，如此令人惊奇，那么你自己多么
令人惊奇！难以言表，你坐在这些九天
上方，就我们而言，要么看不见，要么
在你这些低首下心的作品之中似见非见，
然而，这些作品表明你不可想象的善良
和神圣的权力。请你们开口，光明之子
和天使们，你们能说会道，因为在天上，
在没有夜晚的白昼，你们看见他，你们
用颂歌和合唱的交响曲围绕在他那充满
欢乐的王座四周；在大地上，你们加入
芸芸众生，众口一词在祈祷开始、结束
和中间的时候，无休无止赞美他。群星
丛中最美丽的星辰①，长长黑夜的终结者，
但愿你不属于黎明，最好是白天的可靠
保证，那么，当白昼起身，美好的晨祷
时间来临，你就可以用上你小小的光环
加冕晴朗的清晨，在你的领地上赞美他。
你，太阳，这个伟大世界的眼睛和灵魂，
承认他比你伟大；无论当你升起，到达
正午，还是当落日之时，你对他的赞美
响彻你永恒的轨道。如今与东方的太阳
相遇，月亮就马上带着恒星逃跑，沿着
他们固定的轨道逃跑；你和另外的五颗

① 又称维纳斯或卢西弗。

漫游的星星①，在天乐②中挪动神秘的舞步，
广为传颂对他的赞美，是他，召唤光明，
摆脱黑暗。空气，你们几大元素，自然
子宫最古老的分娩，四种元素③的联合体，
永久运动，反复循环，形式多样，彼此
融合，滋养万物，愿你的不断变化带给
我们伟大造物主的赞美相应地与日俱新。
你们，薄雾和水蒸气，此刻要么从小山，
要么从气浪腾腾的湖面升起，色调朦胧
或灰白，直到太阳用黄金刷在你的松软
裙边，为了向世界上伟大的创造者表达
敬意而升空，不是用烟云打扮本色青天，
就是用一阵一阵的降雨滋润干旱的大地，
袅袅上升，徐徐下坠，都是对他的礼赞。
风啊，来自四方的气流，不管轻轻呼吸
还是狂吼怒号，你们都在赞美他的荣耀；
汝等，每棵松树和花草，摇动你们的头，
以示你们的崇拜。条条清泉，边流边闹，
汝等发出的悦耳低语，是赞美他的优美
曲调。加入大合唱吧，汝等所有的生命
化身；汝等百鸟，向天歌，高高地飞向
天堂门，用你们的歌声，用你们的翅膀

① 五颗漫游的星星指金星、木星、水星、火星和土星。

② 指宇宙间美妙的谐音或乐律。古希腊神话认为天体在运行中发出一种凡人听不见的音乐。

③（源于古希腊）土、气、水、火四种元素构成物质。柏拉图认为四种元素之间可以相互转化。该观点在后面（本卷第415—426行）拉斐尔描述宇宙的构成时再次提到。

送上对他的赞美；汝等，游动在水之中，
汝等，行走大地，要么高视阔步，要么
匍匐而行，请你们作证，我是默默无语，
还是让我的颂歌响亮地飞向山岗，沟谷，
泉边，凉爽的林荫，施教如何对他赞美，
无论早晨或晚上。为你欢呼，宇宙之主，
请一如既往，慷慨赐予我们最珍贵的善，
假如黑夜聚集或隐藏任何邪恶，驱散它，
就像现在光明赶跑黑暗一般。”

他们就这样天真地祈祷，一旦内心踏实，
他们立刻情绪稳定，恢复到往常的平静。
他们匆忙赶往田间从事他们上午的劳动，
在可爱的晨露和鲜花中，任何一排果树
都过于茂密，它们那些营养过度的枝条
伸展太远，必须要人手除去旁杈的缠绕：
不然的话，它们就会为葡萄藤牵线搭桥，
把她嫁给榆树①；她，如果出嫁，她适宜
结婚的手臂就会团团抱住他，用她随身
携带的嫁妆，收养的一串串葡萄，装饰
他不育的树叶。高高在天的君主，看到
他们如此辛辛苦苦，出于怜悯，便召唤
拉斐尔来到身边，他是善于交际的精灵，
曾经屈尊与托比阿斯②结伴同行，并确保

① 葡萄藤缠绕榆树的古典形象在贺拉斯的《颂诗》第2章第15节第4—5行和维吉尔的《牧歌》第2章第367行中均有描述，这里象征夏娃与亚当的亲密关系。

② 又译多比亚司，基督教次经《多比传》中的多比之子。

后者与结婚七次①的女士婚姻成真。
　　“拉斐尔，”他说，“你听到什么在骚扰
人世？撒旦逃出地狱，穿过阴暗的深渊，
已经出现在乐园，昨夜他如何打扰人类
夫妇，如何图谋一旦毁掉他们就能毁掉
整个人类。如今事已至此，你就走一趟，
半天工夫，像朋友与朋友一样，与亚当
谈一谈，在他避开正午炎热午休的地方，
或者在凉棚，或者在阴凉之处，找到他，
他要么在用餐，好恢复散工之后的疲劳，
要么在休息；这次的谈话可以说是一次
忠告，提醒他注意自己所在的幸福环境，
他享有赐予的意志自由的幸福，也享有
赐予的他自己的自由意志，其意志尽管
自由，然而容易生变。由此警告他谨防
偏离正轨，切莫掉以轻心；此外告诉他，
他的危险，危险来自谁，什么样的敌人，
不久前他自己才从天堂坠落，暗中策划，
就在此刻，要让其他的生灵从同样天赐
之福的环境中坠落。用暴力？不，因为
那样将遭到反抗；于是就用欺骗和谎言。
让他知道这点，以免蓄意犯罪后，假装
惊异，没有得到提醒，没有事先告知。”
　　永恒的天父说出这样一番话，他在履行
全部的正义。接到自己的使命后，那位

① 见本书136页注②。

有翼的圣徒不仅不敢耽搁，而且从成千
上万的撒拉弗中间，他站在那儿，华美
翅膀面纱一般把他遮盖，立即轻轻一跃，
飞过天堂中部。天使唱诗班向两边分开，
让出一条路，以便他迅速通过九天各段
道路，直到到达天堂的大门[1]为止，金色
铰链转动起来，那大门宽宽大大地自动
打开，就像鬼斧神工，最了不起的天才
建筑师才能够设计出来。出了天门一看，
没有阻挡他视线的烟云，没有星星阻碍，
无论多小的星星一颗没有，他看见地球，
与其他发光的天体相比没有什么不一样；
他看见上帝的乐园，一片片雪松覆盖在
一个个山头上。隐隐约约，就像在夜晚，
伽利略的双筒望远镜观察到的月球表面[2]，
上边的一块块陆地和田园，或者像海员，
来自基克拉迪群岛[3]之中，看见得洛斯岛
或萨摩斯岛初现时模模糊糊，仅为斑点
大小而已一样。他面朝那儿，加速向下，
向那儿飞去，飞过广阔无边的飘渺太空，
穿梭在天体世界与天体世界之间，时而
翅膀稳健，顶着极风，时而翅膀又猛烈

---

① 此处天堂大门和第 1 卷第 281—282 行地狱大门形成对比。

② 意大利物理学家、天文学家和哲学家，近代实验科学的先驱者。其成就包括改进望远镜和其所带来的天文观测，以及支持哥白尼的日心说。他是第一个用望远镜观察月亮的人。在第 1 卷第 288—239 行提到过。

③ 位于爱琴海的一群岛屿，得洛斯岛（据传为阿耳忒弥斯和阿波罗的诞生地）位于中央，萨摩斯岛位于其东北部。

扇动，划过不加抵抗的空气，一直飞进
那雄鹰高飞的领空，对所有的鸟类而言，
他看来好像一只凤凰，引来太多的凝视，
仿佛他就是那只长生鸟，在把遗骨敬献
太阳明宫后，他自己飞向埃及的底比斯①。
一旦降落到乐园东部的悬崖上，他马上
恢复了一个撒拉弗应该具有的身体外貌。
他长着六只翅膀，遮盖着他完美的身体
曲线：覆盖在宽宽的双肩上的一对翅膀，
像帝王的装饰品，如披风盖住他的胸膛；
中间的一对就像是一条星光灿烂的腰带，
围绕在他的腰间，又像一条短裙在天上
经过浸染，给着上絮状黄金和斑斓色彩，
裹住他的臀部和大腿；第三对翅膀就像
天蓝色的皮甲，从脚后跟遮住他的双脚。
他站着就像迈亚的儿子②，抖抖他的身体，
整理羽毛，散发的天香从他的四周飘向
远方。正在值班的各队天使一看就知道
他是哪位，他们起立，向他崇高的使命，
向他的威严表达敬意，因为他们猜测到，
在他的身上担负着或这或那的重要信息。
他通过他们闪闪发光的帐篷，现在走到

①古城底比斯位于埃及南部的尼罗河畔，是古埃及帝国中世纪和新王朝时代（约公元前2040—1805）的首都；和同时代的众多人观点一样，弥尔顿认为它就是太阳城。传说世上只有一只凤凰，约每500年就会在太阳城祭献自己，获得新生。

②迈亚是希腊神话中的自然女神，是亚特拉斯七个女儿中的长女，为宙斯所爱，生下赫尔墨斯。

极乐的田园里边，穿过没药树的小树林，
穿过花开的芬芳，穿过肉桂树，甘松香
和香脂草形成的甘美原野，因为大自然
在这里青春盎然，恣意妄为，随心所欲，
玩弄她原始的幻想，倾泻她的畅快野性，
享受巨大的福佑，超过了规则或者艺术。
向前一走出飘香的树林，亚当就看到他，
那时他坐在自己凉棚的门口里面，爬上
头顶的太阳此刻径直射下他灼热的光线，
要温暖地球内心深处的子宫，却让亚当
热得受不了；夏娃在凉棚里边，这时候
应该正是她为午餐准备果类佳肴的时候，
果实的味道要能满足真正的食欲，其间
不乏一扎琼浆玉液的饮料，或来自营养
丰富的浆果，或来自甘甜的清泉，或者
来自多汁的葡萄：亚当向她这样喊道：

“赶快过来，夏娃，这值得你饱饱眼福，
看看那些朝向东方的树木中，一个灿烂
身影正朝着这个方向移动；看上去似乎
另一个早晨在正午升起[①]。多半他从上天
给我们带来什么重大的命令，今天将要
光临成为我们的客人。不过，动作快点，
把你的贮藏拿出来，要丰盛充裕，做到
足以表达敬意，适合款待我们那位来自

① 正午的太阳光与天使的荣光相比也显得暗淡。

上天的陌生客人①；我们心甘情愿将他们
自己的礼物奉送给施与者，慷慨的赠与
敬献慷慨的赠与者，这儿肥沃的大自然
将使她的种植成倍增长，因为解除负担，
所以果实才更丰，它告诉我们不要节俭。”

　　夏娃这样对答：“亚当，泥土的神圣构型，
上帝吹气的创造②，一年四季，那些成熟
待飨的果实挂在枝头，储备树上，小小
一份就足以待客；精选一点，干干水分，
既有营养，又不腐烂，仅此而已。但是，
我得赶快，赶快从每根树枝，每株灌木，
每棵植物选摘鲜美多汁的瓜果，用如此
精选出来的瓜果来款待我们的天使客人，
通过亲眼所见，他将承认，在这个世界，
上帝的赐予就像在天堂一样慷慨。”

　　她一边说着一边转过身去，一副要匆匆
离开的样子，一心一意想着要如何殷勤
招待，如何精挑细选最上乘的美味佳肴，
如何精心安排菜单的顺序才能避免串味，
既不要口味差异太大，也不要粗俗失雅，
而要让一道风味带来又一道风味，口味
连续自然变化。于是她忙忙碌碌，采摘
每根柔枝上，无论大地母亲孕育的什么，

① 此处款待来自天上的客人效仿了《圣经 · 旧约 · 创世记》第 18 章中亚伯拉罕和萨拉款待上帝的故事。

② 见《创世记》第 2 章第 7 节：“耶和华神用地上的尘土造人，将生气吹在他鼻孔里，他就成了有灵的活人，名叫亚当。”

无论是在东西印度，或是在本都[1]地中海，
或是在黑海海岸，或是在阿尔喀诺俄斯[2]
统治的地方，种类齐全的水果，或有皮，
有的粗糙，有的外皮光滑，有的有皮芒，
或有壳，小山似的贡果被慷慨大方之手
堆上桌子。为了准备饮料，她压碎葡萄，
得到不醉人的葡萄汁，又从许多浆果中
榨取甜如蜂蜜的饮品，她把芳香的果仁
压出，混合成甜甜的乳酪，盛进她从不
短缺的合适干净碗盏；然后，她把玫瑰
和没有点燃的芳香灌木洒在地上。

　　在此期间，我们那伟大的始祖为了迎接
风采如神的客人，大步上前，没有大队
随员陪同，那时只有他自己完全的尽善
尽美；他的全部礼仪体现在他自己身上，
即使是迎候王子的单调乏味的壮观场面，
他们扈从的豪华骑兵长队，王室侍从官
身上使大群观众头晕目眩，使他们目瞪
口呆的刺目黄金，远远赶不上他的庄严。
亚当一步一步靠近，走到他面前，虽然
说不上有什么恐惧，但却俯首帖耳趋前，
毕恭毕敬，如同对一位尊者谦卑地鞠躬
致意，这样说道："来自天国的原住民啊，
因为除了天国，别的地方绝不可能拥有

---

① 位于黑海南岸一古王国。

② 阿尔喀诺俄斯是法亚基亚的王，他有一个天堂般的园子，四季如秋。奥德修斯曾参观过。见荷马史诗《奥德赛》第 7 章 115—134 行。

这样光辉灿烂的形象，你离开天上宝座，
一时告别那些幸福之地，屈尊下凡到来，
这是赐予我们的荣耀，就我们俩，承蒙
天赐，这儿广大辽阔的土地，据为己有，
请到那边的背阴凉棚休息休息，坐下来
尝尝这乐园结出的果实味道如何，直到
正午的炎热过去之后，太阳西斜，天气
就会变凉。”
　　那位纯洁的道德天使这样温和对他答道：
“亚当，我所以前来，不是因为你如此
得到创造，也不是因为你必须住在这里，
即使是天上的天使，也不可能经常接受
邀请来造访你。这样也好，你就带带路，
到你遮阴凉爽的凉棚那儿去，中午以后，
直到傍晚降临前的几个小时，我都自由
自在。”于是，他们来到那希尔瓦[1]的小屋，
小屋如同微笑的波摩娜[2]的凉亭，有朵朵
小花装饰，发出阵阵芬芳。不过，夏娃
除了自身，没有打扮，比森林中的宁芙，
或者比艾达山上矫揉造作，赤裸裸争风
吃醋的三位女神[3]中最美的女神更加美丽；
她站着招待天国来客，无需面纱，美德

① 指森林之神。
② 罗马神话中的果树女神。
③ 特洛伊王子帕里斯被宙斯指定为赫拉、阿西娜、阿芙罗狄忒在艾达山（特洛伊城附近）比美的裁判。最后，帕里斯将象征“最美女神”的金苹果给了爱神阿芙罗狄忒。后来，帕里斯在阿芙罗狄忒的帮助下拐走了斯巴达的王后——美女海伦，从而成为了特洛伊战争的导火索。

为证，没有丝毫杂念而面目改色。天使
赐予她一声“万岁”，这一句神圣的问候
很久以后用于祝福马利亚，第二个夏娃[1]。
　　“万岁！人类的母亲，你那多产的子宫
将使这个世界到处都是你的子孙，比起
上帝的果树，这些堆在这桌子上的各种
各样水果，数目更大！”凸起的青青草皮
就是他们的桌子，长满苔藓的座位环绕
一圈，虽然春天与秋天在这儿携手共舞[2]，
但在宽大方正的桌面上，从左到右堆满
每种秋实。他们交谈了一段时间，毫不
担心午餐变凉；那时，我们的祖先这样
开口说道：“天上的客人，请尝一尝这些
恩施，我们的养育者慷慨施舍的这一切，
各种各样，尽善尽美，数量无限，天赐
我们，作为食物，使我们快乐，他促使
泥土生长产出：对来自上帝身边的天客
而言，也许不合口味；我仅知道一件事，
我们大家得到的施舍来自同一个天父。”
　　那位天使对他答道：“因此，他施舍什么
（但愿对他的赞美天长地久）给有部分
灵性的人类，纯粹灵性的天使也会认为
食物符合口味；那些纯粹的天使的灵性
就像你们的理性一样，需要相似的食物，

① 基督教认为耶稣的母亲马利亚是“第二夏娃”。天使祝福马利亚，见《圣经·新约·路加福音》第1章第28节。
② 季节性的作物在伊甸园里四季如秋都能收获。

两者的自身内部包含低一级的感觉器官，
依靠这些器官他们听、看、嗅、触、尝，
品味食物，消化转换，身体吸收，于是
有形的物质转变为无形的精神。要知道，
无论什么被创造出来，都需要继续生存
下去，都需要食物喂养。就拿几大元素
举例来说，粗养精： 陆地养大海；陆地
和大海养空气；空气就养那些天上繁星，
因为月亮在天体群里的位置最低，所以
她第一个首先得到给养，她圆圆的脸上
之所以长出那样的斑点，那是因为没有
净化的蒸汽正在等待被消化吸收。月亮
不会拒绝从她自己潮湿的大陆吐出湿气，
以便给高出自己的一个个天体提供给养。
太阳，他把光明分别赠送给所有的天体，
不但从所有天体蒸发出来的大量水气中
得到富有养分的回报，而且还会在夜里
与西边的海洋啜饮；尽管天堂的生命树
结满叹为天味的水果，一根根葡萄藤上
挂满酿造美酒的葡萄，尽管每一个早晨
我们都要从树枝上弹掉如蜜一般的露水，
看到地上铺满珍珠似的水滴，然而上帝
在这儿增添了新的快乐，他的慷慨好施
有所改变，如此看来也许可与天堂相比；
不要认为我对口味如何挑剔讲究。”于是
他们坐下来，开始享用他们的珍馐美味；
天使既非只有外表，亦非置身薄雾之中

（神学家们的普遍曲解），而是真有饥饿，
食欲强烈，有把一种物质变成另外一种
物质的消化能力： 过剩的部分精灵轻松
就能排泄出去，如果江湖上的炼金术士
通过乌煤的火炼就能够，或者确有把握
做得到，就像从矿石之中，将劣质矿石
里边的金属点化为纯金，何足大惊小怪。
与此同时，浑身裸露的夏娃就近在桌边，
犹如服务生，不断满满斟上开怀的琼浆
玉液，助兴他们杯觥交错： 如此的天真，
啊，只有在伊甸园才应该拥有！即使是
上帝的儿子们当时曾经陶醉于这一景象，
那也没有什么不正当[1]。只有爱，而不是
淫荡好色，在他们的心里占据主宰地位，
没有假设的嫉妒，那是受伤情人的地狱。

　　他们一边吃一边喝，就像这样吃饱喝足，
没有过饱，自然而然，突然间一个主意
穿过亚当的心里，不要让这次宝贵聚会
赠与他的时机白白流失，向他打听打听
他的世界，那么高贵，情况怎样，那些
住在天堂里边的都是些什么人，他看见
他们的优点远超自己，他们明亮的体态
放射出神圣的光芒，他们的神力也大大
胜过人类，于是他嗫嗫嚅嚅，对着九天

---

① 上帝的儿子们被人间美女陶醉，见《圣经 · 旧约 · 创世记》第 6 章第 2 节：“神的儿子们看见人的女子美貌，就随意挑选，娶来为妻。”

来的使臣这样倒出他精心准备的一番话：
　　“与上帝同住的居民，我现在清清楚楚
明白，你的惠顾给人类带来多大的荣耀，
你屈尊俯就进门，坐在我们矮矮的屋顶
下面，感觉感觉这些尘世间水果的味道，
虽然不是天使的食物，也不像是在天堂
豪华盛宴的款待，但你却似乎入乡随俗，
更乐意接受我们的食物，它们岂能彼此
相比，同日而语？”
　　长着翅膀的大天使对他答道：“呵，亚当，
万能的上帝只有一个，万事万物源于他，
又都重归于他，如果没有从善良的堕落，
那么，他创造的一切都会像这儿的一样
尽善尽美；世界起源于一种基本的物质，
物质被赋予不同的形式以及不同的层次，
这些形式和层次或者寓于物，或者寓于
生命形体，不过，越是提炼，越是经过
蒸馏，就越纯粹，就被安置在更加靠近
他的地方，或者更加靠近他们几个活跃
天体中各自指定照料的一个，每种生命
都有相宜的各个阶段，直到把肉身升华，
熬成精神为止。这样从根上长出浅绿色
主茎，再从主茎上长出飘飘悠悠的叶子，
最后，鲜艳完美的花儿绽放，吐出芬芳
气息： 花儿和他们的果实，人类的营养
食物，通过一步一步地提炼净化，上升
成为生物，成为动物，成为智慧，他们

给与生命和感觉，想象和理解，而灵魂
从中接受理性，理性是她的本质，可分
两种，推理的或直觉的：推理属于你们，
司空见惯，后者属于我们，占绝大多数，
这只是层次不同，然而性质一样。因此，
不要感到惊奇，上帝认为对你们有好处，
不管什么食物，如果我不拒绝，一样吃，
就像你们，也能转化变成我自己的本质。
总有那么一天，那时人和天使可以分享，
发现易于消化，不太清淡的食物。也许，
从这样一些人体的营养品，你们的身体
可以最终整体转化为精神，并随着时间
流逝而日臻完美，从而插上翅膀，如同
我们一样飞上天空，或者可以随心所欲
住在这个地方，或者住在天国的乐园中，
前提是汝等顺从，坚如磐石，矢志不渝，
记住他全部的爱，记住你们是谁的后代。
在此期间，尽情享受这幸福的土地提供
给你们的幸福和快乐吧，在这块土地上，
幸福如此之多，无以复加。”

　　这位人类的祖先对他答道：“啊，多么
让人喜欢的天使，吉星高照一样的贵宾，
你的一番谆谆教诲，可以说使我们清清
楚楚地知道，自然的进位序列是从中心
散发到四周，一考虑到创造而来的形形
色色的东西无不处在其中，借助于一步
一步的进位台阶，我们也许可以上升到

上帝的高度。不过，你附加的一句警告，
‘前提是汝等顺从’，这是什么意思呢？
他从尘土造就我们成人，把我们安置到
这里，凡人类欲望能追求能理解的狂喜，
无不得到最大限度的满足，那我们难道
还能不顺从，或者还有可能抛弃他的爱？”
　　大天使与他面对面：“天地之子，请注意
听我说： 你是幸福的，这得归功于上帝；
你要让这样的幸福继续下去，得归功于
你自己，也就是说，得归功于你的顺从；
意思就是如此。这就是给你的那个警告；
要接受忠告。上帝使你完美无瑕，不是
不可改变，他造就你善，但他又把坚持
善的权力交给你，赋予你与生俱有意志
自由的权力，不受无法摆脱的命运控制，
或绝对必然性的支配。他对我们的要求
是自觉自愿忠于上帝的行为，这种服务
并非我们迫不得已的付出。他既不接受
强迫的服务，也不可能强迫，因为如不
自由，那么他们的意愿无外乎就是必须
遵守的命数，不能有其他的选择，怎能
考验忠心，他们的遵从是否是出于自愿？
当我们承诺顺从的时候，我自己和天使
大众站在登上王位的上帝看得见的地方，
我们所在的幸福环境就像你所在的一样；
此外没有其他的承诺： 我们自由地遵从，
因为我们自由地爱，就像爱与不爱出于

我们的意志一样；我们或者站或者坠落
任凭自愿： 有的坠落是因不顺从而坠落，
从天堂跌进最深最深的地狱；哦，坠落，
从多么高的天福圣地掉进多么大的灾殃！”

　　我们伟大的祖先对他说道：“你的话句句
引人入胜，无与伦比的导师，比我夜间
听到的，来自毗邻的山间，空中的乐曲
传送过来的基路伯的阵阵歌声更加悦耳。
我不是不知道，我被创造以来，就享有
意志和行为二者的自由。不过我们绝对
不会忘记要热爱我们的创造者，服从他，
遵守他唯一而又如此公正的命令，我那
绵绵思绪过去使我确信，并且仍然使我
确信；尽管你提到天堂里面曾经发生过
什么事，我这心里也多少拿不准，但愿
能够多听一听，如果你同意，原原本本
讲一讲，那一定惊心动魄，应该在庄严
肃静的气氛中讲出来听一听。目前我们
仍有大半天时间，因为那太阳几乎还没
走完他一半的旅程，而在浩茫的西半天，
他的另一半旅程还没有开始。”

　　亚当提出这样的要求，拉斐尔经过短暂
犹豫之后表示同意，他的讲述这样开始：

　　“人类的始祖啊，你要我讲的可是一件
严重的大事，既痛心又难于开口，因为
我将怎样向人类的感觉讲述战斗的天使
看不见的英勇行为？当他们站起的时候，

曾经既光荣，又完美，毁灭的如此之多，
毫不后悔，为什么？最终要打开另一个
世界的秘密，也许如果泄露就不合法律，
怎么办？不过，因为你的善良，这一点
就免了吧，如果讲述中有什么地方超过
人类的理解能力，那么我将通过把精神
比作肉体的形式来加以描绘，因为这样
或许才能把他们表现到家；可是，假如
地球仅仅是天堂的影子，天地物物相当，
天上的物类多于地上，那又怎么办呢？

“到那时为止，这个世界根本没有出现，
冥茫‘混沌’主宰如今这些旋转的天空，
即现在地球依靠，悬挂在她中心的地方，
当有一天（就时间而言，虽然永恒无限，
但是凭借现在、过去和将来用之于运动，
测量万事万物持续的时间长度），就是在
这一天，恰逢天上的大年[1]，天空的天使
大军，响应帝王集合的命令，毫不拖延
从天隅的每一个方向，数不胜数，论资
排辈，秩序井然，浩浩荡荡出现在万能
上帝的宝座面前。高擎的军旗成千上万，
如海如潮，先锋后卫之间，一杆杆王旗，
一面面号旗，在天空中迎风招展，以示
天使的不同等级、不同类别和不同支系
之间的区别，或者在他们华丽的锦旗上，

① 春分点完整地绕行黄道一周所经历的时间。柏拉图认为是三万六千年。

绘有纹章装饰的神圣纪念标志，那些是
引以为豪的狂热和爱的行动记录。正当
他们这样站着的时候，如环的队列形成
无法形容的一个一个圆圈，一圈套一圈，
天父上帝，身旁坐着他幸福无比的圣子，
位于最中间，他仿佛从一座燃烧的山上，[①]
那座山的顶端辉煌灿烂，令人眼花缭乱，
这样说道：

“‘听我说，你们所有的天使，光明之子，
座天使，统治天使，权天使，道德天使，
掌权天使[②]，听我的命令，它将不可撤销，
永远有效。今天我宣布，这是我的独子[③]，
我是他的生父，在这圣山之上，他已经
涂上神圣化的油膏，你们此刻亲眼看见
他在我的右手边[④]。我指定他为你们首领[⑤]，
我自己向他郑重承诺，天堂众生，不管
是谁，都要服从他，都要承认他是主人：
在他伟大的摄政统治下，你们务必保持

---

①弥尔顿认为此山类似于西奈山。

②在中世纪中东学者丢尼修的《天阶序论》中，天使的分级为上三级：炽天使、智天使和座天使；中三级：主天使、力天使和能天使；下三级：权天使、大天使和天使。

③见《圣经·旧约·诗篇》第2篇第6、7节：“我已经立我的君在锡安——我的圣山上了。受膏者说：我要传圣旨。耶和华曾对我说：你是我的儿子，我今日生你。”

④见《诗篇》第110篇第1节：“耶和华对我主说：你坐在我的右边，等我使你仇敌作你的脚凳。”

⑤见《新约·腓立比书》第2章第9—11节：“所以，神将他升为至高，又赐给他那超乎万名之上的名，叫一切在天上的、地上的，和地底下的，因耶稣的名无不屈膝，无不口称耶稣基督为主，使荣耀归与父神。”

团结，团结得像一个人一样，永远幸福；
要是有谁不服从他，那也就是不服从我，
那也就是破坏团结，那么当天就要驱逐
出去，从上帝身边赶开，赶出他的神圣
视野，坠落掉进漆一般黑暗的无底深渊，
那儿就是他永远的归宿，注定不得救赎。’
　　“全能者如此一说，大家似乎为他的话
感到非常高兴；似乎一致，但也非全部。
那天，就像欢度其他庄严的日子，他们
围绕在圣山四周载歌载舞；神秘的舞蹈，
它与远方一颗颗行星所组成的明亮星空，
固定在她的轨道上旋转最为相像；犹如
座座迷宫，错综复杂，圆心不同，互相
牵连，当他们看来最无规律之际，同时
却似最有规律之时，舞曲与他们的舞步
丝丝入扣，完美和谐，如此流畅，令人
陶醉，以至于上帝自己的耳朵也在欣喜
聆听。其时傍晚逼近(虽然我们也拥有
我们的傍晚和我们的早晨，但是，我们
是为了享受愉快的变化，我们并不需要)，
他们立刻从跳舞转向渴望中的美满晚宴；
全部排成一个个圆圈，就像他们站直时
一样，桌子搭好，天使的晚餐眨眼之间
堆上桌面，红玉色的琼浆玉液流光溢彩：
各种藤本植物的美味水果，天堂的特产，
盛满珍珠般的圆杯，钻石一样的菱形盏，
又大又重的金樽。花上憩息，头戴鲜艳

小花编织的花冠，就在无限慷慨的君王面前，他们吃啊，他们喝啊，在这心旷神怡的圣餐时间，尽情畅饮永生和欢乐，没有饮食过度的担忧，那儿的严格措施只是谨防暴饮暴食，他用丰足之手大量给予，为他们之乐而乐。时间已到异常芬芳的‘夜晚’携带云团从高高的神山呼之而出的一刻，那儿光明与阴暗双双对峙，最最明亮的天容已经换脸，变成感激的黄昏(因为‘夜晚’披戴着深黑色面纱不去那儿)，玫瑰花香的一滴滴露珠安排大家休息，但不包括上帝那双时刻戒备的眼睛，整个辽阔的平原上，远比这整个球形世界所展开的平原更加辽阔(这些是上帝的庭院)，众多的天使成排成队，其营地延伸到充满生气的树林中，生动活泼的溪流旁；无数的帐篷，突然冒出，天上的临时房屋，他们睡眠之地，凉风习习，除了那些出勤的以外，他们在整个漫长的夜晚，围绕着至尊的御座，轮流唱着悦耳的颂歌。但是，撒旦未眠，却不是那样，现在这么叫他；他的原名在天上再也听不到：他，担任重要职位，即使不是位居第一的天使长，但也大权在握，极受恩宠，地位显赫，然而满腹嫉妒，反对圣子；那天，他得到他伟大父亲给与他的荣誉，他被宣布成为正式

的弥赛亚王①，撒旦出于自尊，难以忍受
亲眼所见，并且认为他自己受到了伤害。
从那时起，深深的怨恨和蔑视孕育在心，
一旦午夜步入昏暗，就在完全适于睡眠，
万籁俱寂的时刻，他下定决心，要带领
他的所有军团脱营出走，背弃不再崇拜，
不再服从，他所鄙视的最高君主，于是
他唤醒权位仅次于他的下属②，偷偷摸摸
对他这样说道：

“‘亲爱的伙伴，你虽然睡下，然而什么
睡意能使你合上双眼？记得昨天的法令，
像什么话，如此之近才从天堂的万能者
口中说出？你常常会把心里的话告诉我，
我也总是将我的心思告诉你；你我一样
不眠，我们是一家；既然不赞同那法令，
那么你又怎能入睡？你看到强加的新法；
新法来自他，他在统治，我们受治于他，
我们中间可能冒出新的想法，新的建议，
要讨论什么难以预测的结果会接踵而至。
在这里多言不安全。你去把我们的指挥
首领，他们麾下那些大军统统集合起来；
告诉他们，听从命令，在昏暗的‘黑夜’
撤回她的朦胧烟云之前，我将紧急启程，
凡属于我统帅的军团，挥舞他们的旗子，

① 即基督教徒心目中的救世主耶稣。
② 指别西卜，基督教《圣经》中的魔鬼。见本书第 1 卷第 78 行。

朝着回家的方向飞行疾进，在那儿我们
拥有北部的四面八方[①]，在那儿准备准备
恰如其分的接待，欢迎我们的那位大王，
伟大的弥赛亚，他迫不及待想要向整个
天使团传达他的胜利履新，颁布法律。’
　　“那位背信弃义的大天使仅仅这么一说，
就把恶劣的影响注进他的那个同伙容易
受骗的心里；他把自己统治之下的统治
权天使或召集在一起，或一个一个分开，
把他得到的授意，一一告诉他们：最高
长官下达命令，在目前的‘黑夜’之前，
在目前昏暗的‘黑夜’从天上消失之前，
那面伟大统帅的旗帜将要迁移，论原因，
暗示性的言语要么含糊其辞，要么出于
嫉妒，听起来似乎既合理完整，又漏洞
百出。不过习惯成自然，大家服从信号，
听从他们伟大的首领，上级长官的命令，
因为在天堂，他的名声的的确确很响亮，
他的地位高到接近极限：他的五官容貌
犹如晨星[②]，既要引导群聚的星星，也要
诱惑他们，凭借谎言，他就从天堂卷走
三分之一的天兵天将。与此同时，通宵

① 撒旦住在北方。见《圣经·旧约·以赛亚书》第 14 章第 12—14 节：“我要坐在聚会的山上，在北方的极处。我要升到高云之上；我要与至上者同等。”

② 早期基督教教义著作中对堕落以前的撒旦的称呼。见《以赛亚书》第 14 章第 12 节：“明亮之星，早晨之子啊，你何竟从天坠落？你这攻败列国的何竟被砍倒在地上？”

不合的那双眼睛，他的视力能明察秋毫，
洞烛其奸；在他的面前，金灯夜夜点燃，
即使没有它们从他的圣山向外或者向内
照射的光芒，他也能够清清楚楚地看见
正在发生的谋反叛乱，看见谁参与其中，
如何在早晨之子[1]中扩展蔓延，又有多少
天兵天将被纠合到一块来反对他的庄重
命令，他微微一笑，面向独子这样说道：
　　“‘儿子，我全部力量的继承者，我看见
我的荣耀在你身上光华四射，灿烂辉煌，
这一时刻，严重关系到我们能不能确保
我们的无限权力，我们打算将使用何种
武器，保卫我们声称的亘古以来就属于
我们的神性或者帝国：这样的一个仇敌
正在谋反叛乱，他想要建立起他的王座，
与我们平分王权，让他的权力遍及宽广
辽阔的北方，但他并不以此为足，还想
在战场上考验我们的力量或我们的正义。
让我们深思熟虑，面对这场危险，火速
集合剩下来的部队，把我们所有的防卫
力量统统拉出来，以免我们因疏忽大意
失去我们的这一高地，我们的神殿圣山。’
　　“圣子表情平静，容光焕发，神圣端庄
难以言喻，他从容不迫地对他回答说道：
‘万能的父亲啊，你对你的敌人的嘲笑

---

① 指与撒旦造反的天使们。

正当公正，你胜券在握，对他们的徒劳
阴谋诡计和徒劳暴动骚乱，你一笑置之，
此事重大，关乎我的荣誉，当他们看到
授予我的全部王者力量扑灭他们的骄傲，
他们才会知道他们的怀恶使我赢得光彩，
结局可见分晓，是否我有能力征服叛逆，
或者，我被证明是天堂里最糟糕的蠢才。’
　　“虽然圣子这样说道，但是，撒旦率领
他的武装部队飞速疾进，已经远远离开，
一大群天使军，如潮如海，像夜晚繁星，
或者像成群的晨星，或者像太阳装饰在
每枚树叶上，每朵花儿上珍珠般的露滴。
他们通过的地方包括撒拉弗、三级天使、
力天使他们三级实力强大的摄政统治区，
你全部的这爿领地如果与那些地方相比，
亚当，最大限度地说，就像用你的这个
花园去比从一个完整的球体，沿着经线
方向一直延伸的所有陆地和所有的海洋；
穿过这些地方之后，他们终于到达家园，
进入北方的疆界，撒旦直奔高高的山上
光芒万丈，属于他的帝王御座，那座山
就像是一座山托起的另一座山，那上边
到处都布满一座座方尖塔和一座座城堡，
建材来自采石场采出的钻石和黄金块岩，
那就是了不起的卢西弗[1]宫（之所以这样

[1] 又译路西法，曾经是天堂中地位最高的天使，在未堕落前任天使长的职务。他由于过于高贵，意图与神同等，率领天界三分之一的天使举起反旗，因失败而堕落成撒旦。

称呼这座建筑是因为翻译用了人的方言），
不久之后，他声称自己与上帝完全平等，
卢西弗宫就是那圣山的翻版，在圣山上，
光天化日之下，那时宣告了谁是弥赛亚，
因此这儿的这座山也称之为‘会众之山’；
他把他所有的一长串天兵天将集合起来，
开进‘会众之山’，假称奉命在此地开会，
需要商议商议有关事项，如何隆重接待，
大张旗鼓地欢迎他们的君王，他是新贵，
即将莅临本地。他使出恶言诋毁的伎俩，
以假乱真，以达到危言耸听的目的。

“‘座天使，统治天使，权天使，道德
天使，掌权天使们，如果这些庄严头衔
保持不变，而不仅仅是虚衔，那该多好，
因为根据命令，如今另一位，自己独占
大权，被上帝选定，施以涂油礼的新王，
使我们在他名下黯然失色；午夜的急赶，
此番行军，就是因为他的缘故，为的是
在这里紧急集会，本会专题商议，我们
可以如何最高规格欢迎他，能够用什么
别出心裁的方式表达敬意，让他来收获
我们献上的无偿跪拜，低三下四的匍匐，
服侍一位就已过分，现在又宣布另一位
是他的意象，一变为二，如何承受得起？
但是，如果有更好的策略建议能够打开
我们的心扉，指点我们抛弃这样的束缚，
那又会怎么样？你们心甘情愿俯首帖耳，

选择跪下你们屈从的膝盖吗？你们不会
心甘情愿，如果我自信完全地了解你们，
或者如果你们知道你们自己是天堂之子，
原住民，以前从不受制于任何人，即使
不是完全平等，但是自由，同等的自由；
因为自由与等级和身份并不冲突，反而
完全相容。那么，论合情合理或论公正，
谁能想当然统治诸如他与生正当的同辈，
即使在权力和荣耀方面逊色一等，然而
论自由，该是均等的吧？我们没有法律，
没有犯罪，怎能把法律法令强加到我们
头顶？更何况这么做的竟是我们的主人，
他寻求崇拜，以便辱没那些崇高的尊称，
那些尊称和头衔断言，我们的存在早已
注定，命里将治人而不是治于人！’

　　“他的放肆演讲如此离谱，在听众面前
毫无节制，就在那个时候，撒拉弗之中
有位亚比得，若论崇拜上帝，若论服从
上帝神圣的命令，没有谁比他热情更高，
他站起来，一腔的热情，如炽烈的火焰，
他的狂怒犹如滚滚洪流，如此反对说道：

　　“‘呸，亵渎神明，背信弃义，妄自尊大，
一派胡言乱语！在天堂中永远没有耳朵
希望听见这番话，最不该出自你，忘恩
负义，你自己所处的地位高出你的同侪
多少倍！你可以用亵渎的诽谤反对上帝
正义的命令吗？他宣告并宣誓，凭正义

授予他的独子帝王的节杖，在天堂里边
每一个精灵都将跪拜，那是应有的敬意，
承认他就是正当合法的君王。有违公正，
你如是说，绝对的有违公正，运用法律
束缚自由，并且让同辈中的一位去统治
所有的同辈，一个人在万人之上，拥有
不可替代的继承权力。难道你要向上帝
颁布法律？难道你要与他理论一番关于
自由的要义？就像他乐而为之创造天上
各位掌权天使，划定他们存在范围一样，
他创造你，使你成为现在这样一副模样。
迄今通过言传身教，我们知道他是多么
善良，有关我们的善良以及我们的尊严，
他是多么高瞻远瞩，宁愿使我们弱一点，
低矮一点，而不是抬高我们的幸福地位，
在一王之下，团结更加紧密，他是多么
深谋远虑。但是，就算你说的有违公正，
即，同辈中的一位君临同辈，那你自己，
尽管伟大光荣，或者集所有天使的德行
于一身，你真的就以为能够与他，上帝
唯一的儿子，平起平坐吗？万能的父亲，
因为有他，也因为有他发话，万物天地
才得以创造，包括你，天上的所有精灵，
无不是他的创造，无不明确他们的层次，
他授予他们荣耀，根据他们的荣耀命名
三级天使，主天使，权天使，道德天使，

掌权天使①，非常重要的神灵们，不因为
他是统帅黯然失色，反而得到添光加彩，
因为他，首脑，如此自贬为我们的群体
一员，所以，他的法律就是我们的法律，
凡是献给他的荣耀都回到我们自己身上。
有鉴于此，停止这样的渎圣狂怒，停止
引诱这些天使；虽然饶恕迟早可以找到，
可以乞求，但是，快快抚慰发怒的圣父，
发怒的圣子。'

"这位感情炽烈的天使这般相劝，但是
谁也不支持他的热情，被断定不识时务，
或独树一帜，或轻率鲁莽，那变节天使
为此欣喜若狂，目空一切地答道：

"'那么，我们是创造出来的，是你说的？
是二手货，天父转手交给他儿子，子承
父业？多么稀奇古怪的论点，闻所未闻！
但愿我们知道这条教旨又是从哪儿学来；
有谁看见，什么时候这一创造才被完成？
你还记得，当造物主赐给你生命的时候，
创造你的情形？我们知道我们无时不像
现在这样，知道我们没有前身，当天体
沿着必然的轨道圆满循环的时候，天堂，
我们的这片故乡，凭着我们自己的生机
活力，瓜熟蒂落，我们自生，我们自养，

---

① 见《圣经·新约·歌罗西书》第 1 章第 16 节："因为万有都是靠他造的，无论是天上的，地上的；能看见的，不能看见的；或是有位的，主治的，执政的，掌权的；一概都是借着他造的，又是为他造的。"

成为空中之子。我们的权力是我们自己
与生俱有，我们自己的右手将教会我们
完成丰功伟绩，用证据来看看谁是我们
同辈：接下去你将会看到我们是否打算
乞求饶恕，是向瓮中的万能宝座围拜呢
还是围攻。把这份报告，这些消息音讯，
传递给那位按照天意已经选定的大王吧，
在灾祸拦下你的飞行之前，赶快消失吧。’
“他说罢，数不胜数的天兵天将在喝彩，
与他的滥调形成共鸣，那声音深沉嘶哑，
犹如嘀嘀咕咕的水声，尽管是孑然一身，
处在敌人的重围之中，火焰般的撒拉弗
不但毫不畏惧，反而勇敢地这样答道：
“‘呸，竟敢与上帝为敌，呸，应该受到
诅咒的精灵，你自绝所有善良！我看到
你决意堕落，看到你倒霉的扈从参与了
这场背信弃义的阴谋，你的罪恶和惩罚
双双将像传染病一样地蔓延；从此以往，
不再为如何摆脱上帝之子弥赛亚的束缚
而忧心烦恼：到如今，那些宽容的法律
将不会得到恩准惠允；对你不利的其他
法令即将发出，不可撤销；你坚决拒绝
承认的金色权杖[1]现在就是一根鞭笞铁棒，
它将打断捣碎你的反叛美梦。的的确确，
你发出了警告，但是我不会因为你这番

① 指上帝的法律、法令。

警告或威胁就飞离这些死心塌地的邪恶
帐篷，而是唯恐即将来临的天怒，出其
不意地化作熊熊燃烧的火焰，不识良莠，
预计过不了多久，你就将感到他的雷霆，
狼吞虎咽的烈焰，降落到你的头顶之上。
当你不得不知道谁能够让你与世再见时，
那时你就会悲哀地知道你是谁的创造。’

“撒拉弗亚比得这样说道，在不忠行列
里边，忠实犹在，他是唯一忠实的天使；
在无数表里不一的伪君子中间，他无动
于衷，毫不动摇，不受诱惑，不怕威胁，
保持忠诚，保持他的爱，保持他的热情；
虽然敌众我寡，只身在群魔之中，然而
他拒绝同流合污，拒绝背离真理，拒绝
改变坚定不移的初衷。他穿过他们中间
离开，穿过一段敌意的蔑视长廊，不挠
不屈，面对任何暴力不屑一顾；他一转
扭过身，报之以轻蔑，把那些在劫难逃，
行将毁灭，妄自尊大的塔楼抛在脑后边。”

第六卷

内 容 提 要

拉斐尔继续讲述米迦勒和加百利如何被派去讨伐撒旦和追随他的天使们。首仗描写如下：撒旦和他的武装部队在夜幕下撤退。他召集了一次会议；他发明出恶魔般的战争武器，这些武器在第二天的战斗中使米迦勒和他的天使们陷入混乱，但他们最终力拔群山，压倒撒旦的武力和战争武器。然而，这场暴乱没有就此结束，于是在第三天，上帝派遣他的儿子弥赛亚赴战，把胜利的荣耀留给儿子。弥赛亚携天父之力来到战场，将所有的军团布阵在两翼，原地待命，他自己驱动战车，带着雷霆弹冲进敌群，把失去抵抗的敌人赶向天堂的围墙，围墙打开，他们惊慌失措地跳下，掉进接受惩罚的地方，为他们准备的深渊。弥赛亚胜利凯旋，回到他的父亲身边。

“整个夜晚，那位后无追兵的无畏天使①，
一路急奔，穿行在天堂宽广辽阔的平原，
直到清晨，被周而复始的霍莉敲醒为止，
伸出玫瑰色之手②打开光明的大门。神山
内部，紧邻他的王座有一个空洞，光明
和黑暗在那儿一再反复，绕着圈子轮换，
你进我出，你出我进，因而给天堂带来
可喜的代谢，就像白天黑夜的交替变迁；
一旦光明登场出现，那阿谀奉承的黑暗
就会走进另一扇门，直到她给青天披上

面纱的时辰才又回来，不过那儿的黑暗
恰如这儿[3]的黄昏。现在，早晨款步向前，
仿佛到达天顶，打扮得天空金灿灿一片；
摆脱黎明前清漆般的‘黑夜’，伴随霞光
突然出现，那个时候他的眼睛首先看到，
整个平原旷野，严阵以待的一队队天军
闪闪发亮，处处密密麻麻，一辆辆战车，
明晃晃的武器，嘶鸣的战马，交相辉映。
他意识到战争，战争准备就绪，他发现
自己带回急需报告的消息已经传遍天上。
于是他欣然加入到那些友军之中，他们
为他高兴，发出阵阵响亮的喝彩欢迎他，
那位天使，虽然独自处在如此之多堕落
天使的包围中，但没有堕落，独自归来。
伴随着如雷的掌声，他们把他带向神山，
出现在至高无上的王座面前；一个声音
从那里，从一片金色的云层中间传出来[4]，
听起来如此温暖和蔼：

---

①指亚比得。
②同本书第 5 卷，弥尔顿借用荷马史诗《奥德赛》第 2 卷中“……玫瑰色的手指点亮黎明……”的用法。
③那儿指天国，这儿指人间。
④《圣经》中常有上帝在云中说话的描述。见《圣经 · 旧约 · 出埃及记》第 34 章第 5 节：“耶和华在云中降临，和摩西一同站在那里，宣告耶和华的名。”

“‘上帝的仆人，干得漂亮[1]！你的这一仗[2]
打得多么精彩，你为了捍卫真理的事业，
孤身勇斗大逆不道的群贼，语言的力量
比他们武器的力量更加强大；为了证明
真理，你蒙受了无尽无休的羞辱和谩骂，
这远比暴力更难以忍耐；你的全部担心
在于这样一点：要在上帝看得见的地方
经受得起检验，无论宇宙天地如何断定
你一意孤行。现在，在这样的朋友大军
援助下回去，与你离开之时所受的蔑视
相比，无比光荣地返回，报复你的敌人，
轻轻松松的征服任务保留给你，用武力
征服他们：凡是拒绝理性为他们的法律，
拒绝理所当然的公平合理为他们的法律，
拒绝承认以善为政的弥赛亚为王的敌人。
去吧，米迦勒，天上军队之王，还有你，
加百利，论打仗，英勇善战，数你第二；
率领我的这些不可战胜的孩子[3]开赴战场，
率领我千千万万全副武装的圣徒[4]为战斗

---

① 此处上帝在对亚比得讲话。亚比得意为“上帝的仆人”。这段话和耶稣关于才能的寓言中主人对忠实的仆人所讲的话相对应。见《圣经 · 新约 · 马太福音》中第25章第21节：“主人说：好，你这又良善又忠心的仆人，你在不多的事上有忠心，我要把许多事派你管理；可以进来享受你主人的快乐。”

② 见《新约 · 提摩太后书》第4章第7节：“那美好的仗我已经打过了，当跑的路我已经跑尽了，所信的道我已经守住了。”

③ 如同所有人类都是上帝的孩子一样，所有的天使都是上帝的孩子。

④ 弥尔顿的天使大军类似《新约 · 以弗所书》第6章中描述的与邪恶作战的世间全体基督教徒。荷马和维吉尔史诗中的英雄戴有装备或被上帝护佑。通过《圣经》中上帝的护佑，弥尔顿暗示天使的装备只是精神上的。

布好阵势，参战将士要与不敬神的反叛
将士的数量同等同样[1]。要采用能够克敌
制胜的火海刀山，向他们发动大胆进攻，
乘胜追击直到天堂的悬崖边缘，把他们
从上帝身边和极乐世界赶走，逐进他们
接受惩罚的地方，那塔尔塔罗斯[2]的深渊，
他准备就绪，打开他那烈焰乱窜，又宽
又大的“混沌”，接收他们的坠落。’

　　“最高的声音一旦这样说完，烟云团团
开始涌起，阴暗遮住整座神山，在乌烟
滚滚的昏暗中，跃跃欲试的火焰，愤怒
苏醒的信号[3]，盘旋缭绕，高空开始吹响
无不令敌人心惊胆颤的天国的嘹亮号角。
一听到号角发出命令，支持天堂，富有
战斗精神的天使们马上集合起来，组成
不可抵抗的威武方阵，在一片肃静无声
之中，他们一个又一个军团，亮光闪闪，
踏着军乐进行曲的节奏出发，军乐充满
英雄的豪情，激励他们在神圣的指挥官
率领下，为了上帝，为了弥赛亚，敢作
敢为，建功立业。他们滚滚前进，就像

---

①撒旦发动了三分之一的天使反叛（见本书第 5 卷第 710 行及本卷第 156 行）；天父派相同数量的忠诚的天使讨伐之。

②又译塔耳塔罗斯，希腊神话中“地狱”的代名词。

③弥尔顿再现了上帝在西奈山出现在摩西面前的景象。见《圣经 · 旧约 · 出埃及记》第 19 章第 18 节：“西奈全山冒烟，因为耶和华在火中降于山上。山的烟气上腾，如烧窑一般，遍山大大的震动。”

一个整体，牢不可破；即使挡道的山岗，
瓶颈似的峡谷，森林或者溪流，都不能
拆开他们完美的方阵，因为他们的行军
高高地超出地面，惟命是从的空气向上
托起他们敏捷的步伐；就像当全部种类
鸟儿响应召唤，拍打着翅膀，秩序井然，
列队从空中飞过伊甸园，接受你对他们
一一命名时一样[①]，他们的行军经过天堂
如此之多的一块块辽阔的地面，有不少
广阔的地区，一个就比这个地球要大上
十倍。最终，在距离遥远的北方地平线
边缘，从一端到另外一端，出现了一片
火红的地带，极力渲染战争氛围，近看
则是坚硬的林立战矛，不计其数，就像
垂直的道道光柱，头盔成片，盾牌多种
多样，上边描绘着自吹自擂的符号徽章，
撒旦集结起来的武装力量，正忙于先发
制人的疯狂行动： 因为他们期待在同样
一天，采用强攻或者出其不意，以夺取
上帝的神山，从而使上帝地位的妒忌者，
妄自尊大的热望者，坐上那上帝的宝座，
取而代之，虽然这似乎起初令我们感到
奇怪，难道天使与天使之间竟然会交战，

① 在《圣经 · 旧约 · 创世记》第 2 章第 19 节中讲述了上帝把所有兽和鸟带到亚当面前让其命名的故事。在本书第 8 卷第 349—354 行中亚当重述了该故事。

而且是势不两立的天使大军，兵戎相见，
他们如此频繁相聚在欢乐和友爱的节日，
看起来没有二心，就像同一位伟大祖先，
赞美不尽的永恒天父的后代，然而他们
那些妄想仅在中途就被证明是自作多情，
自欺欺人。可是，战争的声浪此刻开始
响起，进攻的冲杀声马上终结了每一个
温和一度的想法。在叛军中间，背信者
仿佛是一尊神，洋洋得意地坐在太阳般
辉煌的战车之中，一座神圣王权的偶像，
围在四周的是燃烧的基路伯和金色盾牌，
于是他从他豪华的宝座上走下来，目前
敌对的天使军之间仅仅剩下窄窄的空间，
一点点令人恐怖的间隔时间，两军对垒，
可怕地一字排开，阵列之长，令人惊骇。
在黑压压的先锋队伍前面，在双方一触
即发的战斗打响之前，撒旦，迈着巨大
而傲慢的步伐向前步步走来，越近越像
一座高塔，浑身披挂坚硬的刚玉和黄金。
亚比得一见急不可待，那儿他站在最为
强大的队伍中间，决心大干一场，建立
头功，他自己的无畏之心在这样寻思[①]：
“‘天哪！既没有忠诚，也没有孝顺之躯

①这段话与荷马史诗《伊里亚特》中介绍赫克托耳与阿喀琉斯之战前赫克托耳所讲的话相似。

竟然迄今依旧与那无上的至尊如此相似①；
既然美德已经荡然无存，那为什么力量
和势力竟然还没有衰退，或者外强中干，
虽然看起来貌似不可战胜？我打算较量
较量他的力量，依靠万能者提供的帮助，
经过测试我已经发现，他的理智不健全，
谬误百出，这不但不无道理，而且公正：
赢得为真理而辩论的胜利者，必将赢得
战场上的胜利，参与两种争夺的胜利者
如出一辙。当理智不得不与武力打交道
之时②，尽管搏斗像野兽一样残忍和肮脏，
但是，只有理智获胜，才最为合情合理。’

“他一边在这样思考，一边从他的武装
行列迎面走上前去，中途遇到他的胆大
包天的敌人，一碰到这一阻拦他就更加
愤怒，这样胜券在握地向敌人公开挑战：

“‘自命不凡的东西，碰到的竟然就是你？
你的希望就是要顺顺当当登上你那梦寐
以求的顶点，没有任何防卫的上帝宝座，
因为你的武力恐吓，或者因为你的巧舌

① 亚比得承认尽管撒旦违反天条，但在他身上的确有一些美的特质。拉斐尔在对亚当讲述该故事时带着警告的口吻，提醒亚当不要过度迷恋美丽，就像他后来建议亚当不要过度在意夏娃的外表一样（见本书第8卷第560—570行）。撒旦的罪恶使他的外貌丑陋，尤其在堕入地狱之后，以致天使都认不出他（见本书第4卷第827—834行）。
② 此处弥尔顿暗指决斗裁判法（中世纪流行于欧洲），其核心是不但要道理充分，还要在决斗中获胜。

如篑，所以他的身边空无一人。真愚蠢！
你不想想举兵反对全能者多么枉费心机，
他能够从无穷无尽的微不足道之中招募
源源不断的军队①，战胜你的愚蠢，或者，
他仅仅伸出一只手，就将令你无法忍受，
只要一击，勿需外援，就可以使你完蛋，
就可以把你的一支支军团埋葬在黑黝黝
深渊之下；然而，并非个个，你将看见，
都是你死心塌地的追随者；有的将坚守
信仰，宁愿选择对上帝的虔诚，那期间
对你而言当然看不见，那时在你的世界
唯独只有我似乎误入歧途，与你们完全
格格不入：你看到我的派别立场，现在
知之甚晚，当大众迷途，难得有谁洞见。’

“傲气十足的敌人用轻蔑的眼睛睥睨地
盯着他，如此答道：‘我将赞同你的观点，
但在我报复心切的时候，首先找你算账，
你这位逃跑之后回来，煽风点火的天使②，
来领受你应该得到的奖赏，来首先尝尝
我这被激怒的右手。自从他们诸神与会，
聚集一堂，感到他们内部充满神圣活力，
即将声明没有一位能够认同全能的上帝，

---

①见《圣经·新约·马太福音》第3章第9节：“不要自己心里说：有亚伯拉罕为我们的祖宗。我告诉你们，神能从这些石头中给亚伯拉罕兴起子孙来。”

②撒旦认为对上帝的忠诚表现为煽动的行为。

就在那时，你首先多舌多嘴，制造矛盾，
胆敢反对三分之一天上神灵，惹我生气。
不过你来得正好，身先士卒，雄心勃勃
想从我的身上赢得不小的荣誉，以至于
你如何结局也许会向你的其余同党展示
你如何毁灭。这一停顿，就在我们相遇
和你的毁灭之间，是要让你明白（以免
你自夸我不能够以牙还牙）；当初我认为，
对天上的精灵们来说，自由和天堂历来
没有区别，但是现在，我看到在职天使
大多数宁愿被训练成筵席和颂歌的陪侍[①]：
你的武装就是这样一群天上的游方艺人，
这是一场卑躬屈膝的奴性和自由的竞争，
今天两者比较，他们的行为将证明高下。'

　　"亚比得简而言之，这样对他严正回答：

　　"'背信弃义的叛徒，你迄今仍执迷不悟，
一错再错不知回头，偏离真理渐行渐远；
凡是按照上帝和自然的命令尽忠的行为，
你都加以恶意的中伤，贴上奴役的标签：
上帝和自然意趣一样，当他的统治赢得
最广泛尊敬的时候，他就理所当然超越
他所统治的对象。为愚蠢效忠，或者为
犯上作乱之徒，就像现在你的部下为你

---

① 撒旦原以为天使都是自由的，实则并非如此（见《圣经·新约·希伯来书》第1章第14节："天使岂不都是服役的灵、奉差遣为那将要承受救恩的人效力么？"），所以自己要背叛上帝获得自由。

效忠一样，这才是奴役，你自己不自由，
只因你自己鬼迷心窍；然而，出于愚蠢
和邪恶，你竟然有胆量辱骂我们的效忠。
到地狱里去吧，到你的王国去称王称霸，
让我在天堂效忠永远神圣的上帝，服从
他神圣的命令，服从最值得服从的命令。
但是，可以想象，镣铐正在地狱里等待，
而非王国；我去了又来，如你早先所言，
这回要让你渎圣的头颅好好领受这问候。’
　　“这样说着，他高高扬起臂膀毫不拖延，
气贯长虹一击，迅雷不及掩耳般地落在
撒旦那骄傲的头顶上，目不暇接，闪念
全无，以至于来不及举起盾牌抵挡如此
毁灭性的一劈。他向后足足退了十大步；
直到第十步他笨重的战矛才把弯曲之膝
支撑住；这一击仿佛地球上刮起的阴曹
之风，或者凭力量开路的洪水，把高山
从他原来的位置推开，歪向一侧，半截
山坡和上边所有的松树被淹。那些造反
天使万分惊恐，但是，眼见他们的统帅
就这样一败涂地，他们的狂怒有增无减；
我们一方喜不自禁，欢呼连连，预见到
胜利并热望战斗：米迦勒随即发布命令，
吹响大天使的号角。嘹亮的军号声响彻
宽广无垠的天空，忠诚的天军歌声如铃，

把和撒那①献给至尊；敌对的一支支军团没有站着愕然观战，居然加入令人惊骇而恐怖的激战。当时交战之激烈，犹如风暴狂呼怒号，天堂迄今从未听到如此喧嚣；刀枪打在盔甲上的声音，既可怖又刺耳，一辆辆黄铜色战车的车轮疯狂飞转，滚滚怒号；战争的喧闹多么可怕；燃烧的只只飞镖就像一排排齐射的火箭，带着凄凉的嘶嘶声从头顶飞过，将两军笼罩在火焰的拱顶之下。于是，在火焰冲天的光照之下，敌我双方的战斗主力撞到一起，毁灭性的与无法压抑的攻歼激战席卷战场。整个天堂处处可闻战场搏杀的声浪，那时候如果地球已经出现，整个地球直到她的中心都将会摇摇晃晃。这何足大惊小怪？双方投入残酷的激战，各有天使数百万，其中最小的天使也能对这几大元素驾轻就熟，采集它们广泛蕴藏的力量来武装自己。如果不是永恒之王，全能的上帝，在高高的天上牢牢把握，施加影响，并且限制他们的力量，那么，将士不可胜数的两支大军，规模宏大的激烈交战，释放出来的巨大能量将多么可怕，即使不致毁灭，也将扰乱

① 犹太教和基督教中祈祷或赞扬的呼声。

他们幸福的与生俱有的故乡；尽管军团
数量众多，而且看来每一个分开的军团
都可能是一支数目庞大的军队，每一个
武装的天使就拥有一个军团的战斗实力，
然而打起仗来，每一个单兵作战的勇士
就像独自为阵的指挥官，精通何时前进
或者停止，或者扭转战局，严酷的战争
高潮何时开始，何时结束；没想过逃走，
决不后退，没有证明害怕的不恰当行动；
个个信心十足，仿佛胜利的决定性因素
唯独掌握在他的手中。万古流芳的丰功
伟绩已经筑就，但是却难以历数，因为
这场战争蔓延的场面既宽广又多样多种：
有时在坚实的地面上出现站着交锋一幕，
尔后奋力振翅，拔地高飞，把整个天空
折磨一通；于是，整个天空就像是战火
连绵。这场战争好长时间处在胶着状态，
难以分出胜负，直到撒旦，他在那一天
使出惊人的巨大力量，交锋中高出一筹，
一路杀出善战的撒拉弗那可怕而且眼花
缭乱的围攻，最后看见米迦勒就在那里，
利剑所指，对手立刻倒下一大片： 两只
巨手向头上高高一扬，寒光闪闪的利刃
猛然向下一劈，势如破竹，死伤一大串。
他匆匆忙忙招架迎面而来的如此毁灭性
打击，敌之以他的坚固圆盾，那面盾牌

比硬石坚硬十倍，又宽又大，它的圆周
大得出奇[①]。看到他越来越近，步步靠前，
那位伟大的天使长从他英勇搏杀的劳累
辛苦中暂时停了下来，心里一喜，因为
他希望就在此时此地结束天堂里的内战，
征服敌首，或将其俘获，锁链加身拖走，
于是他横眉怒目，满脸通红，有言在先：

“‘邪恶的始作俑者，反叛前你默默无闻，
在天堂有谁知道你是谁，现在如你所见，
这可恨的冲突行为比比皆是，无不可恨，
就正义尺度而言，你自己和你的追随者
虽然罪孽无比深重，但是，你怎么能够
扰乱天堂的幸福宁静，把苦难带进自然！
在你举兵叛乱犯罪之前，世上本无苦难。
你怎么能够把你的恶意灌输给千千万万，
曾经既正直又忠实，而今被证明是竟然
堕落的天使！但是，休想在此枉费心机，
打扰神圣的安宁；天堂将把你从她所有
地盘驱逐出去；天堂乃天赐之福所在地，
岂能容忍暴力以及战争之类的事情发生。
因此，从现在起，让罪恶和你，还有你
之后的子子孙孙，统统走向罪恶的归宿，
你和追随你犯罪的信徒的地狱；在这把

① 盾牌是用石头或金刚石做成。撒旦的盾牌在本书第 1 卷第 284—291 行中有过史诗般的描述。

复仇之剑开始你的厄运，或者上帝飞令
再来一点突然报复，猛然把你摔进加倍
痛苦之前，去那儿鬼混，经受烈火烧烤。’

“天使之中的王子这样说罢，他的对手
这样对他答道：‘你不能用行动让谁敬畏，
也休想以废话实现虚幻的威胁。啥时候
你曾让这些最微不足道的战士变成逃兵？
即或被打倒，但他们还会站起来，不可
征服；你竟然指望轻而易举就能对付我，
飞扬跋扈的家伙，采用威胁要赶我逃掉？
不要错误地相信这场斗争将像这样结束，
你们称之为罪恶，但我们却称之为荣耀，
光荣之战，我们意欲夺取这一仗的胜利，
或者把这个天堂本身变成你虚构的地狱[1]；
在这儿，无论如何，即使不去当王为政，
但也有居住的自由。使出你的最大力量，
同时加上他，所谓的万能者给你的援助，
我不会逃跑，相反在远远近近找你算账。’

“他们结束嘴仗，双双忙于不能用语言
描述的战斗；这是因为，尽管使用天使
语言，但是有谁能够叙述，或者把天上
之事比作尘世之事，一目了然，以至于
可以提升人类的想象力，达到恰如神力

① 在弥尔顿的宇宙观中，地理既是物质的又是精神的。在此战之后，撒旦将会发现无论在天堂还是人间，他是他自己真正的地狱。见本书第 4 卷第 75—77 行。

那样的高度？因为他们或者站立，或者
移动，就像神祇，论身高、动作和武器，
他们似乎适合决定伟大天堂的帝国命运。
现在他们挥舞着怒火冲天的利剑，空中
划出一道一道可怕的圆圈；他们的盾牌
犹如两个大大的太阳，向对方怒放光芒，
同时，期望正在毛骨悚然中等待；大批
天使迅速从各个方向后退，那儿曾经是
密集交战的地方，他们离开宽广的战场，
以免在如此激战的圈子里不安全，譬如
（以小喻大），如果说自然界的和谐遭到
破坏，星球之间爆发大战，两颗在中空
誓不两立的行星，从致命的位置上发起
冲锋，那么，一场格斗不可避免，他们
彼此碾轧，声声刺耳，损毁的两个天体
将狼藉一片[1]。两个同时举起仅次于全能
上帝的臂膀，迫在眉睫，他们意在一击，
即可决定胜负，不必重复，因为要马上
重复这样一击，不可能做到；无论力量
还是先发制人，没有出现一边倒的现象；
但是，米迦勒的战剑来自上帝的兵工厂[2]，

① 拉斐尔暗示亚当通过星象判断天上的战争。星象的冲突是拉斐尔所描述的战争的缩影。
② 见《圣经·旧约·耶利米书》第 50 章第 25 节：“耶和华已经开了武库，拿出他恼恨的兵器；因为主——万军之耶和华在迦勒底人之地有当做的事。”

赐予他时经过回火处理，所以它的锋利
和它的坚固剑刃不可抵挡；当它与撒旦
之剑相遇时，奋力垂直向下一劈，一下
就把后者整齐地砍成两段，连贯的动作
不但没有丝毫停顿，反而迅速臂起剑落，
一剑深深砍入他的右半边。此时，撒旦
初次尝到痛苦的滋味[1]，蜷曲身体，盘旋
一样来回打转；咔嚓一声剑响，那外伤
穿透他的身体，令他疼痛万分，但不久，
神灵的本体就将切开的伤口闭合，一股
血红色甘露一样的液体从伤口源源不断
流出，也许，天上精灵的流血就是这样，
片刻之前他的全套盔甲如此的光辉灿烂，
现在却血迹斑斑[2]。随即天使从各个方向
跑去援助，他们又多又壮，有的在打断
进攻，有的趁机把他放到他们的盾牌上，
抬回他的战车，战车撤退后停放的地点
远离战火；他们把他放到那儿，他咬牙
切齿，因为他发现自己并不是举世无双，
所以才痛苦、怨恨和羞愧，他的自尊心
也被这一挫折轻松打垮，与上帝论力量
不相上下的自信，迄今为止，跌至谷底。

---

① 灵体原本不知疼痛，因其犯罪致不纯（见本卷第 661 行），精神败坏而成物质，故被伤害。反之，物质亦可纯化为精神。

② 本段描述对应《伊利亚特》第 5 章第 344—417 行一场天上的战争。阿芙罗狄忒的手被刺破，流出甘美的上帝之血（灵液），后被其母狄俄涅治愈。

然而，他很快治愈创伤；因为精灵通常
不死，生命浑身无处不在，有别于人类
心脏或头脑、肝脏或肾脏等脆弱的内脏
维系的生命，除非灵与肉一起遭到毁灭，
否则他就不会死；就像气流不会受创伤
一样，他们液态的组织不受致命的伤害；
他们的生命在于整个心，整个头，整个
眼睛，整个耳朵，全部智力，全部意识，
只要他们高兴，他们可以随心所欲假定
四肢和颜色，形状或大小，笨重或轻盈。

“与此同时，在其他战场上同样有战绩
值得纪念，在魁梧的加百利战斗的地方，
威武的一面面军旗直捣摩洛，狂怒之王，
率领的大军阵列深处，摩洛王满不在乎，
威胁要把他绑在他的战车车轮上，拖在
车后，他对天上上帝的亵渎语言[1]令那位
天使忍无可忍，仅仅少顷之后，他就被
自上而下一刀劈开，裂缝达腰，其痛苦
不可名状，嚎叫中拖着毁坏的武器逃之
夭夭。在两翼，乌列和拉斐尔分别战胜
自吹自擂的敌人亚得弥勒[2]以及阿斯玛代[3]
两位有权有势的座天使，尽管身材高大，

① 见《圣经 · 旧约 · 列王纪下》第 19 章第 22 节：“你辱骂谁？亵渎谁？扬起声来，高举眼目攻击谁呢？乃是攻击以色列的圣者！”

② 古巴比伦太阳神，意为“力量之王”，信徒以焚化儿童向其献祭。见《列王纪下》第 17 章第 31 节。

③ 即《托比传》中的恶魔阿斯莫丢斯，在第 4 卷第 168—171 行出现过。

身披金刚石护身，但是当他们遭到乱刀
砍穿铠甲头盔，身负重伤，仓皇逃窜时
所学到的更卑鄙的思想，决不会比受到
鄙视的诸神逊色。对惩罚不信神的狂徒，
亚比得并非无动于衷，而是连连向亚略[1]、
亚利[2]、拉米埃[3]的暴行发起打击，使他们
被烧焦、受到猛攻、一败涂地。我可以
讲述的数以千计，这可能使他们的名字
在尘世这里万古流传，但是，那些蒙选
天使对他们在天堂之中的扬名心满意足，
并不追求人类的赞美： 另外一类，不管
是论力量还是论及战场表现，虽然无不
令人赞叹，但却热衷名望，欲速则不达，
终归命中注定，已从天堂和神圣的记忆
除名，他们无姓无名，如今被打发住进
被遗忘的黑暗[4]。由于力量与真理和正义
背道而驰，行为可耻，没有价值，所以
不值得赞赏，反而应遭谴责，凭借恶行
追求名声，追求荣誉，终归是竹篮打水，
因此永远沉默是他们的正义判决！
　　“他们的最高统帅当时已被征服，不断

---

① 以拉撒王，掠夺亚伯拉罕的四王之一。见《圣经 · 旧约 · 创世记》第 14 章第 1 节。

② 意为“狮神”，曾与亚伯拉罕作战。见《创世记》第 14 章第 1 节。

③ 意为“上帝之雷”，在《新约 · 以诺书》中是一位与人间女子私通的堕落的天使。

④ 拉斐尔停止了对英勇战士的罗列，因为忠于上帝的精灵不逐名，而反叛的精灵不配出名。

攻击一波接一波，战斗风向改变；阵列
被破，溃不成军，土崩瓦解，阵脚大乱；
整个战场处处散落着破碎的盔甲，战车
四轮朝天，堆积如山，御夫和那些口吐
白沫的烈马人仰马翻；退缩的整个撒旦
无力的大军，几乎失去抵抗，精疲力竭，
脸色苍白地站着，因为害怕而目瞪口呆，
那时第一次害怕得惊慌失措，尝到痛苦，
狼狈逃跑，落到如此不幸的地步，皆因
不服从的罪恶，然而，在那一时刻之前，
不可能感觉害怕，或者逃跑，或者痛苦。
天壤之别的是，神圣的圣徒们不可侵犯，
他们牢不可破的立体方阵始终保持完整，
整体前进，无懈可击，武装得坚不可摧；
他们的天真无邪给他们如此巨大的优势，
远远超过他们的敌人，就因为没有犯罪，
没有不服从；在酣战中，虽然因为战事
激烈而有退有进，但他们始终不知疲惫，
坚持战斗到底，不会因为受伤经受疼痛。

“‘黑夜’那时开始她的行程，引导黑暗
笼罩天堂，强制休战，谢天谢地，令人
作呕的战争喧嚣安静下来。就在她[1]阴暗
模糊的掩蔽下，不管胜利方还是败仗方，
双方各自后退；在曾经作为战场的地方，

① 指夜。

米迦勒和他取得胜利的天使们安营扎寨，
他们的哨兵被安排在四周警戒，基路伯
如同团团跳动的火焰；另外一方，撒旦
和他的叛军败而远走，消失在黑暗之中，
没有休息，当夜他就召集他的重臣商议，
他处在他们中间，毫不泄气，这样开始
他的发言：

“‘哎，现在，经过充满危险的考验证明，
现在，众所周知，依靠武器不会被击败，
亲爱的伙伴们，除非我们目标更加远大，
旨在尊重，统治权，光荣和名望，否则，
仅仅找到自由没有意义，这一抱负微不
足道，我们为此支撑了一天，打了一场
胜负未决的恶仗（既能支撑一天，为何
不能旷日持久？）天堂之王从他的御座
四周派出最强大的力量攻打我们，满心
以为足以一下征服我们，了却他的愿望，
但情况证明事与愿违，由此看来，虽然
至今他仍被认为是无所不知，然而我们
可以相信他在未来照样难免出错。千真
万确，我们装备逊色，硬打下去会处于
相当劣势，伤痛，此前不知其味，然而
一旦尝到，不屑一顾；从此以后，我们
发现我们的这一九天形体不会受到致命
伤害，永远不灭，虽然伤口会穿透身体，
但马上开始合拢，凭借与生俱来的活力

就能治愈。因此，说到倒霉，不足挂齿，
想补救不费吹灰之力；当下次我们相遇，
也许更加精良的武装，更加猛烈的兵器，
可以助我们一臂之力，大败我们的敌人，
或者实际上本无优劣，那就让敌我之间
势均力敌。假如说另有原因，秘而不宣，
使他们胜出一筹，那就趁我们能够维持
没有受伤的头脑，思维能力健全的时候，
充分查找，商议商议，就能将它揭穿。’

“他坐下来；会场上紧接站起来的名叫
尼斯洛[1]，一位血气方刚的权天使：作为
从残酷激战中逃脱的一位，他心烦意乱，
疲惫不堪，撕裂的双臂刀砍斧劈，伤痕
累累，他愁容满面，这样开口答道：

“‘免遭新主子们[2]统治的解放者，使我们
自由行使神祇权力的领袖；可我们发现，
在疼痛中依靠不在同一档次的武器战斗，
与感觉不到痛苦，不易受伤的对手交锋[3]，
就神祇们而言难免困难，灾难性的毁灭
必将由此接踵而来。虽然论英勇论力量
没有对手，但因为痛苦，统统都被化解
消除，痛苦使最为有力的双手玩忽职守，

---

① 在尼尼微为其建有祭祀庙的亚述神。亚述王西拿基立在其祭祀庙中祭祀时被其儿子刺杀。
② 指弥赛亚。
③ 只有有罪的反叛的天使会受伤和感受到痛苦。

那么英勇和力量于事何补？也许，我们
可以从生活中找到称心如意的快乐感觉，
不要牢骚满腹，而要知足常乐，这才是
最为安宁的生活；然而痛苦乃不幸之尤，
深重灾难的渊薮，突破极限，颠覆所有
忍耐。因此，谁能发明更有威力的武器，
我们可以用它攻打迄今没有受伤的敌人，
或者，用同样的防御装备武装我们自己，
就我而言，他就像为了我们的解放一样，
值得我们为此感激。’

“针对这一席话，撒旦表情平静地答道：
‘并不是没有那样的发明成果，你相信
那样的发明对我们的成功来说如此重要，
言之有理，我已带来。我们中有谁看见
我们站在这太空土地的明亮表面？这片
宽广的天国陆地上，点缀着植物，水果，
芬芳的鲜花，宝石和黄金，有的只看见
这些东西，实在可谓鼠目寸光，以至于
没有去留心它们的生长来自何处，来自
深深的地表内部：天然的深色光泽物质，
由纯粹的燃烧泡沫构成，一旦接触天堂
射出的光线，经过回火，它们喷薄而出，
如此美丽，公开展现在周围环境的阳光
之中。这些物质①深深地埋藏在它们黝黑
阴暗的故乡，孕育着阴间的火焰，这将

① 指硫磺和硝石。在弥尔顿时代，它们被用于制造其他物质。在制作过程中容易产生类似火药（实际就是）燃烧、爆炸的效果，如同上帝掌控的雷电。

为我所用，把它们满满地塞进又长又圆，
中空的机器里，只要在另一端的小孔上
用火一点，它们就会膨胀暴怒，就会在
雷霆一般的喧嚣伴随下飞向远方的敌人，
这些淘气的装备将使敌人难免粉身碎骨，
使所有的敌对势力统统被淹没，以至于
他们担心我们已经打开怒吼雷霆的门闩，
那可是仅他拥有，叫人胆颤心惊的利器。
我们为此而付出的劳动将不会长久费时，
拂晓前我们的愿望就将实现。在此期间，
振作起来，丢掉恐惧；大家要齐心协力，
没有过不去的坎，更不必感到绝望悲观。’

　　“他说毕；他这番话使他们从情绪低落
变得欢呼雀跃，那破灭的希望死灰复燃，
这一发明博得大家的称赞，但任何一位
都不知道他如何成了发明家，发明发现，
看来如此容易，未经发现，大多数认为
绝不可能；话说回来，也许在你的种族
内部，在将来的日子里，如果蓄意犯罪
将会大肆泛滥，有什么人故意为非作歹，
或者从罪恶阴谋中得到灵感，或许可以
发明同样的机器，为了罪恶的目标而将
人类的子子孙孙推入苦海，那么，战争
和相互屠杀不可避免。他们从会议马上
转入制造；没有谁还要争论，无数双手
准备完毕，不一会儿他们就将大片天堂
土地掘开，看见地底下自然的基本元素，

它们呈天然的状态；他们找到硝石硫磺，
像泡沫一般，他们采用精湛的技艺混合，
经过加热烘干之后，再把它们磨成纯粹
黑色的粉末，最后就把它们搬进军火库。
一部分恶徒在矿物和岩石之中挖掘隐藏
深埋的矿脉[1]（地球的内脏与人类的六腑
五脏完全一样），把它们用来为他们铸造
机器和为他们制造炮弹，用于远程投射
破坏和毁灭；还有一部分正在准备芦苇
导火线，只要一点燃就会引起巨大伤害。
黎明之前，在神智清醒的‘黑夜’[2]之下，
他们就这样神不知鬼不觉地做好了所有
准备，各就各位，悄悄小心，不漏风声。

“现在，美丽而明亮的早晨在天堂渐渐
出现，获胜的天使起身，圣马丁鸟[3]叫声
一样的军号发出战斗的命令。他们立正，
手持武器，身披金色甲胄，辉煌的大军
立刻集合完毕；另外一些从黎明的山头
四处瞭望，侦察兵顺着每条斜坡，手持
轻武器，四方搜索，查看远敌夜宿何地，

---

① 反叛的天使挖掘原矿制造火炮和炮弹。因为地球的内部——根据拉斐尔支持的一元论观点是由上帝用一种基本的物质造成的（见本书第 5 卷第 472 行）。因此，他们只能以邪恶的手段制造邪恶。撒旦把这些物质以混乱的方式用于战争，打破上帝造物时的有序，从而在天上制造混乱。

② 反叛的天使彻夜未眠制造战争装备。

③ 圣马丁鸟学名岩燕，居住在山岩峭壁上。因此人们看不到它们休息，只见到它们无休无止地在空中飞翔，一生艰辛，所以有了无足鸟的美丽传说。圣马丁鸟因此带上了坚强、努力面对困难无所畏惧的色彩，为中世纪欧洲贵族所欣赏。

或者逃往什么地方，或者是否正在备战，
是动还是静。不久，他们就看见在军旗
招展之下他一步步靠近，虽然进军缓慢，
但却抱成一团；飞得最快的基路伯天使
苏飞儿[1]，以最快的速度飞回去通知后面，
还在半空之中就在这样叫喊，声如洪钟：

“‘拿起武器，勇士们，快拿起武器迎战，
我们以为敌人逃遁，然而他们就在附近，
这将省得我们今天长途追击，不必担心
他要逃跑：他来了，黑压压的乌云一片，
我看到在他的脸上表情悲壮，胸有成竹。
要让每位勇士束紧他的金刚石般的外套，
各自戴好头盔，把自己的圆形盾牌握住
抓紧，要么端平，要么举高，因为今天，
如果我没猜错，老天不会洒下毛毛细雨，
但会落下带有芒刺般烈火的响箭暴风雨。’

“他这样警告他们，他们自己心领神会，
马上井井有条，放弃所有的累赘，刻不
容缓，毫不慌乱，他们对警告做出快速
反应，列好阵势，向前移动：赶快看呀，
不远之外，敌人脚步沉重，一步步逼近，
密密麻麻，阵容庞大；空心的方阵正中
拖着他那魔鬼般的机器，那机器的周围
布置有层层将士，就像憧憧的鬼影一般，
竭力掩藏欺诈的诡计。双方面对面对峙

[1] 意为“上帝的侦探”，并非《圣经》中的名字，来源不详。

片刻，然而突然之间撒旦出现在最前面，
他大声发号施令，听，如下就是：
　　“‘前锋先锋，向右向左正面闪开，以便
让那些憎恨我们的个个都能看见，我们
怎样追求和平与安宁，又如何敞开胸膛，
随时准备欢迎他们，但愿他们喜欢我们
摆出的友好姿态，而非一意孤行，转身
为敌，但我对此表示怀疑。当我们无偿
履行我方义务后，不管怎样，老天作证，
老天，请你立刻见证。汝等，待命而立，
按照你们的分工行动，短暂重复并开始
我们所提的建议，响声要大家都能听见。’
　　“他暧昧不清，如此嘲弄的一番话刚刚
讲完，方阵前排于是马上向右向左分开，
撤退靠向两翼，暴露在我们眼前的物件
既新奇又陌生，三根像圆柱一样的东西
架设成一排，放在车轮上(就因为它们
看起来非常像圆柱，或者如同空心树干，
或者说是用橡树，或者说是用冷杉做成，
所有的枝杈被剔除，伐自森林或者高山)，
铜浇铁铸，坚如顽石，即使他们恶狠狠
黑洞一般的嘴巴没有对着我们大大张开，
那也预示着休战徒有其表。就在每一根
圆柱后面，站着一位撒拉弗，在他手上
摇晃着一根芦苇，芦苇尖在燃烧，正当
我们迟疑不决，站在一块，大家的心里
不知所措的时候，不一会儿，突然之间，

他们同时伸出芦苇秆，伸向外加的小小
炮眼，极其优雅地一点。接着火光一闪，
整个天空马上浓烟滚滚，反而阴暗下来，
空中轰轰隆隆，充满她令人震惊的呼喊
怒号，她撕碎的全部内脏从那些像深喉
一样的机器中喷射而出，就像吐出腐烂
发臭的过度饱食，铁珠的连锁弹，如同
雷电冰雹，瞄准射向胜利者的天使军团，
在如此猛烈，凶神恶煞的重重打击之下，
遭到她们打击的目标，谁都不能够站稳
他们的脚步，虽然另有一些如岩石挺立，
但他们一倒就成千上万，天使在天使长
身上滚来滚去，因为其全副武装，所以
摔倒更快；没有披挂武装的，他们作为
精灵，可以轻易凭借灵活的收缩或脱阵，
迅速逃避[1]；现在，丢脸的溃散接踵而至，
队伍已经被打垮；这对疏散他们的密集
阵列于事无补；他们应该怎么办？如果
他们发起冲锋，势必重蹈覆辙，将再次
有失体面地被打倒，那必将使他们蒙受
甚至更大的鄙视，引来他们的敌人捧腹
大笑，因为眼见另一队撒拉弗一字排开，
摆好姿势，即将发射他们的第二组雷电
排炮；战败收兵，那是奇耻大辱，他们

① 这表现出弥尔顿藐视武力。在本书第 9 卷第 30—41 行和《力士参孙》第 1119—1125 行中也有体现。在本卷第 639 行，上帝的军队在放弃武装后占据上风。

深恶痛绝。撒旦看见他们陷入进退维谷，
便向他的哥儿们不无嘲讽地这样叫道：
　　“‘啊，朋友们，那些骄傲的赢家为什么
不上来呢？刚刚他们还来势汹汹，当时
我们敞开正面和胸怀（我们还能怎么样？）
温和地款待他们，提出和解协议的条款，
可他们说变就变，就像放飞一样地逃窜，
跌跌撞撞，行为古怪，反复无常，大概
他们是在跳舞，然而说到跳舞，看起来
他们又有些肆无忌惮，缺乏训练，或许
是为提议的和平而感到高兴。但我猜想，
假如再次听听我们的建议，我们将迫使
他们匆匆忙忙滚回老家去。’
　　“彼列以同样戏弄的语气与他一和一唱：
“‘当头的，我们送去的那些条款，款款
千钧，款款包含铁石心肠，充满着力促
回家的力量，正如我们可以看见的一样，
他们个个晕头转向，许多绊倒，谁正确
接受它们，谁就需要从头到脚好好理解，
不理解，敌人除了得到这一礼物，他们
还向我们展示，他们行走时弓腰驼背。’
　　“他们就这样站着取笑，个个喜气洋洋，
他们不再忧心忡忡，满心以为稳操胜券，
他们姑且认为依靠他们的这一发明创造，
就能轻轻松松地与永恒的权威较量较量，
他们对他的雷霆嗤之以鼻，尽情地嘲笑
他的千军万马，那时他们一时处境不良。

但是，他们没有久久地忍耐，他们最终
被激怒，为自己找到对付这帮进行大肆
伤害的魔鬼的恰当武器。他们毫不拖延，
（看看吧，美德和力量，上帝神气飞扬，
把它们置于天使的身上）扔掉他们随身
携带的武器装备，一路飞奔，身轻如燕，
风驰电掣，冲向一座座山岗（地球表面
之所以这般多种多样，是因为对于快乐
天堂上坐落着高山和峡谷的模仿），他们
来来往往，要从根本上动摇群山的基础，
他们从底座拔起群山，连同它们的岩石、
江河、森林等等负载，抓起一座座草木[1]
丛生的山峰，把它们托在手上高高举起。
吃惊不小，毫无疑问，恐惧使反叛大军
不知所措；当他们看见一座座山底朝天
被掀翻，如此可怕地向他们扔来，扔向
那些三根圆柱一排，受到诅咒的机器时，
他们目睹了自己的灭顶之灾，总而言之，
他们的信心在重重大山的重压下被深深
埋葬；接下来轮到他们自己挨打，整座
整座的山体在空中投下阴影，猛烈砸在
他们的头上，彻底压倒所有的武装军团。
他们的盔甲使得他们进一步受伤，要么
粉碎压进，要么撞伤他们受保护的身体，
因而导致他们的疼痛得不到缓解，痛苦

---

① 装甲阻碍了叛乱者，如同阻碍忠诚的天军一样（见本卷第 598 行及其注释）。

呻吟者为数众多，重压之下，久久挣扎
之后，他们才得以绕来绕去从这地牢下
逃出；虽为天使，圣灵亮光，纯洁无瑕，
当初纯洁无瑕，但是现在，因罪恶满身
而令人厌恶。其余的好天使①依样画葫芦，
他们冲向同样的武器，撕裂邻近的山岗；
于是天空中山头与山头相撞，你扔过来，
我甩过去，在可怕的投掷之下，在地上，
他们激战在阴沉凄凉的阴影中：就像是
阴间的喧闹！就这喧闹而言，战争好像
一场市井赛会；混乱引起更可怕的混乱，
乱上加乱。在万能天父安然无恙的天国
圣堂里面，他坐在神殿上，为宇宙殚精
竭虑，如果他没有事先预见到这场骚乱，
听之任之，放任自流，那么，整个天国
已是一塌糊涂，毁坏四处蔓延，正因为
深思熟虑，所以他才能够顺理成章实现
他的伟大目标，赐予他选定的圣子荣耀，
向他的敌人们发起报复，他宣布将所有
权利转让给他的儿子：从那儿面向圣子，
他御座的分享者，他这样开始：
　　“‘我荣耀的光辉，心爱的儿子，你脸上
显然可见我所具有的神性，但藏而不露，
我要做的事，根据天命，在你那双手上，
无限权威就数你第二，自从米迦勒率领
他的大军前去驯服那些有违顺从的叛军，

---

① 指撒旦的未被压在山下的部下。

如果按照我们天堂一日一日来算，两天
已经过去，两天啦；当两支这样的敌对
大军兵戎相见时，他们的战斗一定难解
难分，这种情况极有可能，因为对他们
自己而言，我听其自由行动，你已知道，
在造就他们之时，他们的创造完全平等，
除非什么罪孽造成不平等，迄今，罪孽
已经造成不知不觉的后果，只因我暂停
实行对他们的审判；因此他们必将持之
以恒交战下去，没有止境，不可能找到
解决答案。精疲力竭的战争已竭尽其能，
表演得淋漓尽致，愤怒让激情统统释放，
已到乱翻天的地步，更有甚者，拔起山
当武器，造成天堂遍地狼藉，危及宇宙。
两天已经这样过去，第三天就该属于你，
因为我已经给你命令，迄今我已经准许，
因此，结束这场大规模的战争，这一份
光荣但愿属于你，因为非你莫属，只有
你才能将它终止。我已经把如此的美德
和无限的仁慈注入到你的身上，以至于
谁都可能知道，无论在天堂还是在地狱，
你的力量不可匹敌，这场不正当的骚乱
因此得到控制，从而证明面对任何局面，
你都是杰出的继承人，经过庄严的涂油
仪式，你成为继承人成为王[1]，理所当然。

---

①见《圣经·旧约·诗篇》第45篇第7节：“你喜爱公义，恨恶罪恶；所以神——就是你的神——用喜乐油膏你，胜过膏你的同伴。”

那么去吧，你拥有你父亲的力量而强大
无比；登上我的战车吧，驱动车轮飞转，
让车轮震撼天基；带上我之所有去赴战；
带上我的战弓以及雷霆，我的万能武器，
要让宝剑[1]稳稳披挂在你强壮有力的腰间，
追击那些黑暗的子子孙孙，把他们赶出
天堂的各条疆界，撵进绝对的无底深渊；
让他们在那儿领教领教，鄙视上帝以及
弥赛亚，他选定的天王，该是什么下场。'

"他一说完，就把自己的全部光辉径直
射向他的儿子，他尽情接收父亲的释放，
让父亲的光辉不可言说地充分注进容颜；
孝顺神子的回答是这样：

"'父亲啊，啊，天上天使们的至高帝王，
至先，至高，至圣，至福，你总是寻求[2]
机会给与你的儿子荣耀；我对你也一样，
肝胆相照。我把你的命令看作我的荣耀，
我的提升，我的全部快乐，因此，实现
你所宣布的意愿，令我非常高兴，圆满
完成你所托付的任务就是我的所有幸福。
王杖和权利，你已经授予，我愿意担当，
我也将更加乐于放弃，那时，你将最终

---

① 见《圣经 · 旧约 · 诗篇》第 45 篇第 3 节："大能者啊，愿你腰间佩刀，大有荣耀和威严！"

② 本卷第 724—734 行，见《新约 · 约翰福音》第 17 章第 1、2、5、21—23 节，《新约 · 马太福音》第 17 章第 5 节，《新约 · 哥林多前书》第 15 章第 28 节以及《诗篇》第 139 篇第 21 节。

实现一统天下，我将永在你之中，同样，
你，深爱着我，也将永在我之中。然而，
我恨你之所恨，我能披上你的威风凛凛
外衣，一样也能脸上露出你的宽厚温和，
你的意象无不存在于天地万事万物之中；
我将马上以你的力量为武装，去把那些
叛贼清除出天堂，撵进为他们事先准备
妥当的不幸之宫①，戴上黑暗的重重锁链，
丢进不死的虫子②世界，胆敢造反，背离
你的合理顺从，活该如此，顺从的个个
幸福。从此以后，你的圣徒必然会洁身
自好，远离肮脏，围绕着你的那座圣山
飞翔，真心实意地向着你唱起哈利路亚，
崇高的赞美颂歌，我在其中领唱。'

　　“这样说完，他从落座的天国荣耀右手
一侧站起，俯身在权杖之上，垂首鞠躬，
这时，第三个神圣的清晨开始霞光初现，
曙光洒满天堂。那父神的战车③犹如旋风，
发出狂呼怒号，奔涌向前，熊熊的火焰
忽闪忽闪，车轮内套车轮，它自身依靠
神灵驱动，仅有四个基路伯的模糊身影
在旁护送。每个长着令人惊奇的四面脸；

① 不幸之宫，与天堂形成对比。见《圣经 · 新约 · 约翰福音》第 14 章第 2 节：“在我父的家里有许多住处；若是没有，我就早已告诉你们了。我去原是为你们预备地方去。”

② 撒旦在引诱夏娃时，不经意地预言了他将来的下场。

③ 关于天父神性的战车的描述，疑以《旧约 · 西结书》第 1 章、第 10 章为据。

在他们的躯干，他们的翅膀上镶满眼睛，
就像点缀着繁星，绿玉车轮，烈火乱窜，
狂奔猛冲，上面同样布有眼睛；在他们
头顶上方，水晶一样的天空，天空上面
有一个蓝宝石御座，宝座上镶嵌着完美
无瑕的琥珀，色彩缤纷，犹如阵雨之后
一道彩虹。他身穿天上全副甲胄①，披上
光芒四射、钻石精制的乌陵②，登上战车；
在他的右手一边坐着鹰翼的‘胜利女神’③；
他身背战弓和箭囊，箭囊装着三枝闪电
雷霆；浓烟从他的四周喷涌而出，奔腾
翻滚，火花飞溅，火舌猎猎④，令人生怕。
千千万万圣徒蜂拥相随⑤，他来了，率领
他们一路前来；远远就能望见他的滚滚

① 神子的盔甲如同埃涅阿斯和阿喀琉斯的一样，由神的力量锻铸而成。这副盔甲由光制成，喻示其精神特质。

② 乌陵（通常与土明一起）最初和其他的宝石一同放在犹太大祭司圣衣前的胸牌里。“乌陵”一词的原意是“众光辉”（“光”的复数），可解释为：大祭司胸牌里神喻光辉的形状。“土明”的原意是“完全”（含有无罪、清白的意思）。《圣经 · 旧约 · 出埃及记》第28章第30节，提到大祭司亚伦到耶和华面前的时候，要常将以色列人的决断胸牌截在胸前，乌陵和土明就放在决断的胸牌里。

③ 希腊神话中的胜利女神指尼刻或尼克，她在罗马神话中对应的是维多利亚。根据赫西奥德的《神谱》，她是泰坦神帕拉斯和斯梯克斯的女儿，也是克拉托斯（力量）、比亚（强力）和泽洛斯（热诚）的姊妹，他们都是主神宙斯的同伴。尽管出身泰坦族，她在泰坦战争中还是站在了奥林匹斯神一边，为他们带来了胜利。她的经典形象是长着一对翅膀，身材健美，衣袂飘然，像从天徜徉而下，丰满的躯体在薄衫下透露出力量和健康，表现了胜利和与之而来的喜悦。

④ 见《旧约 · 诗篇》第18篇第8节：“从他鼻孔冒烟上腾；从他口中发火焚烧，连炭也着了。”

⑤ 见《新约 · 犹大书》第14节：“亚当的七世孙以诺，曾预言这些人说：看哪，主带着他的千万圣者降临。”

大军，闪闪发亮，即将到达，多达两万
（这是我听到它们的数目），上帝的战车，
左翼右翼一边一半[①]。他坐上蓝宝石御座，
驾驭基路伯的翅膀[②]，高高地穿行在清澈
天空，蔚为大观。当天使们高高地举起
弥赛亚的大旗，他在天国的标志，飘扬
在空中时，到处都能够看见，但是首先
被米迦勒自己看见，他们无不喜出望外，
喜不自禁，在那面大旗指挥下，米迦勒
马上率领他的军队折回，将队伍分散到
两翼，编入他们统帅名下的大军，合二
为一。‘神圣力量’在他的前面为他开路；
按照他的命令，被连根拔起的一座座山
各自回到各自原来的地方；它们一听到
他的声音，马上就变得俯首帖耳；上天
恢复了他往日的容貌，山上山下，处处
充满鲜花的微笑。虽然他倒霉的敌人们
看到这样一幕，然而却顽固不化，他们
集合兵力，为叛乱坚持一战，他们已经
心智失常，竟然想在绝望之中孕育希望。
天上的天使们怎么能落到这等丧心病狂？
但是，什么神迹有助于使狂妄之徒悔悟，

① 见《圣经 · 旧约 · 诗篇》第 68 篇第 17 节：“神的车辇累万盈千；主在其中，好像在西奈圣山一样。”

② 见《诗篇》第 68 篇第 10 节：“他坐着基路伯飞行；他借着风的翅膀快飞。”及《旧约 · 撒母耳记下》第 22 章第 11 节：“他坐着基路伯飞行，在风的翅膀上显现。”

或者有什么绝招能使执迷不悟回心转意?
他们，因为痴心妄想从而变得更加死心
塌地，只要看见他的荣耀就会心生痛苦[1]，
一旦看见就会心生妒忌，觊觎他的高位，
他们摆出再次决战的架势，或者靠武力，
或者靠阴谋诡计，期待着要么一举成功，
最终战胜上帝和弥赛亚，要么彻底失败，
统统最终灰飞烟灭；此时此刻，那最终
决战已经到了关头，他们鄙视临阵逃跑，
或者丝毫的后退；当时，伟大的救世主
向所有他的左右两翼大军这样说道：

“‘汝等圣徒，继续保持威风凛凛的阵列；
汝等全副武装的天使，原地待命[2]；今天
你们休息，休要参战。你们在战争期间
表现忠诚，汝等为上帝的正义事业大胆
无畏，得到公认；汝等怎样接受就怎样
执行命令，战无不胜；但惩罚这些应受
诅咒的乱党属于他人的任务；复仇[3]就是
他的任务，或者由他委派专人负责复仇。
今天的任务并非是要分派给大家，勿需
众擎易举；只需站在一旁，静静地观看

① 见《圣经 · 新约 · 约翰福音》第 3 章第 20 节：“凡作恶的便恨光，并不来就光，恐怕他的行为受责备。”

② 见《旧约 · 出埃及记》第 14 章第 13、14 节：“摩西对百姓说：不要惧怕，只管站住！看耶和华今天向你们所要施行的救恩。因为，你们今天所看见的埃及人必永远不再看见了。耶和华必为你们争战；你们只管静默，不要作声。”

③ 上帝复仇是希伯来圣经的重要主题。保罗在《新约 · 罗马书》第 12 章第 19 节重复了这一主题。

我怎样将上帝的愤怒瓢泼大雨般倾泻到
这帮渎神的叛徒头上；不是你们，当然
是我，他们既蔑视又妒忌；他们的众矢
之的是我，因为天父，将天堂本该属于
至尊的王国、权力和荣耀等等这些互相
关联之物，按照他的意志，已经赐予我。
因此，他指定我来执行他们的最后审判[1]，
他们可以随愿，与我在战场相见，看看
谁战胜谁，不管他们是否全军一齐参战，
反正我独自对付，因为他们只依靠力量
去论斤两，从来不把优点美德放在心上，
也不喜欢还有谁比他们出类拔萃；所以，
我的的确确没有和他们喋喋不休的打算。’
　　“圣子这番话一出口，容颜大变，神情
严厉，威震敌胆，以至于没谁胆敢正看，
他把满腔的怒火统统发泄到敌人的头顶。
那四个基路伯的身影立刻展开繁星布满
一样的翅膀，可怕的阴影随即铺天盖地[2]，
他凶猛的战车车轮滚滚转动，洪水滔天
一样的怒吼响彻天地，或就像千军万马
在摇旗呐喊。他驱使战车径直扑向背叛
上帝的敌人，黑压压的敌人就像是黑夜。

① 见《圣经 · 新约 · 约翰福音》第 5 章第 22 节：“父不审判什么人，乃将审判的事全交与子。”

② 见《旧约 · 以西结书》第 1 章第 9 节：“翅膀彼此相接，行走并不转身，俱各直往前行。”

除了上帝御座本身以外，坚固的最高天①
在他的火轮之下自始至终都在摇摇晃晃。
转眼之间，他冲入敌群，他的右手紧攥
一万枚雷霆弹，向前投掷，犹如把天罚
砸进他们的灵魂深处。他们，惊恐万状，
完全失去抵抗，也彻底失去勇气；形同
虚设的武器掉在地上；他驾驭战车辗过
成堆盾牌头盔，辗过土崩瓦解的座天使
以及神气活现的撒拉弗戴着头盔的脑袋，
以至于他们异想天开，希望群山在那时
能被再次扔到他们身上，如保护伞一样，
躲避他的愤怒。他的飞箭居然暴风雨般
落在他左右两边，一是来自装饰着眼睛、
各有四张面目的四位基路伯，二是来自
同样装饰着许多眼睛、生龙活虎的车轮；
它们之中有一个精灵在指挥，每只眼睛②
射出强烈的闪电，把迅雷不及掩耳一般
和毁灭的火焰射向受到诅咒的敌人中间，
他们的所有力量陷于瘫痪，常有的元气

① 基督教将天界分为七重：月球天，最接近尘世的天界，信仰不坚者的居住地；水星天：第二重天，力行善事者，死后灵魂居住于此天；金星天：多情者的灵魂居所；太阳天，智者与圣者被安葬于此天；火星天，殉教者的灵魂被赐居于此；木星天，明君的居所，介于炎热的火星和寒冷的土星之间，因此气候宜人；土星天：隐士、清心寡欲者的灵魂住在这里，此为最高天，神的御座设于此，诸天使环绕飞行，为充满荣光的所在。

② 神子的战车饰有眼睛。拉斐尔暗示反叛天使的灭亡是因为神子及基路伯仆从的注视——他们的眼中发出的是愤怒、毁灭之箭和雷鸣的威胁，使撒旦及其军队实际上不战而败。

完全离他们而去，精疲力竭，痛苦不堪，
垂头丧气，打翻在地。然而，他的武力
没用一半，因为他的本意不是一举歼灭，
而是把他们逐出天堂，所以他半空收回
齐射的雷霆弹。他把打翻在地的提起来，
他们就像一群山羊或者胆怯的畜生挤作
一堆，呆若木鸡，他在后面驱赶着他们，
一边吓唬一边怒骂，一直赶向天堂边界，
抵达天堂的水晶围墙，那围墙向内旋转，
大大打开，露出一道巨大的豁口，通向
荒芜的深渊①。他们一见浑身惊得冒冷汗，
害怕得直往后退，但是身后驱赶的力量
更大更加可怕：他们自己从天堂的边缘
一头猛扎下去；那永不熄灭的燃烧怒火
在他们身后紧紧追赶，直到无底的深渊。

“地狱耳听那番不堪忍受的喧闹；地狱
看见天堂受损后坍塌下来的一块，竟然
怕得要溜之大吉；然而不可改变的命运
早已使她的黑暗基础根深蒂固，已牢牢
实实被捆住。他们直线坠落，持续九天；
稀里糊涂的‘混沌’大声咆哮，他感到
百思不得其解：他们的坠落穿过他尚未
开化的混乱王国，一帮乌合之众，如此
众多，他为毁灭所累。最终，地狱张开

① 此处预示最后的审判（如《圣经 · 新约 · 马太福音》第 25 章第 32 节所述），上帝将绵羊和山羊区分开来，并将山羊逐入火中。

大嘴把他们统统收进，随即合拢①。地狱，
他们量身定做的住所，不可熄灭的火焰
处处可见，悲伤及其痛苦的家园。如释
重负的天堂欣喜若狂，转动围墙，回复
原位，墙上的裂口马上恢复原貌。举世
无双的胜利者弥赛亚，在驱逐敌人之后，
调转他胜利的战车。他静静站着，亲眼
见证他伟大壮举的所有圣徒，欢呼雀跃，
拥上前去迎接他，在伸开的棕榈叶下面，
阴凉之处，每一级光辉的天使边走边唱，
他们歌唱胜利，歌唱他胜利之王、圣子、
嗣子、君主，歌唱他被赋予统治的权利，
当政天经地义②。伴随着颂扬的歌声疾驰，
他喜气洋洋地穿过中天，进入高高坐在
御座的上面，他雷霆万钧的父亲的神殿
和庭院，天父接受他回归的荣耀，如今
他坐在那儿，在天赐之福的右手一边。

“结果就是这样，应你的请求，用人间
之事理喻天上情况，虽然这些事件已经
过去，但是，你可要多加小心，我已经
把这些本来应该向人类保密的天机透露
给你：曾经发生的倾轧，天使势力之间
在天堂爆发的混战，那些追随撒旦造反、

① 见《圣经·旧约·以赛亚书》第5章第14节：“故此，阴间扩张其欲，开了无限量的口；他们的荣耀、群众、繁华，并快乐的人都落在其中。”

② 欢呼及棕榈叶使人们想起耶稣受难前不久进入耶路撒冷的情形。见《新约·马太福音》第21章第8—11节。

心比天高的天使又如何深深堕落；如今，
他妒忌你的生活状况，此时此刻他正在
密谋策划，怎样才能引诱你们同样背叛
顺从，那样的话，与他就同样痛失幸福，
你就可以去分担他所受到的惩罚，分担
永恒的痛苦，一旦你取得他的悲伤伙伴
地位，一旦堕落，那将是他的所有复仇
和所有安慰，如同他反对上帝，对上帝
造成的一种伤害。但是，警告你的女人[1]，
不要听从他那些诱惑妖言，但愿从已经
听到的可怕先例，从不服从的报应之中，
你能知往鉴今；他们原本可以保持坚定
不移，然而却坠落了，心想不忘，处处
提防，以免触犯天规。”

---

① 指夏娃。见《圣经 · 新约 · 彼得前书》第 3 章第 7 节：“你们作丈夫的，也要按情理(原文是知识)和妻子同住；因她比你软弱(比你软弱：原作是软弱的器皿)，与你一同承受生命之恩的，所以要敬重她。这样，便叫你们的祷告没有阻碍。”

第七卷

内 容 提 要

拉斐尔在亚当的请求下，讲述这个世界最初怎样和为什么被创造出来：上帝，把撒旦及追随他的天使驱逐出天堂之后，宣布他乐于创造另一个世界，创造其他的动物住在其中；他派遣圣子，带着天国的荣耀，率领众天使，花了六天时间完成这一系列创造工作；天使们为此唱起颂歌，庆祝这一成就，庆祝他再次回到天堂。

天上下凡的乌拉尼亚[1]，如果你的的确确
就叫这个名字，那么我将追随你的神圣
歌声，飞越奥林匹斯山[2]，高高超过翼马
珀加索斯[3]的空中飞翔。我的呼唤不在乎
名字，而在乎你的意义；因为你既不在
那九位缪斯[4]之列，也没有安身住在闻名
千古的奥林匹斯山巅，但你却生于天国，
或者在群山出现，或者在喷泉流动之前，
你就和永恒的智慧[5]交往做伴，智慧成为
你的姐妹，你当着无限权力的天父之面，
与她嬉戏玩耍，唱起天歌令他大为高兴。
在你的引导下，我，一位尘世来的访客，
冒昧上行，进入九天之上的天堂，纳新
最高天的空气，它的冷暖由你调节握把。
请你指一指自上而下的路，好让我同样
平平安安地回到我的故乡，唯恐这飞马

脱缰(就像曾经发生在柏勒罗丰[6]的身上
那故事一样，尽管他落马时的高度较低)，
从而使我摔下马背，掉入亚莱安[7]的旷野，
在那儿飘泊流浪，迷失方向，孤独凄凉。
迄今，有待吟咏的颂诗还有一半[8]，但是，
身在这日日俗曲的天体范围之内，目光
狭窄，束缚重重；站在地上，尽管神思
飞扬，切勿情不自禁，反而要更加小心，
我用凡人的声音歌唱，始终如一，不会
嘶哑或者缄默无言，纵然受到恶语中伤，
倒在倒霉的日子[9]，因倒霉的日子而倒下；
在黑暗里，身陷重重危险的包围，独居
一隅；然而，每当你夜夜入梦，或每当
清晨给东方披上红袍的时候，我没感到
孤独。尽管那样，乌拉尼亚，请你指导

---

①九位缪斯女神之一，主司天文。

②位于希腊北部，靠近爱琴海海岸，是希腊境内最高点，也是希腊诸神的家园。

③从被割下头的女妖美杜莎的血中跳出的生有双翼的飞马，其蹄踏出赫利孔山灵泉，传说诗人饮此泉水可以获得灵感。

④希腊神话中司文艺和科学的九位女神，都是宙斯和记忆女神之女，分别是：卡利俄珀、克利俄、埃拉托、欧忒耳珀、墨尔波墨涅、波吕许谟尼亚、特耳西科瑞、塔利亚和乌拉尼亚。

⑤智慧作为上帝造物过程中的人物出现在《圣经·旧约·箴言》第 8 章第 29 节。弥尔顿对智慧的拟人用法同样出现在其作品《四度音阶》中。

⑥又译柏勒洛丰，希腊神话中的英雄，科林斯国王格劳科斯的儿子，俊美勇武，曾乘天马佩加索斯杀死喷火怪物喀迈拉，并先后战胜索吕摩与阿玛宗等部落。最后他变得非常傲慢，因欲参加众神的集会，乘佩加索斯上天，触怒众神。宙斯差遣了一只牛蝇去螫佩加索斯，让柏勒洛丰从马上摔下致死，而把佩加索斯留下养在天庭，这就是天马座。

⑦位于利西亚，今土耳其境内，据传柏勒罗丰落于此地。

⑧《失乐园》共 12 卷，第 7 卷正是下半部分的开端。

⑨指斯图亚特王朝复辟后一段时期弥尔顿所处的艰难境况。

我的歌唱，虽然和者盖寡[1]，但请找一找
知音。但请远远赶走，巴克斯[2]及其纵酒
狂欢之徒野蛮的喧嚣，一大帮乌合之众，
他们在罗多彼[3]撕碎色雷斯的诗人[4]，那儿，
树木和岩石洗耳恭听，全神贯注，直到
野蛮的喧嚣淹没琴声和歌声，即使缪斯[5]
也不能保护她的儿子。因为她是个虚梦[6]，
你在天，因此，你不能辜负乞求你的人。

　　说吧，女神[7]，那时和蔼的大天使拉斐尔
通过可怕的事例预先警告亚当，要谨防
背信，天堂的那些变节者落得什么下场，
再三叮嘱别碰那棵禁树，以免类似惩罚
降临到伊甸园里面亚当或他的种族[8]身上，
这是唯一的命令，微不足道，如此容易
遵守，如果他们违背命令，什么将接踵
而至，虽然为此感到迷惑彷徨，但其他

---

①此处表明弥尔顿将其史诗的读者定位为少数特定对象，可能是他认为的真正的基督徒。同时当时的政治环境还不成熟，他明白他的作品至少在当时不会被广泛阅读。

②罗马神话中的酒神，相当于希腊神话中的狄俄尼索斯。

③色雷斯（巴尔干地区的古称）的一座山，位于现保加利亚南部和希腊东北部。

④即俄耳甫斯，又译奥菲士（诗人和歌手，善弹竖琴，弹奏时猛兽俯首，顽石点头），因冒犯酒神巴克斯的信徒，被撕成粉碎。见奥维德的《变形记》第11章、弥尔顿的《利西达斯》第58—63行和丢勒1594年的雕塑“奥菲士之死”。

⑤史诗女神，九位缪斯女神之首卡利俄珀，为奥菲士之母。奥菲士之死和卡利俄珀无力救子为《利西达斯》的重要主题。

⑥弥尔顿把古典神话称作寓言或梦想。

⑦在《伊利亚特》第1章第1节中，荷马以相似的方式呼唤缪斯，获得灵感。

⑧“种族”在此应理解为今天的“物种”，以把人类和其他动物如鸟和鱼等区分开。现代意义上区分人类不同群体的“种族”概念在弥尔顿时期还未出现。

选择多种多样，而且所有口味应有尽有，
完全能满足他们的胃口。他和他的配偶
夏娃，聚精会神地听完这个故事，他们
心里边充满纳闷，陷入不能自拔的冥想，
听听那么高的天上竟然有那么怪的事情，
仇恨之事出在天堂，就他们的思考能力
而言，不可想象，还有，在福乐的天堂，
就在上帝和平的身旁，爆发战争，造成
如此混乱；但邪恶，很快就被赶回老家，
仿佛一场洪水，从哪儿涌来就堵回哪儿，
不可能与天恩鸿福混为一谈。有鉴于此，
亚当马上打消心头冒出来的疑虑；迄今
他清白无辜，由于受到求知欲望的指使，
所以想知道可能事关自己，眼前的事情，
比如这天地的世界历历在目，如何开泰
初来；什么时候，使用何物，创造完成；
为了什么，缘故何在；在他获得记忆力
之前，伊甸园以内或者以外发生了什么；
就像一个人一样，口干舌燥，虽然眼睛
一直盯着流淌的溪流，但干渴却得不到
缓解，潺潺水声入耳，更激起新的渴望，
于是他继续这样问起天上来客：
　　“神圣的解说员[1]，你所透露的这些事情
非同小可，我们一听，惊奇不已，如与
这个世界相比，大相径庭；你深得宠爱，

① 此处似借用《埃涅伊德》中维吉尔为墨丘利所起的昵称：天上的信使。

来自九天，身负重托下凡，及时地预先
警告我们，注意另有隐情，有可能祸害
我们，未知之祸，超过人类知识的所见
所及范围；为此我们应向他无限的善良
表达永恒的谢意，诚心诚意接受他派遣
天使送来的警告，始终不渝地遵守天上
最高君主的意志①，这是我们的生存目标②。
不过，既然你彬彬有礼，应我们的请求
屈尊俯就，已将尘世不可想象的一连串
事情透露，就我们的见解而言，这似乎
只有最高的智慧才能理解，因此，但愿
你能屈尊，现在就降格降格，说说有助
我们懂得，或许众所周知的事情；看见
这爿天，距离我们又高又远，数不胜数，
不断移动的星星就像在燃烧，点缀其间，
她要么生产这周围的空气，要么就满足
所有的空间，广泛加气，她从各个方面
拥抱着这个处处鲜花的地球，天在最初
怎样开启；什么原因感动造物主，永远
在他神圣的休息中，如此之晚才在‘混沌’
世界创建，工作如何开始，又如何瞬间
完成：如果不犯禁的话，你或许能披露，

①见《圣经·新约·启示录》第4章第11节："我们的主，我们的神，你是配得荣耀、尊贵、权柄的；因为你创造了万物，并且万物是因你的旨意被创造而有的。"

②亚当认为他和夏娃生活的目的是遵循上帝的旨意，而夏娃在本书第4卷第442行表示亚当是她生活的全部。

我们之所以要问，不是要去探听他永远
不败的帝国有多少秘密，而是我们知道
越多，对他杰作的赞美也就更多①。白天
尽管已经大幅倾斜，但应该跑完的轨道
仍然很漫长，天光还早；你的声音充满
力量，他一听到，就会因你的声音停滞，
挂在天空，心甘情愿地绵绵延迟，以便
听你述说他怎样产生，从看不见的深渊
‘自然’怎样徐徐走来，完成分娩诞生，
或者，昏星和月亮急急忙忙赶来，成为
你的听众，‘黑夜’愿意随她带来‘寂静’，
‘睡眠’愿意保持清醒，聆听你的声音，
那该多好，或者，我们可以命令他缺席，
直到你的歌声落下，晨曦出现之前让你
离开。”亚当这样哀求他德高望重的客人，
于是，神圣庄严的天使温文尔雅地答道：

“你的提问小心谨慎，这个请求也同样
可以得到满足，然而，要一一叙述上帝
那些杰作，怎样的语言或撒拉弗的唇舌
能够胜任表达，或人类之心能明白领会？
不过，你能有所收获，这可以使你全心
全意去歌颂赞美造物主，从而证明你们
同样是多么的幸福，你想听的都可以听，
不会有什么保留，我已从天上接受诸如

① 见《圣经 · 旧约 · 约伯记》第 36 章第 24 节：“你不可忘记称赞他所行的伟大，就是人所歌颂的。”

此类的使命，只要在限度以内，我满足
你的求知欲望；超过限度，请自我克制，
不要多问，你不要自己冥思苦想，指望
知道天启未开之事，看不见的天上之王[①]，
唯一无所不知的上帝，已经把那些天机
隐匿在‘黑夜’，无论人间还是天上禁止
传播。除此之外，留待思索和了解之事
不胜枚举；但是，知识就像食物，节制
必不可少，不能超过消化力，求知要有
量度，应在头脑完全可以容纳的范围内，
否则暴饮暴食，心腻烦恼，智慧将很快
转为愚蠢，像食物造成肠胃气胀的毛病。
　　“接着说吧，你可知道，卢西弗[②]（这样
称呼他，是因为在众天使之中，他曾是
群星当中更为耀眼的一颗[③]）自坠落天堂
之后，连同他着火的军团下跌穿透深渊[④]，
掉进与之相称的地方，伟大的圣子率领
他的圣徒们凯旋归来，全能的永恒天父
从他的御座[⑤]上看见他们浩浩荡荡的队伍，
便对他的儿子这样说道：
“‘无论如何，我们满怀嫉妒的敌人以失败

① 见《圣经 · 新约 · 提摩太前书》第 1 章第 17 节：“但愿尊贵、荣耀归于那不能朽坏、不能看见、永世的君王、独一的神，直到永永远远。阿门！”
② 明亮之星，光明之子（早期基督教教义著作中对堕落以前的撒旦的称呼）。
③ 撒旦反叛后，失去了他在天上原有的名字。
④ 指地狱。
⑤ 见《新约 · 启示录》第 4 章第 2 节：“我立刻被圣灵感动，见有一个宝座安置在天上，又有一位坐在宝座上。”

而告终，他以为大家都会像他一样反叛，
他深信依靠他们的增援，只要将这不可
企及的力量控制在手，就可以篡夺至上
神位，撵走我们，他把许多的天使①拖入
阴谋诡计，他们的身份一笔勾销②，天堂
不再为其家乡。不过我看到，绝大多数
天使坚守岗位；天堂，虽然宽广，但是
子民兴旺，保留下来的数量已足够支配
她的领土，牧师仍在这高高的神殿照常
举行应有的庄严盛典。但是，如傻乎乎
认为对我的伤害尘埃落定，已经使天堂
人丁稀少，假如这样就能够成全他摆脱
自我失败，那么，我可以弥补那份损失，
以免他为此把自己吹捧上天，幸灾乐祸，
就在须臾之间，我将创造出另一个世界；
一个人繁衍出一个种族，一个种族的人
数量无穷，把他们安置在那里，而不是
在这里，直到有一天，凭借其功德圆满，
他们最终将会为他们自己打开一条道路，
上升到此处，经过天长地久的顺从考验，
人间将会变成天堂，天堂将会变成人间，
一个王国，大同世界，其乐无穷，无限
幸福。与此同时，你们，天堂里的诸君，

---

① 在本书第 2 卷第 692 行的描述中，约有三分之一的天使与撒旦一起叛乱。

② 见《圣经 · 旧约 · 诗篇》第 103 篇第 16 节：“经风一吹，便归无有；他的原处也不再认识。”及《旧约 · 约伯记》第 7 章第 10 节：“他不再回自己的家；故土也不再认识他。”

住就住得宽宽敞敞；你，我的亲生骨肉，
我的“道”①，借你我将完成这样的创造：
你说，立竿见影：我将派遣我遮天蔽日
之“灵”与力和你一同前往②；起驾出发，
命令深渊在内部划定天和地的各自界限；
深渊无边无岸，因为我无处不在，所以
她的空间并非虚若无物，尽管无处不在，
但我自己隐而不现，没有要求善良美德，
善良美德，践行与否，任凭自由，“偶然”
和“必然”，与我无缘，我的意志是什么，
“命运”就是什么。’
　　“万能的上帝这样说完之后，他的‘道’，
孝顺的神子，就按照他之所言付诸行动。
上帝的动作何其神速，快过时间和天体
运动，但是，冲着人类的耳朵，在讲述
之时不可能没有讲述方式上的先后顺序，
只有这样的讲述才能被人的理解力接受。
上帝的意志已经宣告，一旦听到这消息，
天堂变成欢腾的海洋，为这伟大的胜利
心满意足。他们歌唱，赞美至高的上帝，
赞美他对未来人类的善意，使他们安居
乐业，赞美献给他，他正义的复仇怒火

① 见《圣经·新约·约翰福音》第1章第1—3节：“太初有道，道与神同在，道就是神。这道太初与神同在。万物是藉著他造的；凡被造的，没有一样不是藉著他造的。”
② 见《新约·路加福音》第1章第35节：“天使回答说：圣灵要临到你身上，至高者的能力要荫庇你，因此所要生的圣者必称为神的儿子（或作：所要生的，必称为圣，成为神的儿子）。”

把那些不可容忍的暴徒赶出了他的视野，
赶出了正义之家；把荣耀和赞美献给他，
他的智慧已经发出命令，为了替代那些
邪恶的精灵，善将脱恶而生，创造一个
优越的种族，从而填补他们腾出的空间，
从那之后，他的善良美德能够充满各个
世界，千秋万代永远流传。

　　“天使团的颂歌就这样绵绵不断。与此
同时，圣子已经开始他伟大远征的探险，
他腰缠万能的力量①，那神情焕发出王者
拥有的神圣庄严，睿智贤明，仁爱无限，
在他身上，放射出天父所有的耀眼光辉②。
他战车的周围，源源涌出无数的基路伯
和撒拉弗、能天使和座天使、道德天使
以及带翼的精灵，一辆一辆的战车飞出
上帝的武库，它在两座铜山③之间，昔日
天上装备的战车停放在那儿的成千上万，
以防备重大日子的不时之需，起用方便；
现在战车一起发动，轰轰隆隆喷涌出现，
住在战车里面的精灵，跟随他们的主人，
左右前后相伴。天堂大大敞开她的永远

① 见《圣经 · 旧约 · 诗篇》第 18 篇第 39 节：“因为你曾以力量束我的腰，使我能争战；你也使那起来攻击我的都服在我以下。”

② 见《新约 · 希伯来书》第 1 章第 3 节：“他是神荣耀所发的光辉，是神本体的真像，常用他权能的命令托住万有。他洗净了人的罪，就坐在高天至大者的右边。”

③ 见《旧约 · 萨迦利亚书》第 6 章第 1 节：“我又举目观看，见有四辆车从两山中间出来；那山是铜山。”

不朽之门，金黄色的大门铰链缓缓转动，
传出来的声音悦耳动听，让天国的荣耀
之王①，强而有力的‘道’，以及‘精灵’
过门而去，前往进行那些新世界的创造。
他们站在天空的地面上，从地面的边缘
他们纵目眺望，看到深渊之巨大，不可
丈量，就像海洋，肆无忌惮，幽深黑暗，
荒芜凄凉，杳无生息，狂风掀起的波涛，
犹如底朝天一般，巨浪如山，欲与苍天
一比高低，中心和天极混淆，融为一片。
　　“‘安静下来，汝等汹涌的波涛，而且，
你保持平静！’拥有无限创造力的‘道’
这样发出命令：‘你们的不和到此结束！’
但是，时不我待，他乘坐基路伯的翅膀
起飞，浑身放射着父亲的光辉，经长途
跋涉，进入‘混沌’和未诞生的‘世界’，
因为‘混沌’听到了他的声音；随从们
闪闪发光的队列跟在他身后，想要看看
创造，看看他力量的奇迹。灼炽的车轮
就在那时停下，他手持那只金黄的圆规②，
圆规早已准备妥当，保存在上帝的永恒
仓库，用于划定这个宇宙和所有的创造
之物的界限。他以圆规的一只脚为圆心，

① 见《圣经 · 旧约 · 诗篇》第 24 篇第 8 节：“荣耀的王是谁呢？就是有力有能的耶和华，在战场上有能的耶和华！”

② 见《旧约 · 箴言》第 8 章第 27 节：“他立高天，我在那里；他在渊面的周围，画出圆圈。”

旋转另一只脚，划过那模糊不清的浩瀚
深渊，然后说道，‘范围就到这里，这是
你的界限；哦，世界，这就是你的合理
周长。’上帝以此方式创造天，以此方式
创造地，但物质还没形成，地还是一片
虚无的空间。深不见底的黑暗笼罩深渊，
但是，在风平浪静的水面，上帝的神灵
展开他孵化的翅膀，把充满生命的力量
和生机的温暖注入，遍及流体般的气团，
但黑黝黝的、恶石般冷冰冰的阴间渣滓
被沉淀到底，它们有害生命；于是雏形
渐现，于是名副其实的天体从空气之中
旋转而出，完成创造，自我平衡的地球
挂在她的中心，其余的分散到几个地方。

①“‘要有光’，上帝说，顷刻之间，天光
跃出深渊，万物的开端，纯粹的第五种
基本物质，从她的东方故乡启程，就像
一个发光的球状云团，长途旅行，穿过
昏暗的太空，因为直到那时还没有太阳，
所以，在此期间，她不得不旅居在阴云
密布的帐篷。上帝看到光之美好，于是
将地球分成光明与黑暗各半：白昼光明，
‘黑夜’黑暗，这就是他的命名。这样
就有了第一天的黄昏和早晨；就在光明
冲破黑暗，从东方喷薄而出的一刹那间，

---

① 以下是对上帝创造世界的描述。见《圣经·旧约·创世记》第 1 章。

天上的唱诗班看在眼里，他们不去庆祝，
不去歌颂天和地的生日，他们不能度过
这样一天。他们用欢呼声和高喊声盛满
空旷的宇宙天体；他们弹起他们的金色
竖琴，唱着圣歌，赞美上帝和他的件件
杰作；当第一个黄昏诞生，第一个早晨
光临的时候，他们歌颂他，歌颂造物主。
　　“此外，上帝说道[1]，‘在水与水之间要有
苍穹，以便让它把水与水各自统统分开。’
于是上帝创造苍穹，那是液体般的广阔
空域，干干净净，清澈透明，充满自然
力量的空气，反复循环，它在这个巨大
圆球弧面的最外层到处弥漫：隔墙一般，
既结实，又可靠，将苍穹之上的那些水
与苍穹之下的水截然分开，因为，就像
地球，他把这个世界同样建在风平浪静，
不断环流的水域表面，建在像水晶一样，
宽广辽阔的汪洋大海之中，远离‘混沌’
不善治理的混乱喧嚣，唯恐凶猛而完全
相反的事物可能干扰那整个构架的秩序，
所以他把那苍穹叫做天。于是，在傍晚
和早晨，唱诗班歌唱那第二天。
　　“地球虽已形成，但到那时为止，仍在

---

① 本卷第 261—275 行，见《圣经 · 旧约 · 创世记》第 1 章第 6—8 节：“神说：诸水之间要有空气，将水分为上下。神就造出空气，将空气以下的水、空气以上的水分开了。事就这样成了。神称空气为天。有晚上，有早晨，是第二日。”

水体的子宫之中，胚胎还没有完全发育，
还浸泡在水里，还没有出现；汪洋大海
奔流在地球的整个表面，不是漫无目的，
而是要用温暖且丰富的液体使她的整个
球体变软，饱享有生殖能力的水分湿气，
使伟大的母亲激动，要受孕怀胎；那时
上帝说道[1]，‘现在积聚一起，你们，天下
之水，集中到一个地方，让干燥的陆地
出现。’忽然一下，巍峨的群山突然涌现，
他们宽阔而裸露的脊背高高隆起，刺破
云层；他们的巅峰直插天空。座座大山
突兀而起，如此高大挺拔，宽阔的河床
位于巨大深陷的凹地底部，沉降得如此
之低，能广纳百川： 他们急急忙忙涌向
那里，高兴得跌跌撞撞，上上下下翻滚，
雨点般打在形成中的干燥球体的尘土上；
因为水流湍急，有的部分升高就像一面
水晶墙，或像笔直的山脊，伟大的命令
迫使激流如此飞奔，就像军队听到召唤，
号角一响，随叫随到（关于军队，你们

---

① 本卷第 283—312 行，见《圣经 · 旧约 · 创世记》第 1 章第 9—12 节：“神说： 天下的水要聚在一处，使旱地露出来。事就这样成了。神称旱地为地，称水的聚处为海。神看着是好的。神说： 地要发生青草和结种子的菜蔬，并结果子的树木，各从其类，果子都包着核。事就这样成了。于是地发生了青草和结种子的菜蔬，各从其类；并结果子的树木，各从其类；果子都包着核。神看着是好的。”和《旧约 · 诗篇》第 104 篇第 7、8 节：“你的斥责一发，水便奔逃；你的雷声一发，水便奔流。诸山升，诸谷沉下，归你为他所安定之地。”

已经听说①），集合在他们的旗帜下，水流
汇合就像这样，波浪推动着波浪，夺路
向前，如遇陡坡，汹涌澎湃，如过平原，
款步漫游；无论岩石还是山岗的拦路虎，
全都阻挡不住他们；他们或者潜入地下，
或者大大地迂回前进，就像蛇行，蜿蜒
徘徊，总能找到道路，在潮湿的淤泥上
留下一条条深沟：在上帝命令大地变干
之前，他们随心所欲，而今，大多纳入
堤岸里面，江河牵引着的水流源源不断，
奔流其间。他称旱地为大陆，所有水流
汇合的巨大储存地他称之为海洋：看见
这不无美好，他于是说道，‘让陆地长出
青草，植物结出种子，果树挂满她各自
种类的水果，她的种子在她自己的内部，
在大地之上。’他刚说完，光秃秃的大地
就立刻长出嫩草，她的青葱翠绿给大地
表面披上了一层令人愉快的绿衣，然而，
在此之前，不毛之地，岩土裸露，毫无
装饰，景象伤目；紧接其后，芳草吐叶，
眨眼之间，鲜花盛开，展露出她们五彩
缤纷的颜色，使她绚丽的胸膛芳香四溢；
就在这些创造上气不接下气之时，大串
大串的葡萄在茂密的藤上结得密密麻麻，
胖胖的葫芦蹑手蹑脚爬出，玉米秆挺立

① 拉斐尔讲述过天国之战。

在她的田间，仿佛严阵以待；此外还有
低矮的灌木，树叶像卷发缠绕的矮树丛；
最后，参天的大树就像跳舞，拔地而起，
展开他们的枝条，树枝上要么挂着累累
硕果，要么长出他们花期的花蕾；群山
头戴高大森林的王冠，每条山谷和泉边，
处处树丛，长长的堤岸护卫着条条江河；
如此说来，目前的人间就如同天堂一样，
一个场所，神灵们可以居住，或者乐于
光顾，喜欢在她神圣的阴凉中神出鬼没；
尽管上帝那时为止没有雨洒大地，没有[1]
任何人耕耘土地，然而一层带露的薄雾
从大地的地面升起，从而水浇整个大地、
原野之中的每株植物、每株芳草，早在
上帝创造田地之前，植物全都埋在土里，
芳草长在绿茎上。上帝看到这无不美好；
这样傍晚和早晨记录下这第三天。

“万能的上帝又说，‘在宽广辽阔的天空，[2]
要有一些高高的发光体，以便白天夜晚
能相互分开；让他们用于展示种种神迹，
用于计算季节，计算天数，计算那循环

---

① 本卷第 332—336 行，见《圣经 · 旧约 · 创世记》第 2 章第 5、6 节：“野地还没有草木，田间的菜蔬还没有长起来；因为耶和华神还没有降雨在地上，也没有人耕地，但有雾气从地上腾，滋润遍地。”

② 本卷第 339—386 行，见《创世记》第 1 章第 14—19 节：“神说：天上要有光体，可以分昼夜，作记号，定节令、日子、年岁，并要发光在天空，普照在地上。事就这样成了。于是神造了两个大光，大的管昼，小的管夜，又造众星，就把这些光摆列在天空，普照在地上，管理昼夜，分别明暗。神看着是好的。有晚上，有早晨，是第四日。”

往复的岁月；传我的命令，让他们成为
光源，他们在天国太空中的职责，就是
给地球送去光明，’一锤定音，言辞成真。
上帝创造两个巨大的发光体，就其用途
而言，对人类大有好处，大的一个主管
白天，小的一个就主管黑夜，轮流更替；
然后创造群星，把他们分布在天国太空，
用于照亮地球，在光源轮流更替间管理
白天，在明暗的划分间管理黑夜。经过
仔仔细细审视他的伟大作品，上帝看见
就此而言，因为在众多的天体中，太阳，
虽然用天土制造，最初并不发光，然而
是个力量强大的球体，他的第一个创造；
紧接其后，他又创造出月亮，球体形状，
然后他再创造出数量巨大的每一颗星星，
天上繁星点点，多如田间里播撒的种子。
光的神祠云遮雾绕，他从里边拿走最大
部分，把她重新转移，存放在太阳圆圆
球体的内部，他使太阳布满孔隙，既能
接收又能吸进流光，她坚固结实，完全
能够保存她收集到的光线，如今她变成
光的大宫。这里，其他的星星常来常往，
仿佛来到他们的源头，把采来的光装进
他们的金瓮，晨星从此给她的触角镀上
金边；他们通过吸收或者反射，使他们
自己的光由弱变强，由于人眼距离相当
遥远，所以，他们看起来才被大大缩小。

灿烂辉煌的明灯，位于他之所在的东方，
首先进入眼帘，白昼的摄政王，给整个
球形的地平线披上明亮的光线，他乐此
不疲，驱赶着他的经线跑过高高的天路；
灰白的拂晓和普勒阿德斯①，在他的面前
婆娑起舞，毫不隐藏他送来的美好影响。
没那么明亮的月亮，恰好坐落在正西面，
与他相对，他的镜子，她那圆圆的脸蛋
从他借光，处在那样的位置上，她完全
不必另寻光源，继续保持着这样的距离，
直到夜晚；一到那时，就该她轮到东方，
大放光彩，在天空的大轴上旋转，联合
成百上千，各自为政的更小发光体摄政，
与成千上万，那时出现的繁星交相辉映，
照亮半个地球；地球那时首次得到明亮
光源装点，他们有升有落，快乐的夜晚，
快乐的早晨，第四天圆满结束。

“上帝接着说道，‘让水域产生爬行动物，②
要产卵丰富，动物要生气勃勃；让鸟类
飞行在地面之上，在开阔的天国太空中
展开翅膀。’于是上帝创造出巨大的鲸鱼，
每一种有生命的鱼类，每一种爬行动物，

---

① 金牛座和昴宿星团中的七颗星，相传为阿特拉斯的七个女儿。

② 本卷第387—448行，见《圣经 · 旧约 · 创世记》第1章第20—23节：“神说：水要多多滋生有生命的物；要有雀鸟飞在地面以上，天空之中。神就造出大鱼和水中所滋生各样有生命的动物，各从其类；又造出各样飞鸟，各从其类。神看着是好的。神就赐福给这一切，说：滋生繁多，充满海中的水；雀鸟也要多生在地上。有晚上，有早晨，是第五日。”

他们的数量巨大，生在水里，有类有别，
接着，他创造出每一种长着翅膀的飞鸟，
各从其类，看到这一幕无不美好，于是
就向他们表示祝福，他说道，‘多多生产，
多多繁殖，充满海洋，充满湖泊，充满
急流，充满每一个水体；让鸟类在大地
上面繁殖。’毫不拖延，所有海峡和大洋，
每个小海湾和大海湾，数不胜数的鱼苗
蜂拥而至，处处是鱼群，在绿色的波浪
之下，他们静悄悄地游动，鱼翅和鱼鳞
闪闪发光，鱼群如此之多，以至于常常
在海中形成堤坝。有的与众不同，单身
或者带着配偶，啃着海苔，他们的牧草，
离群穿过一片一片的珊瑚小树丛，或者，
打趣逗乐似地飞快一瞥，冲着太阳炫耀
他们有波纹的金斑外套，或者，在珍珠
贝壳之中悠然自得，等候湿性的滋养品，
或者在暗礁下，身着镶嵌的铠甲，守护
他们的食物；在平静的海面之上，海豹
和温顺的海豚在嬉戏，还有的体积庞大，
笨拙地打滚，动作凶暴，在大海中兴风
作浪。在那儿，最大的海洋生物利维坦，
在海洋上伸直身体，就像海岬，或酣眠，
或漂浮，好像一块移动的陆地，他用鳃
吸水，用鼻孔喷出，一喷就是汪洋一片。
其间，在不冷不热的山洞，沼泽和滨岸，
他们在伏窝孵化的鸟窝不计其数，不久，

鸟蛋突然之间自然而然裂开，他们羽翼
未丰的幼鸟破壳而出；但他们很快长毛
生羽，羽翼丰满，接着飞上高高的天空，
发出阵阵尖叫，俯视大地，从下往上看，
鸟儿如此之多，大地似乎处在一片云下。
瞧瞧那儿，那些大雕和鹳鸟，他们筑巢
在悬崖峭壁和雪松树顶上面[①]。有的独自
飞过天空，有的更聪明一些，齐心操劳，
采用楔形编队飞行；因为深谙季节时令，
所以他们的空中旅行队动身启程，高高
飞越四海，飞过大地，飞行中相互照应，
他们的旅行因此轻松；深谋远虑的鹤鸟
迎风出发，从此开始她一年一度的远航；
当他们扇动无数双羽翅飞过，空气浮漂
移动。从枝头到枝头，小小的鸟儿展开
色彩鲜艳的翅膀，他们用歌唱安慰树林，
直到晚上；其后，一本正经的夜莺不但
不停止啁啾，反而让她柔和悦耳的曲调
通宵达旦。在银色光泽的江河湖泊里面，
另外一些鸟儿在冲洗他们毛绒绒的胸膛；
天鹅，得意洋洋地展开她披风般的翅膀，
白色的翅膀间颈项如弓，脚如桨，划船
一般移动着她高贵的身子；但他们常常
离开水面，举起强健的双翼，翱翔中空。

① 见《圣经 · 旧约 · 约伯记》第 39 章第 27、28 节："大鹰上腾在高处搭窝，岂是听你的吩咐么？他住在山岩，以山峰和坚固之所为家。"

还有一些在地面上步履矫健：雄鸡戴上
羽冠，他的号角打破寂静的时辰，还有
孔雀，鲜艳的拖裙把他乔装打扮，五光
十色，彩虹般绚丽，明珠样灿烂。到此
为止，水中挤满游鱼，空中到处是飞鸟，
黄昏和黎明，隆重庆祝这个第五天。

　　“第六天，创造的最后一天，随着傍晚[1]
竖琴的琴声和晨歌姗姗走来，于是上帝
开始说道，‘让大地生出生物，有别有类，
牲口和各种爬行动物，大地之上的走兽，
每一种类别不同。’大地服从，马上敞开
她多产多育的子宫，一次分娩就生产出
数不胜数的各种生物，他们的体型完美，
肢体健全，已经发育长大。野兽从地下
涌出地面，就像从藏身的地方，从他们
居住的荒林、灌木丛、丛林地带或兽穴
出来一样；他们成双成对出现，游走在
树林中；牲口涌泉一般，大队大队出入
在绿色的原野和草地上：那边稀稀拉拉，
喜欢独处，这边则成群结队，一起放牧。
被草覆盖的泥土此刻开始产犊，已露出
半截身子的黄褐色狮子又抓又刨，试图
拖出后腿，接着一跳，看来摆脱了束缚，

---

① 本卷第449—498行，见《圣经·旧约·创世记》第1章第24、25节：“神说：地要生出活物，各从其类；牲畜、昆虫、地上的野兽，各从其类。事就这样成了。于是神造出野兽，各从其类；牲畜，各从其类；地上一切昆虫，各从其类。神看着是好的。”

他后腿直立，抖抖身上条纹分明的鬃毛；
猞猁，豹子和老虎，就像鼹鼠不断冒出，
扔下的碎土堆积成丘，比他们高出一头；
机警的成年母鹿地表下面探出枝形头颅；
生于大地，个头最大的大象，几乎还没
完全脱胎，就已经大腹便便；羊群多如
羊毛，咩咩地叫个不停，就像地上草木，
层出不穷；有的两栖动物，如鳞片覆盖
周身的鳄鱼和河马蜂拥出没在水陆之间。
弹指之间，地上爬满昆虫或蠕虫，应该
有的全部出现。那些舞动着他们像折扇
一样富有弹性的翅膀，个头最小，面部
轮廓清晰，身着夏天的盛装，盛装上面
点缀着金色和紫色，蓝色和绿色的斑点；
这些拖动着他们长长的身体，像一根线，
在地面留下弯弯曲曲的踪迹；蠕虫并非
全部都是自然界中最小的动物；蛇之类
当中，有的身长惊人，粗大可怕，弯弯
曲曲盘成一卷，有的还长着额外的翅膀[1]。
勤俭操劳的蚂蚁[2]们最早爬行，因为顾及
未来，所以他们小小的躯体里揣着博大
胸怀，为未来的民主社会，蚂蚁们也许
树立了一种典范。接下来出现的是雌蜂，

---

①在人类堕落以前，有些蛇长有翅膀。拉斐尔描述的一些蛇也长有翅膀。

②据希腊神话记载，爱神维拉斯之子丘比特爱上了人类之魂塞克。维拉斯大怒，将一大堆小麦、小米和豌豆等种子混在一起，叫她当夜就分出来，后来蚂蚁同情塞克，帮她分清了。

她们成群结队，不断涌现，把美味芬芳
当成食物，喂养自己的丈夫雄蜂，她们
使用自己的蜂蜡建起蜂房，靠它来贮藏
蜂蜜。诸如此类还有很多，多得不可能
一一细说，你知道他们的种类，也就像
你给他们的命名一样[1]，没有必要再对你
重复；蛇，不可不知，整个旷野最难以
捉摸的野兽[2]，有时又大又长，眼睛铜铃
一般，长着可怕的粗壮鬃毛，尽管对你
无害，但却时时刻刻听从你的召唤。

　　“如今的天空处在她最为壮丽的景象中，
当第一原动力的巨手第一次转动方向盘，
她的所有天体开始运行；地球穿上盛装，
露出可亲可爱的微笑；天空中，水里面，
大地上，鸟在飞，鱼在游，野兽在行走，
数量巨大；迄今为止，第六天还有时间；
一件极品有待完成，终极目标仍未实现；
一种创造物，不像其他的动物面孔朝下，
只有兽性，他被赋予圣洁的理性，能够
直立起他的身体[3]，面部表情平静而安详，
在支配管理其他生物的时候能秉公持正，

---

①见《圣经·旧约·创世记》第2章第19—20节：“耶和华神用土所造成的野地各样走兽和空中各样飞鸟都带到那人面前，看他叫什么。那人怎样叫各样的活物，那就是他的名字。那人便给一切牲畜和空中飞鸟、野地走兽都起了名；只是那人没有遇见配偶帮助他。”

②见《创世记》第3章第1节：“耶和华神所造的，惟有蛇比田野一切的活物更狡猾。……”

③站立是人和牲畜的本质区别。见弥尔顿在本书第4卷第289—290行中对亚当和夏娃的介绍。

虽然拥有自知之明，自从诞生的那一刻
就心地高贵，宽宏大量，而且通达天理，
但是，要心怀感激，承认他的善良从何
而降；要充满虔诚地用心，用一双眼睛，
用声音朝着那个方向，崇拜上帝，崇敬
至高无上，是上帝创造了他，使其成为
他所有作品当中最有价值的部分。所以，
无所不能的永恒天父(因为哪有他不在
之地？)对他的儿子清楚地这样说道：

“‘现在，让我们按照我们的意象创造人①，
按照我们的外表创造人，而且，让他们
统治水里的鱼，天上的鸟，旷野的畜生，
让他们统治整个的地球，以及在地面上
爬行的每一种爬行动物。’这话说完以后，
他就创造你，亚当，人啊，地面的尘土，
他把生命的气息吹进你的鼻孔②；他按照
他自己的意象创造你，你的形象与上帝
一模一样，从此你成为一个活生生的人。
他创造了你，使你成为一个男人，但是，
为了使人成为人类，你的配偶将是女人；
接着他祝福人类，并且说道，‘多育多生③，

---

①见《圣经·旧约·创世记》第1章第26节：“神说：我们要照着我们的形象、按着我们的样式造人，使他们管理海里的鱼、空中的鸟、地上的牲畜，和全地，并地上所爬的一切昆虫。”

②见《创世记》第2章第7节：“耶和华神用地上的尘土造人，将生气吹在他鼻孔里，他就成了有灵的活人，名叫亚当。”

③见《创世记》第1章第28节：“神就赐福给他们，又对他们说：要生养众多，遍满地面，治理这地，也要管理海里的鱼、空中的鸟，和地上各样行动的活物。”

繁殖增殖，人要挤满地球，要将它征服，
人类的统治要遍及水里的鱼，空中的鸟，
以及大地上移动的每一种活生生的动物。’
创造你的地方，无论说是哪儿都不重要[1]，
因为迄今还没有一个地方命名以示区分，
就从那样一个地方，如同你知道的一样，
他带你进入这片果实美味可口的果树林，
这座花园，栽种着上帝各种各样的果木，
或一见就令人开心，或一尝就可口难忘；
所有树上的开心果，给你自由地当食物，
所有的种类都在这里，全是大地的出产，
各种各样，品类繁多，应有尽有；但是，
产生识别善恶知识的那一棵树[2]，你切勿
品尝它的果实；你品尝之日就是你死亡
之时；死亡是强制的惩罚，要谨慎小心，
管好你的胃口，以免‘罪孽’和她那个
黑色的随从‘死亡’[3]，使你担惊受怕。
　　“至此他告一段落；他一一检查他诸如
此类的创造，看哪！样样完全称心如意。
所以黄昏和早晨圆满完成第六天的创造；

---

① 亚当并非在伊甸园所造，而是在别处造好后被带到伊甸园。见《圣经 · 旧约 · 创世记》第 2 章第 8、15 节：“耶和华神在东方的伊甸立了一个园子，把所造的人安置在那里。”、“耶和华神将那人安置在伊甸园，使他修理，看守。”

② 见《创世记》第 2 章第 16—17 节：“耶和华神吩咐他说：园中各样树上的果子，你可以随意吃，只是分别善恶树上的果子，你不可吃，因为你吃的日子必定死！”

③“死亡”在此是“罪孽”的侍从，但在本书第 2 卷第 780—814 行中却是她的儿子和性侵犯者。

尽管孜孜不倦，然而，造物主迄今仍然
没从他的工作中解脱出来，他启程返回，
向上直达苍天之顶，回到他高高的住地，
从那儿眺望，观察这个刚刚创造的世界，
他的帝国新添的部分，从他的御座看看
它的外表如何，它有多么美好，它多么
纯洁无瑕，多么符合他的伟大构想理念。
他的御驾一路飞升，欢呼喝彩紧紧相伴，
成千上万的竖琴奏响，奏出天国的和声，
那和谐的声音：回荡在天空中，大地上
（因为你曾听到过，所以你记得），苍天
和所有的星座发出共鸣，一颗颗的行星
坚守岗位，驻足聆听，与此同时，灿烂
辉煌的随行大军喜气洋洋，向天顶飞翔。
‘打开吧，汝等亘古的大门[①]，’他们大喊，
‘打开吧，汝等苍天，你们使用中的入口，
让伟大的造物主进去，他已经完成庄严
宏伟的工程，六天的工作，创造出一个
世界；打开吧，从今以后都要常常敞开[②]，
因为上帝将再三垂顾，访问那安居乐业，
正直的人类，他将派遣长着翅膀的信使，
肩负天恩浩荡的使命，频繁地来来往往。’
光荣的随行大军就像这样一边欢唱一边

① 见《圣经 · 旧约 · 诗篇》第 24 篇第 7、9 节：“众城门哪，你们要抬起头来！永久的门户，你们要被举起！那荣耀的王将要进来！”

② 《旧约》常说天使们造访地球。在本书第 3 卷第 526—533 行，弥尔顿说有两条路可以下去，一条由天国直达锡安山，另一条延伸在伊甸园。

向天顶飞翔；他穿过天空，穿过她辉煌
灿烂，大大打开的大门，天堂之路径直
通往上帝永恒的圣殿，那是一条既宽敞，
又富丽的大道，路面上的黄金犹如尘土，
人行道上铺满一颗颗的行星，完全就像
你所看见，出现在银河系里的繁星一样，
银河如同一片旋转的地带，你夜夜看见，
上边装饰着圆圆的星点。现在，地球上
第七个夜晚在伊甸园降下帷幕，那太阳
已经落土，所以薄暮，黑夜的先导前兆，
正从东方姗姗走来，此时此刻，在天堂
圣山，上帝的御座就坐落在高高的峰巅，
坚如磐石，不容置疑，亘古不变，手掌
大权的孝子到达山顶，与他伟大的父亲
坐在一起；就他而言，他同样是来无踪，
去无影（他们才会享有无所不在的特殊
荣幸），他具有这样的特征，他受命成为
创造者，完成了所有的创造，工作结束，
现在休息，祝福第七天①，把它敬献给神，
这一天他没有任何工作，是他的休息日；
但是，圣堂并非鸦雀无声，竖琴在工作，
没有休止；那庄严的长笛和笙，那音栓
可爱的各种各样的风琴，档子上的琴弦
或者金线，管乐之声，应有尽有，相互

① 见《圣经·旧约·创世记》第 2 章第 2、3 节：“到第七日，神造物的工已经完毕，就在第七日歇了他一切的工，安息了。神赐福给第七日，定为圣日；因为在这日，神歇了他一切创造的工，就安息了。”

协调，悦耳动听，与唱诗班的合唱或者
独唱的歌声相得益彰，金色的只只香炉
香烟袅袅，宛如散发着芬芳的朵朵云团，
遮蔽神山。他们歌颂创造和六天的壮举：
‘耶和华，你的工程多么伟大，你的力量
不可比拟，你，不可想象，难以用言语
讲述你的丰功伟绩；这次你的凯旋比起
战胜反叛天使后的凯旋更加伟大；那天
你的雷霆使你大受赞美；但是，与毁灭
已有的创造相比，崭新的创造更加伟大。
谁能削弱你，神力无限的天王，或约束
你的帝权？当那些天使放弃原来的信仰，
从你的身边拖走你的崇拜者，数量之大，
从而以为削弱你的权势之时，易如反掌，
你把他们的背信弃义，肆无忌惮的企图
一举粉碎，他们的痴心妄想空欢喜一场。
谁试图贬低你，事与愿违，恰恰显示出
你的力量更大；你用他的邪恶从此开创
更大的善良。你见证了这个新造的世界，
距离天门不远的另一片天空，呈现眼前，
建立在清澈透明，光滑如镜的海洋表面；
这个世界幅员辽阔，几乎大得不可丈量，
数不胜数的星星镶嵌装扮，也许每一颗
星星都将是一个特定的居住世界；但是，
你知道他们的时令季节；人类的居住地
位于这些星星的环抱之中，地球，他们

舒适可爱的住地，包围在下界[1]的海洋中。
极其幸福的人类，极其幸福的人类子孙，
上帝如此抬举你们，按照他的意象创造
你们，你们安居那儿，要崇拜他，作为
奖励，你们被授权管理地面上，海洋里，
天空中他的所创之物，你们要繁衍一个
种族，个个都是圣洁并且正直的崇拜者；
多么的幸福，但愿他们知道他们的幸福，
始终如一，正直诚实。’

“他们就像这样歌唱，哈利路亚的赞歌
响彻苍天： 正是因为如此，安息日[2]流传
下来。所问的这个世界最初如何，万物
开始是什么样子，你有记忆之前，从一
开始发生了什么，你的请求到现在想必
已经得到满足，通过你，告诉你的子孙，
可以让他们知道；假如你还想问问什么，
尽管开口，只要不超出人的限度。”

---

①指人间；对天上而言。

②源于阿卡德语，本意为“七”，希伯来语意为“休息”、“停止工作”，是犹太教每周一日休息日，象征创世记六日创造后的第七日。它在星期五日落开始，到星期六晚上结束。当安息日开始时犹太教徒会点起蜡烛，而时间按当日日落时间而定。

第八卷

内 容 提 要

亚当提出关于天体运转的问题，得到的回答含含糊糊，得到的劝告是去探索更值得了解的事情。亚当表示同意，仍然希望留住拉斐尔，他对他讲起自从他自己被创造出来以后他记得的情况：他被安置在伊甸园；他与上帝关于孤独和恰当伴侣的交谈；初次与夏娃相见及与她的婚礼。随即是他与这位天使的交谈；天使在重申警告之后，启程离开。

那位天使已经讲完，他如此迷人的声音
留在亚当的耳朵里，以至于好大一会儿，
他以为他仍然在说，自己仍在屏息聆听；
然后如梦初醒一样，这样感激地答道：
“我应该怎样感谢，或者应该怎样报答，
对你投桃报李，才足够相当？你，博古
通今的历史学家，这么一讲，极大缓解
我对知识的渴望，并且，赐予知识之际，
亲切友好，虚怀若谷，所言之事，别有
洞天，已超出我的理解范围，如今听见，
深感惊异，但是，惊中有喜，一切荣耀
归功于至高的造物主，这应该理所当然。
不过，有些事徘徊不去，迄今想不明白，
只有你的解答能使茅塞顿开。当我看见
这个鬼斧神工的构造，这个由苍天大地

组成的世界的时候，我就开始估量计算
他们的大小等级，这个地球与太空和她
所有计算在内的星星相比，仅是个斑点，
一个原子，沧海一粟，群星好像在高深
莫测的空间滚动（他们的距离以及他们
每天迅速地往返为这种观点提供了证据），
目的只有一个，围绕着这个地球的黑暗，
这个小小的斑点，夜以继日地提供光源，
除此之外，他们在广大空间的视察俯瞰，
统统没有意义，我常常惊奇不已，心里
思忖，充满智慧而且精打细算的造物主，
怎能做出这样的事，比例失调，用挥霍
无度之手创造如此之多高贵一等的天体，
他们之大，大过好多倍，就为这个用途，
因为看来仅此而已，他们被迫在轨道上
如此不宁地旋转，一天一天，不断重复，
与此同时，静止不动的地球[①]，远远不用
像圆规去划圈，但养尊处优，待遇超出
她自己应有的高贵，不需要一丁点运动，
她就到达目的地，并且，接收她的温暖
和光明，就如同接收无形的速度，通过
无限的里程，送来的贡赋一样；那速度，
快如雨燕，即使是数字也难以形容描述。”
　　我们的先父说完这些，从他的面部表情
来看，似乎陷入深奥苦思之中不能自拔；

① 亚当认为地球静止不动，宇宙以地球为中心转动。

夏娃看在眼里，从坐在视野之外的地方，
不亢不卑地从她的座位站起，她的优雅
人见人爱，无不希望她留下来，她走向
她的累累果实和丛丛鲜花中间，要看看
在她的托儿所他们如何茁壮成长，怎样
发芽开花；她一到来，他们就破土而出，
她的悉心照料，轻轻一碰，他们的生长
就会更加快乐。然而，并非不喜欢那种
交流，或她的耳朵不能听懂那高谈阔论，
她才举步离开；她心存这样的快乐愿望，
亚当娓娓而谈，她为独一无二的女听众；
在这位天使面前，她宁愿她的丈夫担当
讲述人，有什么问题要问，宁可选择他；
她知道，他总是讲着讲着就要东拉西扯，
用夫妇间的亲昵爱抚来解决严重的争吵：
并不是单单只有出自他嘴唇的语言使她
高兴满足。哦，什么时候见过时下这样
一对既相互恩爱，又相互尊敬的连理枝？
她款步而前，行为举止就如同女神一样，
她犹如王后，并非没有谁来侍候，魅力
无穷的美惠三女神任何时间都列队侍候，
欲望之箭从她的周围射出，射进一只只
眼睛，无不希望她依然留在视野范围中。
现在，拉斐尔面对亚当提出的疑难问题，
好心好意，态度温和地这样答道：

“我不会责备你好奇心重或者刨根问底，

因为天空就像‘上帝之书’[1]放在你面前，
其中可以读到他的奇妙作品，从中学习
他的时令节气，钟点，或者日子，或者
月份，或者年岁：无论天或地运行移动，
关系不大，如果你计算正确，就能得到
这份知识，伟大的建筑师精明地将其余
部分隐藏起来，不想让人或者天使知道，
不泄露他的秘密，他们浏览了那些秘密，
必将大为赞叹；再说，假如他们要乐意
试一试，猜一猜，当他们突然想起模拟
天空，计算星星的数量的时候，他已经
留出天空的构造任他们争来争去，也许，
对他们将来离奇有趣，错误百出的意见
忍俊不禁；他们将会怎样支配这样一个
巨大的构架；如何去创建，拆毁，发明，
以便为现象找到理论根据；怎样在草草
画就的圆周和周转圆的上面，轨道之中
有轨道，采用同心圆和偏心圆[2]束缚天体。
我猜想，根据你已经从中推测出的道理，
你将率领你的子孙后代，认为那些个头
较大的明亮天体不应该服务于个头较小、
不发光的天体，当地球原地不动，在她
独自接收恩惠的时候，天空不应该如此
行程繁忙：仔细想想，首先，体积庞大，

① 上帝之书是神学者常用的一个传统隐喻。加尔文在《基督教原理》中使用了这一隐喻，认为《圣经》是正确理解上帝之书的“眼镜”。

② 德国天文学家开普勒发现行星轨道是椭圆形而不是圆形的。

或者光辉灿烂，那并不意味着出类拔萃：
与宇宙相比，虽然地球如此之小，缺少
灿烂辉煌，但却因为是完完全全的实体，
所以，可以容纳比白白发光的太阳数量
更多的光芒，太阳的美德在于坚守本职，
不计自身结果，只为了果实累累的地球；
地球首先接收他的光线，而光线的元气
在别的地方找不到生命力。不过，那些
明亮天体的职责不是服侍地球，而是你，
地球的居民。并且，就天空广阔的巡回
而言，任凭它去讲述造物主的极度富丽
堂皇，他的建造如此的宽广，他的墨线
延伸得如此遥远[①]，以至于人类可以认识
清楚，他所居住的地方并不属于他自己；
就他而言，大厦之大，以至于难以填满，
仅仅借宿在小小的隔间，剩下来的用途
安排只有他的上帝最为清楚。那些循环
速度之快，虽然难以计算，但应该全部
归功于他的无限权威，他能够把近似于
圣灵的速度加进有形的物体。你别以为
我速度缓慢，早晨时段之后，我从天国
出发，那是上帝居住的地方，正午以前
到达伊甸园，运用已知的最大数字描写
这段距离，言不达意。然而我力主这点，

① 见《圣经 · 旧约 · 约伯记》第 38 章第 5 节：“你若晓得就说，是谁定地的尺度？是谁把准绳拉在其上？”

承认宇宙处在运动之中，以便向你说明，
怀疑它在运动缺乏适当根据；就你而言，
你住在尘世，住在这儿，虽然情况看似
如此，但是，我说的这些并非我的断言。
上帝为了让他的天道远远离开人的感官，
把天与地如此遥远地分开，以至于人间
肉眼，如果仅凭想当然，那么难免误判
高不可攀的天上万象，就难以从中获益。
如果太阳位于宇宙的中心，其他的恒星
受他的引力和他们自己的引力刺激唆使，
围绕着他在各自的轨道上跳舞，又怎样？
他们各处游动，时而高，时而低，然后
隐匿不现，或者不断向前，或者向后退，
或者原地不动，就像你看见的六颗行星①；
要是这些之外的第七颗②，就是行星地球，
尽管她看来好像坚定不移，却不知不觉
以三种不同的运动方式在运行③，又怎样？
有几个天体你肯定把他们划为其他类型，
他们逆向运行，横向姿态，带有倾斜度，
或太阳为了节省他的劳动，把所有其他
星星之上快速运行，看不见的第十层天④
假设为‘昼’和‘夜’的车轮；你不必
对此深信不疑，如果地球，她自己勤勉

①在弥尔顿时期，指除太阳外的月球、火星、水星、金星、木星和土星。
②按哥白尼说指地球；按托勒密说指太阳。
③指地球的自传、公转和秤动(引起岁差)。
④托勒密的天动说中的最外层天体，带动所有天体转动。

刻苦，向东运行，到达白天，用她背对
阳光的一半朝向‘黑夜’，那她的另一半
就正好因他的光线依然充满光明。如果
那光线从她射出，穿过辽阔宽广，清澈
透明的空气，到达宛如一颗星星，尘世
一样的月球[1]，在白天照亮她，就像她在
黑夜照亮这地球一样，互利互惠，如果
那儿有陆地，有田园和居民，那又怎样?
你看看，她的斑点犹如云彩，云彩可能
下雨，雨水可使她软化的土壤长出果实，
用于派遣到那儿的居民养家糊口；也许，
你将发现其他的太阳[2]，各有自己的伴随
月亮，相互交流阳刚和阴柔之光，两种
光线赋予世界充满生命活力的伟大两性[3]，
也许把若干生命储藏在每一个天体里面。
世界上，没被活人占有的空间如此宽广，
荒凉不毛，杳无人烟，不料竟然会放光，
但是，每一个天体难得贡献出来的光线，
忽明忽暗，经过长途跋涉，被传输下至
这个地球，地球又把来光反照奉还他们，
就此而言，这是悬而未决的观点，有待
争论。但是，这些事情是否如此，或者
是否不是这样，是否在天之上占据主导

①该月球运行的轨道被认为是天上和人间的界线。

②或指土星或木星，伽利略已发现其有卫星。

③男、女两性分别指光的不同来源——太阳和月亮，与传统中太阳为男神(阿波罗)，月亮为女神(狄安娜)对应。

地位的太阳，在这地球之上升起，或者
地球在太阳之上升起；他是从东方开始
他火红的旅程，还是她从西方安安静静
出发，迈着相安无事的步子，那样在她
柔软的纺锤上纺织睡眠，当她平稳恒速
行走的时候，她会随同平静的空气一起
把你带走，因此你不要处心积虑去恳求
埋藏的秘密：把它们交给头顶上的上帝；
遵从他，敬畏他。要像其他创造物一样
使他极为高兴，不管安置在哪儿，听其
安排；他赐予你这座乐园和美丽的夏娃，
你应该为此欣喜若狂；对你而言，天国
太高，你不知道那儿发生的事情。保持
谦卑，保持明智；要想就只想什么与你
和与你的存在相关；别去梦想其他世界，
什么动物住在那儿，条件、状态或地位
怎样，截至现在，不仅地球，而且苍天
之事已经透露，要知足才心安。”
　　亚当因此消除了疑惑，面向他这样答道：
“天堂来的极纯洁的天人，尊贵的天使，
你已使我完全心满意足，使我完全解除
复杂难懂的重负，教导我要过上最舒适
安逸的生活，不要因为令人困惑的想法
打断生活的幸福，有鉴于此，上帝命令，
住在远离所有的焦虑、重重烦恼的地方，
他没有作弄我们，除非我们，我们自己，
神志恍惚，想入非非，徒劳地自寻烦恼！

但是，人心或者想象力不受约束，容易
四处漫游，她转来转去，没有任何目标，
直到受到警告，或者从经验中得到教训，
她才会懂得，不要随心所欲去打听远远
没有用处，朦胧晦涩和玄妙深奥的事情，
仅仅知道我们面前，日常生活中的常事，
就是最高智慧： 此外统统不过过眼烟云，
要么空空如也，要么是愚蠢的枝节问题，
它使我们对最为休戚相关之事缺少训练，
准备不足，火烧眉头，束手无策。因此，
让我们从这高高的顶点下来，飞低一点，
说说近在身旁，实在有益的事情，如果
由此提及什么事，或许偶然会冒出完全
不是出于冒犯的什么问题，就请你多多
宽容，仁慈如常，施惠于人。我已听见
你说，有关我有记忆之前发生了些什么；
现在，听我说说我的故事，也许你没有
听到过；白天时间迄今尚早，直到讲完，
你才会明白我用心之苦，怎样千方百计
要你多留一会儿，当我展开故事的时候，
恭请你听一听，如果不抱你答应的希望，
那真是愚不可及。就在我和你坐在一起
之时，我就像是在天堂里边，你的演讲
就我的耳朵而言，远比棕榈树上的果实
更加香甜，就在美妙的就餐时刻，就像
从劳动中归来，既解渴，又充饥，无不
惬意；果实虽然好吃，但很快填满胃肠，

使人餍足，然而，你的演讲却饱含神圣
超凡的优雅，带有永不餍足的果实甘美。”

拉斐尔带着天使般的温和对他这样答道：
“啊，人类的祖先，你的谈吐不无优雅，
你的语言不无说服力；因为上帝倾注于
你的天赋同样丰富，无论内心或者外表，
都是他美丽的意象：不管缄默还是演讲，
随时随地，你始终风度翩翩，体面大方，
并且每一句话，每一个举动，礼貌得当。
我们在天堂想念地球上的你，并不少于
想念我们受同一雇主雇用的伙伴，我们
乐于打听上帝如何与人交往；因为上帝，
我们看到，授予你荣耀，把他同等的爱
赋予人类。因此，请接着说，由于那天[①]
阴差阳错，我不在场，正要启程，踏上
陌生而晦暗不明的旅途，一路长途进军，
奔向地狱的大门；当上帝忙于他的工作
之时，编制满员的军团排列成完整方阵
（我们接到这样的命令），以保证决不会
有一个间谍或者敌人从那里面渗透出来，
以免他，看见鲁莽的节外生枝突然出现
而勃然大怒，可能把创造与毁灭混合在
一块。并不是说没有他的许可他们就敢
跃跃欲试，而是说作为最高天王和统帅，
为了尊严，派我们去执行他的最高命令，

---

① 指创造日的第六天。

目的是锻炼我们，养成立刻服从的习惯。
阴暗凄凉的大门，我们马上找到，牢牢
关上，布好坚固的路障；在我们逼近前，
远远就听到门里的喧闹，绝非歌舞之音，
而是痛苦，痛苦的大叫，和狂怒的咆哮。
在安息日前夕，我们高高兴兴重返光明
岸边： 情况就是这样，那时我们有任务
在身。不过，接着讲你的故事，我来听，
请用你的语言，就像我用我的对你讲述。”

　　神圣的掌权天使这样说完，我们的祖先
于是开口：“就人而言，说一说人命怎样
开始，是件难事： 因为他怎么知道自己
如何起源？与你谈谈的愿望一直驱使我，
由来已久。就像沉睡中初醒，发现自己
躺在柔软的鲜花芳草上，一身香汗淋淋，
太阳用他的束束光芒不一会儿把汗晒干，
吞掉蒸发出来的湿气。我转动我这大惑
不解的双眼，直直朝着天上，一段时间，
我凝视着苍苍茫茫的天空，直到被易受
激发的本能动作一举唤醒，我一跃而起，
双脚站地，身体笔直，仿佛奋力向那儿
奔去；在我的周围，我看见山冈，沟谷，
成荫的森林，阳光明媚的平原以及清亮
透明，汩汩流淌的溪流；因为有了这些，
所以，动物才有生命，才活动，才行走
或飞翔，鸟儿才在枝头颤音歌唱： 万物
露出微笑，我的心里边充满芬芳，充满

欢乐。于是我仔仔细细审视自己，检查
每一只胳臂每一条腿，凭借关节的柔软，
时而行走，时而奔跑，仿佛正受到无限
活力的元气引导；但我是谁，或在何方，
或来自何处，一概不知。我试着想说话，
即刻张口能说会道，我的舌头百依百顺，
无论什么，一旦看见，我欣然就能命名。
‘你，太阳，’我说，‘美丽的光源，你，
被照亮的地球，如此纯洁和快乐，汝等，
山冈和沟谷，汝等，河流，森林和平原，
汝等，美丽的动物，有生命，又能活动，
请说，如果你们看见，就说说，我怎么
这副模样，怎么在这里？不是靠我自己，
那么全靠某位伟大的造物主，出于善良，
无可比拟的力量。告诉我，我怎样才能
认识他，怎样崇拜，由于他我才能这样
行动和生活，感觉比我懂得的更加幸福？’
当我这样呼唤时，我迷路了，不知所向，
从那儿我第一次呼吸空气，第一次看见
那幸福之光，由于当时听不到任何回响，
于是我就若有所思地在绿荫深深，百花
争艳的堤岸上坐下，温柔的睡眠第一次
在那儿找上门来，带着轻轻的压迫抓住
我的睡意，没有烦恼，虽然我认为那时
我正在回到以前看不见的故态，但即刻
峰回路转：当时，一个梦突然在我脑海
出现，梦里的幽灵轻轻移动我的想象力，

要我相信我仍然存在，并仍然具有生命。
据我看来，一个神圣的身影走来，并且
说道，‘亚当，你的住地缺少你，站起来，
第一个人，在数不胜数的人中，授予你
成为始祖，应你呼唤，我来做你的向导，
带你去天赐之福的花园，为你事先准备
妥当的住所。’这样说着，他扶我起来，
越过一片片原野，一条条江河，就如同
在空中平稳滑行，不用脚步，最后将我
领上一座树木葱茏的高山，高高的山顶
平平坦坦，是块围墙圈起来的开阔土地，
栽有参天的华木，有出行便道，有凉棚，
相比之下，早先我在地面上看见的东西
似乎还不足以开心。每棵树上结满仙果，
挂在眼前令人眼馋，欲望在我身上油然
而生，想摘来尝尝；我随即醒来，发现
我的眼前无所不真，就像梦的投影一样，
生气勃勃。如果不是他，在丛林中出现，
带领我向上到达这里的身影，神的显灵，
恐怕我已经又一次陷入神志恍惚。虽然
我感到欣喜不已，但又怀着敬畏，出于
崇敬之心，恭恭敬敬地跪倒在他的脚下。
他把我搀扶起来，‘你正在寻找的就是我，’
他温和地说道，‘就是你看见的你头顶上，
或者你四周，或者你脚下这一切的作者。
我赐予你这座乐园：把它看作你的乐园，
去耕种，去照看，就可以吃的果实而言：

乐园里栽种的每棵果树的果实，都可以
心情愉悦、随心所欲地吃，在这里不愁
食物短缺；然而关于那棵树，它的作用
是带来关于善和恶的知识，我把它种下，
你的顺从和你的忠实的唯一信物，位于
乐园的中间，在生命树的旁边，要记住
我对你的如下警告： 避免品尝就是避免
苦涩的后果，因为要知道，你吃那果实
之日，就是你违反我唯一的命令，不可
避免死亡之时；自从那一天之后，凡人
必将失去这个幸福的地方，从此被驱逐
出去，进入悲哀和苦难的世界。’在宣布
这条严格禁令时，他神情严肃，这禁令
在我耳中久久回荡，迄今令人胆颤心惊，
尽管就我的选择而言，我不愿招惹罪罚；
但不大一会儿，他的表情又恢复了晴朗，
和蔼亲切的谈话重新开始，他这样说话：
　　“‘我赐予你和你的子子孙孙的不仅仅是
这些富饶的围场，而是整个地球[①]；就像
主人拥有它，拥有生活在它那里的所有
动物，无论是在海里还是在空中，不管
是野兽还是游鱼或鸟类。每种鸟每种兽
各有各的标志，看起来他们的种类分明；
我带他们来接受你对他们的命名，表达

① 本卷第 338—341 行，见《圣经 · 旧约 · 创世记》第 1 章第 28 节：“神就赐福给他们，又对他们说： 要生养众多，遍满地面，治理这地，也要管理海里的鱼、空中的鸟，和地上各样行动的活物。”

对你的忠诚，惟命是从。以水为家之鱼，
他们明白同样的道理，不用召唤到这里，
因为他们不能改变适合他们的自然环境，
来呼吸比较稀薄的空气。’当他就像这样
说着的时候，就见每种鸟儿和野兽靠近，
成双成对，野兽们畏首畏尾，低三下四，
阿谀奉承；鸟儿展翅致意，下扑式飞行。
当他们经过时，我给他们取名，并深谙
他们的天性，上帝赐予我突然间的顿悟，
赐予我这样的知识。但是，我没有发现
其中在我看来我还缺少什么东西，于是
对天国的显圣冒昧地这样说道：

“‘啊，我该怎样称呼你？因为你已超越
所有这些，超越人类，或者拥有比人类
更高的地位，远非我能命名，给你称谓，
我怎样才能崇拜你啊，这个宇宙的作者？
赐予人类的这一切应该赢得赞许，因为
他们的福利是如此优厚，你的出手多么
大方，你提供了天地万物。但我看不见
谁来与我分享。在孤身只影的环境里边，
有什么幸福可言？谁能在形单影只之中
过得快活，或者，只有享受，又能找到
什么满足？’我这样自以为是，那一明亮
显圣带着更加灿烂的微笑，这样答道：

“‘你说的形单影只是什么意思？在地上
不是有各种各样充满活力的动物，空中
不是塞满飞鸟，这些动物个个听你指挥，

召之即来，在你面前嬉戏？你不是精通
他们的语言和他们的生活方式吗？他们
同样懂你，不可小视他们的理性；从中
找到消遣，并且，好好管理；你的王国
地大物博。’宇宙之主这样说罢，似乎是
命令下达。在一番自感低卑的求情之后，
恳求发言得到许可，我才这样开口诉说：
“‘天上的掌权天使，但愿我的言语没有
冒犯你；我的创造者，在我说话的时候，
请多多包涵。你不是让我在这儿代替你，
把这些低等动物远远置于我地位之下吗？
在不等同的动物中，能有什么社交往来，
能有什么和睦，或者真正的快乐？快乐
必须是相互的，给予还是接纳，都应该
相当相称；但是，如果说双方悬殊太大，
一方感情强烈，一方还是照样无精打采，
彼此不能匹配适应，称心如意，像这样
下去，味同嚼蜡，很快厌烦。我之所言，
我之所求，是这样一种伙伴关系，互相
适合参与所有的理性快乐，在野兽里边
不可能有人的配偶。他们各自喜气洋洋，
只与他们同类交往，比如说雄狮和母狮；
是你使他们结合，完美融洽，雌雄成双：
鸟与兽，或鱼与禽，更不用说能有这样
和好的伙伴关系，牛与猴也不能；因此，
尤其是人不能与兽联姻，那样不成体统。’
“上帝没有露出不悦，就事论事地答道：

‘我已明白，你要自作主张去追求一种
美好而妙不可言的幸福，选择你的同伴，
亚当，尽管你身在快乐之中，但却品尝
不到快乐，品尝到的反而是孤独。既然
如此，就我，就我这种处身状况，你将
如何看待？对你而言，我似乎拥有足够
充分的幸福，或者没有？我是独来独往，
亘古至今，因为我不知道谁是我的助手，
或者与我相像，更不用说又相等又同样。
那么，除了我所创造的动物外，我又将
如何与谁进行交谈？那些动物对我来说，
微不足道，若与你身边的那些低等动物
比较而言，地位更低，简直是一落千丈。’

“他停了下来，我放低声音辩解：‘万物
之主，要达到你永恒意愿的高度和深度①，
全人类的思想也难以企及；你自身十全
十美，在你身上找不到任何瑕疵；但是，
人可不是那样，只有某种程度上的完美，
由于他的欲望的缘故，通过与他的同类
会话交流，就能避免过失，或弥补缺陷。
虽然独一无二，但你完全不必担心传宗
接代，因为你已经无所不在，无时不在，
无论在哪一方面的的确确堪称完美无缺；
然而，人从他的数量上就清清楚楚表明，

① 本卷第412—414行，见《圣经 · 新约 · 罗马书》第11章第33节：“深哉，神丰富的智能和知识！他的判断何其难测！他的踪迹何其难寻！”

因为他的单一，所以尚不完善，他开创
宗族，子子孙孙都像他一样，他的意象
成倍翻版，造成单一状态下的身心缺陷，
这种情况要得到改变，需要肩并肩的爱，
要有亲密无间的人。你虽然独处看不见，
但却能无比愉快地自我陪伴，不去追求
社交活动，如此心满意足，因此才能够
把你的动物如愿以偿地提升到友好和睦
相处那样的高度，从而把他们奉若神明；
我，通过交谈，不能使他们从爬行变为
直立行走，也不能从他们的生活方式中
找到满足。’我这样壮起胆子说话，利用
恩准的自由，得到许可，从而得到如下
回答，那神圣的声音宽厚仁慈：

　　“‘亚当，对你的考验到此为止吧，非常
高兴，我发现你不仅仅知道野兽，准确
给他们命名，而且还了解你自己，恰当
表达你身上具有的自由精神，我的意象，
没有赐予畜生，因此，与他们建立伙伴
关系，对你而言，极不合适，理由正当，
你应该有不喜欢的自由，并且要把这种
精神保持下去；我，早在你说出来之前，
心里已经明白，人形单影只，这样不好[1]，

① 见《圣经 · 旧约 · 创世记》第 2 章第 18 节：“耶和华神说：那人独居不好，我要为他造一个配偶帮助他。”

就像你早先所见，上述的陪伴没有打算
给你一个，只是带来作一次考验，以便
看看你将作何判断，是否感到意足心满。
我带来的下一样东西将会使你高兴喜欢，
你放心，那是你的写真，你的合适助手，
你的另一个自我，你心所向的惬意希望。'

　　"他已讲完，或者我听见的就是这么多；
因为此刻我的尘缘远远敌不过他的神性，
在这场崇高得像天上的对话中，长时间
深深潜伏的尘缘被绷紧到了极限，就像
拖着一个超过感觉能力的物体，既目眩
头晕，又精疲力竭，最终身体下沉倒地，
试图补一补瞌睡，睡眠立刻降临我身上，
造化的援助，有求必应，合上我的两眼。
他合上我的两眼，但却让我的内在视觉，
想象之窗依然敞开；仿佛就在神智恍惚
之中，据我看来，我通过它从远方看见，
尽管我躺在那儿处于睡眠状态，我看到
当我站着还清醒之前的那影子，他依然
灿烂辉煌，弯腰打开我的左侧，从那里
取出一根肋骨[1]，肋骨带有温暖的生命力，
滴淌着生命的鲜血；那道伤口又长又宽，
但是须臾之间填满肌肉，伤口得到愈合。

---

[1] 见《创世记》第 2 章第 21、22 节："耶和华神使他沉睡，他就睡了；于是取下他的一条肋骨，又把肉合起来。耶和华神就用那人身上所取的肋骨造成一个女人，领他到那人跟前。"

他把肋骨成形加工，用他的双手去造型；
在他那双出神入化的手上，生出来一个
动物，像一个人，但性别不同，既可爱
又美丽，以至于全世界看似美丽的东西
顷刻间黯然失色，或集于她一身，或者
包含在她身上，在她的容貌中，从那时
我心里被她注满从来没有感受过的甜蜜，
从她的气息中，爱的精神和爱情的快乐
被注入到天地万物之中。她从视野消失，
让我不知道去向；我醒来之后就去找她，
否则就会因为失去她而将永远感到痛惜，
发誓弃绝所有其他的乐趣；在杳无希望
之中，我看见她，就在不太遥远的地方，
恰恰就像我在梦中看见她时一样，天上
或者地下凡能赐予的东西装饰在她身上，
使她亲切可爱。她神圣的造物主，虽然
看不见，但却凭借他的声音指引着方向，
领着她一步一步走来，她对婚姻的圣洁
并非一无所知，或对婚礼而言一无所闻。
她的步态无不轻盈优雅，她的眼睛晴空
一般清澈，一举一动高贵端庄，充满爱。
我，心花怒放，情不自禁纵声高喊：

“‘如愿以偿的重新现身意味着失而复得；
宽厚仁慈，和蔼可亲的造物主，你兑现
你的诺言，赐予的天地万物，件件美好，
但在你的所有礼物中，这一件美过天仙，

我绝不再抱怨。现在我看见我的骨中骨[1]，
我的肉中肉，我前面的是我自己；女人
是她的名字，从男人中摘出而成；由于
这个原因，他将告别父母，与妻子厮守；
他们将结为夫妇一体，一条心，一颗魂。'

"她听到我这番话，即使有造物主带路，
但却仍然天真烂漫，保持着少女的矜持，
她的贞洁，她所拥有的宝贵意识，无不
令人心驰神往，求之若渴，不经过追求
不能得到，没有卖弄自己，也没有莽撞，
而是羞羞答答，因而更令人动心，或者
总而言之，造物主造就了她，使她成为
这副模样，尽管没有丝毫的邪念，然而
一看到我，她就转身离去。我紧跟着她，
她知道什么是尊重[2]，就带着顺从的端庄，
接受我的恳求理由。我带着她走向那座
婚礼的凉棚，她红红的脸颊如朝霞一样；
就在那一刻，整个天国和星座兴高采烈，
放射出他们最为耀眼的光芒；每座山冈

---

① 本卷第 494—499 行，见《圣经 · 旧约 · 创世记》第 2 章第 23、24 节："那人说：这是我骨中的骨，肉中的肉，可以称他为女人，因为他是从男人身上取出来的。因此，人要离开父母，与妻子连合，二人成为一体。"《新约 · 马太福音》第 19 章第 4—6 节："耶稣回答说：那起初造人的，是造男造女，并且说：因此，人要离开父母，与妻子连合，二人成为一体。这经你们没有念过么？既然如此，夫妻不再是两个人，乃是一体的了。所以，神配合的，人不可分开。"《新约 · 马可福音》第 10 章第 6—8 节："但从起初创造的时候，神造人是造男造女。因此，人要离开父母，与妻子连合，二人成为一体。既然如此，夫妻不再是两个人，乃是一体的了。"

② 见《新约 · 希伯来书》第 13 章第 4 节："婚姻，人人都当尊重，床也不可污秽；因为苟合行淫的人，神必要审判。"

和大地发出祝贺的信号；鸟儿纵情欢唱；
阵阵清风，温和的气流，朝着森林低声
耳语，传递着婚讯；和风的翅膀一飞过，
玫瑰盛开，芬芳的灌木香气四溢，直到
那玩乐嬉戏的多情夜莺唱起婚礼的颂歌，
命令长庚星①匆匆忙忙爬上他的山头顶峰，
点燃新婚之夜的灯盏。

　　“我已把我的情况原原本本地对你讲完，
讲到我的故事登上尘世幸福的绝顶上面，
我尽情享受，我不得不承认，其他精美
万物，的确样样令人喜爱，但是，不管
有用与否，诸如此类的东西都不能改变
我心里的作品，不会夺走我急切的欲望。
那些精美之物，我的意思是味觉，视觉，
嗅觉，芳草，果实和鲜花，步道和鸟儿
美妙的曲调；但这件精美之物大相径庭，
我一看欣喜若狂，一摸心醉神迷；从中
我第一次感到激情，异常的亢奋，面对
其他的开心快乐，我能自持，不为所动，
然而此刻，仅仅是美人魅力无穷的一瞥，
我就难以抵抗。或者说，我已失去天性，
剩下的部分不足以抵抗这一尤物，或者，
从我侧边摘去的，也许绰绰有余，给她
赐予的装饰品实在太多，论外表，十全
十美，论内心，稍逊完美。因为我清清

① 指金星，它的出现是传统婚俗中点燃婚礼灯盏的信号。

处处地知道造物主的主要目的，在理智
和内在能力方面，她处于从属次等地位，
这点尤其重要，除此以外，她在外表上
也是一样，看起来有点不太像他的意象，
他创造两性，男人和女人，但较少提及
已经赐予的管理其他动物的角色。然而，
当我走近她的美丽化身的时候，她仿佛
如此地完美无瑕，她自身就是尽善尽美，
她对自己的了解十分透彻，以至于她将
做什么，将说什么似乎明察善断，自命
不凡，考虑周到，优雅得体。在她面前，
所有高深莫测的知识降格为一般；‘智慧’
在与她交谈时满脸羞愧，言谈举止表现
出来又蠢又笨；‘权威’和‘理智’紧紧
追随，就像是从一开始就为她有意设计，
而不是后来出于需要才量身定做的一样；
总而言之，她无所不通，而且无不老道，
聪明的头脑和高尚的心地把他们的位置
建造在她的妩媚动人中，围绕她的四周
创造一种敬畏的氛围，就像安置的天使
卫兵。”

　　那天使双眉紧锁，对他说道：“不要非难
造物主，她扮演她的角色；你只管扮演
你的角色，请不要对‘智慧’缺乏自信；
如果你不打发她离去，她就不会撇下你
不管，就像你自己将来会意识到的一样，
一旦过度沉溺于不良之事，那你就迫切

需要她近在身旁。因为，什么使你欣赏，
什么使你像这样欣喜若狂？是一副外表；
美人，毫无疑问，完全值得你倾心珍惜，
值得你引以为荣，值得你去爱[1]，但不是
你的从属之物，不能用你自己对她进行
轻重称秤，然后谈斤论两：就常情而言，
没有什么比自尊益处更大，它建在公平
和正义的基础之上，好好把握。论技巧，
你懂得愈多，她将愈加认可你是她的头[2]，
她的全部外貌在现实面前就会失去优先
地位，经过技巧点化，她将会使你愈加
开心快乐，你如此令人生畏，以至于你
可以理直气壮地爱你的伴侣，当你看来
最不明智的时候，她会一目了然。但是，
如果触觉，人类赖以传播的途径，看似
如此宝贵，其快乐超过所有其他的感觉，
那么，料想同样的快乐也赐予给了牲口
和各种野兽；假如其中有什么乐不可支，
值得征服人的灵魂或激发他身上的激情，
那么就不应该与他们共有，向他们泄露。
与她交往，你发现什么是更高尚的迷人
魅力，人性，理性，宁静的爱情：虽然

① 见《圣经·新约·以弗所书》第 5 章第 28、29 节："丈夫也当照样爱妻子，如同爱自己的身子；爱妻子便是爱自己了。从来没有人恨恶自己的身子，总是保养顾惜，正像基督待教会一样。"

② 见《新约·哥林多前书》第 11 章第 3 节："我愿意你们知道：基督是各人的头；男人是女人的头。"

你尽情享受爱情生活，但不可陷进情欲，
真正的爱情之中没有情欲。爱能够陶冶
思想，扩大心胸，使他居于‘理性’中，
爱是深谋熟虑，爱是台阶，通过它节节
向上攀登，你可以进入神圣之爱的境界，
而不是沉溺在淫乐之中，就是因为这个
缘故，兽类中间找不到适合你的配偶。”

亚当感到有些局促不安，于是这样答道：
“不管她的外貌创造得多么漂亮，不管
生殖方面与所有的动物如何雷同(迄今
为止，出于神秘的崇敬，我认为，虽然
婚姻床第更加高尚)，但是没有什么如像
那些优雅的行为举止，使我如此的欣喜；
千种风情，每天从她的言谈举动中流淌
出来，那其中既有爱，也有温柔的顺从，
那些言行明确宣告心灵的一次真实结合，
或者说我们俩合二为一，达到心心相融；
看到一对完婚的夫妇融洽和谐，比听见
优美悦耳之音更加令人感激不尽。然而，
这些并不能使我隶属于她；我向你坦言
从那时起我的内心感受，我照样同各种
各样的对象打交道，要与各个方面表现
出来的感觉相遇，但没有因此变成俘虏；
迄今为止我仍然保持自由，我赞许美满，
追求我赞许的美满。不要责怪我追求爱，
因为爱，你说过，导向天国，既是指南，
也是途径；假如我提出的问题合乎法理，

就请你听我说说。难道天使就不会相爱，
他们怎样表达他们的爱，他们仅凭神情，
或者热情交往，实际或者直接相互接触？”

　　那天使面露微笑，脸上泛起天上的玫瑰
一样的红晕，爱的固有本色，对他答道：
“但愿能够使你如愿以偿，你知道我们
感觉幸福，而且，没有爱就不会有幸福。
凡是你在肉体上能够享受到的纯洁乐趣
（你被创造出来的时候本身就纯洁无瑕），
我们最大程度地享受，除了软骨条以外，
找不到任何隔膜，关节，或者手足四肢
造成不便[1]；如果天使要拥抱，那么他们
完全结合，比起空气与空气，纯洁欲望
与纯洁欲望的结为一体更加容易，肉体
与肉体，或者灵魂与灵魂结合时，不必
克制表达。但是，我现在不能在此久留：
临别时的太阳，我离开的信号，在地球
绿岬[2]和赫斯珀里德斯绿色群岛[3]那边缓缓
落下。坚强起来，活得幸福，而且有爱！
但首先要爱上帝，爱他就是服从，遵守
他的伟大命令[4]；小心谨慎，不要让欲望
左右你的判断，从而做出自由意志不能

---

① 见本书第 1 卷第 424—429 行。
② 佛得角和佛得角群岛，位于非洲西海岸。
③ 西方极乐群岛，为金苹果园所在地。
④ 见《圣经 · 新约 · 约翰一书》第 5 章第 3 节：“我们遵守神的诫命，这就是爱他了，并且他的诫命不是难守的。”

容忍的任何事情；你的，你所有的子孙
后代的福与祸寄托在你的身上；当心啊！
我和所有得福的天使将为你的坚忍不拔
深感欣喜。不要动摇；是好是坏，关键
在于你自己的自由裁决。内心世界完美
无缺，就不需要外部世界的援助，就会
抵制违反天命的所有诱惑。”

　　他一边这样说着，一边站起身来，亚当
跟着起身，如此祝福：“既然要启程离开，
就请上路，天上的客人，太空中的信使，
接受派遣，来自我所崇拜的至善的上帝。
你屈尊俯就，对我彬彬有礼，慈祥友善，
你将永远受人尊敬，受人爱戴，将永远
留在人类感激不尽的记忆中。请你依然
对人类宽宏大量而友好，经常回来看看。”
他们就这样告别分手，那天使离开浓荫，
向上飞往高天，亚当走向他的凉棚家园。

第九卷

内 容 提 要

撒旦围绕地球飞行，经过一番精心策划，在夜间就像一片薄雾回来，进入伊甸园，钻进那条熟睡中的蛇的身体。亚当和夏娃早上出去从事他们的劳动，夏娃建议分开在不同地点，各自在各自的地点干活；亚当不同意，宣称有危险，担心那个敌人，他们预先得到警告的那个敌人，发现她一个人时有可能引诱她。夏娃不高兴被认为不够谨慎小心，或者不够坚定，坚持她要分开干活，相当渴望试一试她的力量；亚当最终让步。那条蛇发现她是一个人：他巧妙地靠近，起初出神凝视，继而开口说话，阿谀奉承，无以复加，吹捧夏娃，所有的动物都不及她。听到那条蛇说话，迄今还是头一回，夏娃觉得奇怪，问他怎样得到人的语言能力和这样的理解力；那条蛇答道，因为品尝了果园中某一棵树上的果子，所以他既得到了说话能力，又获得了理性，而在那之前，二者皆无。夏娃要求他带她去找那棵树，发现那是知识树，正是禁树；那条蛇，此刻胆子变大，诡计多端，花言巧语，诱骗她终于开吃。她喜欢那滋味，仔细考虑了一会儿，是否要把这件事告诉亚当，最终，她把那果子带给他；她叙述她如何被说服去吃它。亚当的第一反应是大吃一惊，但感到她已经堕落，出于强烈的爱情，决心随她一起消亡，为了分摊这一罪过，他也同样吃了那果子。他们两人的身体因此见效；他们试图遮盖他们的裸体；从那以后常有分歧，互相指责。

别再谈论在什么地方上帝或者天使来客

与人，如同与他的朋友，他的家族成员
在一起一样，过去经常逍遥自在地坐下，
与其分享田园风味，其间任他口无遮拦
而不加以责备。如今，我不得不把那些
音符改成悲剧[①]，在人一方，不端的行为
难以取信，不守忠诚，不讲信义，违背
顺从；在天国一方，现在已经疏远人间，
距离衍生厌恶，愤怒和正义的讨伐已经
发出，判决业已下达，宣布把一个充满
悲伤，把一个充满“罪孽”和她的影子
“死亡”，充满“死亡”先行官的“苦难”
人世间带进这个世界。令人伤心的任务，
然而主题具有史诗的宏伟，决不逊色于
铁汉阿喀琉斯，狂怒之下，围绕特洛伊
城墙三圈，追击他试图逃亡之敌[②]；或者
图尔努斯因为拉维尼亚取消婚约，从而
怒不可遏[③]；或者尼普顿，或者朱诺两神
怒火中烧，如此长久地使那希腊人[④]以及

---

① 弥尔顿曾写了一篇名为“那些被称为悲剧的戏剧性诗歌”的文章，并于 1671 年与《力士参孙》一同出版。

② 阿喀琉斯又译阿基利斯，希腊神话中的英雄，出生后被母亲握住脚踵倒浸在冥河水中，除未沾到冥河水的脚踵外，周身刀枪不入；因其密友被特洛伊主将赫克托耳杀死而大怒出战，追赶赫克托耳绕特洛伊城三周，最后将其杀死，使希腊军转败为胜；后被特洛伊王子帕里斯的暗箭射中脚踵而死。

③ 图尔努斯为传说中的勇士，卢杜里之王。拉丁努斯王之女拉维尼亚原本许配给他，但最后嫁给了埃涅阿斯。憎恨特洛伊人的朱诺使图尔努斯疯狂，向埃涅阿斯和特洛伊人宣战，最终被埃涅阿斯杀死。为维吉尔的《埃涅阿斯记》的重要主题。

④ 指奥德修斯，他在海上的漫游触怒了海神尼普顿（见《奥德赛》第 1 章第 19—20 节）。

西塞利亚的儿子[1]历尽艰难：但愿我能够
获得我天上女保护神[2]的相应得当的文体，
她屈尊俯就，不请自到，夜夜下凡光临，
向在睡梦中的我口授，或者赐予我灵感，
让我从容完成以前从未深思熟虑的诗篇；
歌颂英雄的史诗，这一主题在第一时间
令我飘飘然，自那以后，选题过去好久，
动笔姗姗来迟[3]；对一场场战争吟诗作赋，
生就不会孜孜不倦，时到今日却被视为
英雄史诗别无选择的主要内容，而至关
重要的是技巧，运用冗长而乏味的文字
淋漓尽致解剖浩劫，分析想象的战斗中
虚构的骑士(而那些更值得歌颂的坚韧
刚毅，英雄的殉难却得不到礼赞[4])，或者
描写赛马会和狩猎，或者描写长枪比武，
纹章装饰的盾牌，上边古色古香的标记，
马衣和坐骑，马厩和俗丽的马饰，骑马
比枪和格斗中的高贵骑士，接下去描写
仆人和管家在大厅大摆宴席，各就各位[5]；

---

① 指埃涅阿斯，维纳斯女神的儿子，特洛伊战中的英雄。据维吉尔的《埃涅阿斯记》描述，特洛伊沦陷后，埃涅阿斯背父携子逃出火城，经长期流浪，到达意大利，据说其后代就在那里建立了罗马。

② 传统上指掌管天文的缪斯女神，弥尔顿用以指圣灵(本书第1卷)和自己的灵感之灵(本书第7卷)。

③ 弥尔顿曾在1639—1640年间作为戏剧的一部分写过《失乐园》，但未果。把《失乐园》作为一部史诗来写，大概是在他53岁时。

④ 此为对荷马、维吉尔史诗的评价。

⑤ 此为对意大利诗人布雅多(1434—1494)、阿里奥斯多(1474—1533)、塔索(1544—1596)及英国桂冠诗人斯宾塞(1552—1599)的评价。

娴熟的技巧，或小气的排场，并不是说
这些就能恰如其分给予诗人或诗歌英雄
史诗的称号①。我呢，对于这些既非训练
有素，也非津津乐道，更加崇高的主题
尚待完成，主题本身足以使这史诗名副
其实，除非是年代太晚②，或者气候寒冷，
或者年迈折断我雄心勃勃的翅膀，令人
沮丧③；如果全凭我自己，没有她把颂歌
夜夜送入我的耳中，情况极有可能如此。

　　太阳已经西下，紧随其后的长庚星登场，
她的职责是将黄昏带到地球上面，充当
白昼和黑夜之间的短暂仲裁人，到如今
黑夜的半球已经给弧形的地平线从一端
到另一端披上面纱，就在这一刻，不久
之前在加百利的恐吓下逃出伊甸的撒旦④，
如今他恼羞成怒，变本加厉，绞尽脑汁，
决心施展欺骗，恶意加害，要将人毁灭，
不管什么样的，多么沉重的惩罚，可能
降临到他自己的身上，然而他却天不怕，

① 弥尔顿暗示他的诗作主要不在于技巧而在于神圣的灵感。

② 指在历史进程中有利于写作史诗的条件已经过去。事实上，在《失乐园》之后，除丁尼生(1809—1892)的《国王之歌》外，再也没有出现过史诗。在弥尔顿的时代有这样一种观念，认为世界处于衰败之中。弥尔顿怀疑灵魂也具有这种退化趋势，并觉得他的诗作为英雄诗体来说，写作时代有些晚。

③ 弥尔顿只能在 5 月和秋分之间气候宜人的时节能写出满意的诗作；他写作《失乐园》时已 50 多岁。气候和年龄对他的写作都产生较大影响。

④ 指本书第 4 卷末描述的撒旦被加百利逐出伊甸园。本书第 5—8 卷间，本诗停留在拉斐尔与亚当的对话中，情节无大的发展。

地不怕地归来[1]。他在夜间逃走，在子夜
从绕飞地球途中回来；自从乌列，太阳
摄政王，看见他进入，预先已向基路伯
发出警告，要他们密切注意以来，白天
他小心翼翼。自从被驱逐之后，他深感
痛苦，在连续不断的七个黑夜的时间段，
他在黑暗的伴随下飞行，围绕地球赤道
转了三圈，四次横穿通过‘黑夜’车厢[2]，
从一极到另一极，一遍遍横越分至经线，
第八个黑夜，在与入口相反方向的边缘，
或者守卫的基路伯完全不知的一条暗道，
他从那儿鬼鬼祟祟回来。那儿有个地点
（现已不复存在，不是时间，而是罪恶
首先造成这一变化），底格里斯河[3]从那边
不停涌进地下的一个深潭，它就在乐园
底部下面，直到生命树旁喷出一股清泉；
撒旦在水中随河下沉，裹在上升的水雾
里面，随流冒出地面，接着寻找在哪儿
躲藏起来。他寻遍海洋和陆地，从伊甸

---

① 撒旦偷听到亚当和夏娃关于知识树的对话，企图用阴谋诡计使他们堕落、毁灭。见本书第 4 卷第 411—535 行。

② 黑夜绕地球转动。撒旦在太阳的前面沿赤道也绕地球转动，所以他连续在黑夜中待了七个黑夜的时间段。在绕地球转动的同时，他还跨越黑夜的影子在两极之间来回移动。

③ 在西南亚，流经土耳其和伊拉克的河流。约瑟夫在《古风旧制》中认为底格里斯河发自伊甸园，浇灌花园。

翻越本都[1]，再过亚述海[2]，径直向北到达
鄂毕河[3]之外的地方；下行向南深入遥远，
抵达南极地区；若论横向，从奥龙特斯[4]
以西到达连[5]隔断的汪洋大海，又从那儿
再到恒河以及印度河的流域。他就这样
在全球四处漫游，仔细严格地纵横寻找，
一丝不苟地逐一审视每一种动物，从中
挑选能够为他的诡计花招服务的最理想
帮凶。他发现蛇在野外所有的野兽之中
最为阴险狡猾[6]。就是他！经过仔细思量
好大一阵之后，他不再徘徊犹豫，最终
决定选择蛇，能够胜任的工具，最恰当
最理想的行骗小恶魔，他钻进蛇的身体，
把他那秘而不宣，导致罪恶的引诱隐藏
起来，躲避犀利的目光；因为在那诡计
多端的蛇的身上，无论是什么样的骗术，
决不会引起怀疑，他的机智和阴险狡诈
就像出自天生，而这些在其他野兽身上

---

①黑海古名。

②位于东欧南部，其南部与黑海由刻赤海峡相连，西半部分邻接乌克兰，东半部分邻接俄罗斯，其中西面有著名的克里米亚半岛，顿河和库班河是汇入其中的最主要的河流。

③俄罗斯的大河，在亚洲北部，由比亚河和卡通河汇合而成，注入北冰洋喀拉海的鄂毕湾。

④即奥龙特斯河，又译欧朗提斯河，是中东地区一条国际河流，发源于黎巴嫩的贝卡谷地，向北流经叙利亚、土耳其，在土耳其的安塔基亚北部注入地中海。

⑤巴拿马地峡的最东部地区，延伸至哥伦比亚西北部，是中美洲和南美洲的衔接区域。

⑥见《圣经·旧约·创世记》第3章第1节："耶和华神所造的，惟有蛇比田野一切的活物更狡猾……"

则会被看到，就会引起对除了兽性以外，
活跃在体内，魔鬼般的力量的猜测怀疑。
他就这样拿定主意，但出自内心的悲伤，
他首先把爆发的激情倾泻为这样的悲叹：
　　“啊，地球，你多么像天堂，即使不是
无以复加的首选，也完全适合神灵居住，
就像经过了别出心裁的思考之后，改旧
换新的建筑！因为上帝，追求精益求精，
怎么会再造次品？人世间的天堂，闪闪
发光的九天在围着跳舞，甚至尽职举起
他们明亮的灯盏，光外有光，仅仅为了
你的缘故，好像就把他们全部具有神圣
力量的宝贵光线统统集中到了你的身上：
仿佛上帝位居天国的中心，然而却施惠
四方，你亦如此，位居中心，普收来自
所有那些天体的精华；他们全部的众所
周知的美德，展现在你，而非他们自己
身上，草木因此而丰茂，生命循序演绎，
生气勃勃的高等动物诞生，意识，理性
集中于人之身。如果我能在你周围走走，
那将是多大的快乐，但愿我能为之高兴：
那错落有致的山冈，溪谷，河流，森林，
平原，时而的陆地，时而的大海，森林
覆盖的岸滨，岩石，兽穴，山洞；但是，
在这之中我找不到任何地方藏身或避难，
我看到周围的欢乐越多，就感到我内心
痛苦越深，这就如同身陷敌对力量十分

讨厌的围困和进攻之中一样；就我而言，
所有的善将变为祸根，我在天国的境遇
必将雪上加霜。虽然因此我将倍加受罚，
但是，除非战胜天国至尊，否则我既不
追求住在这里，不，也不追求住在天堂，
通过我的追求，不是希望去减轻我自己
身上的痛苦，而是希望有更多力量效法
我的榜样。因为我发现，只有破坏能够
安慰我的铁石心肠；要么毁灭他，要么
有招使招，使他彻底失去这里就是胜利，
因为这儿的一切全是为他而造，这一切
将很快随之烟消云散，至于他，与祸福
相连，那时将会深陷痛苦之中，那毁灭
完全彻底，也许到处蔓延：那一份光荣
必将属于我，在地狱的掌权天使中独占
鳌头，一天之内要毁掉万能上帝的新款
杰作，他夜以继日，连续六个黑夜白天
创造的成果，有谁知道早前的设计时间
花费了多久？也许不会比自从我在一个
晚上，解放几乎一半的天使家族，脱离
可耻的奴役状态，使得他崇拜者的队伍
变得稀稀拉拉费时更久，但愿如此。他，
为了报复，为了补充遭受如此损失之后
麾下的数量，不管是如此力量年久失效，
现已不能创造更多的天使(如果天使们
不是自创，或者并不是一直存在)，还是
对我们恨之入骨，决定把泥土做的一种

动物用来填补我们的空间，赋予他种种
天福，那是我们的天福，出生如此低贱，
却被吹捧高抬：他颁布法令，有言必行；
他创造人，并为他建造这个壮丽的世界，
安排他住在地球，宣布他是地球的主人，
哦，奇耻大辱！插上翅膀的天使和明火
熊熊的侍从心甘情愿为他效劳，为尘世
站岗放哨，承担起照料的职责①。我惧怕
这些警戒措施，为了避开，于是才这样
裹在午夜水汽的薄雾里，躲躲藏藏溜来
溜去，窥探每一丛荆棘，每一堆灌木丛，
运气不错的话，在什么地方就能够找到
那条睡着的蛇，把我藏进他那迷宫一般
盘卷起来的身体里，藏起我携带的黑暗
意图。哦，一旦触怒苍天，竟一落千丈！
我，以前在至高的天堂与神灵争斗较量，
如今不得不缩进一只野兽，与野兽黏液
混在一起，原来渴望神性高度的这一身
本质精华，将沦落为肉身，沦落为兽体；
但是，为了抱负和雪耻，为什么不变成
爬蛇，卧薪尝胆？飞得有多高，就势必
跌得有多深，曲高和寡，或迟或早必将
招致平庸者的反对。报仇，虽然开始时

① 见《圣经 · 旧约 · 诗篇》第 91 篇第 11 节：“因他要为你吩咐他的使者，在你行的一切道路上保护你。”

大快人心，但不久就会祸及自身，自作
自受；顺其自然吧；我无所忌惮，当时
挑战上帝，我不是其对手，那就瞄准他，
第二个惹我妒忌的家伙，我能轻易得手，
这位上帝的新宠儿，这个泥土造成的人，
怨恨之子，来自尘土，造物主的掌心肉，
我们恨之入骨，怨怨相报，非他莫属。”

　　他就这样一边嘀嘀咕咕，一边穿过每堆
灌木丛，不管是干是湿，如同一团黑雾
贴地爬行；他找啊找，希望尽快在午夜，
在哪儿找到那条蛇。不久之后他就找到，
他正在酣睡，如同迷宫，自身一圈一圈
盘叠起来，头在中间，满腹诡计，微妙
难解；他尚未躲进可怕的阴影中，或者
阴森的蛇洞里，迄今无害，只是在杂草
丛上睡觉，既不害怕谁，也不招谁害怕。
那恶魔从蛇的嘴巴进去，蛇马上在头脑
或心里一下获得兽性的意识，从而激发
他的智力活动；但他的睡眠没有被打扰，
在不被发现的环境中等待着黎明的到来。
现在，神圣的光亮打开黎明之窗，照到
伊甸园里湿漉漉的花儿上，鲜花散发出
他们清晨的芬芳，正当充满生机的万物
从地球这个巨大的圣坛向那造物主献上
无声的赞美，他的鼻观充满既令人喜欢

又深怀谢意的香气时[1]，出来人类的一双，
把他们声音洪亮的歌唱加进动物唱诗班
有待完善的晨祷；做完礼拜，他们分享
色香味俱佳的时令果鲜，然后亲密交谈，
看看这一天他们将如何妥善安排那增长
不停的工作：因为他们的工作增加太多，
要管理的园子如此宽广，绝非就凭他俩
可以迅速完成。夏娃首先对丈夫这样说：
　　“亚当，也许我们含辛茹苦，仍然能够
使这园子整整齐齐，仍然能够照料果木
花草，完成这些命令之中的任务；但是，
我们仍需帮助的人手，我们手上的劳动
总量还在不断增加，越是打理越加疯狂：
我们白天砍掉，或修剪，或用支架撑住，
或捆扎起来的蔓生枝条，仅一两个晚上
就嘲弄似地恣意生长，趋于疯狂。因此，
你，要么出出主意，要么听听我的意向
之中最初的想法：让我们分开，一个人
干一个人的，你到你选择的或者最需要
你的地方去，要么把忍冬缠在藤架上面，
要么牵引到处乱爬的常春藤向哪儿攀移，
我则去那边，我发现桃金娘和玫瑰柔软
新抽的枝条混杂成一片，中午前把他们
重新修剪整齐。因为，像这样整整一天

① 见《圣经·旧约·创世记》第 8 章第 21 节：“耶和华闻那馨香之气，就心里说：我不再因人的缘故咒诅地（人从小时心里怀着恶念），也不再按着我才行的灭各种的活物了。”

你我这般亲近，干活时我们又挑三拣四，
看一看，笑一笑，或者遇到新问题随便
讨论一下，因近相扰，所以不怪，但是，
这会打断我们白天的工作，尽管一大早
下地，但是干活不多，到时候愧对晚餐。”

于是亚当对她报以这样和颜悦色的回答：
“独一无二的夏娃啊，不可多得的伙伴，
对我而言，所有宝贵，充满活力的动物
与你相比都远远不及，你说得好，完全
开动脑筋，想到了我们将如何圆满完成
上帝布置给我们在这儿的任务，要不然
我将得不到荣耀；在女人的身上，没有
什么发现能够比她深谙如何持家，鼓励
她的丈夫好好工作更加可爱。迄今为止，
我们的主不是那样苛刻地强迫我们劳动，
以至于我们需要喘口气的时候阻止我们，
不管是吃点东西，还是交谈交谈，都是
精神上的食物，或者像这样笑笑，望望，
无不是幸福的交流；因为笑容来自理智，
对畜生而言绝对不会，笑容是爱的食粮，
爱，不是人类生命的最低目标。他创造
我们，不是为了去从事令人厌倦的劳苦，
而是为了使我们快乐，快乐与理性结合。
你不用担心，只要我们一起动手，轻而
易举就能使这些小路和凉棚从荒芜状态
之中摆脱出来，我们需要小路多宽就有
多宽，直到不久之后年轻的人手给我们

充当帮手。但是，如果喋喋不休，也许
令你厌烦，我可以让步，同意短暂离开，
因为独处有时候也是最好的交流，短暂
一别，盼你快乐回来的愿望会更加强烈。
但其他担心令我不安，在与我分开期间，
唯恐伤害降临到你身上，因为你已知道
我们受到的警告，某个存心不良的坏蛋，
他妒忌我们的幸福，出于他自己的绝望，
试图通过巧妙的偷袭，使我们陷入灾难，
使我们蒙羞，他在近之又近的某处观望，
很可能迫切希望我们分开，好如愿以偿，
发挥最大优势，我们在一起，伤害无望，
在这种情况下，紧急时刻，相互间可以
火速支援；不管他的最初意图是要我们
背叛对上帝的忠诚，还是要破坏夫妻间
相爱，总之，也许不会有什么比起我们
享受到的幸福能够刺激起他的更大妒忌；
不管他的用意在此还是另有更坏的打算，
不要离开给你生命，仍在祖护你，保护
你的可靠之人的身边。在耻辱或者危险
潜伏的地方，妻子和丈夫在一起最安全，
最合适，他保护她，或者与她苦熬艰难。”
　　夏娃，处女陛下，就像受到了几分亏待，
既充满柔情，又严肃认真，她镇定自若
对自己所爱的人这样答道：
　　“天地的后代，整个地球的主人，我们
有这样一个敌人，他企图要把我们毁掉，

我已获悉，一方面经你告知，另一方面
从那位离开的天使言谈里边无意中听到，
就在那时，傍晚的花朵刚好把花瓣合拢，
我刚刚回来，站在一个隐蔽角落的后面。
莫非你会因此怀疑我对上帝或对你始终
如一？因为我们有一个敌人，可能引诱
我们去什么犯罪，我希望什么也没听到。
你不用害怕他的暴力，作为这样一种人，
我们有能力免受死亡或痛苦，我们要么
能够化解，要么能够驱逐死亡或者痛苦。
那么，他的欺诈正是你之所怕；这清楚
表明，你同样地害怕我的坚定信仰和爱
因他的欺诈而可能动摇，或者受到诱惑；
这些念头，它们如何在你心头建起港湾？
亚当，她对你如此亲爱，你错看她了。”

　　亚当用弥合分歧的语言对她说道：“上帝
和人的女儿，流芳百世的夏娃，正因为
你这样天真无邪，清白无瑕，无可责难，
所以我坚持劝阻，不让你离开我的视线，
不是对你缺乏自信，而是要避免那企图
本身，我们的敌人为此处心积虑。因为
他在引诱，虽然是枉费心机，但他至少
将使受引诱者受到诽谤中伤，名誉扫地，
假如没有一成不变的信仰，那就不可能
抵御诱惑。你自己总是带着愤怒和鄙夷
憎恶那罪恶的企图，然而这却无助于事；
总之，不要判断错误，但愿我努力而为，

避免你一个人遭遇那样的冒犯，如遭遇，
就让我们俩一起面对，那敌人虽然无畏
大胆，但谅他的胆量还没大到这个地步；
或者他敢于冒险，那就让攻击首先落到
我的身上。你不可小看他的恶意和虚伪
奸诈，他能够引诱天使堕落，一定老奸
巨猾，不要以为别人的帮助是多此一举。
从你那充满感染力的神情中，我已看见
你的优点在一点一点增加，在你的眼前，
如果需要外部力量，我将更加明察善断，
更加警惕小心，更加强悍有力，如遭遇
耻辱，有你在一旁，毕力就会爆发涌现，
联合出手，耻辱将被克服，或弄巧成拙。
当我在场的时候，为什么在你内心里面
没有同样的感觉？你在接受考验时喜欢
我在，我是你美德经受考验的最好证人。”
　　喜欢家庭生活的亚当，出于关心和夫妻
之间的爱这样说道；但是夏娃，她认为
这不应牵涉到她的真实信仰，于是接过
话题，音调悦耳，开始答辩：
　　“如果这就是我们的处境，就这样住在
一个狭窄的圈子里面，受制于一个坏蛋，
他要么阴险狡猾，要么凶狠残暴，无论
在哪儿相遇，我们单个都似乎无力抵御，
无时无刻不在伤害的恐惧中，那么我们
哪有幸福？但伤害并非走在罪恶的前面；
我们的敌人企图以引诱冒犯我们，不怀

好意地评判我们的正直诚实，仅此而已；
他不怀好意的评判不但不会使我们丢脸
蒙耻，反而将殃及他自身；那么为什么
我们却要避开或者害怕？他的臆测证明
有误，我们从中获得相当于翻倍的荣耀，
心安理得，上帝的恩典，结局将为我们
作证。不经历单枪匹马的历练，在外部
持续的帮助下，什么是信仰，爱，美德？
让我们别再对我们的幸福环境疑神疑鬼，
充满智慧的造物主不会把如此缺乏完美，
如此不安全的地方交给一个或者两个人。
如情况如此，易受攻击，那我们的幸福
就该岌岌可危，伊甸就不再是伊甸。”

　　听完这一席话，亚当满腔热情对她答道：
“女人啊，万物之中的尤物，就像上帝
意志的产物；在他所创造的全部作品中，
他的创造之手没有留下任何不完美或者
有缺陷的败笔，更不用说人，绝不容许
他的幸福环境存在一丝一毫的安全隐患，
绝不允许外来力量造成伤害。危险藏在
他自己内部，不过，藏在他的力量之中；
他不会受到违背他的意志的伤害。但是，
上帝给‘意志’充分的自由；因为凡是
服从‘理性’即为自由，他使得‘理性’
堂堂正正，但嘱咐她要千万当心，时刻
警惕，以免看朱成碧，被某些冠冕堂皇
之物弄得措手不及，她信口开河，误导

‘意志’去做上帝已经明确禁止的事情。
这不是出于不信任，而是出于温柔的爱，
告诫就是如此，我应该时常提醒你注意；
你要时常提醒我注意。我们要坚定不移
生活下去，然而存在偏离正轨的可能性，
因为‘理性’也许遇到敌人教唆的似是
而非的什么事情，这并非不可能，不知
不觉中受骗，没有像她受到的警告那样
保持高度警惕。因此，别找诱惑，避免
诱惑才是上策，只要你不离开我，那么
就极有可能避免；考验很快将不期而至。
你愿意证明你的坚定不移，首先将证明
你的顺从；谁能够知道另一种情况怎样，
没有亲眼目睹你受到引诱，谁能够证明？
但是，如果你认为不期而至的考验或许
发现，比起你所受到的警告，我们两人
在一起似乎更加大意，那就去吧；因为
你留下，不自由，完全心不在焉。去吧，
你天生清白；依靠你的美德；鼓足勇气；
上帝对你已经尽责：你就尽你的本分吧。[①]”
人类的家长到此讲完，但夏娃固执己见；
虽然恭顺，但决心就上述所言插话回答：
　　“那么，你已同意，预先警告也是如此，
尤其是你自己直到最后的推论话语已经
提及，我们的考验，何时降临心中无数，

① 亚当回应拉斐尔在本书第 8 卷第 561 行处对他所讲的话。

可能发现我们两人也许还远远缺乏准备，
我非常愿意离开，一个如此骄傲的敌人
决不期望首先去找弱者一方；那样破釜
沉舟，他必将自作自受，蒙受更大耻辱。”
　　这样说着，她把自己的手从她丈夫手中
轻轻地抽回，就像林中飘飘欲仙的宁芙，
俄瑞阿德[①]，或者德莱亚德[②]，或者黛丽亚[③]
等等一行，走向那小树林，不过，女神
一般的举止和步态远非黛丽亚本人能及，
虽然不像她一样身背猎弓和箭筒，但是
带着迄今原始粗糙，没有经过火煅加工，
天然而成的园艺工具，或者如同天使们
携带的艺术品。如此装束，她看来极像
佩丽斯[④]或那时逃避威耳廷努斯[⑤]的波摩娜，
或者就像与育芙生下普罗塞耳皮娜之前，
风华正茂的少女刻瑞斯一样。他的眼睛
眼神炽烈，高高兴兴，久久目送她离去，
但多么希望她能留下不走。他反反复复
叮咛，一遍又一遍嘱咐她要快快地回来；
她向他保证，就像往常一样，中午之前
回到凉棚中，把所有的事情安排得有条
不紊，不至于耽误正午午餐时间的用餐

---

① 希腊神话中掌管山脉和岩洞的宁芙仙女，即山岳女神。
② 又译“德律阿得斯”，希腊神话中守护森林和树木的宁芙仙女，即树神。
③ 又译“狄安娜”、“黛安娜”，罗马神话中处女守护神、狩猎女神和月亮女神。
④ 罗马神话中牛羊及牧场的保护神。
⑤ 罗马神话中掌管四季变化、庭园和果树之神。他向果树女神波摩娜求婚，在几次拒绝后成功。见奥维德《变形记》第 14 章第 628 行。

或者下午的休息。唉，不幸倒霉的夏娃，
你所假定的回来是地地道道的自欺欺人，
大错特错！任性的苦果！从那一个时辰
开始，你决不会在伊甸园再次找到佳肴
美食，再次找到安眠；那样的伏兵隐藏
在芬芳的花儿和静谧的林荫中间，带着
分秒逼近，丧心病狂的深仇大恨，即将
拦住你的去路，或者在剥夺了你的天真，
你的信仰，你的幸福之后，打发你回家。
自从天色破晓开始，直到目前，那恶魔，
完全处在蛇的外表掩护之下，东爬西爬，
一直在搜索在什么地方他最有可能发现
人类之中那仅有的两个，他们是他蓄意
要捕食的猎物，但在他们身上，却包含
着全人类。他寻遍林荫小屋和野外田间，
每一片令人心旷神怡的小树林或者园地，
他们引以为乐的花圃果木或者是种植园；
他寻找他们两位，既到了泉边，也到了
阴凉的溪流旁，但愿自己能够时来运转，
发现夏娃是单独一个人；虽然他在奢望，
但希望渺茫，除非绝无仅有的机会从天
而降。当时如愿看见夏娃单独一个人时，
他大喜过望；夏娃站在那儿，就像蒙着
一层芬芳云烟的面纱，时隐时现，如此
茂密的玫瑰，色彩鲜艳，把她一圈一圈
围在中间；她常常弯腰搀扶细长枝条上
一朵朵花儿，他们的头，虽然经过打扮，

披着粉红、紫红、蔚蓝，或者金色斑驳，
但却因为没有支撑而耷拉下来。她轻轻
用桃金娘的枝条把他们向上撑起，其间
没有意识到，也没注意到她自己，尽管
是最美丽的花朵，但却没有支撑，远离
她最好的靠山，风暴如此逼近。他靠近，
再靠近，以之字形穿过遮天蔽日的雪松，
松树或棕榈下的许多小路；然后他波浪
前进，放肆大胆，在夏娃的手工，灌木
和花丛，厚厚覆盖的小路两边时隐时现：
与杜撰的那些花园相比，阿尔喀诺俄斯
招待老累尔提斯之子那闻名遐迩的花园[①]，
或者死而复活的阿多尼斯[②]的，或者神话
之外，贤明的国王[③]与他美丽的埃及艳后
寻欢作乐的地方，这儿更美妙。他十分
喜欢这个地方，更喜欢那个人。这就像
一个人长期被困在房子鳞次栉比，阴沟
臭气熏天，人口稠密的都市里，在一个
夏天的清晨出来，在农田和可爱的村庄

---

①见《奥德赛》第11—13章。

②阿多尼斯是希腊神话中掌管每年植物死而复生的一位非常俊美的神，为爱与美的女神阿芙罗狄忒（罗马神话中的维纳斯）所爱恋，在打猎时被野猪攻击致死。阿芙罗狄忒使其血中生出银莲花（也有玫瑰之说）。为取悦阿芙罗狄忒和普罗塞耳皮娜，宙斯使他复活，并与阿芙罗狄忒和普罗塞耳皮娜各生活半年。该神话和关于普罗塞耳皮娜自身的神话是最早提及植物生长周期的神话。阿多尼斯的花园被用来指稍纵即逝的尘世之美。但在斯宾塞的版本中，它却是阿多尼斯和阿芙罗狄忒秘密“幽会”的地方，只有春季和收获季节。

③指所罗门，他娶了一位埃及公主，并带回到他的花园。见《圣经·旧约·雅歌》第6章第2节。

毗连的环境中吐故纳新，所见无不喜幸：
谷物发出的气味，翻晒的牧草，奶牛场，
奶牛，每一番乡村景象，每声乡村之音；
如果碰巧有一位美丽的少女，迈着仙女
一样的步态走过，那看来多么令人开心，
现在因为有她，更加满足，她的神态上，
最大限度地汇集了所有令你发狂的美丽。
看到这鲜花烂漫的乐土，看到夏娃这样
独自一人，如此之早在馨香的幽深地方，
那蛇喜之不胜；她天使一般，然而比起
天使，线条更加柔和，天成的女性娇美，
她雅趣盎然的天真，她的每个姿态神韵，
或者欲动又止，都使他的恶意望而生畏，
怵魄动心的温柔夺走了他的恶念和恶念
带来的狠劲[1]。在此期间，恶魔独自站着，
因自己的邪恶被打断而不知所措，一时
就像一个不坏的傻瓜，中断敌意，中断
诡计，中断憎恨，中断报仇，中断妒忌。
但是，永远在他心里燃烧的烫滚滚地狱，
虽然在中天，却马上终止了他的快乐感，
折磨得他现在越来越痛苦，他看到快乐
注定不属于他： 于是刹那之间，他想起
深仇大恨，满脑子恶念重新回到他身上，
他再次高兴起来，这样激励自己：
　　“唉，胡思乱想，你把我带到什么地方？

① 夏娃的美具有强大的力量。她的纯洁和质朴强化了她的美。

你用多么美妙而不可抗拒的冲动就这样
忽悠，竟然忘记带我们到此搞什么名堂?
是恨，不是爱，不是希望以乐园换地狱，
希望在这儿尝尝快乐，而是要连根拔掉
所有的快乐，除非快乐就是毁灭；对我
而言，别的乐趣荡然无存。因此，让我
不要白白放过眼前这微笑的机会： 看见
那个女子孤身一人，百般引诱恰逢其时；
她的丈夫，因为我远远地眺望了一大圈，
不在附近，我要避开，他的智力和力量
高出一大截，虽然是地球上的泥土创造，
但勇气不凡，肢体长得像英雄肢体一样；
敌人刀枪不入[①]，并非不足畏惧，而恰恰
相反的是我；比之于我在天国时的状况，
地狱使我每况愈下，痛苦使我日益衰弱。
她美丽，天仙般的美丽，适合天神去爱，
爱和美之中虽然不乏恐怖，但并不可怕，
也非入骨之恨就能靠近，入骨之恨通过
巧妙完美的包装，以爱的假象面目出现，
我现在倾向于采用这种方式去把她毁掉。”

话已到此，人类的敌人附身蛇体，祸害
其中，把他的去路瞄准夏娃；这次不像
以前俯卧在地上，锯齿一般，波浪似的
推进，而是尾部在地，身体螺旋般向上，
一圈又一圈，一圈比一圈高，就像一座

---

① 此处与本书第 6 卷第 327 行撒旦在天国之战中首次感到疼痛对照。

耸现的迷宫；他的头高高扬起，那一双
眼珠就像红宝石；金黄翠绿的脖子闪闪
发光，直立在他那螺旋上升的塔顶中央，
在草地之上不停地摇摇晃晃。他的样子
既使人开心又招人喜爱；自从蛇类诞生
以来，从来没有任何一条蛇比他更可爱：
无论赫耳弥俄涅和卡德摩斯在伊利里亚
变身为蛇[1]，还是埃皮达鲁斯[2]的医药之神[3]；
众目睽睽之下亚扪的朱庇特[4]也好，还是
卡匹托尔山上[5]的朱庇特[6]，统统望尘莫及，
前者变身为蛇向奥林匹娅丝求婚[7]，后者
与她生下西比阿[8]，罗马的伟人。一开始
他的进路转弯抹角，如同一个人既寻求
接近又担心引起打扰，因而他选择横向
间接的途径。就像一艘船，老练的舵手
驾驶她接近河口或者海岬时，那儿常常
风向突变，航向就随之时时调整，船帆

①希腊神话中腓尼基国王阿革诺耳之子卡德摩斯，在寻找妹妹的途中来到希腊，建立了底比斯城，然后回到伊利里亚（古代沿巴尔干半岛亚德里亚海岸一地区），在那里他祈祷变成蛇，最终他和妻子赫耳弥俄涅都变成了蛇。

②位于希腊半岛东南端一小城，相传是阿波罗之子医神阿斯克勒庇俄斯的出生地。

③指医神阿斯克勒庇俄斯，他在其神庙中以蛇形显圣。

④指宙斯。

⑤古代罗马的七个山丘之一。

⑥罗马统治者。

⑦马其顿人的传说中，宙斯化身为蛇访问奥林匹娅丝向其求婚，后者生下亚历山大大帝。在罗马神话中也有相似的故事。

⑧古罗马统帅和政治家。他是第二次布匿战争中罗马方面的主要将领之一，以在扎马战役中打败迦太基统帅汉尼拔而著称于世。

就不断转动；他就这样因势而变，一当
夏娃出现在视野，他就把长绳一般弯弯
曲曲的身体卷成淘气的一叠花环，吸引
她的目光；她，忙忙碌碌，听到树叶间
发出的沙沙声，没有在意，这样的场景
司空见惯，在她穿过田野时，一旦召唤，
各种野兽就会应声调皮捣蛋，远比来自
喀耳刻①把人变成畜生的命令灵验。目前
他更大胆，不请自到站在她面前，但是，
凝视的目光充满赞赏。他不时低下塔尖
一样的头和像上过彩釉的亮闪闪的脖子，
讨好地舔舔她踩过的地面。他哑剧一般
彬彬有礼的表演最终使夏娃的眼睛留意
他的游戏；他，为赢得她的注意而高兴，
以舌为发音器官，或吐出气流发出声音，
这样开始他欺骗性的诱惑：

　　“不要大惑不解，至尊的女主人，你是
唯一的奇迹，但愿你的神情能够像蓝天
一样温和，也许更不用说带有什么鄙视，
为我如此之近地靠近你，看你看个没完
而生气不快，我就这样孑然一身，一点
不怕你眉宇之间的威严，如此退隐一方，
更加威严。你公正的造物主使你的美貌
绝妙无双②，所有的动物目不转睛盯着你，

---

①希腊神话中能将人变为牲畜的女巫。
②拉斐尔认为亚当比夏娃更接近上帝的形象。

万物都是你的礼物，非常喜欢你的天成
美丽，看你看得如痴如醉，在哪儿受到
普遍的赞美，哪儿才有最好的欣赏目光。
但在这儿，在这野性的围场上，在这些
野兽中间，粗野的观赏者由于头脑简单，
什么在你身上是美丽的，他们仅能察觉
一半，除了一个男人，谁看见你？（怎么
是一个？）你应该被视为众神中的女神，
接受日常群佣，无数天使的崇拜和侍候。”

　　那诱惑者如此阿谀奉承，开始他的序言。
尽管那声音令人感到困惑，但他的甜言
蜜语钻进夏娃的心窝；最终，不无惊叹，
作为回答，她这样说道：

　　“这可能意味着什么？野兽的舌头竟然
在讲人的语言，表达人的意识？我认为
在这两者之中野兽无论如何不具备前者，
在他们的创造日，上帝把他们创造成为
哑巴，没有清晰发音的能力；至于后者，
我拿不准，因为在他们的表情和神态中，
在他们的行为方式里面，常常可以看到
很强的理性。蛇，我知道你是整个原野
上面最难以捉摸的野兽，但没有被赐予
人类声音的发音能力；因此，重复一遍
这个奇迹，请你说说你如何由哑到能说
会道，在天天出现在视野中的兽类里面，
为什么你卓尔不群，对我如此友好赞赏：
说吧，因为这样的奇迹理应得到关注。”

诡计多端的诱惑者对她的问题这样答道：
“这美好世界的皇后，光芒四射的夏娃，
就我而言，遵命告诉你那来龙去脉毫无
困难，你应该得到顺从，这是我的本分。
当初，我像其他野兽一样，以踩在脚底
之下的青草为食，思想境界卑鄙、低下，
如同我的食物一样，除了看得清楚食物
和性别以外，其余的一窍不通，更何谈
要去理解崇高，直到有一天，我在原野
东游西逛，偶然之间远远看见一棵参天
大树，树上结满果实，果实的颜色分外
美丽，红黄相间；我靠近一些想多看看，
就在那时，一阵薄荷芳香从树枝间吹来，
激起强烈的食欲，我的感觉比闻到喜欢
无比的茴香，或者傍晚正滴乳汁的绵羊，
或者山羊的乳头更加高兴[①]，小羊羔或者
小山羊往往贪玩好耍，他们忘记了吃奶。
我必须尝尝那些美丽的苹果是什么滋味，
为了满足这一强烈的愿望，于是我下定
决心，毫不拖延，饥饿和口渴两位不可
抵抗的说客同时到来，如此热情，力劝
我快一点扑向那迷人果子的香味。马上
我就将自己缠绕在生满苔藓的树干上面，
因为，树枝高高地离开地面，你或亚当
要最大限度地上摸才可能够得到：围观

① 据说蛇非常喜欢茴香和刚从乳头吮吸出的羊奶的味道。

在那棵树周围的野兽，个个都看在眼里，
既渴望又羡慕，虽然都怀着同样的心愿，
但可望不可及。如今待在那棵树的中间，
那儿挂着的诱果好多好多，且近在眼前，
我没有客气，摘过来就狼吞虎咽，直到
撑饱，因为在那一刻以前，我从未发现
论吃论喝如此快乐。最终，我心满意足，
但不久，我可以感觉到我身上发生奇变，
尽管还是这副身段模样，但却持有相当
程度的推理能力，不再缺乏表达的语言。
从那以后，我把我的思考转向高深莫测，
各个方面的推论，以我宽广的胸怀判断
评价或者天上，或者地上，或者在中空
目力内的万事万物，美与善的万事万物。
但我看见，所有的美和善融合在你天仙
一般的外貌上，在你美丽的迷人光彩里。
你的美丽没有谁可以相提并论，没有谁
堪称第二个你；这迫使我不得不像这样，
尽管说来或许有点胡搅蛮缠，一定要来，
一看再看，表达对你的崇拜，动物之中，
你已受封，宇宙的淑女，拥有君主权利。”

狡猾的蛇着魔似地这样叽里呱啦，夏娃
越发感到惊诧莫名，不经意间这样答道：

“好一条蛇，你的过奖真令人心存怀疑，
那果实的灵验力量，在你身上初次得到
证明。不妨说一说，那一棵树长在哪儿？
距离此地多远？因为上帝的树木，生长

在这个乐园里面，各种各样，迄今好多
我们都不认识，所以我们的选择是这样
丰富充裕，以至于大部分果子碰都没碰，
就算储藏在那里，仍然不腐地挂在树上，
等到人类成长起来，以满足他们的需要，
届时更多的人手将卸下自然身负的重量。”
　　那老谋深算的毒蛇喜不自禁，对她说道：
“皇后啊，去路现成可用，路途也不长：
翻过一排桃金娘，在一块平地上，紧傍
一股清泉，在一小片花期已过的没药树
和香脂树的密林那边；假如你接受我当
向导，不一会儿我就能把你带到那边。”
　　“那就带路吧，”夏娃说。急于实现伤害，
他一马当先，快速乱晃的身体令人眼花
缭乱，使错综复杂的路看似直线。希望
使他精神振奋，喜悦使他的头闪闪发亮，
如同一团鬼火，油气构成，油气经黑夜
浓缩，在寒冷环境包围之中，通过摇晃
引燃，形成一团火焰（他们说，有一个
蛇蝎心肠的魔鬼时常精心照料这团魔火），
鬼火①摇曳，放射出欺骗迷惑的明亮光线，
误导那大为惊异的夜游者迷失他的方向，
走向沼泽和泥潭，常常途经水洼和池塘，
从此被完全吞没，不为人知，远离救援。
那条可怕的毒蛇就在闪烁着这样的光亮，

① 沼泽中沼气燃烧的火焰。

引导夏娃，我们轻信的女性祖先，深陷
圈套，走向禁树，我们所有的灾难之根；
当她看见禁树，她对他的向导这样说道：
　　“蛇，我们可以省下我们这一趟，避开
这里，虽然这儿果实过剩，但对我而言
只能望而却步，它灵验力量的美誉出自
你的口中，假如果真如此，那确实不凡，
令人惊奇。但这棵树，我们既不能触摸，
也不能品尝；上帝这样命令，把那命令
留给他声音创造的唯一女儿：至于其余，
我们依法自由享用，我们的理智即法律。[1]”
　　那诱惑者使出鬼蜮伎俩，这样对她说道：[2]
“真的吗？那么上帝说过，汝等，不能
妄吃园中所有这些树上的果实，但你们
可是他宣布的地上或空中的万物之主啊？”
　　直到这时，夏娃清白无罪，她对他这样
说道：“园中每棵树上的每一种果子我们
都可以吃，但园子中间这棵树上的漂亮
果实除外，上帝说过，‘汝等不能妄吃它，
汝等不能触摸它，不然汝等将死。’”
　　尽管简短，但在她几乎还没说完的时候，
那诱惑者就当即变本加厉，他摇身一变，

① 见《圣经·新约·罗马书》第 2 章第 14 节：“没有律法的外邦人若顺着本性行律法上的事，他们虽然没有律法，自己就是自己的律法。”

② 本卷第 655—663 行，见《旧约·创世记》第 3 章第 1—3 节：“耶和华神所造的，惟有蛇比田野一切的活物更狡猾。蛇对女人说：神岂是真说不许你们吃园中所有树上的果子么？女人对蛇说：园中树上的果子，我们可以吃，惟有园当中那棵树上的果子，神曾说：你们不可吃，也不可摸，免得你们死。”

装出一副对人既热心又热爱，深恶痛绝
自身失误的样子，仿佛情到深处，容颜
失常，然而分寸恰当，表现出来的一举
一动似乎暗示什么重大的事件即将出现。
如同某个闻名遐迩的老练演讲家①，时值
雄辩术活跃盛行的雅典或者自由的罗马，
出于演讲的重大主题的需要，首先故作
缄默，泰然自若，其间，他的每个表情，
姿势，一举一动，先声夺人，征服听众，
接着直奔演讲的中心主题，省去开场白，
好像迫不及待要让他对正义的满腔热情
告白天下；诱惑者就这样站着，移动着，
或者高高扬起头，热情洋溢地这样开口：
　　“哦，神圣、聪明和播撒智慧的植物啊，
知识的母亲，此刻我从自身分明感觉到
你的力量，不仅能洞悉事物的来龙去脉，
而且也能追溯最高级的人②的行踪，无论
他们被认为是多么的聪明。宇宙的女王，
请不要相信死亡的那些固执僵化的威胁；
你不会死③：你怎么会呢？就因为那果子？
它给你求知的生命；就因为那个威胁吗？
请看看我吧，我，既已触摸，也已品尝，
然而不但没有死，反而通过极大地超越

① 弥尔顿在《复乐园》中把撒旦描绘成一个雅典的民主演说家。
② 最高级的人本指高级天使或上帝。此处用以含蓄地讽刺撒旦的骄傲自大。
③ 见《圣经 · 旧约 · 创世记》第 3 章第 4、5 节：“蛇对女人说：你们不一定死；……”

自身命运的冒险，使生活更加完美高尚，
达到的高度超出了命运对我原有的安排。
难道对野兽都可以开放的果子反而要向
人类禁止？难道上帝居然会为这么一点
微不足道的过失，不仅不赞扬你的勇敢
美德，为你冒着死亡的痛苦威胁，不管
死亡是什么，为你打破阻止，获得可能
导致生活将更加幸福的知善识恶的知识，
反而大发雷霆，怒不可遏吗？善，怎样
才能公正？恶，如果什么是恶已被证实
存在，那为什么不让人知道，从而轻轻
松松避免？因此，他不公正就不是上帝，
因而他就没有带给你死亡的权力；那么，
别害怕，别服从；你害怕死亡，这本身
就在排除害怕。那么，为什么这要受禁？
为什么只有敬畏？为什么单单使你保持
卑贱和无知，他的崇拜者？他清楚知道，
从你吃它的那一天开始，你那看似如此
清澈，然而却朦胧模糊的双眼那时将要
完全睁开，不再朦胧模糊，你将像天上
众多神灵一样，既知道善，又能区别恶，
如像他们懂得一样多。从那以后，你将
站进神灵的行列，我内在是人[1]，我站进
人的行列，所以说咱们是相得益彰；我，
野兽中的人，你，人类中的神。你也许

①撒旦暗示，蛇内在变成了人，虽然外表还是蛇。

将会这样死去，通过脱下人的外套从而
穿上神灵的外衣[1]，愿求一死，虽然经受
死亡的威胁，然而死亡却不能带来比这
更坏的结局。何为神灵，以至于不许人
变成他们一样，分享神性的食物？神灵
开泰，一切源于他们，这种利己的观念
竟让我们信以为真。我未敢苟同，因为
我看到这美丽的地球，得到太阳的温暖，
生出每一物种，与他们毫不相干。假如
他们创造万物，他们把知善识恶的知识
放进这棵树，那么无论是谁，不经他们
同意，只要吃了果实就能立刻获得智慧？
人应该这样获得知识，那么罪过在哪里？
如果无所不属于他，你的知识又能伤害
他什么，或者这棵树的给予违背其意志？
或者是出于妒嫉？天国神圣的心胸能够
容下妒嫉？这些，这些和更多种种原因
表明，你需要这美妙的果实。乐善好施、
人类的女神啊，快快伸手吧，放任一尝。”

　　他结束演讲，他的这番话充满阴险狡诈，
轻轻松松进入她的心中，没有遇到抵抗：
她专心致志地盯着那果子，仅仅看一眼
就可能被吸引，他循循善诱的那番演讲
迄今仍然在她的耳朵中回响，就她而言，

---

① 见《圣经·新约·歌罗西书》第3章第9、10节：“不要彼此说谎；因你们已经脱去旧人和旧人的行为，穿上了新人。这新人在知识上渐渐更新，正如造他主的形象。”

那番话表面上看合情合理，说的是实话。
那时已快到正午时刻，强烈的食欲悄然
醒来，那果子清香扑鼻的气味推波助澜，
现在，摸一摸，或尝一尝那果子的心愿
与食欲[1]，倾向难以忍耐，她渴望的眼睛
射出恳求的目光；不过在最初，她踌躇
一会儿，对她自己这样沉思默想：
　　“毫无疑问，你是果中之秀，你的灵验
力量伟大，尽管与人隔绝，但值得赞赏，
你的滋味，长年累月被禁，第一次品尝
就给了哑巴雄辩的口才，教会生就不能
说话的舌头对你歌功颂德。尽管他禁止
你的应用，但他也没有向我们隐瞒对你
同样的赞美，命名你为知识树，既能够
认识善，又能够区分恶的知识；他于是
禁止我们品尝；但他的禁令却使你享受
大大的抬举，这意味着善通过你而得到
传播扩散，与此同时我们却缺乏；因为
善不为人知，人就肯定不会拥有，或者
拥有而不知道，如同根本就不拥有一样。
那么，直截了当地说，他禁止的不外乎
求知，禁止我们识善，禁止我们变聪明？
诸如此类的禁令难有什么约束力。但是，
如果‘死亡’用身后的镣铐来束缚我们，

---

[1] 见《圣经 · 旧约 · 创世记》第 3 章第 6 节：“于是女人见那棵树的果子好作食物，也悦人的眼目，且是可喜爱的，能使人有智慧，就摘下果子来吃了，又给她丈夫，她丈夫也吃了。”

那对我们的内在自由又有何益处？我们
吃下这魔法之果的一天就是我们的大限
之日，我们将注定死亡。可是蛇死了吗？
他已经吃过，仍活着，有知识，会说话，
有理性，善辨别，而在那以前没有理性。
死亡是专门针对我们而发明的吗？或者
这理性的粮食拒绝给予我们，专门留给
野兽？它看来似乎适合各种野兽，然而，
最先已经品尝的那一只野兽不但不妒嫉，
反而因带来善降临到他身上而感到高兴，
不被怀疑的权威，他对人友好，决不会
说谎或者使坏。那我怕什么？恰恰相反，
处在这样不知善恶好歹的状态下，如何
知道害怕上帝或‘死亡’，法律或者惩罚？
这儿生长的东西包治百病，这神果令人
大饱眼福，吸引人去尝一尝，它的灵验
力量使人聪明。那么，伸出手臂，还有
什么能够阻挡身心同时得到满足的食物？”
这样说着，她轻率的手在这不幸的时候
远远地伸向那果子，她摘下，她吃起来；
地球感到了伤痛，造化从她的座位上面
通过她的作品发出叹息，为失去这一切
发出悲哀的叹息。那罪大恶极的蛇偷偷
溜回灌木丛，他完全可以逃得无影无踪，
因为夏娃此刻聚精会神埋头尝鲜，对于
其他事情心不在焉；在这以前，她从未
尝过这一果味，似乎如此的快乐，不管

是真实的，还是出于对知识的极度渴望
而幻想出来的；她没有节制，狼吞虎咽，
一心成为女神的念头没有离开她的思想，
哪儿知道自已正贪婪地吃着死亡[1]： 终于
吃饱，就像是酒后兴高采烈，乐不可支，
她愉快地开始这样的自言自语：
　　“啊，乐园所有的大树之中至尊、灵验、
珍贵的一棵，你掌管着赐予幸福的智慧，
时至今日鲜为人知，经受诽谤，你任凭
自己美妙的果实挂在空中，就像是没有
目的的创造，但从今以后，我起早关照，
一定对你精心呵护，每一个早晨，不无
歌唱，对你献上应有的赞美，减轻挂满
你枝头累累硕果的负担，无偿献给大家，
直到你要求节食，论知识我已长大成人，
就像知晓天地万物的神灵们一样，虽然
其他神灵妒忌什么他们不能给予；因为，
如果这礼物是他们的，它就不会在这儿
像这样生长。我归功于你，最好的向导，
在你之后我已品尝： 如果不是步你后尘，
我将依然愚昧无知，尽管智慧深藏不现，
但你已经开辟智慧之路，已经提供入口。
也许我的行为难以发现： 天国高上云端，
高得无限，从那儿把地球上的事一件件

---

① 根据本书显示，弥尔顿认为人类偷食禁果的罪多么严重，包含七种： 色欲、暴食、贪婪、懒惰、嫉妒、傲慢和暴怒。

看清楚实在太远；我们发布禁令的大人，
也许会因他的周围布满密探而不致有害，
于是就从连续不断的监视中分走注意力。
但是，面对亚当，我将以何种姿态出现？
我应该让他知道迄今为止我的因果变化，
让步给他与我分享全部的幸福，或宁愿
相反，不与任何一方分享，而是把知识
可能的优势仅仅掌握在我的手里？这样
就能弥补女性的缺陷，更能吸引他的爱，
使我更能与其匹配，或许，不再是一件
不受欢迎的东西，在某一个时候，甚至
高出一头，因为，低人一等，谁有自由？
情况要是这样，那当然令人满意；但是，
如果上帝已经看见我的所作所为，死亡
接踵而至，结果如何？那么，我将因此
不复存在，亚当呢，将婚娶另一个夏娃，
将与她生活在一起，共同享受美好时光，
我呢，彻底消失，即认为的死亡。所以
我拿定主意，决定让亚当与我祸福与共。
我如此充满深情地爱他，以至于我可以
承受与他一同赴死，没有他，生不如死。”
　　这样说着，她转身挪步，离开那棵大树，
但首先深深鞠躬致敬，仿佛是在向寄寓
那棵树里边的力量表达敬畏，那种力量
在场，就把产生知识的树液注进那棵树，
那种活力来自琼浆玉液，神灵们的饮料。
这个时候，等待中的亚当渴望着她回来，

已将精挑细选的鲜花编成花环，要好好
打扮她的秀发，给她在田间的劳动加冕，
就像丰收的人们遵照传统，常常要加冕
他们的丰收女王一样。耽误了如此之久，
他一心一意期待着她的回来能带来无限
喜悦和新的安慰；然而他不时忧心忡忡，
胸中有种不祥的预感。他感到惶恐不安，
就沿着上午他们最初分手时她走的那条
小路前去接她；他必须经过那棵知识树；
他在那儿遇到她，几乎还没有从那棵树
转过身来，她手里拿着一根结着最美丽
果子的树枝，果子在狡黠地微笑，刚刚
采摘，那神仙的食品香气四溢。她急忙
冲向他；在她的脸上请求原谅是开场白，
紧接下去是道歉，那道歉的话随随便便，
缺乏真诚，她这样发表讲话：

“亚当，我逗留误时，你对此不觉奇怪？
我一直在想念你，以为好久没见你的面，
在此之前从没经历过爱情的痛苦[1]，不会
再有第二次，试图尝试未曾尝试的大胆，
因为我的本意已定，决不再次尝试离开
你的视线，经受你不在的痛苦。但这件
事情的起因缘由不可思议，听起来精彩：
这棵树不像我们被告知的那样，有危险，

① 弥尔顿预见夏娃会受到惩罚。见《圣经 · 旧约 · 创世记》第 3 章第 16 节：“又对女人说：我必多多加增你怀胎的苦楚；你生产儿女必多受苦楚。你必恋慕你丈夫；你丈夫必管辖。”

不能吃，它不但不会打开通往未知祸害
邪恶的道路，反而打开眼睛的神妙效验，
谁品吃了就使谁变成神灵；第一个尝过
那滋味的情况就是这样。那条蛇，充满
智慧，要么没有受到像我们受到的约束，
要么没有服从，已经吃过那果子，不但
没有死，像我们受到的威胁那样，反而
从那以后就被赋予人的声音和人的意识，
令人钦佩的推理能力，鼓舌如簧，如此
令我心服口服，以致我同样要亲口尝尝，
我同样发现名副其实的效验，我的眼睛
从前昏暗，现在则又大又亮，精神抖擞，
胸怀更加宽广，正渐渐接近神性的境界；
我求教于那果子主要是为了你，没有你
我能不屑一顾[1]。就福分而言，因为你有
一份，所以对我才是福分，没有你分享，
既单调乏味，也很快就惹人厌烦。因此，
你，同样尝尝，这样的话，同样的命运
但愿能把我们连接在一起，同样的欢乐，
就像平等的爱，否则的话，不同的地位
就将拆散我们，那时我为了你宣布放弃
神性，为时太晚，那时命运绝不会同意。”

　　夏娃就这样从容自若，恬不为意地讲完
她的故事，但是，她的脸颊上泛起心烦
意乱的红晕。亚当，站在对面，一听见

① 见本卷第817—825行。

夏娃犯下这致命的罪过，马上目瞪口呆，
如同惊弓之鸟，站着不知所措，一时间
恐怖的寒流流遍全身血脉，浑身的关节
散架。为夏娃编的花环从他松开的手上
落下，所有凋谢的玫瑰落英如雨。无言
以对，他脸色苍白地站着，一直就这样，
最终他打破内心沉默，第一次自语自言：
　　“最美的创造啊，上帝所有的作品里边
关门的杰作，凡是能够看到，凡是能够
想到的创造之中卓尔不群的人啊，你是
多么圣洁，神圣，善良，亲切而又可爱！
你怎么堕落了，怎么会堕落得如此突然，
丢人现眼，遭受玷污，如今将被判死亡？
更确切地说，你怎么屈从，违反那严格
不移的禁令，怎么去亵渎那严禁的神果？
敌人，时至今日仍不知名，采用应受到
诅咒的什么欺诈行为，已使你受到诱骗，
我连同你已经被毁掉；因为，我的决心
是和你一起，确定无疑，一起奔赴死亡。
没有你，我怎么能够活下去？怎能抛弃
你亲切的话语和如此深情的夫妻间的爱，
再次生活在这野蛮的丛林里，被人遗忘？
如果我提供另一根肋骨，上帝就会创造
另一个夏娃，然而，你决不会从我心上
消失；不，决不会！我感到自然的纽带
关系对我是又抓又扯：你是我的肉中肉，
骨中骨，我的世界将绝不会与你的世界

相互分离，无论是幸福还是哀愁。[1]”

　　经过如此一番表白，就像一个人从绝望
悲哀中重新得到安慰，这件事看来已经
无法弥补，那就听天由命吧，经过思想
振荡，他换成平静的语气对夏娃这样说：

　　“敢作敢为的夏娃，你擅自行事，鲁莽
冒失，招致多大的危险，即使出于觊觎，
仅看一眼那招祸的果子，就会敬畏节食，
你的胆量如此之大，就连触摸都不允许，
竟然更胜一筹，胆子大到张口一吃了之。
但覆水难收，木已成舟，谁有回天之力？
无所不能的上帝没有，命运没有；尽管
如此，但也许你不会死；也许你的罪行
还没到不可饶恕的地步，是那条蛇最先
妄吃那果子，最先亵渎，在我们吃之前，
是他首先把它变得普普通通，亵渎玷污，
然而，在他身上看不见死的阴影，迄今
他仍然活着，如你所说，活着，并赢得
过上像人一样的高等生活：强烈的引诱
在吸引我们，品味一下，同样可能获得
相称相应的高升；要变就只能变成神灵，
或者天使，或者半神半人。我不能相信，
上帝，英明的造物主，即使在威胁警告，
真的那么认真，会将我们毁灭，我们是
他的主要作品，享有的地位是如此崇高，

① 与结婚誓言呼应，表明亚当没有受到欺骗，而是自愿选择了夏娃。

在他的全部作品中处于顶峰；其他作品，
为我们而创造，因为我们的堕落，必将
与我们一起消亡，我们和他们唇齿相依。
那样上帝就将销毁作品，感到灰心沮丧，
劳而无功，白干一场；我猜不透那上帝，
他，虽然可以再一次运用他的创造力量，
但却不情愿废除我们，以免那敌人得意
洋洋并且宣称：‘尽管他们是上帝的宠儿，
但他们好景不长；有谁能长期使他高兴？
他首先毁掉我，现在轮到人类；谁将是
他的下一个目标？’他不会把这个笑柄
交给敌人。不管怎样，我已把我的命运
和你绑在一起，义无反顾承受同样厄运；
如果死亡陪伴你，那么就我而言，死亡
如同生命，我在内心里感到自然的纽带
如此有力地把我拖向我自己；我自己在
你身上，因为你无论怎样本是我的部分。
我们的世界不可能被分开；我们是一个
整体，一块肉，失去你就是失去我自己。”
　　亚当到此说完；夏娃听罢这样对他答道：
“超越爱情的界限啊，多么光荣的考验，
多么光彩照人的证词，多么崇高的典范！
这促使我一心一意要去努力追赶；来自
你宝贵的一侧，我为我的源头沾沾自喜，
听到你说起我们的结合心花怒放，但是，
由于缺少你的完美，亚当，那我将怎样
达到两人一颗心，两人一个魂；你今天

提供了与此相关的确凿证据，正式宣告
你已经下定决心，有如此深情的爱相系，
无论死亡，还是比死亡更可怕的任何事，
都不能把我们分开，去经历我的同一种
罪行，同一种犯罪，假如果真如此的话，
那就尝尝这美妙的果子，它的灵验力量
（因为就善而论，直接或偶尔依然为善）
已经把你的爱展现在这幸福的考验里面，
否则绝对不会像这样大白于天下。由于
我的这一品尝，我想威胁中的死亡必然
接踵而至，我也许不得不独自一人承受
最坏的结果，宁可为人所弃而死，不愿
说服你，使你卷入犯罪行为，严重危害
你的安宁，你如此真诚，对爱如此坚贞
不渝，刚刚昭然若揭，无与伦比，尤其
使我感到踏实。但是，我又觉得这后果
大可另当别论：不但不是死亡，反而是
扩充的生命，睁开的眼睛，崭新的希望，
崭新的欢乐，一品如此仙鲜，以致以前
凡是我吃过的美味佳肴，相比之下索然
无味，口感粗糙。根据我的体验，亚当，
随便尝尝，把死亡的恐惧抛到九霄云外。”
　　这样说着，她拥抱他，因为极大地赢得
他的爱喜极而泣，以至于为了使他的爱
更加崇高，为了她的缘故，他宁愿选择
招徕天怒，何况死亡。作为报偿（因为
如此不可饶恕的一味迁就有这样的报偿，

当之无愧），她大大方方的手从那树枝上
摘下美丽迷人的果子，递给他。他毫无
顾忌，张口就吃，违背他的良知，不是
因为受到欺骗[1]，而是因为愚蠢地被女人
迷惑，被她的魅力征服。地球从她五脏
六腑发出颤抖，就像是第二次经历剧痛，
造化发出第二声呻吟；天空阴沉，雷声
咕哝，伤心的雨点啊为不可饶恕的大罪，
人类铸成的原罪而痛哭；就在亚当无所
用心，大嚼暴食之际，夏娃也不再重复
她早先恐惧的犯罪，而是更多地用唇亡
齿寒的爱抚慰他；就在那个时候，两人
好像是喝了新酿的美酒一样，极其兴奋，
他们沉浸在欢乐之中，头晕目眩，幻想
之中他们感到，他们身上的神性正长出
翅膀，凭那翅膀他们将再也瞧不起尘世：
但那骗人上当的果子第一次展现的效应
远非其他的什么功能，而是燃烧的肉欲；
他开始把那好色淫荡的目光倾泻到夏娃
身上；她盯着他报之以同样的放荡轻浮；
他们难耐身上欲火燃烧，直到亚当开始
对夏娃这样嬉戏调情：

　　“夏娃，如今我看到你准确的品位以及
恰如其分的优雅，还有毫不逊色的睿智，

---

① 见《圣经 · 新约 · 提摩太前书》第 2 章第 14 节：“且不是亚当被引诱，乃是女人被引诱，陷在罪里。”

因为我们运用味觉去品尝，去判断欣赏，
所以认为味觉英明善断；你今天的供给
如此值得夸奖，我把赞美献给你。每当
我们有意避开这令人愉快的果子的时候，
我们就在失去这样的享乐，如果不品尝，
直到现在也不会知道真正的滋味；假如
这样的享乐存在于事物之中而禁止我们
得到，那么，也许为了这一棵树，宁愿
十棵树遭禁。但来吧，精力恢复已如此
充沛，如此美餐之后，现在让我们就像
约会一样玩一玩；自从我第一次见到你，
娶你，把你打扮得美玉无瑕的那天以来，
你的美丽从来没有像这样刺激我的感官，
我要狂热地与你玩个痛快，现在，你比
任何时候更美，这是那灵验之树的恩典。”
　　说完这番话，他忍不住含情脉脉，或者
渴望的爱抚，夏娃心领神会，她的双眼
马上投去强烈的挑逗迎合目光。他抓住
她的手，一同走向一道婆娑隐蔽的堤岸，
头顶之上是青翠的树叶厚厚覆盖的屋顶，
他领着她，她毫无扭扭捏捏；百花当床，
床上铺着三色堇，紫罗兰，日光兰以及
风信子等大地上最新鲜，最柔软的床垫。
他们在那儿尽情享受他们的爱情，享受
他们的爱情游戏，这是他们同罪的印记，
他们罪孽的安慰，直到爱情游戏把他们

玩得精疲力竭，疲乏地坠入舒服的睡眠[①]。
当那谬误虚妄之果的力量，使他们飘飘
欲仙，进入出神入化，海市蜃楼的虚幻
境界，使内心深处机能紊乱，陷入呼呼
大睡，那淫荡违常的难闻气味塞满他们
心虚的梦乡，那力量被一口一口的呼吸
吐出，如今一旦离开他们，他们就好像
从不安中猛然醒来，面面相觑，一下子
发现他们的眼睛睁得有多大，目光如炬，
他们的心灵有多黑暗；天真，犹如一层
遮盖认知邪恶的面纱，现在已完全揭去，
合情合理的自信，与生俱来的正直荣幸，
从他们周围离开，把他们赤裸裸地交给
自觉有罪的羞耻[②]：虽然他一再遮遮掩掩，
但他的睡袍欲盖弥彰。这就像但族壮汉，
赫拉克勒斯的参孙[③]，从人尽可夫的女人，
非利士人黛利拉的膝盖上醒来，因剃光
头发而失去他的力气一样；他们已完全
丧失他们的美德，一贫如洗。沉默寡言，
满脸困惑，他们久久地坐着，就像受伤
致哑一样；直到亚当，尽管他如同夏娃

---

① 本卷第 1037—1045 描述类似于《伊利亚特》第 14 章第 292—353 行中对宙斯和赫拉的描述。另见《圣经 · 旧约 · 箴言》第 7 章第 18 节：“你来，我们可以饱享爱情，直到早晨；我们可以彼此亲爱欢乐。”

② 见《旧约 · 诗篇》第 9 篇第 29 节：“愿我的对头披戴羞辱！愿他们以自己的羞愧为外袍遮身！”

③ 但族的参孙是一位犹太士师，与生具有可与大力神赫拉克勒斯相抗衡的神力。他的非利士情人黛利拉出卖了他，剪掉他的头发，使他失去神力被俘后交给他的敌人非利士人。见《旧约 · 士师记》第 13—16 章。

一样窘迫，最终说出这样不自然的话语：

“唉，夏娃，在一个不幸的时刻你听信
那条不怀好意的蛇，无论谁教会他模仿
人的声音欺诈，我们的堕落是真，我们
得到许诺的荣升是假；自从我们的眼睛
睁开之后，我们就的的确确发现，发现
我们既知善又识恶，失去的是善，然而
得到的是恶：如果说这就是求知，那么，
这就是知识的恶果：失去了荣耀，不再
天真，失去了信仰，就不再纯洁，我们
习以为常的服饰，如今淫秽不堪，受到
玷污，那肮脏好色的标签清清楚楚贴在
我们的脸上，此乃万恶，甚至就是羞耻，
是罪大恶极的渊薮；如此说来，这就是
知识当然的最初恶果。从今以后，我将
怎样去见上帝或者天使的面？以前总是
高高兴兴，欢天喜地，如此频繁地见面。
那些通灵的天体现用他们火焰般的光辉
照得这个尘世头晕目眩，亮得不可忍耐。
哦，但愿我能像原始人孤独生活在这里，
在某块隐蔽的林地，那个地方林木参天，
它们散开宽阔的树荫，挡住星光或阳光，
昏暗得如同晚上一样：盖住我吧，汝等
松树，汝等雪松，用那数不胜数的枝条
隐藏我，也许我在那儿永不再看到他们[1]。

---

① 见《圣经 · 新约 · 启示录》第 6 章第 16 节：“向山和岩石说：倒在我们身上罢！把我们藏起来，躲避坐宝座者的面目和羔羊的忿怒；……”

现在，犹如置身险恶境地，但愿让我们
想出什么行之有效的办法，用它把我们
彼此看起来最为羞耻的部分①全遮盖起来，
这样暴露有碍体面和雅观。有一些树木，
它们的叶片又宽大又光滑，缝合在一起，
紧束在我们腰上，就可以团团遮住那些
中间的部分，那么羞耻，这位新的来客，
就不会坐在那儿责备我们是在败坏道德。”

　　他提出这番建议之后，两人就一起走进
又茂又密的树林；他们在那儿不一会儿
就选定无花果树②：不是以果实闻名遐迩
那一种，而是如同今天，长在马拉巴尔
海岸③或德干④，印度人家喻户晓的那一种，
她伸开枝丫的臂膀，从根上长出的次级
树枝拉得又远又高，垂下的细枝再入土
生根，就像女儿生长在母亲之树的周围，
母树如一根大柱，撑起高高的遮光拱顶，
其间是四面回音的步道：印度牧人常在
那儿避暑纳凉，他割开密不透风的阴暗，
从那瞭望孔看护着他放牧的牧群。他们
采集的那些树叶，大如亚马孙人⑤的圆盾，
他们运用娴熟的技巧把树叶缝合在一起，

① 在本书第 4 卷第 312 行中被称为“隐秘而神圣的部位”。
② 指榕树。
③ 印度西南部一沿海地区。
④ 印度中部偏南一高原，位于东高止山脉和西高止山脉之间。
⑤ 居住于亚马孙流域的印第安人。

拴在他们的腰间，如果是为了掩盖他们
恐惧的羞耻和罪责，那么掩盖毫无意义；
啊，与那最初裸体的美丽比较而言可谓
天壤之别。哥伦布最新才发现的美洲人[1]
就是这样，他们拴着羽毛的腰带，裸露
身体的其他部分，粗犷生活在海岛丛林
和森林茂密的海岸上。披着这样的树叶，
他们认为已遮住他们羞耻的部分，但是，
他们无法平静，心神不宁，坐下来哭泣。
不仅他们的眼中泪如雨下，而且一阵阵
更猛的疾风开始在心头刮起，情绪失控，
愤怒、憎恨、失信、猜疑、争吵，掀起
他们内心世界翻江倒海，如同乱箭攒心，
昔日平静如镜的心境和融洽和睦，这时
摇晃颠簸，恶浪滚滚：因为理解已失去
统治，意志不再听从她的忠告，这两者
现在顺从肉欲，肉欲从根本篡夺了理智
至高的地位，赢得了统治的优势。亚当
出于这样的混乱心绪，看上去神情疏远，
风格为之一变，他这样对夏娃接着说道，
言语断断续续：

　　“在这个不吉利的上午，如果你能听从
我的话，像我恳求的那样，和我在一起，
那该有多好，当时我不知道那一个奇怪，

---

① 弥尔顿挑战当时盛行的认为新大陆的土著人如同伊甸园中的亚当一样纯洁，是高尚、正直的野蛮人的观点。相反，他把他们比作刚刚堕落的贪婪、可耻的亚当。

G. Doré

四处逛逛的欲望从何迷住你；直到那时，
我们一直都享有生活的幸福，不像现在，
我们的善全被剥夺，蒙羞，裸体，悲惨。
今后决不允许寻找多余的理由证明他们
怀有的信仰；当他们郑重其事寻找如此
证明时，结论是他们从此开始走向错误。”

夏娃因受到责备之意的刺激，于是马上
向他反击：“好厉害的亚当，你脱口而出，
说的什么话，你竟把这归咎为我的违约，
或者如你称之为到处走走的愿望，但是，
谁知那样的坏事或许会发生在你的身边，
或许可能落在你的身上：如果你在那里，
或者诱惑出现在这里，你也不可能看穿
那蛇的把戏，揭穿他的谎言；我们之间
没有敌视的理由，众所周知，那为什么
他会对我心怀鬼胎，或者千方百计伤害？
难道我从来没有离开过你的身边？虽然
长得好看，然而立身处世仍旧是根没有
生命的肋骨。既然我天性如此，我的头，
你为什么不命令我，绝对不行，不准走，
不准踏进就像你说的，如此危险的地方？
那时你过于温顺随和，没有过多地反对。
不但如此，而且你还准许，认可，彬彬
有礼送我。如果你铁石心肠，坚决反对，
那我就不会违反禁令，也就不会连累你。”

那时，亚当第一次勃然大怒，对她说道：
“这就是爱？忘恩负义的夏娃，这就是

当你，不是我，堕落之后，我向你声明
我的爱坚定不移得到的回报？我本可以
一直活下去，享受天长地久的天赐之福，
然而，我心甘情愿，宁愿选择与你赴死。
如今我倒成了你违令犯罪的根源，该受
叱责？看来似乎对你的约束还不够严厉，
我还能如何严厉？我已经警告你，已经
劝告你，我预先说过那样的危险，说过
那潜伏的敌人正在以逸待劳；除此之外，
就只剩下动手的武力，但在这里，使用
武力去对付自由意志是多么地不合时宜。
然而，那时你满怀自信，或有把握不会
遇到危险，或发现光荣考验之类的事件；
也许我同样有错，错在过分赞赏你身上
显而易见的如此完美，以致我认为没有
邪恶胆敢引诱你，但是现在，我为那样
一种失误而追悔莫及，这成为我的罪行，
你成为原告。因此，谁要是过分地轻信
女人的价值，任其意志为所欲为，这种
结局就将降落到他的身上：她不愿忍受
约束，但却愿放任自流，假如不幸从此
接踵而至，那么第一个意志薄弱，对她
迁就溺爱的男人，就将成为她的被告。”

他们就这样互相责备，徒劳地耗费一点
一点的时间，然而两个人都不自我检讨，
他们爱慕虚荣的争吵似乎没完没了。

第十卷

内 容 提 要

一旦知道人的犯罪行为，守护天使们就离开伊甸园，上升返回天国，回去证明他们恪尽职守，他们得到认同。上帝断言，撒旦的进入绝非他们能够阻挡。他派他的儿子去审判犯人，圣子下凡，作出相应的判决；当时，他出于怜悯，给了他们俩衣服，然后回天。“罪孽”和“死亡”直到那时坐在地狱的门口，凭着令人惊奇的感应能力，感到撒旦在这个新世界阴谋得逞，感到那儿的人已经犯下罪行，于是决定不再坐在那儿，被关押在地狱里，而是要追随撒旦，他们的祖先，上升到人住的地方；为了使从地狱到这个世界来来往往的道路更加轻松容易，他们沿着撒旦第一次经过时留下的足迹，铺筑了一条大道，或者架起了一座大桥，跨越“混沌”；其后在为去地球做准备时，他们遇到他正返回地狱，为自己的成就得意洋洋，他们彼此弹冠相庆。撒旦到达地狱之都，在全员集会上自吹自擂，讲述他反人类的成功；他的所有听众全都发出快乐的嘶嘶声，而不是欢呼喝彩，因为他们和他自己一样，突然变形，根据他在伊甸园的定罪，全都变成了蛇；其后，受到禁树突然出现在他们面前的假象的愚弄，他们，贪婪地拉直身子去采摘果子，啃在嘴里的却是泥土和苦灰。“罪孽”和“死亡”的进程如下：上帝预言，他的儿子将最终战胜他们，万物获得新生；但是，他命令他的天使暂时在天上和几大元素方面作些改动。亚当，感到他的堕落处境每况愈下，悲痛欲绝，拒绝接受夏娃的安慰；她坚持不懈，最终使他平静下来；另外，为了避免可能的灾祸降临到他们的子孙身上，她建议亚当采取暴力手段；他不同意，但是，怀抱更好的希望，他提醒她他们不久之前得到的诺言，她的子孙将报复蛇，并劝说她与他一起，通过忏悔和祈祷，请求被触怒的上帝息事宁人。

在此期间，撒旦在伊甸园犯下蓄意害人，
十恶不赦的罪行，以及他如今附体蛇身，
引诱夏娃，夏娃引诱丈夫偷吃致命禁果，
因而堕落的消息，已经在天国传得沸沸
扬扬，因为有什么事能逃过上帝的眼睛，
或欺骗他无所不知的心？他无所看不见，
万事万物无不体现他的智慧和他的公正，
他没有阻止撒旦诱惑人心的企图，凭借
他们的整体优点，那被赋予的自由意志，
完全能识别貌似真实而其实不然的朋友，
发现并抵御敌人无论什么样的诱骗奸计。
因为他们永远知道，应当永远不会忘记
那条超乎寻常的命令：不管谁引诱怂恿，
决不贪吃那果子；他们不遵守这条命令，
招致惩罚（他们怎能轻描淡写受点惩罚？），
种种罪行，罪孽深重，理所当然要坠落。
守护天使们匆匆忙忙起飞，离开伊甸园，
为人而悲哀，一言不发，上升飞进天国，
因为他们知道时不再来，他的后果如何，
莫名其妙，狡猾的恶魔是怎样逃过视野，
偷偷溜进乐园。一旦这令人失望的消息
从地球传到天门，不管谁听见莫不生气；
就在那一刻，天上容颜大变，不免阴霾
沉沉，忧心忡忡，然而，另外出于怜悯，
他们的幸福没有受到妨碍。天人们成群
结队，纷纷跑来，围在刚刚回来的天使
周围，想听一听，了解了解事情的来龙

去脉，经过详情。他们负有报告的责任，
所以急于奔向那至高的御座，争分夺秒，
理由正当地说明他们已竭尽全力，随时
警惕；毫无疑问，他们得到认可；至高
永恒的天父从他隐居的云彩中间[1]，此时
声如惊天霹雳，他这样说道：

“齐聚一堂的天使们，汝等未成功完成
任务回来的掌权天使们，不要因为来自
尘世的这些消息而灰心丧气，不要烦恼
不安，你们的诚实小心不足以防止这件
事情的发生，当这个诱惑者从地狱逃掉，
第一次穿过那深渊的时候，我发出预言，
什么将要发生迫在眼前。我在那时警告
你们，他将会占尽上风，成功完成他那
罪恶的使命，人将受到诱惑，一遇讨好，
忘乎所以，轻信诋毁他的造物主的谎言，
我的命令一是不赞同他的堕落必然而然，
二是决不会用哪怕微乎其微的力量干预
他的自由意志，任凭天平听随意志自己
从而失去平衡。然而他已经堕落，现在，
若非那致命的判决，那天已宣布的死亡，
什么有待降临他的犯罪行为之上？就像
他害怕的那样，将立即受到打击，因为

① 见《圣经 · 旧约 · 列王纪上》第 8 章第 10 节：“祭司从圣所出来的时候，有云充满耶和华的殿……”《旧约 · 以西结书》第 10 章第 4 节：“耶和华的荣耀从基路伯那里上升，停在门坎以上；殿内满了云彩，院宇也被耶和华荣耀的光辉充满。”

尚未实施，他就以为已水过三秋，审判
不过是一纸空文[1]，但是很快，天黑以前，
忍耐将会发现没有无罪开释。我的正义
如同恩惠，绝对不能允许被报之以蔑视。
但是，我派谁前去审判他们？除非是你，
摄政的儿子；我已经把所有的审判大权
交付给你，无论是事关天上，或者尘世，
或者地狱[2]。显而易见，我的意思是宽容
与正义结伴而行，派你前往，因为你是
人的朋友，他的中保，他被指定的既是
赎金，又是自愿的救世主，命中已注定
你自己将化为肉身去审判堕落的人。”

　　天父说完之后，他的光环向他右手一侧
大放光芒，照耀在圣子身上，云开雾散，
圣子神性焕发。他焕发出他父亲的所有
光辉，光芒万丈；他和颜悦色，神一般
这样答道：

　　“永恒的父亲，请你尽管颁布你的命令，
无论是在天上还是在尘世，我都将执行
你的最高意志，所以，你可以永远相信
你深爱的儿子，高枕无忧。我就去审判
那些你在尘世的罪人；但你知道，不管
何人受到审判，只要时间一到，那最为

---

① 亚当违忤后并未如《圣经 · 旧约 · 创世记》第 2 章第 17 节——“只是分别善恶树上的果子，你不可吃，因为你吃的日子必定死！”——所讲受惩。

② 见《新约 · 约翰福音》第 5 章第 22 节：“父不审判什么人，乃将审判的事全交与子，……”

可怕的惩罚必将落到我自己身上；因为
在你面前，我已经这样承揽，毫不后悔
优先得到这样的债权： 所以我可以轻判
他们，把他们的定罪转到我身上；不过，
我将最大限度地糅合正义与怜悯，就像
双方相得益彰，且游刃有余，使你满意。
不需要陪同，不要随员，除了受审的人，
就那两位，不需要有谁在那儿观看审判；
第三方[1]最好缺席审判，畏罪潜逃，违背
所有的法律，宣判有罪；就那条蛇而言，
任何定罪不足为训。”

　　话音未落，他已经从那高高的荣耀次席，
光芒四射的座位上站起。座天使，掌权
天使，权天使，主天使，这些侍奉者们
陪同他直到天门，从那里可以极目眺望
伊甸园和整个海岸。他垂直下行，即使
时间有滴滴答答的分秒，也不可能计算
神灵的速度。现在已过中午，太阳西沉，
越来越低，徐缓的和风如期而至，轻轻
吹拂着此刻依然醒着的地球，像引座员
领来傍晚的凉爽，这时他的怒火已大大
平息，既是温和的仲裁者，又是审判员，
前来审判人： 就在这时，白天已经落下，
微微和风把上帝的声音送进他们的耳朵，
他们听到他此时正在乐园走动的脚步声；

① 指撒旦。

他们一听到那声音，这一男一女两个人，
马上就让他们自己藏进最浓密的树林里，
躲开他的面，直到上帝一步一步地走近，
这样高声呼叫亚当：
　　“你在哪里，亚当？看见我从远处而来，
你总是高高兴兴迎接。这里我见不到你，
如此冷落待客，令人不悦，而不久以前，
也就在这里，显而易见的恭敬不请自到。
是我来时没有声张，还是发生了什么事
使你躲藏，抑或是偶尔有耽搁？出来吧。”
　　他走出来，夏娃与他一起，尽管是首犯，
但她却更不情愿露面，两个人羞羞答答，
诚惶诚恐；无论面对上帝还是彼此照面，
他们的神情之中不但没有爱，反而满脸
内疚，无地自容，心猿意马，绝望愤怒，
倔强固执，怨恨厌恶，或者想蒙混过关。
亚当在那儿犹豫良久，这样简短答道：
　　“我听到你在乐园，心里害怕你的声音，
因为赤身裸体，于是藏起我自己。”宽厚
仁慈的法官没有斥责，这样答道：
　　“你经常听到我的声音，不但从来不怕，
而且总是高兴聆听；我的声音如今怎么
令你如此畏惧？谁告诉你，你赤身裸体？
我已经就此给你命令，你不能吃那一棵
树上的果子，难道你已妄吃？”
亚当伤心不已，就对上帝这样回答说道：
“哦，天哪！今天我站在我的法官面前，

深陷罪恶的困境，要么我自己承受全部
罪责，要么就要归罪于我的另一个自我，
我生命的伴侣，当她对我依然忠心耿耿
之时，我应该隐瞒，而不是用我的投诉，
公开揭露，指责她的过失。但是，绝对
必要，灾难一般的强制约束，使我屈服，
唯恐罪恶和惩罚，无论怎样都忍受不住，
双双降临，完完全全落到我一个人头上；
尽管我应该不声不响，保持沉默，然而，
你会毫不费力，一眼看穿我在隐瞒掩藏
什么。这个女人，你创造出来让她成为
我的助手，作为你给我的完美无缺礼物，
她是多么的善良，多么称职，多么值得
接受，多么神妙，以至于我不可能猜疑
有什么罪恶出自她的手上，无论是什么
大事小事，她的所作所为看起来都似乎
将要证明她的行为正当有理；是她给我
那棵树上的果子，我的的确确已经吃过。”

　　那莅临的最高统治者回答他时这样说道：
“她是你的上帝，你宁可服从她而不愿
服从他的命令？难道创造她是为了给你
作向导，高你一等，或者因为平等相见，
你就为她放弃男子汉的地位？那个地位
来自上帝对你的安排，高高在她的上面，
她的创造来自你，是为了你，你的完美
名副其实，在尊严的每个方面超过太远，
她远不能及。千真万确，她打扮得漂漂

亮亮，美丽动人，要吸引你的是你的爱，
而不是你的顺从，譬如她天生似乎完全
听从支配，不宜发号施令，那是你应该
具有的本分和角色，你应当有自知之明。”
　　说完这些之后，他这样对夏娃寥寥数语：
“说吧，女人，这怎回事，你干了什么？”
　　可怜的夏娃面对他羞愧得几乎不知所措，
马上如实招供，然而在她的审判官面前，
胆小如鼠，吞吞吐吐，她这样窘迫地说：
“那条蛇欺骗我，我确实吃过。”
　　上帝，我们的主，一当听到这里，雷厉
风行，着手对被控告的那条蛇进行审判，
虽然为兽，但也不能开脱罪责，把罪责
推给撒旦，撒旦使其为为非作歹的工具，
从而玷污他被创造的目的，本性已堕落，
因此受到诅咒根据充分：即便没有听说
更多作恶与人相关（因为对他的所知到此
为止），那也不可能改变他的罪行，不过，
上帝最终对于撒旦，罪恶的首犯，进行
审判判决，尽管措辞难以理解[1]，但当时
那却是最恰当的判决：他的诅咒像这样
落到那条蛇的身上：
　　“由于你这种所作所为，你受到的诅咒
将超过原野上所有的牲畜，每一种野兽；

① 判决的措辞难以理解是因为表面上是对蛇的惩罚；实则是对撒旦的罪行的惩罚。

你将会腹部着地，匍匐而行，你的一生，
三百六十五天，你将天天啃食灰尘泥土。
我将把永久的不和放在你与那女人之间，
放在你的子孙后裔和她的子孙后裔之间；
她的后代将伤你的头，你伤他的脚后跟。”

　　如此所说的这神谕，其后句句得到应验：
那时，耶稣，第二个夏娃马利亚的儿子，
看见撒旦，所谓的空中之王[1]，就像闪电
从天上坠落而下[2]，接着又从他的墓地里
死而复活，掳掠抓住权天使和掌权天使[3]，
得意洋洋，明亮升天，穿过空中，飞向
他早已侵占的王国领土，公开炫耀带走
囚禁的俘虏。上帝最终必将会把他踩在
我们的脚下，甚至现在已经预言他必将
受到那致命的创伤，他的判决因此转向
那一个女人：

　　“我将会因为你的怀孕，从而大大增加
你的痛苦；你将会在剧痛的伴随下生产
孩子，你的意志必将服从你丈夫的意志；

---

① 见《圣经 · 新约 · 以弗所书》第 2 章第 2 节：“那时，你们在其中行事为人，随从今世的风俗，顺服空中掌权者的首领，就是现今在悖逆之子心中运行的邪灵。”

② 见《新约 · 路加福音》第 10 章第 18 节：“耶稣对他们说：我曾看见撒旦从天上坠落，像闪电一样。”

③ 见《新约 · 歌罗西书》第 2 章第 15 节：“既将一切执政的、掌权的掳来，明显给众人看，就仗着十字架夸胜。”

他将在你之上，行使支配的权力。”①

　　最后，他宣布对亚当的审判，判决如下：
“我向你下达过关于那棵树的禁令，说：
你不许吃那树上的果子，由于你对自己
妻子的意见言听计从，所以大地将因为
你的缘故而受到诅咒；你的一生，日复
一日，将在巨大的痛苦中从大地里得到
食物，大地将自然而然地为你长出荆棘
和大蓟；你将吃田间的蔬菜；你将辛勤
劳动才能够谋生，直到你回归进入土地；
因为你就是从土地中被带到尘世：记住
你的出身，因为你来自尘土，所以也将
回归尘土。”②

　　他身兼法官和救世主，奉命而来，这样
完成了对人的审判，那天已经宣布立即
执行的死亡得以大大延期，然后，多么
怜悯他们站在他面前，赤身裸体，风吹
日晒，以至于必须忍受改变③，从今以后

---

①有评论者认为这是首次确立夏娃遵从亚当的制度，实际上在（本书第4卷第440—443行和490行）人类堕落之前，夏娃已经把亚当作为自己的主体。在《圣经·旧约·创世记》中，这是首次确立这一制度。也有人认为，这一制度的强化是夏娃生产的痛苦的伴随物，否则夏娃可以拒绝顺从亚当的欲望，从而避免生产的痛苦。由此，据弥尔顿的观点以及《创世记》的记载，可以理解在婚姻中没有强奸的概念。

②见《创世记》第3章第17—19节：“又对亚当说：你既听从妻子的话，吃了我所吩咐你不可吃的那树上的果子，地必为你的缘故受咒诅；你必终身劳苦才能从地里得吃的。地必给你长出荆棘和蒺藜来；你也要吃田间的菜蔬。你必汗流满面才得糊口，直到你归了土，因为你是从土而出的。你本是尘土，仍要归于尘土。”

③指四季以及寒冬、雨夜等季节和气候的变化。

心甘情愿地开始变身为仆[1]，就像那时候
他为他的奴仆洗脚一样[2]，所以如今作为
他家族的祖先，他用兽皮盖住他们一丝
不挂的身体；那兽皮或者来自杀兽剥皮，
或者来自于蛇，告别幼年期换掉的脱皮；
他认为即使是给敌人穿上衣服也不过分。
他不仅仅给他们的外表盖上兽皮，而且
还给他们那裸露出来，肮脏不堪的内心
披上正义的罩袍[3]，从而避开天父的视线。
他快如雨燕，升上九天，回到天父身边，
进入他的幸福怀抱，重新回到荣耀位置
上面，就跟以前一样；虽说天父已知道，
无所不知，但为了安慰他，他详细讲起
如何审理宣判人的经过，其中不乏美好
心愿，代人求情之处。

　　同时，在尘世出现犯罪和受到审判之前，
“罪孽”和“死亡”坐在地狱大门里边，
在大门内面面相觑，自从“罪孽”打开，
恶魔通过之后，大门直到现在依然大大
敞开[4]，喷出肆无忌惮的火焰，远远进入
“混沌”，此刻她对“死亡”这样说道：

---

① 见《圣经 · 新约 · 腓立比书》第 2 章第 7 节：“反倒虚己，取了奴仆的形象，成为人的样式。”

② 见《新约 · 约翰福音》第 13 章第 5 节：“随后把水倒在盆里，就洗门徒的脚，并用自己所束的手巾擦干。”

③ 见《旧约 · 以赛亚书》第 61 章第 10 节：“我因耶和华大大欢喜；我的心靠神快乐。因他以拯救为衣给我穿上，以公义为袍给我披上，好像新郎戴上华冠，又像新妇佩戴妆饰。”

④ 见本书第 2 卷第 883—884 行，“罪孽”打开门，却没有力量关上。

“儿子啊，为什么我们坐在这里，彼此
目不识趣？同时撒旦，我们的伟大父亲，
为了能给予我们，他的亲爱子孙[1]，一个
更加幸福的地方，正在别的世界里大显
身手。若非成功在陪伴他，那么，情况
不可能会是这样；如果多灾多难，遭到
他复仇者的狂怒追逐，在这之前他已经
回来，因为没有诸如这样的地方能匹配
他所受到的惩罚，或者他们采取的报复。
我以为，我感到体内涌起一股新的力量，
正在长出翅膀[2]，我得到的领土又宽又广，
超出这道深渊；或是感应，或是某一种
固有的强大力量，通过最为隐秘的渠道，
能把哪怕最为遥远，同类之间秘而不宣，
一丘之貉的好事联合在一起，无论哪种，
吸引着我前往。你，我形影不离的影子，
不得不随我前往：因为没有力量能够把
“死亡”和“罪孽”分开。但是，唯恐
他归途中的艰难险阻有碍他回家，也许
这一道深渊无路可通，不能穿过，那么，
让我们试试惊心动魄的创举，你的力量，
我的力量迄今完全能够承担，修建一条
道路跨过从地狱到那新世界之间的这片
‘混沌’的海洋，现在撒旦在那儿诱惑

① 见本书第 2 卷第 727—814 行。
② 见本书第 9 卷第 1006—1010 行，亚当和夏娃堕落后，他们在沉醉中幻想自己生出翅膀。

成功，对所有阴间群魔而言，这是一座
了不起的高高纪念碑，因此，为了便于
他们通行，就像他们命运将指向的一样，
增进来往或永久移民。这新感觉的引力
和本能如此强烈，掩着我不能迷失方向。”
　　那个瘦削的“影子”马上对她这样答道：
“无论命运和强烈的爱好指引你去何方，
有你带路，我既不会掉队，也不会误入
歧途：我就像寻着尸体的气味移动一样，
猎物不计其数，走到哪儿就会尝遍哪儿
活着的万物的死亡滋味。我，不但不会
对你要从事的伟业无动于衷，而且还将
助你一臂之力，与你平分秋色。”
　　这样说着，他欣喜若狂地呼吸来自尘世
致命变化的气味。如同一群贪婪的兀鹫[1]，
虽然远在无数里格之外，那时预先感到
战争将会爆发的一天，于是就飞向战场，
那儿交战的大军安营扎寨，活活的尸体
散发出引诱的气味，他们注定必将死亡，
就在第二天，就在血腥的战斗中：那团
阴森可怕的影子这样嗅来嗅去，把大大
张开，上翻的鼻孔伸进昏暗漆黑的天空，
在如此遥远之外就敏锐嗅到猎物的气味。[2]
接着，他们俩就从不同的方向飞出地狱

---

① 根据罗马学者普利尼(23—79)的《博物志》记载，古罗马诗人卢坎(39—65)曾描写过兀鹫跟随罗马人的军队，嗅出敌人，引发法赛利亚之战。
② 本卷第282—305行描写“罪孽”和“死亡”修筑从地狱到天门通道的情况。

大门，进入荒芜无边，潮湿黑暗，一片
混乱的“混沌”，奋力(他们力大无比)
悬停在水面之上，无论他们会遇到什么，
硬土或者软泥，就像在海里一样，统统
被狂怒时而抛起，时而掷下，他们驱赶
泥土拥挤在一起，从每一边填海，堆土
成山，通向地狱的入口；那场面就像是
两极风起，面对面吹向北冰洋，将冰山
驱赶到一起，从而阻断那条想象的通道[①]，
不让越过伯朝拉河[②]东去，以到达蒙古国
那富饶的海岸。“死亡”用他的那根点物
为石的大头棒，就像挥舞着一支三叉戟，
猛击堆积起来，冰冷干燥的泥土，如同
牢牢固定在海上曾经漂浮的得洛斯小岛[③]；
其余的他使用眼神，戈耳戈的严厉眼神，
夯实不动，沥青粘牢；宽度像大门一样，
深度达到地狱根部他们加固填埋的海滩，
首尾不见的防波堤就像高高的拱形屋梁，
飞架在波涛汹涌的深渊上，如同一座桥，
长度不可丈量，它连接着现在这个毫无
防备，已遗弃给“死亡”的世界，这个
不可移动的宇宙的外壳；从那儿，一条
大道宽阔、平坦、便捷，没有任何障碍，

---

① 亨利·哈德森在1608年发现的通往亚洲的北方通道。

② 又译伯绍拉河、彼乔拉河，位于俄罗斯平原东北部，源于北乌拉山区，注入巴伦支海。

③ 是爱琴海上的一个岛屿。在希腊神话中，是阿波罗和阿耳忒弥斯的诞生地。

向下直通地狱。因此，如果能小中见大，
那这就如同泽克西斯①要束缚希腊的自由，
从苏萨②，他高大巍峨的门农③宫殿，来到
海边，为了打通他的征途，在架起跨越
达达尼尔海峡④大桥，把欧亚连在一起时，
他一次又一次鞭笞汹涌澎湃的波涛一样⑤。
现在他们运用令人惊叹的造桥技术完成
这一项创造，一道悬空的岩石脊梁横跨
风暴肆虐的深渊，沿着撒旦经过的足迹，
接通同一个地点，那儿是他飞过时首先
歇脚的地方，他告别“混沌”，安全降落，
到达这个圆圆的球形世界光秃秃的外圈⑥。
他们使用金刚石的钉子和锁链钉紧锁牢，

① 即泽克西斯一世，又译薛西斯一世，波斯国王，公元前484年镇压埃及叛乱，率大军入侵希腊，洗劫雅典，在公元前480年萨拉米斯大海战中惨败。

② 据《圣经》记载，苏萨为波斯王冬季居住的都城，为奥罗拉神秘的爱人门农之父提托诺斯所建。其遗址在今伊朗西南部的湖泽斯坦省。

③ 黎明女神厄俄斯和提托诺斯之子，在特洛伊战争中是特洛伊的同盟军。在赫克托耳与彭忒西勒亚被阿喀琉斯所杀后赶到。他与阿喀琉斯英勇搏斗，用矛、用剑，甚至用石头互相攻击，“像雄狮一样勇猛，像磐石一样坚定”，最终在命运女神的决定下，被阿喀琉斯挺枪刺中胸膛而死。传说在两人搏斗的时候，两人的母亲——曙光女神厄俄斯和海洋女神忒提斯同时到宙斯那里求他让自己的儿子得胜。宙斯无奈，拿出一杆天平，又将门农和阿喀琉斯的命运羽毛放在两端比较，结果门农的那端沉了下去。这就是说，门农会死于阿喀琉斯之手。

④ 连接马尔马拉海和爱琴海的海峡，属土耳其内海，也是亚洲和欧洲的分界线之一，常与马尔马拉海和博斯普鲁斯海峡并称土耳其海峡。是著名的土耳其海峡的一部分。

⑤ 根据希腊历史学家希罗多德的记载，波斯王赛西斯因风暴引起的波涛毁坏了其用船连接而成的跨越达达尼尔海峡的渡桥而大怒，命人抽打海峡三百鞭。“死亡”修建的桥（或通道）在审判日必定如同赛西斯修建的桥一样难逃厄运。

⑥ 与本书第3卷418—426行中关于撒旦初次降到新造的世界的描述相呼应。

把整个工程打造得牢不可破，经久耐用；
如今在这爿小小的空间，最高天与这个
世界交汇的狭小地方，左手一侧的地狱
插进一座长长的桥梁；视野之中，三条
各自不同的途径，分别通向这三个地方[1]
之中的任何一地。如今，他们已经看见
他们奔向地球的道路，首先向往伊甸园；
就在这个时候，他们看到撒旦貌似鲜艳
明亮的天使，在人马座和天蝎座的中间
直冲天顶，为了不被发现，就远离太阳
升起的地方；虽然他变着戏法远途而来，
乔装打扮，但是，他的这两个宝贝孩子
一眼就认出他们的父亲。他在引诱夏娃
之后，趁着没被注意，于是就偷偷摸摸，
眨眼之间溜进旁边树林，接着摇身一变，
以便看看结果如何；他看到自己的欺骗
行为通过夏娃，在她毫不知情的情况下，
传递到她的丈夫身上；他看到他们深感
羞耻，于是寻找毫无意义的遮羞的东西；
但是，当他看到圣子下凡，对他们进行
审判的时候，他，极度惊慌，到处乱窜，
不指望一跑了之，只求躲避那审判现场，
自知有罪，害怕他的狂怒可能突然爆发；
这一幕过去之后，他在夜晚回来，听见

---

① 三个不同的地方及其通达的途径分别是：由天梯从地上到天上（见本书第3卷第510—515行），从宇宙边缘到达地球的地点在锡安山（见本书第3卷第528—537行），从地球到地狱即通过此桥。

那不幸的两人坐在那儿伤心私语，长吁
短叹，从中他推测出自己的命运，不是
立竿见影，而是在未来时光中不言自明。
他如今心满意足，带着灾难的消息返回
地狱，在“混沌”的边沿，靠近那崭新
而又称绝的大桥底座时，出乎意料遇见
他的宝贝后代前来迎接他的回来。他们
为重逢团圆皆大欢喜，看到大桥，堪称
奇观，他无比喜欢。他久久地站在那里，
赞赏不已，直到“罪孽”，他美丽的妖娆
女儿，这样打破沉默：

“哦，父亲，这些完全是你的丰功伟绩，
你的战利品，尽管你认为它们不像出自
你的手，但你却是它们的缔造者，当之
无愧的建筑师。因为我的心，依靠一条
神交暗道，与你的心已习与性成，一直
随你的心一起跳动[1]，所以你一旦在尘世
如愿以偿，我在心里立刻就能感应知晓，
现在你的神情同样是证明；虽然你我间
远隔几个世界，但是我可以直接感觉到，
迄今感觉到我不得不带着你的这个儿子
去追随你；如此命中注定的结果把我们
三个统一在一起，地狱再也不能把我们
束缚，这不可通行的幽暗深渊再也不能

① “罪孽”是撒旦的女儿，是在撒旦犯过时从其头上生出，“死亡”是撒旦和“罪孽”的儿子。见本书第 2 卷的第 746—790 行。

阻挡我们追随你的光辉足迹。在这以前，
我们被囚禁在地狱大门以内，你为我们
谋得自由，你赋予我们力量，就像现在
一样强大，足以在这道黑暗的深渊之上
架起这座魔幻般的大桥[1]。这个世界现在
完完全全都是你的；你的勇气已经赢得
不用你的双手去开创的东西；你用智慧，
利用有利因素，夺回了战争造成的损失，
狠狠报复了我们在天堂的失败。在这里
你将称帝为王，在天则不然；战场决定
胜负，让他在那儿依然像胜利者，称王
扬威，根据他自己不友好的判决，撤离
这个新世界，从此以后，他的王国与你
绝不沾边，他的方天[2]已与你的球形世界
被苍天的边界线分开，或者就他的王位
而言，他发现你现在更加危险。”
“黑暗王子[3]”欣慰不已，对她这样答道：
“妖娆的女儿，还有你，儿子孙子一肩，
你们如今拿出不世之功的证据前来成为
撒旦一族（因为我以这样的名声，上苍
万能之王的敌手而感到自豪），这个证据
对我，对整个地狱王国都是巨大的奖赏，
以致胜利的一幕和胜利的一幕彼此相遇

---

①这座桥能够预示跨过该桥的人会给人们所带来的邪恶。

②见《圣经 · 新约 · 启示录》第 4 章第 16 节：“城是四方的，长宽一样。天使用苇子量那城，共有四千里，长、宽、高都是一样；”。

③指撒旦。

在如此靠近天国之门的地方，在此加上
我已完成的这份光荣业绩，地狱和这个
世界从此将会变成一个整体，一个王国，
一片畅行无阻的大陆。因此，我将踏上
你们准备的大道，轻轻松松穿过‘黑暗’，
下降到我的掌权天使同僚中间，让他们
知道这些成功的消息，与他们同乐共欢，
与此同时，你们俩沿着这条路穿过这些
数也数不清，全属于你们的天体，直接
降落到伊甸园；住在那儿，幸福地称王；
从此以后，无论在地球上，或者在空中，
统统归你们统治，尤其是人，所谓公开
宣称的万物唯一的主人；首先务必使其
成为你们的奴隶，最后杀死。我派你们
做我的替身，任命在尘世全权行使权力，
无比的力量来自我的赐予。现在，掌控
这个新的王国，我全靠你们劲往一处使，
让我的功勋从‘罪孽’到‘死亡’全程
曝光。如你们联合的力量占上风，那么
地狱之事就无可害怕，去吧，展展雄风①。”

　　他一边说着这样的话，一边打发走他们；
他们沿着他们的航向，飞速地穿过密密
麻麻的星座群，洒下他们的灾祸；蒙难
群星面色苍白，一颗一颗行星惊慌失措，

① 见《圣经 · 旧约 · 申命记》第 31 章第 7、8 节：“摩西召了乔舒亚来，在以色列众人眼前对他说：你当刚强壮胆！……不要惧怕，也不要惊惶。”

那时痛苦地大失光泽。撒旦，方向相反，
沿着堤道下去，奔向地狱大门；“混沌”
被建在身上的大桥一分为二，就从两边
发出怒号，桥身则用滚滚回浪予以反击，
对他的愤怒不屑一顾。撒旦穿过那宽宽
敞开，没有防卫的大门，发现四周处处
凄凉，因为指定坐在那儿的看守，早已
擅离职守，飞往上边的世界；其余下属，
全部远远退到内地深处，围在地狱之都
那外墙的周围，那儿就是卢西弗那骄傲
王位所在的都城，卢西弗之称暗指那颗
明亮的星星，那颗星又被比作魔鬼撒旦。
大批天军在那儿值班看守，同时，重臣
之辈坐下正在开会，惴惴不安什么风险
或许会中途拦截已被派出的他们的君主；
他在离开之前下达过这样的命令，他们
照此顺从执行。这就像当初那些鞑靼人，
经由阿斯特拉坎[1]，越过白雪皑皑的平原，
从他的俄罗斯敌人面前撤退时一模一样，
或巴克特里亚的萨非[2]，在土耳其新月形
大旗从两翼逼近时望风而逃，仓皇退向
托里斯或者卡斯宾[3]，留下阿拉杜尔王国[4]

---

① 鞑靼城市，位于伏尔加河流入里海入海口。
② 古希腊人对今兴都库什山以北的阿富汗东北部地区的称呼。曾为波斯国的一个行省，此处代表波斯。萨非为波斯王称号。
③ 托里斯和卡斯宾均为伊朗北部城市。
④ 今亚美尼亚。

以外的领土一片荒芜：这些，不久之前
被逐出天堂的天使军，依样画瓢，撤退
无数里格，撇弃了黑暗地狱的绝大部分，
蜷缩在他们的首都周围，小心翼翼守卫，
如今时时刻刻期待着他们伟大的冒险家
从异域他乡探险回家：他穿过地狱中间，
最低级普通的天使战士的外貌没有引起
注意；他经过地狱大厅的门，无从察觉
就已登上他高高的宝座。那宝座坐落在
上层远端，四周富丽堂皇，顶上是结构
繁复，大大伸开的华盖。有那么一会儿，
他坐着环顾四周，谁也没有发现，最后，
仿佛钻出云雾，他光芒闪耀的脑袋以及
亮若晨星的身影，或者更亮，突然出现，
浑身重新焕发出自从他坠落之后，离他
而去，凡能得到的光亮，或虚假的灿烂。
这突如其来的光亮，令阴间的天使群魔
大为惊奇，他们一个个仰起脑袋，如愿
以偿地看见他们那神气活现的首领终于
回来；欢呼的声音又吵又闹：正在与会
商议的重臣们从他们黑暗的枢密院[1]站起
身来，怀着同样的喜悦，急急忙忙冲上
前去，向他表达祝贺，他用手示意安静，
讲出下面一番话赢得大家的注意力：
　　“众座天使，统治天使，权天使，道德

① 指西方的议会厅。

天使，掌权天使，绝处逢生，胜利凯旋，
我召唤你们，现在要向你们宣布，因为
你们不但实至名归，而且我要率领你们
喜气洋洋走出这一令人作呕的阴曹地府，
受到诅咒的痛苦之家，我们暴君的地牢：
如今我们如同一群主人，拥有一个宽宽
敞敞的世界，几乎不比我们的天堂故乡
逊色，那是我冒着极大危险，经过出生
入死完成的奇迹。我的所作所为，受过
多少罪，远行经过那虚幻、浩瀚、混乱、
可怕的无底深渊时，承受了怎样的痛苦，
说来话长啊；如今，‘罪孽’和‘死亡’
已在深渊之上铺出一条宽广大道，方便
你们愉快行军；然而，当我跋涉在陌生
而足迹罕至的路途中时，却不得不穿越
难以寻踪的深渊，突然跌进野蛮和仍未
起源的‘黑夜’以及‘混沌’的发育地，
他们精心保护他们的秘密，用吵吵嚷嚷
抗议最高的‘命运’，疯狂阻挠我那不同
凡响的行程；在那以后，我竟然会发现
那个刚刚才创造的世界，有关它的传闻
在天上由来已久，一件构造，精妙绝伦，
完美无缺，在那件构造之中，人被安排
在一个乐园，因为我们的放逐得到幸福：
采用欺骗，我已引诱他堕落，使他背叛
他的造物主，给你们再增加点奇闻怪谈：

仅仅用了一个苹果[①]；他，因此而被触怒，
这值得你们开怀大笑，于是就完全放弃
他所钟爱的人和整个人类世界，让两者
双双成为‘罪孽’、‘死亡’的一份猎物，
也是我们的猎物，我们不用去担当风险，
不用劳动或者担惊受怕，就能长驱直入，
就能入住，就能统治人，就像他们竟然
统治万物一样。千真万确，他也审判我，
更确切地说不是我，而是那条残忍的蛇，
我借他之身欺骗人类：蛇属于我，判决
是敌意，他将把敌意置于我和人类之间；
我将咬伤他的脚跟；他的子孙，将打伤
我的头，什么时间还没确定：有谁不愿
付出一点点伤痛，甚至付出那撕心裂肺
之痛的代价，购买一个世界？我的表演，
你们历历在目：诸位神灵，要划上句号，
请你们起立，现在就进入无限幸福之境。”

　　说完这番话之后，他站了一会儿，期待
他们从每一个角落发出的尖叫以及欢呼
雷动充满他的耳朵，然而他听到的大失
所望：从各个方向，从不计其数的舌尖
传来一阵凄凉的嘶嘶声，这是公然蔑视；
他莫名其妙，但是，悠闲自得转瞬即逝，
此刻对他自己却更加莫名其妙；他感到

① 在《圣经 · 旧约 · 创世记》中并未指明知识树上结的是何种果实。撒旦在这里和本书第 9 卷第 585 行中都认为是苹果。在《复乐园》第 2 卷第 349 行及《论出版自由》中弥尔顿都称其为苹果。

他的脸被拉得又尖又长，双臂紧紧贴在
他的肋骨上，他的两条腿彼此紧紧盘缠，
搅在一起，直到他轰然倒下，腹部着地，
变成一条尺寸大得古怪的蛇，虽不情愿，
然而却无可奈何：一股不可抗拒的力量，
此时使他服服帖帖，根据他的有罪判决，
惩罚他变成犯罪时候的外形：他能说话，
然而是嘶嘶声去嘶嘶声来，分叉的舌头
对分叉的舌头，因为现在全体一模一样，
全都变身为蛇，就像当初大家一起充当
他大胆暴乱的帮凶一样：地狱大厅充满
可怕的嘶嘶嘈杂声，现在横七竖八挤满
云集攒动的怪兽，从头到尾，其中不乏
蝎子，埃及眼镜蛇，那望而生畏的首尾
两头蛇①，角蝰，水蛇，郁郁寡欢的海蛇，
和致渴蛇（即使是戈耳戈曾经滴血的大地②，
或者住满蛇的岛屿③，也没有这样的拥挤，
水泄不通），但是，尽管如此，他在他们
中间仍然最为伟大，现在已经成长为龙，
大得超过了太阳在皮提亚④山谷使用黏土
所造的那条巨蟒皮同⑤；他似乎力量依旧，

---

①神话中首尾都长有头的蛇，前后都能行走。见卢坎的史诗《法沙利亚》。

②指非洲利比亚。相传美杜莎是戈耳戈之一，头上长蛇代替头发，英雄珀尔修斯带回割下的头时，其血滴在地上，使这个国家滋生蛇类。

③位于希腊东南部，米诺卡岛附近的罗兹岛及其他几个岛屿。

④希腊古都特尔菲，因阿波罗的神庙著名。

⑤希腊神话中在特尔菲被阿波罗杀死的巨蟒。传其为盖亚之子，在阿波罗到达特尔菲前受神谕于此。

绝对不会败在其余蛇的力量之下；他们
全部跟随他，鱼贯而出来到开阔的原野，
从天国坠落下来迄今留在原野上的那些
叛逆的乌合之众，要么在岗位站岗放哨，
要么集合完毕，满怀崇敬，期待这一刻
一睹他们光荣统帅洋洋得意出来的风采；
他们看到，竟然是另一番景象，一大堆
丑陋的蛇；恐怖落到他们身上，在他们
身上引起了可怕的共鸣，因为他们感到
他们自己此刻正在变成他们看见的东西；
他们的手臂下垂，战矛和盾牌双双落地，
他们马上倒下，恐怖的嘶嘶声此起彼伏，
就像染上瘟疫一样可怕地变体，就像是
罪罚一视同仁。他们原以为的鼓掌欢呼
变成这样的轰赶唏嘘，从他们自己嘴上，
他们自己的伟大胜利竟然变成羞愧耻辱。
旁边出现一片果林，伴随着他们的变样
而生，天上的统治者，他的意志是加重
惩罚他们，于是让果树结满美丽的果实，
就像长在伊甸园的果实一模一样：魔鬼
引诱夏娃的诱饵。他们急不可待的眼睛
盯着这一幕奇异的景象一动不动，想象
因为一棵禁树，现在长出的则是一大片，
尽管这是上天的安排，哄哄他们，以便
使他们进一步蒙受痛苦或者耻辱，然而
他们却口干舌燥，饥肠辘辘，难以自持，
所以如同涌浪滚滚向前，爬上那些果树，

密密麻麻缠在树上，即使是墨纪拉[1]头上
卷曲的蛇发也没有这样稠密。他们贪婪
采摘那些看来充满诱惑力的果实，果实
如同那长在被焚的索多玛[2]，靠近沥青湖[3]
附近的果子一样；那果实更富有欺骗性，
不骗触觉，只骗味觉；他们愚蠢地认为
可以津津有味饱享美餐，可吃到的不是
果子而是苦灰，那令人作呕的味道引起
哇哇狂吐；他们为饥渴所使，再三尝试，
再三狂吐，他们张大嘴巴一口一口吐出
满嘴的烟灰和煤渣，又是恼怒又是厌恶；
他们屡试不爽，就这样掉进同一个幻想，
不像人，虽然输给他们，但只上当一次。
他们染上的瘟疫也是如此，饥饿把他们
折磨得精疲力竭，长时间地发出嘶嘶声，
无休无止，直到获得允许，他们才可以
恢复他们失去的形体：有这样一种说法，
根据命令，一年一度有那么不多的几天，
都得经受一年一度的羞辱，以打碎他们
因为引诱人堕落从而产生的骄傲和心欢。
不过，在他们俘虏的异教徒中间，他们

---

①希腊、罗马神话中司复仇三女神之一，另两位是阿勒克图和底西福涅。

②《圣经·旧约·创世记》记载的死海边一座因居民罪恶深重而被上帝焚毁的古城。

③指死海，索多玛被上帝焚毁之前在死海上。见《圣经·旧约》的《创世记》、《申命记》。

散布传言，杜撰蛇，他们称之为奥非安①，
还有欧律诺墨②(也许就是到处蚕食领土，
广为占有的夏娃)，如何成为奥林匹斯山
最初的统帅，萨杜恩和奥普斯③从此赶走
他们之后，才有朱庇特出生在狄克特安④。
　　在此期间，那恶魔一般的一对倏然之间
到达伊甸园，以前“罪孽”潜在的本罪
曾在此制造犯罪，现在附体住下，成为
常住的居民⑤；“死亡”紧紧跟在她的身后，
亦步亦趋，迄今仍未爬上他的灰色大马⑥；
“罪孽”开口对他这样说道：
　　“撒旦所生的次子，所向披靡的‘死亡’，
你认为我们如今的帝国如何？虽然经过
千难万险终于到手，难道不比仍然坐在
那黑暗的地狱门口望风，充当无名小卒，
没有尊严，你自己半饥半饱好出一大截？”
　　“罪孽”所生的怪物马上对她这样答道：

① 又译奥非昂，希腊神话中的一个蛇形的神祇，传为奥林匹斯山的王，和克洛诺斯一样是代表天空的神。见罗得岛的诗人阿波罗尼乌斯的《阿耳戈英雄纪》。

② 欧律诺墨创造了奥非安，并与之结婚和她一起统治世界。见罗得岛的诗人阿波罗尼乌斯的《阿耳戈英雄纪》。

③ 萨杜恩和奥普斯驱逐了奥非安和欧律诺墨，生了育芙，即宙斯。萨杜恩即克洛诺斯。

④ 指位于地中海东部的克里特岛上的狄克特山。朱庇特生长于克里特岛。

⑤ 在《圣经 · 新约 · 罗马书》第 6 章第 6 节中提到了罪身（因为知道我们的旧人和他同钉十字架，使罪身灭绝，叫我们不再作罪的奴仆）。 此处暗示亚当、夏娃违忤使罪孽得到了依附的对象，从而人身成为罪身，自此人生来就有罪。

⑥ 见《新约 · 启示录》第 6 章第 8 节：“我就观看，见有一匹灰色马；骑在马上的，名字叫作死，阴府也随着他；有权柄赐给他们，可以用刀剑、饥荒、瘟疫（或作：死亡）、野兽，杀害地上四分之一的人。”

“就我而言，因没完没了的饥饿而哀伤，
地狱也好，伊甸园也罢，甚至就是天堂，
统统一样，我能遇到的猎物，哪儿最多，
哪儿就最好：这儿猎物虽多，但要填满
这胃囊，这巨大无形的躯体，远远不够。”
　　那位血亲相奸的母亲回应他时如此发言：
“那么，你先从这些芳草、水果和花朵
吃起；接着依次去吃畜生、游鱼和飞鸟
等等并非家常的点心；无论是什么东西，
只要时间的长柄镰刀割下，就不要放过，
直到我完全在人类身上定居，让我传染
他的思想，他的神情，他的语言和行为，
使他成为你香喷喷的最后一道美味佳肴。”
　　话已到此，他俩各走各的路，各自出发，
双双要么去摧毁万物，要么使万物必死
无疑，或迟或早，寿终正寝，完成毁灭；
万能的上帝看在眼里，从他在圣徒中间
超然的座位上，向那些发亮的各级天使
发出他这样的声音：
　　“看看吧，那两条地狱的看门狗兴冲冲
跑去，目的是要糟蹋和浩劫那边的世界，
那可是我的创造，如此完美无缺，如果
不是人的愚蠢，放进破坏成性的那些个
复仇精灵，那么它仍然将保持原封不动；
复仇精灵把愚蠢归咎于我（那地狱王子
和他的追随者就这样认为），以致我容忍
他们如此轻易就能进入，占领一个如此

神圣的地方，似乎闭着眼睛，放任敌人，
听凭他们轻蔑地嘲笑，仿佛我一时冲动，
抛弃一切，把一切全部转交他们，听任
他们肆无忌惮，恣意妄为，可他们哪里
知道，我已经向我的地狱猎犬发出召唤，
指引他们冲向彼岸，去舔净残渣和污秽，
那是人在亵渎犯罪时洒在纯洁东西上面，
留下来的污点；大口大口地吃吧，狼吞
虎咽，直到把残渣污秽吃饱喝足，塞满
肚皮，即将撑破时，我满意的儿子仅仅
挥一挥你胜利的手臂，‘罪孽’和‘死亡’
就会被扫进张着大嘴的‘坟墓’，并最终
穿过‘混沌’，从此永远堵住地狱的出口，
彻底封死他无比贪婪的咽喉嘴巴。从此
之后，焕然一新的天地将会变得从纯洁
走向圣洁，将不会受到任何污染：直到
那时，早先宣布的诅咒将落到他俩身上。”

　　他一讲完，天上的听众歌声嘹亮地唱起
哈利路亚，歌声就像大海之音一样响亮[①]，
穿过歌唱的大众：公正是你的一贯作风，
正直是你对你自己所有作品颁布的法令；
谁能藐视你？一曲之后，歌颂转向圣子，
人类预订的救赎者，由于他，新的天地
将会出现，一代一代传下去，或者从天

---

①见《圣经·新约·启示录》第19章第6节：“我听见好像群众的声音，众水的声音，大雷的声音，说：哈利路亚！因为——我们的神、全能者作王了。”

而降[1]。这就是他们的歌唱，同时造物主，
点名召唤他强有力的一个个天使，根据
最适宜担当目前的工作，分派他们各自
不同的任务[2]。太阳第一个接受他的命令，
要这样转动，这样发光，这样运用难以
忍受的严寒酷暑才能影响地球：从北方
招徕冬至衰老的冬季，从南方拿来夏至
夏季的炎热。对那个苍白的月亮，他们
规定了她的职责；其他五颗行星[3]的运行
轨道和星位同样有规定，在六十度角距，
四分一对座，三分一对座和二分一对座[4]
这四个位置时，他们有害，那时候他们
恶性地处在同一经线位置上；教导恒星，
什么时候把有害的影响阵雨般倾泻下来，
告诫他们谁与太阳一同升起，或者与日
西沉降落，谁应该被证明与暴风雨有关。
对于风向，他们规定了他们的四个方向，
什么时候发出狂风怒号，使大海、天空、
大地陷入混乱；什么时候那隆隆的雷声，
携带恐怖，滚滚穿过那阴暗的空中走廊。
还有谁说，他命令他的天使们转动地轴，

① 见《圣经 · 新约 · 启示录》第 21 章第 1、2 节："我又看见一个新天新地；因为先前的天地已经过去了，海也不再有了。我又看见圣城新耶路撒冷由神那里从天而降，预备好了，就如新妇妆饰整齐，等候丈夫。"

② 上帝御前的七大天使各管辖一大天体。自然条件与天文因人的堕落而恶化，这一思想源于《旧约 · 创世记》第 3 章第 17 节。

③ 七星除去了日、月。

④ 四分一对座为 90° 角距，三分一对座为 120° 角距，二分一对座为 180° 角距。

使它与太阳的轴线倾斜二十多度；他们
不辞辛苦推斜这颗处在中心位置的球体①：
不知谁说②，那太阳奉命扭转缰绳，离开
赤道轨道，奔向包括昴宿星团和斯巴达
双子座的金牛宫③，再北上到达北回归线，
从那儿回头南下，经过狮子座，处女座，
天秤座，南下直至摩羯座，向北或向南
都以赤道为中心，保持同等距离，因此
带来不同的季节变化，一个季节，一种
气候：如若不然，春天开放的春花永远
对着地球微笑，除开那极圈以外的地区，
每个白天和黑夜长短相等；对他们而言，
没有黑夜的白天阳光灿烂，而与此同时，
垂暮的太阳为了补偿他的距离，在他们
眼中似乎一直在围绕着地平线转来转去，
是东是西无从判断，这就阻碍皑皑白雪，
从北方寒冷的埃斯豆蒂兰岛④，或者远在
麦哲伦海峡⑤以下的南方前来报到。一旦
妄吃禁果的事件发生，太阳，就像是从
梯厄斯忒斯的人肉宴会⑥归来，有意改变
他的常规轨迹；如若不然，在这个有人

① 指地球。
② 此处为关于世界创造的“地心说”和“日心说”两种含糊的模型。
③ 弥尔顿描述了季节性的星座变化。
④ 大致指拉布拉多海北部一片地域。
⑤ 在南美智利南端。
⑥ 即吃人肉的筵席。希神神话中梯厄斯忒斯诱奸其弟阿特柔斯之妻；阿特柔斯为报复，杀死梯厄斯忒斯的三个儿子，烹煮设宴请他。

居住的世界，尽管无罪，然而如何避免
多于现在的天寒地冻和炎炎酷暑？这些
天上的变化，虽然缓慢，但却导致地面
和海上同样产生变化：恒星带来的多灾
多难的影响，水气、薄雾、热量、腐臭、
瘟疫的排放蔓延。现在，来自罗伦贝加①
以北以及萨姆伊德②沿岸的阿尔革斯忒斯，
波瑞阿斯，凯喀阿斯以及色雷斯喀亚斯③，
冲破他们坚硬的地牢④，携带着冰雪冰雹，
呼啸而至，他们那暴风雨般的阵阵强风，
愤怒疯狂的风飑，撕碎森林，掀翻四海；
从南方来的诺托斯⑤，跟随来自塞拉利昂⑥
雷声阵阵的滚滚乌云，迎头北上，大败
北风；黎凡特和帕南特⑦的来风，欧洛斯
和泽菲尔，裹挟着从西洛可和利比可奥⑧
刮来的侧风的喧嚣，毫不留情猛扑上去，
从东西拦腰横断，粉碎北下南上的风害。
骇人听闻的事就这样始于无生命的东西；
但是，“罪孽”的女儿“不和”出于难以

---

① 大致指今新英格兰北部和加拿大东南部地域。
② 指西伯利亚东北部。
③ 阿尔革斯忒斯指西北风；波瑞阿斯指北风；凯喀阿斯指东北风；色雷斯喀亚斯指西北偏北风。弥尔顿援引希腊神话中的各种风，描述风之间永恒的战争。
④ 此处弥尔顿借用了希腊神话中风神埃俄罗斯所守卫的禁锢诸风的牢狱。
⑤ 指南风。
⑥ 位于非洲西海岸一海角；一年中有六个月是雨季。
⑦ 指东边和西边。
⑧ 指东南风和西南风。

忍受的反感，把“死亡”引进无理中间：
现在，畜生与畜生，飞鸟与飞鸟，游鱼
与游鱼开始作战；畜生忘记去啃食芳草，
彼此撕咬吞噬，对人并不感到十分害怕，
仅仅是避开他，或者在经过时怒目而视，
对他一副凶神恶煞的表情。这些是外面
不断增加的不幸，亚当已经部分地看到
这些，虽然藏在阴暗的树荫里，为自甘
堕落感到悲伤，但在他的内心，他感到
翻江倒海，激情澎湃，越来越痛苦不堪，
他用这样悲哀的抱怨试图解除重负：

“啊，这令人痛苦的幸福！难道这就是
这个壮丽的新世界，还有我，片刻之前
享有福中福，共同的结局吗？我，现在
受到该死的诅咒，藏起来避开上帝的脸，
早前看到他可是我最大的幸福；可如今
事已至此，如果在这里就能够结束苦难，
那我罪有应得，我将承担起我自己应该
承担的惩罚；但是，这于事无补：所有
我吃的或者喝的，或者将要生养的后代，
都是在延伸诅咒。那声音啊，‘多生多育，
繁衍后代[①]，’当初听起来是多么令人愉快，
可现在听到就宁愿去死！因为我能增添，
或者繁殖的，除了我头上的诅咒，还能
有别的什么？一代一代继往开来，一旦

① 见《圣经 · 旧约 · 创世记》第 1 章第 28 节。

他们感到他们身上的罪恶原来是来自我，
谁不会骂得我狗血淋头？‘我将步我们
肮脏祖宗的后尘；为此我们该感谢亚当；’
但他的感谢必定是那咒骂。所以，除开
寓居在我身上自己那份诅咒之外，所有
源于我的诅咒必将凶猛回流，一一回到
我的身上，虽然在他们身上，但是最终，
落在他们血缘关系的中心，重重地砸在
我的身上。伊甸园飞逝的欢乐啊，代价
沉重地买来持久的悲伤！我曾请求过你，
造物主，把我从泥土创造为人？我曾经
请求过你，让我脱离黑暗，或者被安置
在这里，在这个妙不可言的花园？由于
我的意志不赞同我存在，那就贬我回尘，
这样既公平又合理，我渴望放弃，奉还
我得到的一切，你的条件太难，我没有
能力履行，按照条件，我将拥有的利益
并非我的追求。一无所有，惩罚已足够，
为什么你还要增加无休无止的灾难感觉？
你的公正，看上去似乎令人费解，然而，
说句实话，我因此提出异议已为时太晚；
无论那些条件如何，当初它们一被提出，
就应该立即予以拒绝。你的的确确已经
接受它们：难道你享受了利益，就回头
对那些条件吹毛求疵？还有，虽然上帝
创造你的时候没有经过你的同意，但是，
假如你的儿子被证明不服从，因为受到

指责就回嘴反驳，‘你为什么一定要生我，
我又没有请求你那么做。’难道你能容忍
他对你的蔑视，接受那自以为是的诡辩？
话说回来，生不生他不是你的选择问题，
而是一条自然而然的规律。上帝，出于
自己的选择创造了你，出于自己的选择
要你服从他；出于他的恩典，你才得到
奖赏；因此，根据他的意志，对你惩罚，
无可非议。因为我认输，那么就这样吧；
他的判决秉公而为，我原本就来自尘土，
我将回归尘土。欢迎啊，无论什么时候！
既然他的判决今天已明确下达，为什么
他的手要延期执行？为什么我还要继续
活下去？为什么我现在受到死亡的嘲笑，
一而再，再而三地经受不死不活的痛苦？
我多么高兴地愿意迎接死亡，我的判决，
化成没有生命的泥土！让我躺下，就像
躺在我母亲的膝上，那该多么心满意足！
我将在那儿松一口气，无忧无虑地入眠；
我的两耳将再也听不到他雷鸣般的咆哮，
可怕的声音；对我而言，不用担心际遇
更坏，害怕我的子孙将带着残酷的期待，
把我折磨纠缠。迄今一个疑问仍然挥之
不去，唯恐我不能整体死去；唯恐生命
纯真的气息，上帝赋予人的精神[①]，不能

---

①见《圣经·旧约·创世记》第2章第7节：“耶和华神用地上的尘土造人，将生气吹在他鼻孔里，他就成了有灵的活人，名叫亚当。”

随着我这肉体泥身一起转眼即逝，届时，
要么在坟墓里，要么在其他凄凉的地方，
又有谁知道我必将虽死犹生，虽生犹死？
假如果真如此，啊，想来真是毛骨悚然！
但为什么呢？犯罪的仅仅是生命的气息，
除了拥有生命和犯罪的要死之外，还有
什么会死？严格说来，身体不具有两者。
那么，我将整个死亡[①]：但愿这解释能够
消除疑虑，因为人的知识范围仅此而已。
虽然万物之主是无限的，他的愤怒同样
无限？即使这样，可人不同，命中注定，
终有一死。他怎么能没完没了地把愤怒
降落到人的身上，让人必遭死亡的结局？
他能创造死去活来吗？那将是弥天大谎；
就上帝自己而言，不可能坚持矛盾观点，
因为那是软弱，而非权力的观点。由于
愤怒的缘故，难道他将把人的有限惩罚
无限延长，满足他从未得到满足的严酷？
这意味着他的判决将会超越凡身和自然
法则，根据自然法则，一种动因的作用
将受到作用对象接受能力的限制，因此，
尽管上帝的愤怒可能无限，然而人受之
有限，这意味着他的苦难必将有个终点。
假如说死亡不但不是一了百了，就如同

① 亚当认为，精神构成生命而且只有精神犯了罪；身体只是尘土，没有生命也不会犯罪；死亡不只是肉体化为尘土，还必须是精神的死亡，才是整个死亡。

我的设想，失去知觉，而是从那天以后，
永无止境的痛苦，那么我感到身里身外
已经开始的痛苦，如此持续，直到永恒，
呜呼，我，以致害怕那滚滚惊雷，可怕
周转，反反复复砸到我毫无防御的头顶；
‘死亡’和我双双将会被发现永无止境，
并非我就是我，二者择其一，而是两者
同时体现在一个躯体里；所有子孙后代
将保持在我身上受到的诅咒。子子孙孙，
我不得不留给你们这份人人均有的家传；
唉，如果我自己能挥霍一空，留给汝等
一无所有，那该多好！那样就无所继承，
汝等将如何感谢，我，现在汝等的祸根！
啊，为什么全人类，如果无辜，却为了
一个人的错误，要受到如此无辜的判罚？
除了彻尾彻头的堕落，包括堕落的精神，
堕落的意志，还能够从我身上继承什么？
不仅所作所为，而且意志与我一脉相承。
那么，站在上帝面前，他们怎能被宣判
无罪？经过百般狡赖，我不得不原谅他：
尽管穿过辩解迷津，然而我的徒劳借口
和推理，仍然指引我走向我自己的悔罪：
作为全部堕落的发源地和源泉，让所有
应有的指责完完全全落到我，仅仅是我，
一个人身上。愤怒亦该如此。痴心妄想！
这副重担，超过了地球的承受，比整个
世界还要沉重得多，虽然有那个坏女人

一起分担，难道你就能支撑？就此而言，
你所渴望的，你所害怕的，同样在摧毁
所有慰藉的希望，你的不幸已最终宣判，
你的苦难之深重，前无古人，后无来者，
若论罪与罚，仅仅与撒旦大概不相上下。
良心啊，你把我赶进多么令人毛骨悚然，
怕之又怕的深渊；我不但找不到那脱离
深渊的道路，反而越陷越深！”

亚当对自己的这番如泣如诉的大声悲叹，
穿过静静的夜晚，现在，夜晚不像人类
堕落之前那样有益身心，那样凉爽温和，
而是伴随着乌天黑地，带来可怕的阴暗、
潮湿；代表万物的夜晚给他堕落的良心
带来双倍的恐怖。他直挺挺地躺在地上，
在冰冷的地上，一遍遍地诅咒他的创造，
就像一遍遍地控诉“死亡”一样，自从
他被宣判犯罪的那一天，执行判决拖拖
拉拉。“‘死亡’为何不来，”他自言自语，
“难道要用绝对能够接受的一击来结束
我的生命？难道‘真理’竟然不守诺言，
出尔反尔，神圣的正义对主持公道不慌
不忙？但是，‘死亡’没有应声降临出现，
神圣的正义没有因为祈求或者放声哭喊
加快她那姗姗的步履。啊，森林，清泉，
小丘，溪谷和凉棚，用别样的回声回答
我刚刚教会你们的阴暗，不一样的歌声
远远回荡。”夏娃满面愁容，那时候孤独

坐在一旁，看到他如此痛苦不堪，款步
走近，用轻言细语去试探他燃烧的激情，
然而他目光严厉，这样表达对她的反感：
　　“别让我看见你，你这条蛇[1]；这个名字
最适合你，你与他相互勾结，像他一样，
你自己既不老实又可恨：除了你的体形
与他有别，你与他如出一辙，充满诱惑
魅力的外表，但愿让你那欺骗性的内心
昭然若揭，警告所有的来人，从此以后，
离你远些，以免那天仙般的容貌，包藏
蛇蝎心肠，引诱他们受骗上当。若不是
因为你那自以为是，四处走走的虚荣心，
恰在最不安全的时候拒绝我的事先警告，
鄙视没有得到信任，一心渴望招惹眼目，
尽管招徕恶魔他自己，却傲慢以为依靠
智慧胜他一筹，那么，我依然享有幸福；
但是，与蛇遭遇，受到欺骗，受到诱惑，
你受他的欺骗，我受你的欺骗，相信你
出自我的胸肋[2]，以为你聪明，忠诚不移，
长大成熟，能够抵御任何攻击，谁知道
这仅仅是一副假象，而不是可靠的美德，
顶多不过就是一根天生受到扭曲的弯骨，

---

① 《圣经·旧约·创世记》中，卢西弗（堕落前的撒旦）化身为蛇诱使亚当和夏娃吃下禁果，因此蛇被视为邪恶之物，是魔鬼和罪恶的化身。蛇作为神的对立面，心性狡猾（正面被理解为智慧机敏），其作为引诱者的身份在现代转化为抗拒权威的反叛者和造反者。

② 亚当左侧有 13 根肋骨，夏娃是用多余的那根造成的。

如同现在看到的一样，从更靠近我左侧
一边抽出，就我被发现的正常数量而言，
仿佛多余的一根肋骨。啊，为什么上帝，
英明的造物主，安排男性的天使们住在
最高的九天，最后在地球上创造这新奇
之物，这大自然的美丽缺陷，不让男人
像没有女性的天使一样马上填满全世界，
或者找到某种其他途径来生产繁衍人类?
如果那样，这场闹剧就不会上演，然而，
通过女人的重重陷阱和罗网，和与这一
性别的密切联系，更多的闹剧还会上演，
数不胜数的忧虑烦恼将会在地球上出现：
因为要么他绝不会找到他那合适的配偶，
反而给他带来就像现在这样的不幸灾难，
或者错误，要么他最可心的人，他自己
却不能够如愿以偿，由于她的反复无常，
他只能眼睁睁地看着她被一个无比丑陋
之徒得到，或者，假如她有所爱，但却
受到父母阻挠，或者他将要遇到的幸福
选择来得太迟，她已经与他的死敌相连，
注定过上婚姻生活，他的憎恨或者耻辱，
必将给人类的生活造成无穷无尽的灾难，
导致和睦的家庭遭到破坏。”

　　他欲言又止，转过身去背对着她，但是
夏娃，从没受过这样的严拒，泪如泉涌，
披头散发，卑躬屈膝地扑倒在他的脚下，
抱住他的双膝，苦苦地哀求他平静下来，

她这样开口，继续表达她的悲情哀诉：
　　“不要像这样抛弃我，亚当，苍天作证，
在我的心里，我怀着对你多么真诚的爱，
多么深的敬意，我不幸受骗，并非有意
违反天命；你的哀求者，我在苦苦哀求，
紧紧抱住你的双膝；请别剥夺我那赖以
生存的基础：你和蔼的神情，你的帮助，
在这一极度痛苦的危难关头，你的忠告，
是我唯一的力量和依靠。如果被你遗弃，
那我将流离失所，到什么地方继续生活？
趁着我们迄今活着的时候，也许还不足
短短的一小时，就让我们之间和和气气；
让我们两人就像同样受害一样团结起来，
同仇敌忾去反对共同的一个敌人，那条
残酷无情的蛇，根据明确的判决，这是
分配给我们的任务。别为这临头的苦恼
把你的憎恨发泄到我身上，发泄到已经
迷路，远比你自己更加痛苦的我的身上；
两人皆已犯罪，但你触怒的仅仅是上帝，
然而我触怒的是上帝和你，我必须回到
判决原地，用我的哭声在那儿一遍一遍
恳求苍天，但愿所有的判决能从你头上
搬走，搬到我身上，我是你这全部灾难
唯一的原因，我才是他忿怒的唯一对象。”
　　她结束了哀诉，泪如雨下，匍匐在地上，
一动不动，一副狼狈不堪的样子，直到
她从认错到悔恨，亚当才从中恢复平静，

才在胸中涌起恻隐之心：面对她，马上
他心肠变软，不久之前她还是他的生命
和唯一的快乐，如今在他的脚下，百依
百顺，身处痛苦，一位如此的美人请求
他言归于好，请求她惹怒的人给予忠告
和帮助；他已完全息怒，就像平常一样，
话语温和，立刻就这样给她打气撑腰：
“就像以前你对不了解的事情受骗上当，
心醉神迷一样，如今又渴望把所有惩罚
揽到你自己的头上；哎呀！那首先承担
你自己的那一份吧，承受我的生气尚且
如此困难，更何况他的全部忿怒，绝对
难以承受，只是你迄今感觉到的这一点
微不足道而已。假如祈祷能够改变最高
判决，那么我愿在你之前飞快赶到那里，
用更加响亮的声音，让众所周知，但愿
全部判决落到我的头上，饶恕你的脆弱
和女性的意志不坚，你受托给我，在我
身边没受到保护。但站起来；因为今天
宣告的死亡，如果我应明白，将会证明
不是突然，而是一场缓慢的不幸，时日
漫长的垂死挣扎，从而增加我们，传给
我们子孙后代(不幸的子孙啊！)的痛苦，
所以，让我们不再斗嘴，不再互相怪罪，
别处[1]已受够指责，而要发挥爱情的力量，

① 指受审的地方。

我们如何能减轻彼此的负担，分摊不幸。”
　　夏娃的心情恢复常态，她这样对他说道：
“亚当，通过惨痛的经历之后我才知道，
我说的话多么缺少分量，难能与你相比，
事后的事实充分证明，那些话多么荒谬，
多么令人遗憾；然而，虽然我不足挂齿，
但你还是让我回到原位，重新得到认同，
我满怀希望要再一次赢得你的爱，你是
我心里独一无二的知己，无论什么念头，
是死是生，事关我们困境的缓解或结局，
只要在我躁动不安的胸中升起，我决不
对你隐瞒，尽管我们的处境艰难，令人
悲伤，但尚能忍受，就像我们身在水深
火热之中，论选择更加随心所欲。每当
念及我们的子孙，这使得我们最为茫然，
他们必定生来就将陷入摆脱不掉的悲哀，
最终被“死亡”狼吞虎咽，多么的不幸：
我们竟然成为其他人，我们自己的亲生
骨肉，遭受苦难的原因，我们的腰将会
把一个不幸的种族带进这被诅咒的世界，
以至于在苦难一生之后，他们最终必将
成为万恶不赦的一个恶魔的食物。但是，
在妊娠之前，你的力量在于阻止这一个
不幸的种族，直到今天仍未降生的生命。
你将会无儿无女，始终膝下无人：如果
这样，‘死亡’就将令他的胃口感到失望，
就不得不用我们两个满足他饥饿的肠胃。

但是，如果你认为戒除四目传情，床第
之欢这些爱的应有仪式，甜蜜的夫妻间
拥抱，难以做到，十分别扭，在你怀着
同样渴望而闷闷不乐的妻子面前，因为
没有希望的渴望而闷闷不乐，无后将是
一件苦恼的事，那痛苦决不会少于我们
害怕的任何一件事，那么，就让我们俩，
为了我俩，让我们自己和子子孙孙同时
摆脱我们担心的事情，让我们立即行动；
让我们寻找‘死亡’，或者，他不可找到，
那就用我们自己的双手代他履行在我们
身上的职责。我们为什么要在恐惧之下
久久地战战兢兢？除了‘死亡’，不再有
结果；死亡多种多样，我们有力量选择
捷径，用毁灭对付毁灭[①]，一举毁灭干净。”
　　她说到这里戛然而止，或者极度的绝望
打断话语；那形形色色的“死亡”塞满
她的头脑，她两颊苍白，就像已经死亡。
然而亚当，一点没有受到这一建议影响，
他注意力更加集中的头脑经过苦思苦想，
涌起更美好的希望，他对夏娃这样答道：
　　“夏娃，你对生命和快乐的藐视，好像
表明在你的身上有比你心里藐视的东西
更加崇高和优秀的什么；如果为此追求
自我毁灭，从而否认你身上的远见卓识，

① 指自我毁灭，而不让“死亡”来毁灭。

那么这暗示的不是你的藐视，而是你对
失去无比珍爱的生命和快乐的极度痛苦
和懊悔。或者，虽然你渴求死亡，作为
受苦受难的最终结局，以为这样就能够
躲避宣判的惩罚，但是，不要怀疑上帝，
他已经准备好他报复性的愤怒，其手法
远比如此的先行一步更加英明，我更加
担心的是，唯恐如此抢夺来的死亡不会
免除根据审判，我们不得不付出的痛苦；
采取那样的行动，拒不服从判决，必将
适得其反，激怒至高无上，使死亡一直
留居我们身上：与其那样，不如让我们
寻找其他更加妥当的解决办法，我以为
就此而言，在脑海中突然想起，注意到
我们判决的一部分，说你的子孙将打伤
蛇的头；多可怜的赔偿，除非这意味着，
我猜想到他，我们的大敌撒旦，他身藏
蛇体之中，巧妙伪装，借此使我们受骗
上当：砸碎他的头将是切切实实的报复，
如果听从你那番建议，通过把死亡带给
我们自己，或下定决心，从今身无后嗣，
那样就将失去报复的机会；我们的仇敌
就将因此逃脱他命里注定的惩罚，我们
将代为受罪，使我们的惩罚翻倍，全部
落到我们头顶。既然如此，请别再提及
暴力伤害我们自己，一意孤行永不孕育，
那将斩断我们的希望，那仅仅是在玩味

怨恨和自尊，焦躁和蔑视，是在与上帝
大唱反调，是在反抗他套在我们脖子上
正义的枷锁。要牢牢记住他不仅在听证，
而且在判决的时候多么温和，多么宽厚
大度，既没有发怒，也没有痛斥。我们
期待立即化身尘泥，我们以为这是那天
论及死亡的意思；嗳，什么时候！预言
说过，只有在怀胎期间你才会经受痛苦，
一旦生下孩子，你子宫的果实[1]，你马上
就会得到欢乐的补偿。诅咒的目光错过
我的头顶，脱靶落到地上；我必须起早
贪黑，养家糊口；这有什么不好？懒惰
祸害无穷；我的劳动将维持我丰衣足食，
以免严寒酷暑伤害我们；他的及时关心
不请自来，他的双手给可耻的我们披上
衣物，他在审判的时候表现出同情怜悯。
如果我们祈求他，那么，恩惠必将增量，
他的耳朵必将张开，其心必将倾向怜悯，
教导我们进一步采取措施，如何去避免
无情的四季、降雨、霜冻、冰雹、下雪，
现在的天空，脸色多变，在这座山[2]里面
把这些一一向我们展现，此刻狂风阵阵，
潮湿刺骨，凶猛地拔掉这些舒展的美丽
树木那一缕缕秀发；这是在向我们发出

---

① 见《圣经 · 新约 · 路加福音》第 1 章第 42 节："高声喊着说：你在妇女中是有福的！你所怀的胎也是有福的！"

② 指乐园中的山。

指示，寻找一个更好的藏身之地，寻找
更多温暖来保护我们冻僵的四肢，赶在
太阳留下寒冷的夜晚以前，我们将怎样
寻找他集中的反射光线，以便能够点燃
干草，或者通过两个物体相互摩擦碰撞，
摩擦点燃空气，就像刚过去的滚滚乌云，
摩肩接踵，或者被风推动，在震惊之中
动作粗野，点燃斜线一样的闪电，闪电
斜线一般燃烧的火焰，被逼下落，点燃
冷杉和松树含有树胶的树皮，遥远之外
送来宜人的温暖，这或许可以代替太阳；
使用这样的天火或别的什么，可以补救
或消除我们自己的违法行为造成的不幸，
他将指示我们祈祷，用祈祷请求他大发
慈悲，只要他源源不断地提供各种帮助，
我们就不必担心度过顺顺当当的这一生，
直到我们寿终正寝，入土为止，那尘土
是我们最后的安息地，我们出生的故乡。
除了回到他审判我们的地方，虔诚拜倒
在他面前，伴随着阵阵洒落大地的眼泪，
伴随着充满天空的声声叹息，发自痛悔
前非的内心深处，毫不掩饰的悲痛标志，
在那儿低声下气地忏悔我们犯下的错误，
乞求宽恕，因为耻辱，认怨认罚，除此
之外，我们还能有什么更加合适的可为？
毋庸置疑，他会怜悯，把他的不快置之
脑后；即使当他看起来怒不可遏，威重

令行之时，他的神情依然安详，放射出
关切、善意和仁慈，此外还有什么？”

　　我们悔罪的祖先说完这番话，夏娃同样
深感后悔：他们毫不拖延，回到他审判
他们的地方，马上虔诚地拜倒在他面前，
伴随着阵阵洒落大地的眼泪，随着充满
天空的声声叹息，发自痛悔前非的内心
深处，毫不掩饰的悲痛标志，两人低声
下气地忏悔他们犯下的错误，乞求宽恕，
因为耻辱，认怨认罚。

第十一卷

内 容 提 要

上帝的儿子向他的父亲描述我们的始祖双亲如今的忏悔祈祷，并为他们斡旋说情。上帝如实接受，但宣布他们不应再住在伊甸园；他派遣米迦勒率领一队基路伯去撵走他们，但首先启示亚当未来之事；米迦勒下凡。亚当向夏娃展示确凿的不祥之兆：他认出米迦勒正在靠近；他走出去迎接他；来客天使通知他们离开。夏娃恸哭，亚当申辩，但不得不低眉下眼；那天使带领他爬上一座高山，把洪水到来之前的景象展现在他面前。

　　在穷途末路，悔不当初的苦境中，他们
站着这样不断地祈祷，因为先行的天恩[1]，
来自天上上帝的御座[2]，已从他们的内心
搬走无情，使长出的再生新肉取而代之[3]，
以至于现在祈祷精灵赐予的灵感，呼吸
一般难以形容的一阵阵叹息[4]，远比雄辩
洪亮的声音更加高亢[5]，就像被插上翅膀，
迅雷一样飞向天堂；然而，他们的姿态
既不是卑躬屈膝的追求者，他们的请愿
也绝不比神话传说中那古老的一对人微
言轻，虽然时间没有那一对那样的久远；
丢卡利翁和纯洁的皮拉[6]，为了恢复遭受
洪水淹没的人类种族，虔诚站在西弥斯[7]
神龛的面前。他们的祈祷向上飞向天堂[8]，

不会因为满怀嫉妒的阵阵狂风方向多变，
阻挠向前而迷路：它们穿过天国的大门，
进入无实无形的天国；接着在金坛香烟[9]
缭绕的地方披上芳香，经过他们的那位
伟大的求情者[10]，进入天父的视野，到达
他的御座面前：那欣喜的圣子代表他们，
这样开始说道：
　　“你看看，父亲，你赦免的人在地球上

---

①根据加尔文教义，先行的天恩可以救赎堕落的灵魂。

②最初建在约柜（藏于古犹太圣殿至圣所内、刻有十诫的两块石板）之上的特殊建筑。见《圣经·旧约·出埃及记》第25章第17—22节：“要用精金做施恩座（施恩：或作蔽罪；下同），长二肘半，宽一肘半。要用金子锤出两个基路伯来，安在施恩座的两头。这头做一个基路伯，那头做一个基路伯，二基路伯要接连一块，在施恩座的两头。二基路伯要高张翅膀，遮掩施恩座。基路伯要脸对脸，朝着施恩座。要将施恩座安在柜的上边，又将我所要赐给你的法版放在柜里。我要在那里与你相会，又要从法柜施恩座上二基路伯中间，和你说我所要吩咐你传给以色列人的一切事。”在《历代志》中指所罗门神殿中的特定位置。

③弥尔顿将传统观点和基督教教义中的重生结合起来。见《旧约·以西结书》第11章第19节：“我要使他们有合一的心，也要将新心放在他们里面；又从他们的肉体中除掉石头，赐给他们肉心。”又见《新约·哥林多后书》第5章第17节：“若有人在基督里，他就是新造的人，旧事已过，都变成新的了。”

④见《新约·罗马人书》第8章第26节：“我们本来不知道怎样祷告，只是圣灵亲自用不说出来的叹息，替我们祷告。”

⑤雄辩洪亮的声音指教徒按照规定的内容（以说或唱的方式）祈祷。弥尔顿赞同清教的祈祷传统，他认为真正的祈祷应该是心灵的启迪而不是呆板地背诵教条。

⑥丢卡利翁和皮拉是宙斯降九天大洪水后唯一留下来的一对夫妻。他们到西弥斯庙前祈祷，求人类得以兴旺。

⑦希腊神话中司法律与正义的女神。

⑧见奥维德《变形记》第10章第642行：“一阵和风把他低声吐诉的祷告吹到我耳朵里。”

⑨见《新约·启示录》第8章第3、4节：“另有一位天使拿着金香炉，来站在祭坛旁边；有许多香赐给他，要和众圣徒的祈祷一同献在宝座前的金坛上……”

⑩指耶稣基督。见《新约·约翰一书》第2章第1、2节：“若有人犯罪，在父那里有一位中保，就是那义者耶稣基督；他为我们的罪作了挽回祭；不单为我们的罪，也为普天下人的罪。”

结出了什么样的初果：这些叹息和祈祷，
在这金色的香炉里，与天香汇合在一起，
我，你的牧师，带着他们来到你的面前；
这些果子更合心意，来自你播撒的种子
和他心底的诚心悔恨，其味远比从天真
堕落之前，在伊甸园他自己的双手种植
长大的所有果树，结出的果子更加甘美。
因此，现在请你侧耳对准恳求，听一听
他虽然无声的叹息；由于不熟练用什么
词语来祈祷，那就让我来为他口译说明，
我是他的辩护人，是他的赎罪人，无论
是善或者是恶，他的所作所为都将全部
转移到我的头上，我的价值是使善完美
无缺，将为恶付出死的代价。请答应我，
接受在我的身上，来自恶的第一次建议，
和平对待人类，让他活下去，在你面前
恭恭敬敬，尽管他生活悲惨，直到死亡，
但是，至少让他活够天年，对他的判决
（我这样恳求减轻他的判决，而非取消
对他的判决）将会给他带来更好的生活，
凡是我救赎的都将与我快乐幸福地住在
一起，与我合一，就像我与你合一一样。[1]”

---

[1] 见《圣经·新约·约翰福音》第 17 章第 11、21—23 节：“……叫他们合而为一像我们一样。”“使他们都合而为一。正如你父在我里面，我在你里面，使他们也在我们里面，叫世人可以信你差了我来。你所赐给我的荣耀，我已赐给他们，使他们合而为一，像我们合而为一。我在他们里面，你在我里面，使他们完完全全的合而为一，叫世人知道你差了我来，也知道你爱他们如同爱我一样。”

天父的脸上云开雾散[①]，他平静地对圣子
说道："所有你为了人的请求，受到普遍
认可的儿子，全部准予；你所有的请求
都是我的命令，但我已把法律交给自然，
在那座乐园里面，禁止他继续居住下去；
那些纯粹不朽的元素，它们不知道变节，
不知道如何与污秽邪恶的杂物和谐相处，
现在他已经堕落，它们驱逐他，清除他[②]，
伊甸园里纯洁的空气已经相应失去纯洁，
就像一场瘟疫，对他最好的处置是作为
死亡的食物，因为罪恶造成的放荡荒淫，
将首先扰乱万事万物，腐蚀纯洁的东西。
我最初创造他，赐予他两样美好的礼品：
幸福和永垂不朽；前者已经愚蠢地失去，
这后者仍旧继续下去，但是，将要永垂
不朽的是悲哀，直到由我来提供'死亡'
为止；因此，'死亡'将会成为他的最终
补偿[③]，经过千辛万苦的磨难考验，走完
一生，通过忠诚的劳动使信仰得到净化，
于是在正义的活力中苏醒过来，随天地
焕然一新辞去旧身，从而获得第二生命[④]。

① 在希伯来圣经中，上帝通常伴随着云出现。见《圣经·旧约·出埃及记》第16章第10节："亚伦正对以色列全会众说话的时候，他们向旷野观看，不料，耶和华的荣光在云中显现。"在弥尔顿的诗中，儿子却直接看到了上帝。

② 见《旧约·利未记》第18章第25节："连地也玷污了，所以我追讨那地的罪孽，那地也吐出他的居民。"

③ 上帝揭示：死亡不仅是惩罚，有时还是一种赐福。

④ 见《新约·彼得后书》第3章第13节："但我们照他的应许，盼望新天新地，有义居在其中。"

但是，让我们召集天国所有圣洁的天使，
他们远在四面八方，前来参加全体大会；
我决不会对他们隐瞒我的判决，我怎样
处置人类，就像他们不久前看见我怎样
对待犯罪堕落的天使；处在他们的状况，
尽管坚定，但更应该证明坚定不移。”

当他讲完，圣子马上向值班的明亮使臣
发出重要信号；他吹响他的号角①，也许
这是自从上帝下凡何烈山以来，第一次
听到，也许再次吹响的时候将会在最后
审判日。那天使吹响②的号角声响彻天界
各个地区：从他们用不凋花遮阴的乐而
忘忧的凉亭里，从生命之水的清泉或者
溪流岸边，从他们情深谊长欢聚的地方，
光明之子们③匆匆启程，迅速响应那紧急
召唤，各就各位，直到万能的上帝出现，
从他至高无上的王座，这样宣布他王者
至尊的意志：

“孩子们啊，人已变成像我们中的一位④，
自从他品尝那禁果之后，既知善又识恶；

① 见《圣经·旧约·出埃及记》第19章第16—19节：“到了第三天早晨，在山上有雷轰、闪电和密云，号角声甚大，营中的百姓尽都发颤。……号角声愈来愈高……”

② 见《新约·哥林多前书》第15章第52节：“就在一霎时，眨眼之间，号筒末次吹响的时候。因号筒要响，死人要复活成为不朽坏的，我们也要改变。”

③ 指天使。

④ 见《旧约·创世记》第3章第22节：“耶和华上帝说，那人已经和我们相似，能知道善恶。”

不过，让他为失善得恶的知识[1]自吹自擂
去吧，如果他单单满足于知道善，根本
不知道恶，那么他必将更加幸福。现在，
他悲伤不已，正在忏悔，正为痛悔前非
不断地祈祷：那正是我在他身上的影响；
我的影响旷日持久，因为我知道他的心，
如何反复无常，如何轻漫不经，又如何
放任自流。因此，唯恐他那只手，大胆
放肆，现在再次伸向那生命树上的果实，
摘下就吃，一吃就获得永生，至少梦想
得到永生，于是我颁布命令，要他搬家，
打发他离开伊甸园，前往他得生的土壤，
耕田种地，那儿的泥土更加适合他。

　　“米迦勒，你来负责执行我的这道命令：
你从基路伯中挑选一些火焰熊熊的战士，
率领他们一同前往，以免那个恶魔或者
因为人去，或者趁着无主之机擅自占地，
从而制造又一轮的麻烦[2]；你要十万火急，
不报任何同情心，把那罪孽深重的一对
逐出上帝的伊甸园，把那有罪的人赶出
神圣的土地，并向他们，向他们的子孙
后代宣布，从今以后，永远流放。但是，
所有的恐怖一定要深藏不露，以免他们

---

①在《论出版自由》中，弥尔顿认为“好”和“恶”意义相对互存。此处，弥尔顿认为人类堕落前，关于好的知识独立存在，并且高于关于恶的知识。

②习惯上，没有主人的东西为占有者所有，因此上帝担心撒旦会占有没有看守的伊甸园。

就在悲剧判决，严厉催逼之下昏倒在地
（因为我看见他们瘫软无力，痛哭流涕，
为他们的犯罪行为伤心不已，悲痛欲绝）。
如果他们服从你的命令，甘心受苦受难，
那么，在遣散他们的时候不让他们闷闷
不乐；要向亚当显示未来的日子将出现
什么，就像我将启迪你的一样；在女人
薪火相传的子孙身上，要搀入我的契约；
因此，在遣送他们离开之时，尽管悲哀，
但要让他们保持心平气和；乐园的东边
一侧，从伊甸最容易爬上去，进入里面，
基路伯要守卫那个地方，一把火红的剑，
要四下不停挥舞，吓得所有靠近的来犯
望而远逃，通向生命树的路条条须严加
把守①，以免伊甸园证明是邪恶天使藏污
纳垢的场所，我的树全成为他们的猎物，
滥用他们偷来的果实再一次去欺骗人类。”

　　他一讲完，那位大天使的掌权天使准备
完备迅速下凡；一大群随时警惕的明亮
基路伯，与他同行。每一位长着四张脸，
就像两个杰纳斯②；他们全身长满像金属
小块一样闪闪发光的眼睛，论数量远远

① 见《圣经·旧约·创世记》第3章第24节：“于是把他赶出去了；又在伊甸园的东边安设基路伯和四面转动发火焰的剑，要把守生命树的道路。”

② 罗马神话中的天门神，头部前后各有一张面孔，故也称两面神，司守护门户和万物的始末。常被描绘成有两个头，分别面向东西方向；或四个头，以示能管理四方土地。

超过阿尔戈斯①之身，论警觉决不会因为
阿卡迪亚②的长笛，赫耳墨斯③的田园牧笛，
或者他的催眠魔杖着迷陶醉，昏昏欲睡④。
其间，琉科忒亚⑤梦中醒来，她毅然决然
把神圣的光明洒向世界，用清新的露珠
滋润大地。正当这个时候，亚当和首位
家庭主妇夏娃此刻已经结束他们的祈祷，
感到苍天增添的力量，崭新的希望跃出
绝望，亚当在高兴之中却依然露出担心⑥，
用受人欢迎的话语对夏娃这样重新说道：
　　“夏娃，承认我们享受的所有的善从天
而降⑦，就我们的信念而言也许一点不难；
然而从我们身上，有什么可以上达苍天，
如此力挽狂澜，以至引起身居至高天福
之中的上帝的关注，或使他的意志倾斜，
似乎难以置信；不过，这种意志的祈祷，

---

①希腊神话中长有一百只嫉妒之眼的巨人。赫拉派其监视其情敌艾奥，但被赫耳墨斯催眠。

②古希腊一山区，在今伯罗奔尼撒半岛中部，以其居民过着田园牧歌式淳朴生活著称。

③希腊奥林匹斯十二主神之一，宙斯与玛亚的儿子。他与古埃及的智慧神托特混为一体，被认为是魔法的庇护者，他的魔杖可使神与人入睡，也可使他们从梦中醒来。

④魔杖由橄榄木制成，两条蛇缠绕其上，碰之能催眠。赫耳墨斯先唱歌吹笛，使阿尔戈斯入睡，再用魔杖碰其眼，使其沉睡。

⑤罗马神话中的曙光之神。

⑥见《圣经 · 旧约 · 箴言》第 1 章第 7 节：“敬畏耶和华是知识的开端；愚妄人藐视智慧和训诲。”

⑦见《新约 · 雅各书》第 1 章第 17 节：“各样美善的恩赐和各样全备的赏赐都是从上头来的，从众光之父那里降下来的；在他并没有改变，也没有转动的影儿。”

或者可怜之人呼吸中的短暂叹息，完全
可能被上传送到上帝的御座面前。因为，
自从我争取通过祈祷，以此来平息受到
冒犯的上帝，跪倒在他面前，真心实意
自惭形秽以来，我以为，我看见他宽容
而和善，俯身侧耳聆听[1]；我在心里日益
相信我被听见，赢得好感；平静已回到
我心窝的家里，我再一次想起他的诺言，
你的子孙后代必将造成我们的敌人受伤；
那时处在灰心丧气之中，没有注意这点，
而今我确信无疑，死亡的苦涩已经过去[2]，
我们将会生存下去。为此，我为你欢呼，
全人类的母亲，生生不息的万物的母亲[3]，
夏娃，这一称呼你当之无愧，因为有你，
人才会延续下去，万物才会为人而存在。”
　　夏娃神情悲伤，态度温顺，这样回答他：
“这样的称号竟然戴在我这个罪人头上，
完全不配，我，注定应是你的一个助手，
却成为你的陷阱；宁愿让责难、不信任
以及所有的诟骂归咎到我的身上：但是，
我的法官无限宽容，统统赦免，以致我，
第一个给所有生命的载体带来死亡的人，

---

① 见《圣经 · 旧约 · 诗篇》第 17 篇第 6 节：“神啊，我曾求告你，因为你必应允我；求你向我侧耳，听我的言语。”

② 见《旧约 · 撒母耳记上》第 15 章第 32 节：“……亚甲就欢欢喜喜地来到他面前，心里说，死亡的苦难必定过去了。”

③ 见《旧约 · 创世记》第 3 章第 20 节：“亚当给他妻子起名叫夏娃，因为她是众生之母。”

荣膺生命之源的美誉；你，第二个赞同
赐予我这样的崇高称号，它的价值远远
超过了其他名誉。虽然经过了不眠之夜，
但是，田野向我们发出辛勤劳动的召唤，
现在不得不汗流满面；因为你看，尽管
我们缺乏休息，然而清晨完全漠不关心，
迈出她玫瑰色的微笑步伐，所以让我们
前往，虽然如今被责成勤劳，起早贪黑，
但从今以后，无论我们白天在哪儿劳动，
我绝不离开你的身旁；我们住在这儿时，
在这些愉快的路间，能有何辛劳？但愿
我们住在这里，虽已堕落，但心满意足。”

　　俯首帖耳的夏娃，嘴这么说，心这样想，
然而命运拒绝采纳；造化首先显示神迹，
影响波及鸟儿、野兽和天空，经过早上
短暂的一抹红霞，天空刹那间黯然失色；
近在她的眼前，一只在空中盘旋的秃鹫，
俯冲扑向两只从他身下飞过，羽毛五光
十色的鸟儿①；森林之王②的野兽，第一个
当时的猎人，沿着一道山岗下来，追赶
一对温顺的猎物：森林之中一对最讨人
喜欢的雄鹿和母鹿，他们被迫疯狂逃往
东边的大门。亚当看见，目不转睛跟踪
这场追逐，他不无动情对夏娃这样感叹：

① 指孔雀，为朱诺的圣物。
② 在人类堕落以前，如本书第 4 卷 343—344 行所述，狮子并不猎食。

“唉，夏娃，我们面临的变化层出不穷，
近在身边，苍天通过自然界里这些无言
神迹一再展示，这是他意图的种种前兆，
或者是要警告我们，因为已宣告的死亡
过去数日，所以也许我们过于宽心免受
惩罚：直到那时，我们的生命还有多长，
命当怎样，又有谁知道？或许无可奈何，
我们乃尘土，必须回归尘土，不复存在。
如若不然，为什么同一时刻，或在空中，
或在地上，两组猎物，被逐逃跑①，奔往
同一方向，这样一幕出现在我们的眼前？
为什么白天在中午以前，东方一片黑暗，
晨光在遥远西天的云层中异常光辉灿烂，
在蔚蓝的天空拉出一道耀眼刺目的白光，
逐渐下降，隐含着天国什么样的暗示？”
他没有看错，因为这时一支天使的队伍，
从碧玉般的天空②下凡，现在降落伊甸园，
暂停在一座小山上，如果当天不是疑虑
和世俗的害怕使亚当的眼睛模糊，那么
这番特异景象将是多么辉煌。即使雅各
在玛哈念③遇见天使军，在那儿看到上帝
发光的天使扎营在原野上的时候，场面

① 一对对被逐具有象征意义。亚当和夏娃最后被双双逐出伊甸园。
② 见《圣经·新约·启示录》第 4 章第 3 节：“看那坐着的，好像碧玉和红宝石；又有虹围着宝座，好像绿宝石。”
③ 玛哈念意为神的军兵；作为地名指约旦河东，雅博南部一小镇。见《旧约·创世记》第 32 章第 1、2 节：“雅各仍旧行路，神的使者遇见他。雅各看见他们就说：这是神的军兵，于是给那地方起名叫玛哈念。”

也不过如此壮丽；那位叙利亚王，为了
出其不意抓获一个人[①]，发动了一场暗杀
一样的战争[②]，为了反对他及其不宣而战，
出现在多坍[③]的火焰山，遍地营火的一幕，
也同样望尘莫及。那位居高临下的王侯
一般的天使长，留下他的那些掌权天使，
让他们各自就位，明火执仗，占领乐园，
他独自一个，为了找到亚当藏身的地方，
走上前来；就在这位了不起的下凡神仙
走近之时，亚当并非没有发觉，他这样
对夏娃说道：

　　“夏娃，不出所料，重大消息就在眼前，
要么马上就将决定我们何去何从，要么
强加新法，不得不服从；因为我已看见，
从那遮盖着山冈，火焰一般燃烧的遥远
云层来了一位天上的主人，从步态判断，
此人绝非等闲之辈，不是了不起的上天
能天使，就是座天使，他如此八面威风，
肯定身负重大使命下凡，虽然并不可怕，
但我不得不担心，他不像拉斐尔，除了
严肃和令人敬畏，那么友好，容易相处，
以至于我可以畅所欲言；他，不可冒犯，

①在《圣经 · 旧约 · 列王纪》中指伊莱沙，为公元前 9 世纪以色列先知以利亚的门徒，继以利亚之后为先知。

②亚兰王和以色列人争战，其军事计划暴露，后发现为居于多坍的伊莱沙助以色列人，遂计划捉拿之。见《列王纪下》第 6 章。

③多坍是示剑与撒玛利亚北方数十公里的一个镇。在迦密山与基利心山之间。

我必须恭恭敬敬欢迎，你就避一避。”

　　他到此结束；那位天使长即刻近在眼前，
不是天上的模样，而是着装就像人一样，
要与人相见；紫色的戎装长袍迎风招展，
覆盖在他那闪闪发光的武器上面，远比
休战期间，穿在远古帝王和英雄们身上，
梅利波恩①或者撒拉②出产的紫色漂染织品
更加鲜艳夺目；依利斯③的水染色彩斑斓，
不过如此；他解开闪闪发光的头盔搭扣，
露出那青春已经消逝，正当壮年的容颜；
他手持战矛，悬挂在他身体侧面令撒旦
诚惶诚恐的利剑，如同灿烂的黄道带中
一个星座④。亚当深深鞠躬；他君王一般，
俨然不睬，仅仅这样宣布他的来意：

　　“亚当，天国的最高命令无需什么序言；
你的祈祷足够充分，已经被听见，‘死亡’，
当你犯罪的时候当时就应该受到的判决，
已在他手上宽限多日，鉴于你能够为此
忏悔，你才得到这样的恩典，多种善举
或许能弥补一种恶行：得到宽慰的上帝
因此可能拯救你，使你彻底远离‘死亡’
贪婪的索取；但是，不许在这座伊甸园
里面居住下去，我来这儿就是要你搬迁，

① 位于塞萨利（希腊中东部一地区，位于屏达思山和爱琴海之间）沿海一城市。
② 又称提尔，古代腓尼基的有名港口，现属黎巴嫩，盛产紫色颜料。
③ 希腊神话中的彩虹女神，在荷马史诗《伊里亚特》中为诸神的信使。
④ 指猎户星座。

要遣送你离开乐园，前往别的什么地方，
去耕耘泥土吧，你曾经取自其中，更加
适合你的土壤。”

他不再多说；因为亚当一听到这个消息
心胆俱裂，以至站着像冻僵般浑身冰凉，
悲痛欲绝，所有五官失去感觉；而夏娃，
尽管不在视野之中，但却听得明明白白，
她失声痛哭，马上暴露出她藏身的地方：

“意想不到的打击啊，比‘死亡’更坏！
难道我就这样离开你，伊甸园？就这样
离开你，出生的土壤，这些快乐的步道
林荫，适合神仙出没的地方？我还指望
尽管悲惨，但可安静地在此消磨，直到
缓期执行，我俩必死的那一天。花儿啊，
你们决不会在其他的气候环境之下生长，
你们，我清早探望，傍晚最后一次察看，
我用温柔的双手把你们培育，从第一次
破土发芽到给你们取名，可是从今以后，
谁来照顾你们面向太阳生长，或者排列
组合你们的家族成员，引来甘泉的灌溉①？
最后还有你，我的婚姻新房，我用双手
装饰，你看起来温馨，闻起来芳香四溢，
我怎能与你分离，流浪远方，掉进一个
尘世世界，落脚某个偏僻而蛮荒的地方？
习惯了长生果，在其他不干不净的空气

① 在本书第 4 卷第 223—241 行中有关于伊甸园中溪流的描述。

环境之中，我们将如何呼吸？”
那位天使温和地打断她，这样对她说道：
　　“不要痛哭不已，夏娃，而要心平气和
放弃你应该失去的东西；不要让你的心，
这样过分沉溺于本来就不属于你的东西。
你离开时并不是孤身只影①，你丈夫与你
结伴而行；你注定将要跟随他；他住在
哪儿，你就要把哪儿当作你的故乡。”
　　亚当听到这里，从垂头丧气的突遇冰寒
之中恢复过来，从魂飞魄散到精神重振，
他用谦卑的言辞这样对米迦勒说道：
　　“天上神仙，就你如此不凡的身影而言，
不管是在座天使，还是在有名的天使中，
在至高之处的天堂，你也许就像王中王；
你已温和地告知你的信息，否则一开口
就将造成创伤，话还没有说完就将结果
我们的性命；我们脆弱的身躯能够承受
悲痛、沮丧和绝望，此外，你带来消息：
离开这个幸福的地方，我们幸福的幽然
之居，留给我们的双眼唯一熟悉的安慰；
其他的地方，无论哪儿，似乎没有一地
殷勤好客，处处皆荒无人烟，人地生疏，
互不了解；如果我通过持续不断的祈祷，
能够指望改变他的意志，因为他能改变

① 上帝造夏娃来治愈亚当的孤独。这里米迦勒示意，夏娃同样需要陪伴。当他们离开伊甸园后，如本书第 12 卷第 649 行所述，都会感到孤独。

万物，那么我愿意无休无止，一丝不苟
向他大声地恳求，直到他感到厌倦为止，
但是，违抗他绝对命令的祈祷无济于事，
反而如同顶风呼吸，呼呼狂风当头迎面，
你被压抑得喘不过气来：因此，我同意
服从他非同寻常的命令。这道命令使我
深感痛苦，因为告别此地，从此我就将
远离他的尊容，从此痛失目睹他的神圣
容颜的机会；如果还可以继续留在这里，
我就能够怀着崇拜之心，经常逐一拜访
他显圣的地方，并对我的子孙后代讲起，
‘他曾经出现在这座山上；站在那一棵
树下，显然可见；在这些松树环抱之中，
我听到过他的声音；在这儿，在这泉边，
我曾经与他交谈。’我将会搭建如此之多，
草皮覆盖，以示感恩的圣坛，用溪流中
每块闪光的石头垒起纪念碑，并在上面
供上芬芳扑鼻的树胶、各种各样的果实
和姹紫嫣红的百花，世世代代永远纪念。
在那遥远的下界世界，我将到哪儿寻找
他光辉的容颜，或者脚步的踪迹？因为，
尽管我逃走，避开他的愤怒，但一想到
延长的生命和许诺的种族，我现在虽然
非常高兴看见他荣光的最远边缘，然而
只能远远地崇拜他的脚步。”

米迦勒出于善良的关心，这样对他说道：
“亚当，你一清二楚，不只是冷酷无情

之人，而是整个天地都属于他；他无所
不在，遍及陆地、海洋、天空，每一种
生命的载体，因为他的强大力量而孕育，
得到温暖。他给你整个地球，让你占有，
让你统治，这可是一份爱不释手的礼物；
因此，不要妄测他的存在被局限在伊甸
或者伊甸园这样狭窄的界限里面： 也许
这里曾是你的极好驻地，你从这里传播
千秋万代，从天涯海角，他们涌向这里，
颂扬和崇敬你，他们的开宗祖先。实在
可惜，你已经失去这一卓越地位，一落
千丈，现在要与你的子子孙孙住在同等
条件的地上；然而，勿需怀疑，在山谷，
在平原，同样将会发现上帝的出席在场，
就像上帝在这儿一样，许许多多他无所
不在的征兆，他神圣脚步的踪迹，仍将
紧随你的身后，他脸上表达出来的善良
和父亲一般的爱，仍将围绕在你的四周。
你可以相信我之所言，在你从这里离开
以前，它们一一都会得到证实，你可以
知道，我被派来是要向你展示，在未来，
今后的日子里，什么将会走近你，走近
你的子孙后代；如不出所料，你将听到
善与恶的较量，天国的慈悲与人的作恶
多端的斗争，从而学会真正的坚忍不拔；
要用敬畏和虔诚的懊悔淡化欢乐，通过
自我节制，从而以同样习以为常的心情

从容面对荣辱，无论是荣是辱处变不惊：
这样你才能过上平平安安的生活，一旦
死亡的旅程起航，你已准备就绪，随时
忍受死亡之旅。登上这一座山；让夏娃
（因为我已经给她的双眼敷上了药水）
在山下这儿小憩，就像当初你入眠之时
她得生一样，同时你要清醒，展望未来。”
　　亚当感恩戴德，便对那位天使这样答道：
“上山吧；令人放心的向导，我跟随你，
踏上你指引我的道路，对于天国的指南，
不管何等磨炼，我服从，对于罪恶误导
我坦率的胸怀，要以痛苦为武装，战而
胜之，从战胜对手的努力之中挣得安宁，
假如这样，那么我可以如愿以偿。”于是，
在上帝的愿景中①，他俩登高：在伊甸园，
这一座山最高，站在它的峰顶可以清清
楚楚看见，半个地球在绵延伸展，伸向
无比遥远，目力所及的地方。另一座山
没有这一座山这么高，周围的视野没有
这么开阔，出于不同的动机，那诱惑者
使我们的第二个亚当置身那山上，置身
旷野，向他炫耀地球上的一个一个王国，

①见《圣经·旧约·以西结书》第40章第2节：“在神的异象中带我到以色列地，安置在至高的山上；在山上的南边有仿佛一座城建立。”

他们的荣耀[1]。从那儿他的眼睛可以俯瞰
矗立在各地，古今闻名的城市，最强盛
帝国的首都：从中国可汗的都城，大都[2]
外围的长城，奥克苏斯河[3]岸的撒马尔干[4]，
帖木儿的王宫，到中国多个王朝的北京，
从那里再到了不起的莫卧儿人[5]的阿格拉[6]
和拉合尔[7]，从此南下到达富饶的马六甲
和泰国，或者波斯古国的首都埃克巴坦[8]
所驻的地方，或者从那以后在伊斯法罕[9]，
或者俄国沙皇的莫斯科的所在地，或者
土耳其斯坦[10]出生，苏丹王的君士坦丁堡；
不仅如此，他的眼睛同样能看见尼格斯[11]
统治的帝国和他最遥远的港口厄尔科科[12]，
从不同国王的小小近海港口城市蒙巴萨[13]，

① 第二个亚当指耶稣。见《圣经 · 新约 · 路加福音》第 4 章第 5 节："魔鬼又领他上了高山，霎时间把天下的万国都指给他看。"《新约 · 马太福音》第 4 章第 8 节："魔鬼又带他上了一座最高的山，将世上的万国与万国的荣华都指给他看，……"

② 即今北京，由忽必烈汗建造。

③ 即阿姆河，位于亚洲中部，源出兴都库什山脉东端，注入咸海。

④ 中亚最古老的城市，在乌兹别克斯坦境内，曾在帖木儿的统治之下。

⑤ 16 世纪征服并统治印度的莫卧儿人；尤指历史上的蒙古人。

⑥ 位于印度西北部，莫卧儿人的首都；17 世纪中叶建造的泰姬陵所在地。

⑦ 位于巴基斯坦西部，莫卧儿人另一个中心。

⑧ 亚洲西部一古国米底的首都。

⑨ 16 世纪为波斯的首都。

⑩ 土耳其斯坦，某些外国人沿用的对里海以东广大中亚地区的称呼。

⑪ 非洲东部国家阿比西尼亚，今埃塞俄比亚作为统治者的称呼。

⑫ 埃塞俄比亚位于红海西海岸的港口。

⑬ 肯尼亚海岸港口。

基卢瓦[1]，马林迪[2]，索法拉[3]（据信那就是
俄斐[4]），到刚果王国，再到安哥拉的南方
最远端；或者从那儿，从尼日尔河[5]滔滔
洪水到阿特拉斯山[6]，从阿尔曼索尔[7]流域
列国，到非斯和苏斯[8]，再从马洛哥直到
阿尔及尔，特莱姆森[9]；从那儿再把目光
投向欧洲，看到罗马帝国将要席卷世界；
此外，也许通过心灵的眼睛，他还看见
富饶的墨西哥，莫兹祖姆[10]的首府，以及
秘鲁的库斯科[11]，阿塔瓦尔帕皇帝[12]的无比
豪华的首府，还有迄今为止，没有遭受
蹂躏的圭亚那，来自革律翁的子孙后代[13]
把她的伟大都市称为埃尔多拉多[14]；但是，
米迦勒为了让亚当看见更加壮观的景色，
于是摘除他眼中的薄膜，那是假果许诺，

---

① 东非国家坦桑尼亚海岸港口。
② 肯尼亚海岸港口，由葡萄牙控制的早期的阿拉伯贸易中心。
③ 非洲东南部国家莫桑比的港口城市，曾被认为是《圣经》中的俄斐，所罗门从此获得金子用以神庙。见《圣经 · 旧约 · 列王纪》第 9 章第 28 节。
④ 《列王纪》中的盛产黄金和宝石之地。
⑤ 位于西非长 2 600 英里的一条河流。
⑥ 位于西北非一座山峰。
⑦ 位于葡萄牙境内的一条河流，是特汝河的一条支流。
⑧ 非斯，摩洛哥北部一城市，伊斯兰圣地，主教所戴红帽（土耳其毡帽）的贸易来源地。苏斯为今突尼斯。
⑨ 位于阿尔及利亚，五个北非伊斯兰教地区之一，穆斯林柏柏尔王朝的首府。
⑩ 墨西哥皇帝，为西班牙将军科泰斯征服。
⑪ 印加首府。
⑫ 秘鲁最后的印加王，1533 年被皮萨罗推翻并处死。
⑬ 又译为“吉里昂”，指西班牙人。 革律翁是希腊神话中被赫尔克斯杀死的三体有翼动物，在但丁的《炼狱》中为欺骗成性的妖怪。
⑭ 理想中的黄金国，传说中的宝山。

更能明目造成的结果，然后，再用芸香、
小米草①清洗视觉神经，因为他目不暇接，
所以给他的眼睛慢慢滴上三滴生命之泉②。
这些拼料的效力深入到如此之深的地方，
甚至到达心灵视觉的隐秘深处，以至于
亚当，现在不得不合上他的眼睛，昏昏
沉沉倒下，神志恍惚，魂不守舍；但是，
那位彬彬有礼的天使马上亲手将他扶起，
这样唤回他的注意力：

“亚当，现在睁开你的眼睛，首先看看
你的原罪③在你的后人身上所造成的结果，
他们从来没有触及过那棵禁树，也没有
与那条蛇勾结合谋，没有犯下你所犯过
之罪，然而，从你的罪行中衍生的堕落，
引起更加残暴的行为。”

他睁开他的双眼，看见一片原野，适于
耕种的部分已经耕种，刚刚收割的庄稼，
一捆捆堆在地上，其余部分有牧羊草地
和羊圈；草地上长满野草，粗糙的祭坛
就像一个地标挺立在那中间；一个汗流
浃背，收割庄稼的人，信手开镰，不管
青穗金穗，不加选择，不大一会儿就从
他的耕地把第一次收成运往他方；随后

① 明目的草药。

② 见《圣经 · 旧约 · 诗篇》第 36 篇第 9 节：“因为在你那里有生命的泉头；在你的光中，我们必得见光。”

③ 亚当吃禁果的罪成为人类的原罪。基督教认为人人都有罪。

一位温和一些的牧羊人赶着头生的羊群
到来，那些羊经过精挑细选，又肥又壮；
接着开始献祭，羊脂和内脏被分别放在
劈开的木头上，把敬香撒在上面，应有
仪式一一举行。随即天降祥火，在火光
跳动和满意的蒸汽中，他的祭品被一扫
而光①：另一个人的祭品不被理睬，因为
他不真诚；为此他心里火冒三丈，正当
他们交谈之际，一块置人于死地的石头
打在对方腹部；他倒在地上，脸色苍白，
就像死了一样，伴随着鲜血的汩汩流淌，
发出绝望的呻吟。看到这样一幕，亚当
心里非常惊恐，急忙向那天使这样请教：
　　“先生啊，巨大的伤害已经降临，落在
那个温和的人身上，是他圆满完成祭献；
虔诚和纯洁的奉献竟然得到这样的回报？”
　　米迦勒同样受到触动，他这样对他答道：
“亚当，这两人是同胞，出自你的下身；
他发现他兄弟的祭品被上天接受，出于
妒嫉，那不义的人杀死正义的人；虽然
你看到他死在这里，在尘土和血泊之中
滚来滚去，但这种血腥行为将招致报复，
另一个人的忠实将会得到赞许，而不会
失去褒奖。②”我们的祖先为此有感而发：

① 意为供品被接受。

② 指亚伯因信而称义。见《圣经 · 新约 · 希伯来书》第 11 章第 4 节：“亚伯因着信，献祭与神，比该隐所献的更美，因此便得了称义的见证……”

“唉唉，之所以有这样的行为，就因为
有那样的原因！然而，我现在已见死亡？
难道这就是我必须回到出生尘土的去路？
恐怖的一幕，啊，肮脏丑陋，目不忍睹，
想想就毛骨悚然，论感觉将是多么恐怖！”

米迦勒这样对他说道：“你已经看见死亡
以其方式第一次发生在人的身上；但是，
死亡的形式多种多样，许许多多的道路
通向他狰狞可怕，阴暗凄凉的地下洞穴，
然而就感官而言，处在入口比置身坟墓
更加可怕。如你所见，有的人将会死于
暴力打击，有的人将会死于火灾、水患、
饥荒；更多的将会死于暴饮暴食，从而
给地球带来可怕的疾病，病魔缠身之众
将会出现在你面前，以至于你可能明白
夏娃的欲望放纵将给人类带来何等灾难。”
话音犹在，一个场所出现在他两眼之前，
它看来悲惨凄凉，恶臭阵阵，一片昏暗，
就像是一座医院，各种各样的患病病人
躺在那里面，数量巨大；疾病五花八门：
可怕的痉挛或者拷打一般的折磨，突发
心脏病的昏厥，各种各样的热病，抽搐，
癫痫病，来势汹汹的黏膜炎，肠道结石
和溃疡，腹部剧痛，魔鬼附身似的癫狂，
闷闷不乐的忧郁症，月汐性的精神错乱
导致的疯狂，长期消瘦萎缩症，衰弱症，
广泛的销蚀性瘟疫，水肿和哮喘，关节

疼痛的感冒。辗转反侧，低沉的一阵阵
呻吟，令人胆颤心惊；“绝望”正在护理
病人，从一张病床再奔忙到另一张病床；
洋洋得意的“死亡”在他们的头上挥舞
他的标枪，尽管再三受到病人誓言相求，
就像是他们最高的善和最后的希望一样，
但却迟迟悬而不决。目睹如此悲惨景象，
即使是铁石心肠，岂能久久地忍住眼泪？
亚当虽然不是女人所生，也禁不住潸然
泪下：同情击败他的男人气，一段时间
他清泪涟涟，直到下定决心，阻止透支，
在泣不成声中，重新开始他的悲叹：

“可怜的人类啊，堕落到了何等的深渊，
你给自己预定的状况多么的悲惨！就此
为止，不生不养，反而更好[①]。天赐生命，
为什么这样从我们身上夺走？确切地说，
为什么这样强加于我们？如果我们知道
我们得到的是什么，必将心甘情愿拒绝
接受赐予的生命，或即刻请求予以放弃，
乐于在平平安安中这样销声匿迹。上帝
在人身上曾经创造的意象，如此地卓越
端庄，虽然后蒙瑕疵，岂能这样将人类
贬进毫无人性的痛苦之中，让他们受苦
受难，如此惨不忍睹？由于他的造物主

① 见到“死亡”后，亚当自然地想到了早期夏娃提到的用停止繁衍的方式避免后代被“死亡”毁灭。见本书第10卷第979—991行。

意象的缘故，在某种程度上依然保持着
神圣外观的人类，为什么竟然不会摆脱
这样的丑陋状态，获得幸免？”
　　“他们的造物主意象，”米迦勒回答说道，
“在他们自我堕落，听从于放纵的欲望，
听从于那野兽，一只邪恶的野兽，直接
导致夏娃犯罪的时候，造物主就已抛弃
他们，收回他的意象。因此，他们受到
如此惨不忍睹的惩罚，这不仅秋毫不损
上帝的形象，反而是他们自己自我作践；
另一方面，如果他的意象犹在，在他们
把纯洁自然的健康规则贬低到令人作呕、
病态的地步时，那也已被他们完全毁掉，
因为他们并不尊敬自己身上上帝的意象。”
　　“我承认这根据充分，”亚当说，“我心悦
诚服。但除开上述痛苦之路，我们怎样
才能够到达死亡，化入我们的固有尘土，
难道现在没有别的方法？”
　　“有啊，”米迦勒答道，“如果你能好好
遵守说来并不过分的规则，严格地遵守
教导，节制饮食，从中讲求应有的营养，
不因饕餮天物而心花怒放，那么，直到
多年过去以后，你才能够回到你的源头；
你可以这样活着，直到如同成熟的水果，
掉到你母亲的身上，或者不费吹灰之力
就被采拾，而不是强摘强采，因为死亡
瓜熟蒂落：这是晚年；但是，另一方面，

在你的青春，你的力量，你的英俊被人
遗忘后，你必然活着，它们将变为凋败，
变成虚弱，变得灰暗；那时你感觉迟钝，
不得不放弃你曾经拥有的全部快乐品味；
寒冷和干燥的郁郁寡欢将在你的血液中
占据主导，代替充满希望和快乐的青春
气息，使你精神崩溃，并最终耗尽生命
之中的香膏。”我们的祖先对他说道：

“从今以后，我不逃避死亡，也不愿意
久久延长生命，宁愿集中精力，看一看
我怎样才能摆脱这一最为公正，也最为
轻松的沉重负荷，对此我一定尽职尽力，
直到把我自己交给那约定的一天，耐心
等待我的死亡。”米迦勒答道：

“既不爱也不恨你的生命，不管你生活
怎样，都得好好活着；多长或多短听天
由命：现在准备让你看另一番景象。”

他放眼望去①，看到一片开阔宽广的平原，
各种颜色的帐篷星星点点；有的帐篷旁
散布着放牧的牛群：从其余的帐篷那边，
听得到器乐之声，它们发出的旋律悦耳
动听，看得见有人在拨动竖琴和管风琴
那些琴弦和音栓：他的指尖在弦上键上

① 亚当第六代子孙拉麦的故事，米迦勒启示亚当的第二个异象。见《圣经·旧约·创世记》第 4 章第 19、20 节：“拉麦娶了两个妻，一个叫亚大，一个叫洗拉。亚大生雅八，雅八就是住帐篷牧养牲畜的祖师。雅八的兄弟名叫犹八，他是一切弹琴吹箫人的祖师。”

如飞一般，高亢低吟，胸有成竹，流畅
自如，纵横驰骋，引起浮想联翩的共鸣[1]。
一个人站在另一边，在铁匠铺旁边扬膀
抡臂，两块又厚又重的铁和铜已经熔化
（不测之火烧光山坡上和沟谷里的森林，
下至地球的矿脉，就从那儿滚烫的熔岩
不是流到某个洞口，就是被河流从地下
冲撞出来，从而被发现）；液体般的矿岩
被他注入事先准备好的适当模具，从此
他造出第一批他自己的工具，在这之后，
他又造出凡能熔化或者雕刻金属的其他
工具。但是，在这几幕之后，在这一边，
一种不同的人[2]，从他们居住的邻近高山，
顺着斜坡下来，来到这块平原：从他们
穿衣打扮上看，他们似乎像是正派的人，
他们全部的研究专心于如何正确地崇拜
上帝，他们知道他的作品没有什么隐瞒，
知道那些可以保卫人的自由、保卫人类
和平的东西都不会持久；他们在平原上
踱步，没过一会儿，就在那个时候看见，
从帐篷出来一群美丽的女人，花枝招展，

---

① 这里弥尔顿指在17世纪流行的思辨音乐。这种音乐的核心观点认为人类的音乐应该和天体音乐即宇宙间美妙的谐音或乐律（古希腊神话认为天体在运行中发出一种凡人听不见的音乐）产生共鸣。

② 指亚当的第三个儿子赛特。《圣经 · 旧约 · 创世记》第5章第3节："亚当活了一百三十岁生了一个儿子，形象样式和自己相似，就给他起名叫赛特。"亚伯早死，赛特代替他。该隐和赛特繁殖了亚当的子孙。据《创世记》第4章第16节，该隐住在伊甸东边挪得之地。

珠光宝气，着装伤风败俗；随着竖琴声，
她们软绵绵地唱起那多情的小曲，开始
翩翩起舞；那些男人尽管看似一本正经，
但却在打量她们，他们的双眼自由自在，
转来转去，直到迅速地坠入情网，他们
心花怒放，各自挑选他的意中人①；现在，
他们谈情说爱，直到晚星，爱情的先驱，
出现，接着，高潮来到，他们点燃婚礼
火炬，命令召唤许门②，于是启动第一场
结婚仪式：所有的帐篷摆满喜筵，充满
佳音。如此幸福的会面，没有错失爱情
和青春的美好大事，颂歌，花环和百花，
迷人的和声，抓住了亚当的心，他立马
倾向于容许快乐，自然的爱好；他这样
表达他的看法：

“神圣的天使长，我双眼的真正开启人，
与前面两幅景象相比，这一幅景象好像
大为改善，预示着和平的日子希望更大：
那两幅充满憎恨和死亡，或者痛入骨髓，
在这儿造化似乎实现了她的所有目标。”

米迦勒对他这样答道：“虽然在表面上
迎合造化，但不要用快乐判断什么最好，
这就像你一样，获得创造，神圣而纯洁，
与神一致，原本是为了更加崇高的目标。

---

① 见《圣经·旧约·创世记》第 6 章第 1、2 节：“当人在世上多起来，又生女儿的时候，上帝的儿子们看见人的女子美貌，就随意挑选，娶来为妻。”
② 婚姻之神。

你看到的那些极其快乐的帐篷全是充满
邪恶的帐篷[①]，里面将住着他那杀害自己
兄弟的种族[②]；他们看来热衷于那些美化
生活的艺术，他们是不同寻常的发明家，
尽管造物主的圣灵教育过他们，但他们
对他不以为意，根本不答谢他给的礼物。
不过，他们将生育美丽英俊的子孙后代，
因为你看到的那一群美丽的女人，她们
就像是一群女神，如此轻松，如此柔软，
如此快乐，然而，女人的家庭荣誉以及
主要优点，她们完全缺乏这些构成所有
善的要素；她们生来仅仅是为了去完成
对肉欲的品尝，她们唱啊，跳啊，打扮
穿衣，巧舌如簧，眉来眼去，就此而言，
即使是有节制的人类种族，他们的虔诚
生活虽然曾给他们带来上帝之子[③]的头衔，
但他们将不光彩地交出他们的所有美德，
他们的所有声望，对这些不敬神的美人，
她们的陷阱和微笑趋之若鹜，现在沉浸
在欢乐(不久将完全沉没)和欢笑之中，
不久，人间必将为此哭成一个泪水世界。”
　　失去了短暂的快乐，亚当对他这样说道：
“可怜啊，可耻啊，他们进入一个如此

①见《圣经·旧约·诗篇》第84篇第10节：“宁可在我圣殿中看门，不愿住在恶人的帐棚里。”
②指该隐的子孙。
③此处指赛特的后裔。

美好的世界，生活富足，竟然偏离方向，
要么走上旁门左道，要么中途鬼迷心窍！
但是，我仍然看到男人的悲哀进程始终
如出一辙，从女人开始。”

“它从男人疏于职守的颓废开始，”那位
天使说，“他应该凭借智慧和赐予的优越
天赋，更好地保持他的地位。另外一幕
情景，刚刚为你准备完毕。”

他放眼望去，看见广阔的领土在他面前
展开：一个个城镇，座座农舍分布其间；
座座人居的城市，无不建有宏伟的城门
和城堡，两敌遭遇，兵戎相见，一张张
狰狞的面孔发出战争的威胁；巨人身体
强壮，行动大胆。有的挥动他们的武器，
有的勒住口吐白沫的战马；要么是单兵，
要么排成战斗阵列，骑兵和步兵，并非
懒懒散散站着接受检阅。远远的一个人，
选自一支征收粮秣的队伍，从一块肥沃
草地上驱赶着牛群，可爱的公牛和母牛，
或雪白的羊群，母羊和其咩咩叫的羔羊，
他们掠夺的战利品，穿过平原；牧民们
亡魂丧胆而逃，但高声呼救，险难脱身，
因此引发一场流血冲突；队队军人加入
残酷的竞赛；在牛群不久前吃草的地方，
现在变成了血流成河的战场，尸骸遍野，
处处是遗弃的武器：另有军队正在围攻
一座坚固的城市，他们安营扎寨，使用

排炮、云梯和地雷攻击；守军从城墙上
投下飞镖和标枪，石头和硫磺火药防御；
每一方都在屠杀，取得的战功不可限量。
在另一个地方，手持权杖的传令官站在
城门里传令开会：不久以后，头发灰白，
脸色严肃的男人们，混进士兵队伍里面，
集合与会，夸夸其谈，不绝于耳，但是，
派系对立很快出现，直到最终一个中年
模样的人[①]站立起来，他的表现聪明非凡：
论及正确和错误，说起正义，谈到宗教，
阐释真理与和平，评价上天的判决审判，
口若悬河，滔滔不绝：听讲的不分老小，
嘘声轰赶，如果不是一朵云下凡，从此
抢走他，从人群中消失不见[②]，那么那些
粗暴的手已经把他抓住。在整个平原上，
这样的暴力，这样的压迫，刀枪的法律[③]，
一幕一幕上演，绝对找不到避难的地方。
亚当泪如雨下，满怀悲痛，于是他转身
面对他的向导伤心哭诉："哦，这是一帮
什么东西？死亡的使节，不是人，他们
这样惨无人道地向人兜售死亡，论罪恶，

---

① 指以诺。那时的人长寿，亚当活了 930 岁，赛特活了 912 岁。以诺活了 365 岁，所以算中年。

② 见《圣经 · 旧约 · 创世记》第 5 章第 24 节："以诺与上帝同行，上帝将他取去，他就不在世了。"又见《新约 · 希伯来书》第 11 章第 5 节："以诺因信被接去，不至见死，人也找不着他。"

③ 出自莎士比亚《查理三世》第 5 幕第 3 场第 11 行："强权是我们的良心，刀枪是我们的法律。"

比杀死自己亲兄弟的那个人深重千万倍；
因为他们制造这样的大屠杀，除了屠杀
他们的同胞，人杀人，他们还能屠杀谁？
但是，谁是那一位正直的人，难道正义
舍他而去，所以老天爷不去救他？”

米迦勒这样对他：“你所看见的这些景象，
正是那些病态配偶的婚姻结果，婚姻中
善与恶配对成双，他们憎恨把他们双方
这样联结在一起；由于鬼混的轻率行动，
所以才生产出大量身心均不健全的怪胎。
这些巨人就是这样的产物，个个都闻名
于世[1]；因为在那些日子里面，只有力量
才会受到崇拜，力量被称为英勇和英雄
美德；如在战斗中取得胜利，征服国家，
因为没有止境的过失杀人从而把战利品
带回家，将被视为人类光荣的最高顶峰，
因为获得胜利的光荣，于是就被称颂为
伟大的征服者，人类的保护人，被颂为
神祇，偶像的儿子，其实更正确的称呼
应该叫破坏者，人类的瘟疫。如此沽名
钓誉将屡屡得逞，在人类世界名噪一时，
最值得称颂的美名躲在暗中，默默无闻。
但是他，你的第七代子孙[2]后人，在一个

① 见《圣经 · 旧约 · 创世记》第 6 章第 4 节：“那时候有伟人在地上，后来上帝的儿子们，和人的女子们交合生子，那就是上古英武有名的人。”

② 见《新约 · 犹大书》第 14 章：“亚当的七世孙以诺曾预言这些人说，‘看哪，主带着他的千万圣者光临，要在众人身上审判……’”

丧心病狂的世界里唯一正直的人，正如
你之所见，由于他大义凛然，独步一时，
敢于说出逆耳的真理，他说上帝将率领
他的圣徒们前来审判他们，因此遭憎恨，
因此受到敌人如此围攻：上帝满怀高兴，
在一片香云中听到他的话，于是用飞马
把他接走，如你所见，得救之后他住在
幸福的地方，与上帝同行在天上，免除
死亡，在你面前，显而易见，什么奖赏
在等待善，什么惩罚在等待恶；赏与罚
现在指引着你的双眼，你马上就能看见。”

他放眼一望，看到万事万物已完全改变
模样。战争的铜喉已经停止咆哮；目前
凡能看见的一切已变成欢乐和嬉戏消遣，
变成淫欲和放纵，盛宴和舞会，在昙花
一现的美女吸引他们的地方，正在举办
婚礼或者出卖肉体，正如发生强奸或者
通奸一般；那里从共同举杯到争吵生乱。
最终一位受人尊敬的前辈[①]来到他们中间，
公开声明，对他们的所作所为深恶痛绝，
并且宣称反对他们的为所欲为；他常常
光顾他们的各种聚会，无论在哪儿见到，
凯旋庆功或者重大节日，都要反复劝告
他们，改变信仰，多多忏悔，就像对待

---

① 指诺亚，又译挪亚。

牢狱中即将接受判决的囚犯[1]，但是全部
努力毫无结果：当他看到自己徒费唇舌，
于是停止据理力争，远远搬走他的帐篷；
在那之后，他上山伐木，砍来高大树干，
开始建造一艘货舱巨大的木船，用腕尺
测量长度、宽度、高度，船体外面涂上
柏油，船体的侧面设计有一扇门，船上
装满供人畜需要的大量各种给养：你瞧，
一件多么不可思议的奇迹！每一种野兽、
野鸟以及小小的昆虫，雌雄成双，各有
七对前来，遵嘱按照他们的顺序，一一
进入船舱；最后，那位前辈和他的三个
儿子，带着他们的四个妻子登船；上帝
牢牢关紧那扇船门。就在那时南风刮起[2]，
它张开黑色的翅膀远近盘旋，把天底下
所有的云块驱赶到一起；丘陵山峦拿出
他们补充的山雾，黄昏夜雾和潮湿空气，
突然猛烈升空；现在，浓云密布的天空
就像铺着一层黑色的天花板：倾盆大雨
狂泻而下，没完没了，直到陆地从视野
消失；那漂浮的木船摇摇晃晃升到水面；
牢固的钩形嘴船首劈波斩浪，木船航行
在水面；洪水淹没了其他所有房屋住地，

---

① 见《圣经·新约·彼得前书》第 3 章第 19、20 节：“他借这灵曾去传道给那些在监狱里的灵听，就是那从前在挪亚预备方舟、神容忍等待的时候，不信从的人。当时进入方舟，借着水得救的不多，只有八个人。”

② 南风为大雨先兆。

它们及其所有的壮丽景观沉进深深水底；
海洋覆盖着海洋，沧海横流，无边无岸，
在他们的一座座宫殿里，他们片刻之前
统治的豪华奢侈的地方，海怪搭窝下崽，
画地为牢；人类的数量，不久之前如此
庞大，如今所剩全在一艘漂流的小船上。
亚当，看到你所有子孙后代的结局如此
悲惨，灭绝的结局，你因此将多么悲伤？
另外一场洪水，一场眼泪和悲哀的洪水，
同样要把你深深淹没，淹没你就像淹没
你的子子孙孙一样，直到那位天使轻轻
把你托起，最后你自己站立起来，就像
一位父亲眼睁睁看着他的孩子同时被杀，
为他们悲痛的时候一样，尽管缺乏安慰，
然而你罕见的悲叹这样扑向那位天使：

“哎，预见的景象，不祥的灾难！最好
在我活着的时候对未来一无所知，这样
让我单独负担我那份罪恶，每天的份额
已经足够让我承受；通过我的先见之明，
我知道我将有发育不全而折磨我的后代，
在他们出生前，我想他们必将罪恶累累，
那些罪恶，分散在不同岁月，许许多多
世代的重担啊，现在同时落到我的身上。
从今以后，不要让人试图事先就被告知
什么将会降临到他或者他的孩子们身上。
罪恶，他可能一口咬定，既非他的事先
知道就能预防，他将要承担的未来罪恶，

也非在心理上比实际上感觉到的要轻松
一些。但是，那样的忧虑现在已经过去；
要受警告的人已经葬身水底：躲过饥荒
和痛苦的那不多的几个人，流浪在洪水
滔滔的沙漠上，终将毁灭：我曾经希望，
当地球上的暴力和战争最终绝迹的时候，
所有的罪恶因此烟消云散，人类的种族，
和平将会给你戴上幸福日子长久的桂冠；
但是，我上当不浅；目前我看见的和平，
其腐蚀作用绝不比战争造成的破坏逊色。
这到底是怎么回事？天上的向导，是否
人类的种族行将在此结束，但说无妨。”
　　米迦勒这样对他：“你刚刚看到的那些人，
耀武扬威，腰缠万贯，骄奢淫逸，他们
当初在人们的眼中驰骋疆场，武艺高超，
成就辉煌，虽显赫一时，但无真正美德；
那些使血流成河，制造大片废墟，征服
列国，因此名扬世界，获得尊贵的头衔，
掠夺到丰厚战利品的人，他们必将改变
他们的取向，纵情于快乐、舒适、懒惰、
食前方丈和淫欲，直到放荡不羁和目空
一切超越友谊，在和平的中间挑起敌对
行为。千篇一律，被征服者因战争受到
奴役，他们将因为失去自由而丧失全部
美德，由于害怕上帝，因此在战争你死
我活的胜败关头，他们假装出来的虔诚
就无法从他那里获得抵御侵略者的帮助；

为此热情变冷，从那以后必然养成如何
唯唯诺诺，老于世故，沉迷声色的生活
习惯，他们的主子们能够丢给他们什么
就享受什么；由于这地球的产出将绰绰
有余，所以节制将受到考验。有鉴于此，
所有的人必将逐渐蜕变，所有的人必将
堕落，把正义和节制，真理和信仰忘掉；
在一个黑暗的时代，有一个人属于例外[①]，
独一无二的光明之子，他反对优秀榜样，
抵制诱惑，不守世风，触怒世人；不惧
辱骂和奚落，或暴力，他必须提醒他们
恶积祸盈，给他们指明前面的正当道路，
如何更加安全，充满和平，宣称如他们
不知悔改，天罚就会到达；他们必然以
嗤之以鼻相报，上帝注意到在世的唯一
正直的人：按照他的命令，他必须建造
一艘令人称奇的方舟，像你看见的一样，
以便从一个厄运难逃，注定要遭到普世
毁灭的世界里面拯救他自己和他的家人。
他，连同那些挑选出来繁衍生命的人们
和畜类，遵命住进那艘方舟，一旦严严
实实封好四周，上天立即决定打开所有
巨大的瀑布，任其倾泻到大地上，白天
黑夜，倾盆大雨不断，大洋的所有源泉
喷发出来，海洋不得不升高，漫向四面

① 例外者指诺亚，实则暗指作者自己；黑暗的时代指王政复辟时代。

八方，直到水位上涨，淹没最高的丘陵：
那个时候，伊甸园的这座山，因为重重
波浪的力量，将被移动，离开他的位置[1]，
在支流洪水的推动之下，连同山上所有
遭受破坏的绿色植被，随波逐流的乔木，
跌进巨流，浩浩荡荡涌向那开阔的海湾，
并在那里扎根，形成一座光秃秃的盐岛，
海豹和逆戟鲸的神出鬼没，海鸥的鸣唳，
目的是要使你明白，如果有人时常光顾，
或者有人住在那里，人们不把任何圣洁
带到那里，那么上帝就会认为那个地方
没有圣洁。那么，看一看另外还有什么
必将接踵而至。”

　　他放眼一望，看见方舟在洪水上面来来
回回漂流，现在洪水减退，因为在一股
刺骨北风的驱赶下，层层雨云抱头鼠窜，
于是风不止，要吹干洪水如同已经萎缩，
布满皱纹的脸；骄阳火辣辣地凝视自己
广阔水面的镜子，就像口干舌燥，豪饮
新起的波浪，以致波浪的水流越来越小，
从死水的湖泊节节败退，以至脚步轻轻，
偷偷溜回海洋，现在，他已经悄悄关上
他的一道道水闸，就像老天关上他那些
天窗[2]。此刻那艘方舟已不再漂浮，相反

① 此处为关于伊甸园被洪水冲毁的传说。
② 见《圣经·旧约·创世记》第 8 章第 2 节：“渊源和天上的窗户闭塞了，天上的大雨也止住了。”

似乎着陆，稳稳地固定在一座高山之巅。
如今群山露出岩石一般的山头；从那里，
一股股激流发出狂号，驱赶它们的怒潮
步步后撤，退向海洋。就在这时，一只
乌鸦从那艘方舟飞出，接着，在他之后，
那位更加可靠的信使，一只鸽子，一次
两次放飞出去，去寻找绿树或者他的脚
可以踩在上面的土地；就在第二次返回
之时，在他的喙里，他带回一枚橄榄树
树叶，和平的象征。不久，变干的地面
出现，那位年高德劭的先祖从他的方舟
下来，身后跟着他随行的长长人畜队列；
于是他举起双手，仰起两只虔诚的眼睛，
感谢上天，从自己的头顶之上，他看到
一片纯洁的云彩，云彩之中有一道彩虹，
那三种原色[1]的条纹分外鲜艳，惹人注目，
预示上帝赐予和平，并且与人重新立约[2]。
亚当的心啊，早先如此忧愁，随即充满
巨大欢乐，他的喜悦就像这样迸发出来：
　　“神圣的指路人啊，你能把未来的事件
展现成眼前的事件一样，看到刚刚过去
那最后的一幕，我重振活力，确信人类

---

①红、绿和蓝。

②见《圣经 · 旧约 · 创世记》第 9 章第 14—16 节：“我使云彩盖地的时候，必有虹现在云彩中，我便记念我与你们和各样有血肉的活物所立的约，水就再不泛滥、毁坏一切有血肉的物了。虹必现在云彩中，我看见，就要记念我与地上各样有血肉的活物所立的永约。”

与所有的生物必将活下去，他们的种子
必将得以保存。现在，我不但不会因为
一整个世界的邪恶子孙遭到毁灭而悲伤，
反而因发现一个人如此完美，如此正直，
以至于上帝许诺由他筹建另外一个世界，
忘掉他所有的愤怒，而欢欣鼓舞。但是，
请讲一讲，天上那些颜色条纹什么意思，
是怒气平息之后，上帝的眉毛如此舒展？
还是就像一条多彩的花边，把它们用来
扎紧那云朵似水一般，流体裙子的边缘？
以免它再次解开，让瓢泼大雨降临大地？”

　　那位大天使对他这样说道：“你思维敏捷，
一语破的。上帝的的确确如此愿意消除
他的愤怒：当他从上俯瞰，看见全世界
充满暴力[1]，所有的人，个个堕落，自掘
坟墓之时，尽管刚刚他还在为人的无可
救药感到后悔[2]，心如刀割，然而，除去
那些人之后，一位正直的人，如此善通
天意，必将出现在他的视野之中，于是，
他大发慈悲，免将人类毁灭，立约[3]永不
再用洪水毁灭大地，不让海洋越过其界，
不许降雨淹没人畜住在其中的这个世界；
但是，当他给大地上空带来一片云彩时，

---

① 见《圣经 · 旧约 · 创世记》第 6 章第 11 节：“世界在神面前败坏，地上满了强暴。”

② 见《创世记》第 6 章第 6 节：“耶和华就后悔造人在地上，心中忧伤。”

③ 见《创世记》第 9 章第 9 节：“我与你们和你们的后裔立约，……”

他的三色彩虹必然就在其中，仰头看看
那上面的彩虹，就会想起那份他的立约。
无论白天还是黑夜，播种时期还是收获
季节，盛夏酷暑还是霜雪严冬，都必须
坚持它们的方针，直到烈火清除和更新
万物，天地两处，正义的人将住在那里。”

第十二卷

内容提要

天使米迦勒从洪水继续讲述后来将要发生的事情；接着，在提及亚伯拉罕时，他一点一点地开始讲解谁将是“女人之子”，这是亚当和夏娃堕落之后得到的许诺；然后叙述耶稣的道成肉身、死亡、复活、升天；叙述他第二次降临前教会的状况。亚当从这些叙述和诺言中深感满意，再次感到安慰，就同米迦勒一道下山；他要叫醒夏娃，在整个这段时间她酣然入眠，但在温柔的梦境之中，她心情平静，谦卑和顺。米迦勒一手牵一个，带领他们走出伊甸园，那把火剑在他们身后舞动，基路伯们各就各位，把这个地方保护起来。

　　就像一个人在旅途之中，尽管一心赶路，
然而在中午也会小憩一样，那位天使长
讲到世界的毁灭和世界的重建时，同样
在两者之间暂时停下，看看亚当有什么
要问，接着温和转移话题，他继续开讲：
　　“凭借上述方式，你已经看见一个世界
如何开始和结束，人从第二个祖先[①]时起
继续繁衍。虽然你不得不看的还有很多，
但是，我感到你的凡人视力将视而不见，
神性之物必然削弱人的感觉，使人感觉
厌倦[②]：此后什么要到来，我将口述一遍，
所以，你，指定的正当听众，专心聆听。

“人类的这一第二来源，当时可是人数寥寥，当时，对过去审判的恐惧在他们心里仍记忆犹新，在某种程度上，出于对什么是正义的和正当的重视，以至于对上帝的害怕必然而然引导他们的生活，他们快速繁衍，辛勤耕耘，收获的庄稼充足丰富：有谷物，还有酒和油；他们常常从牛群和羊群中挑选阉牛、小山羊或者羔羊作为祭品献给神，在酒海里面，神圣的节日将使他们在不受责备的狂喜之中欢度时日，在父系统治下，各家族和部族长期和睦相处，直到一个人③必然出现，他妄自尊大，野心勃勃，不满足公正平等、兄弟般的友好状态，他胆敢冒称拥有不应有的领土统治权力，凌驾在他的同胞头上，从人世间把自然法则与和谐完全抛弃，并以战争和敌对陷阱来狩猎(是人，而不是野兽，将会成为他的猎物)，如此征服那些拒绝向他暴虐

---

① 指大洪水后幸存的诺亚(在《圣经 · 旧约 · 创世记》中没有提及诺亚的妻子的名字)。

② 在本书第 8 卷第 210—216 行中，亚当认真聆听拉斐尔神圣的演讲许久也毫无倦意。在本书第 5 卷第 563—576 行中，拉斐尔把超过人类理解能力的东西通俗化，以致亚当可以理解。或许米迦勒并没有如拉斐尔那样做适当变通，也可能是亚当堕落后理解力受到影响。这与本书第 8 卷 452—458 行中亚当与上帝交流时显得疲倦相互印证。

③ 指宁录。见《创世记》第 10 章第 8、9 节：“古实又生宁录，他为世上英雄之首。他在耶和华面前是个英勇的猎户，所以俗语说：像宁录在耶和华面前是个英勇的猎户。”犹太史学家约瑟夫在《犹太古事记》中认为，宁录是建立巴比伦城的暴君。弥尔顿认为他是君主政体的建立者。

帝国屈服的人们：从那一刻起，在上帝
面前，他将被称为一位力量强大的猎人，
要么不把上天放在眼里，要么要求上天
给予他第二君主的地位，虽然他在控告
其他的人背叛变节，但是，他将从背叛
变节之中得到他的名字[1]。一帮与他同样
野心勃勃的家伙加入他的队伍，或假借
他的力量横行霸道；他率领他们从伊甸
向西出发，意欲找到那片平原，平原上
有一个黑色的沥青漩涡，从地表的下面，
地狱的入口，沸腾溢出。他们下定决心，
要用砖和那种材料，建造筑起一座城市
和一座高塔[2]，高塔的顶端可以触及苍天，
从此使得他们自己青史留名，无论名声
是好是坏，毫不在意，以免远远被分散，
沦落到世界各地，他们的记忆丢失干净。
但上帝，他常常下凡，不知不觉中造访
人类，徒步穿过他们的住宅，以便记下
他们的所作所为，就在那一座高塔遮住
天上塔楼之前，他马上看到他们，于是
下凡，要看看他们的城市，并嘲弄一般，
把动辄争吵的幽灵放到他们的舌头上面，
完全彻底地抹掉他们的母语，作为替换，

---

① 通俗语源中错误地将宁录理解为在犹太语中的“叛逆”。

② 即巴别塔。见《圣经 · 旧约 · 创世记》第 11 章第 4 节：“他们说：来罢！我们要建造一座城和一座塔，塔顶通天，为要传扬我们的名，免得我们分散在全地上。”

重播一种丁零当啷的噪音，未知的语言；
顷刻之间，令人厌恶而急促不清的喧闹
在建筑者中间刺耳震响，彼此又叫又喊，
不甚了了，直到个个都嗓子嘶哑，大发
脾气，就像他们深陷被愚弄的风暴一样；
老天哈哈大笑，低头一望，看见他下面
乱成一片，听到嘈杂吵闹：遗弃的建筑
就这样荒唐可笑，名正言顺就叫‘混乱’①。”

　　亚当如同父亲一般，对此这样表达不满：
“丧尽天良的子孙啊，如此渴望他自己
凌驾于他的同胞头上，竟然敢擅自盗用
上帝不曾赐予的权力：他给我们的权力，
仅仅是去统治畜生、游鱼、飞鸟，不受
限制；我们握有这一权利源于他的赠与，
但是，他没有创造人压迫人的贵族君主，
他把这一头衔保留给他自己，赠与人类
人与人间的自由。但这位篡权者的妄自
尊大，侵犯人类，不会长久；他的塔楼
意在围困和挑战上帝。无耻之徒！什么
食物他能运到那样的高处，支持他自己
和他的鲁莽军队？那儿处在云层的上面，
空气稀薄，他肮脏的五脏六腑将会感到
痛苦，即使他不因缺少面包饿死，也将
因为呼吸困难窒息而亡。”

　　米迦勒对他这样说道：“你痛恨那个子孙

① 混乱被错误地理解为词源学意义上的巴别塔。

公正合理，他已给人类的安定生活带来
如此麻烦，自以为是要征服人类的自由；
然而要知道另外一面，自从你最初失检[1]
之后，真正的自由就已不复存在，自由
和健全的理性就像一对孪生姐妹，永远
住在一起，不可离开她单独存在。如果
理性在人身上遭到屏蔽，或得不到服从，
那么没有节制的欲望和一时冲动的激情
马上就会从理性手中夺走控制权，迫使
直到那时仍然自由的人沦落为奴。因此，
自从他允许他自己身上无中生有的权利，
要主宰自由的理性以来，上帝公正判决，
判处他屈从于外来的暴君们，尽管不该
受到奴役，但是，那些暴君却要一而再，
再而三地奴役他的外在自由[2]。虽然对于
暴君而言，为此不需要任何理由，但是
暴行必然存在。不过，有的时候，一些
民族终归会衰落，如此消沉，背离美德，[3]
美德即理性，虽然理性没有过失，但是
正义，以及某种致命的诅咒，仍将剥夺
他们的外在自由，他们的精神自由也将
荡然无存：看看吧，那位建造方舟的人

---

① 指亚当、夏娃违忤。见本书第 2 页注释 1。

② 指行动、言论和出版等自由。

③ 弥尔顿以倡导自由著称，故鲜有人注意到本卷第 97—110 行中弥尔顿对特定种族奴役制的辩护。有学者认为由于弥尔顿憎恨暴政，倡导自由，所以他反对奴役犯错的人胜过奴役制度本身。

不孝的儿子[1]，他，因为使他的父亲蒙受
羞耻，于是就听到‘奴仆的奴仆’那样
严厉的诅咒，落到他邪恶的子孙们身上。
正因为如此，这后一个世界将像前一个
世界一样，而且会变本加厉，每况愈下，
直到上帝最终，对他们的不法行为忍无
可忍的时候，于是从他们中间抽身离去，
转开他神圣的目光，决定从今以后放任
自流，让他们踏上他们自己堕落的道路，
在所有的民族里边，把一个特殊的民族[2]
挑选出来，并对他们施以神助；一个人[3]，
忠实守信，因而繁衍出一个民族：那时，
他定居在幼发拉底河的这一边[4]，在偶像
崇拜的环境之中养育长大[5]。哦，那些人
（你能够相信吗？）竟然在长大之后如此
愚蠢，在躲过洪水劫难的族长[6]仍然活在
世上的时候，甚至放弃生生不已的上帝，

---

①即诺亚最小的儿子，迦南的父亲含，曾因揭露其父裸体被上帝惩罚（见《圣经·旧约·创世记》第9章第21—25节）。有学者认为含是迦南人的祖先。迦南人被上帝诅咒永远为奴。也有学者认为非洲黑人的始祖为含之长子库希。

②见《创世记》第14章第2节："耶和华从地上万民中，拣选你特作为自己的子民。"《旧约·申命记》第7章第6节："因为你归耶和华——你神为圣洁的民；耶和华——你神从地上的万民中拣选你，特作自己的子民。"

③指亚伯拉罕，原名亚伯兰。见《创世记》第17章第5节："从此以后，你的名不再叫亚伯兰，要叫亚伯拉罕，因为我已立你作多国的父。"

④指幼发拉底河的东面。

⑤见《旧约·约书亚记》第24章第2节："乔舒亚对众民说：耶和华——以色列的神如此说：古时你们的列祖，就是亚伯拉罕和拿鹤的父亲他拉，住在大河那边事奉别神，……"

⑥诺亚在大洪水后幸存，在亚伯拉罕时代仍然活着。

堕落到崇拜他们自己的木雕和石刻作品，
替换神灵的地步！然而至高无上的上帝
通过显圣，命令他从他父亲的家园召集
他的亲戚和人造的偶像，他将向他展示
一个地方，一个强大的民族由于他必将
在那儿复活，他如此的祝福将会像阵雨
一样降落到他的身上，以至于他①的子孙
后代，所有的民族，个个都将得到祝福；
他立即表示服从，虽然不知道去往何地，
但却坚定不移地相信。我看见他，然而
你却不能看见，他怀着怎样的信仰离开
他的偶像，他的朋友，自己的家乡故土，
迦勒底②的吾珥③，现在经过浅滩走向哈兰④，
在他身后，跟着负担沉重的牧群和畜群
长长的队列，许许多多的仆人；他并非
身无分文，流离失所，而是把他的所有
财富托付给上帝，在一片未知的土地上
他在召唤他。他现在到达迦南；我看见
他的帐篷搭在示剑⑤的周围和相邻的摩利
平原⑥。在那里，根据诺言，他接到礼物，

---

① 指耶稣。
② 古巴比伦一王国，亦称卡尔迪亚王国。
③ 又译乌尔，古代美索不达米亚南部苏美尔的重要城市，迦勒底首府。
④ 位于美索不达米亚西北部，幼发拉底河岸的城市。亚伯拉罕一家从迦勒底的吾珥迁出后居住该地，在这里接到上帝的旨意前往迦南。
⑤ 示剑是巴勒斯坦的一城，摩利平原在其西部。
⑥ 见《圣经 · 旧约 · 创世记》第 12 章第 6 节："埃布尔兰经过那地，到了示剑地方、摩利橡树那里。那时迦南人住在那地。"

赐给他后裔整个那片土地①，从北方哈玛
到南方沙漠(尽管尚不具名，但我仍然
谓之以名)，从东面黑门山②到浩瀚的西海；
当我指向它们之时，每个地方，黑门山，
那边遥远的大海，如希望中的一样出现
在眼前：在岸边，矗立着迦密山③；这里，
两股源泉汇合的水流约旦河④，此乃朝东
方向的实际边界；不过他的子孙将住在
示尼珥⑤，山峦中一条长长的山脊。仔细
考虑这点，因为他的子孙，所以这世界
所有的民族将得到祝福；那子孙被普遍

---

① 关于“应许之地”的边界，见《圣经 · 旧约 · 民数记》第 34 章第 1—12 节：“耶和华晓谕摩西说：你吩咐以色列人说：你们到了迦南地，就是归你们为业的迦南四境之地，南角要从寻的旷野，贴着以东的边界；南界要从盐海东头起，绕到亚克拉滨坡的南边，接连到寻，直通到加低斯巴尼亚的南边，又通到哈萨亚达，接连到押们，从押们转到埃及小河，直通到海为止。西边要以大海为界；这就是你们的西界。北界要从大海起，划到何珥山，从何珥山划到哈马口，通到西达达，又通到西斐仑，直到哈萨以南。这要作你们的北界。你们要从哈萨以南划到示番为东界。这界要从示番下到亚延东边的利比拉，又要达到基尼烈湖的东边。这界要下到约旦河，通到盐海为止。这四围的边界以内，要作你们的地。”《旧约 · 创世记》第 15 章第 18 节：“当那日，耶和华与亚伯兰立约，说：我已赐给你的后裔，从埃及河直到伯拉大河之地，……”弥尔顿参照了以上内容。

② 西顿人称为西连，亚摩利人称为示尼珥，迦南人称为西云山，位于叙利亚境内，为巴勒斯坦最高的山，被看作是巴勒斯坦北方边界，约旦河的发源地，自古以来也是迦南人拜神的中心，罗马人也以此为圣山，山上山下均有古神庙遗址。

③ 是以色列北部的一个山脉，濒临地中海，得名于希伯来语“Karem El”，意思是“上帝的葡萄园”。《圣经》中曾提及迦密山：耶和华的先知以利亚与服事外邦神巴力的 450 人在迦密山上分别筑坛献祭，结果发生神迹，耶和华的坛上降下火烧尽燔祭，以利亚获胜，并当场命百姓杀死了巴力的 450 名先知。

④ 此处采用了圣迪斯的《游记》所述，两股源泉为“约”和“旦”，合流为约旦河。

⑤ 即黑门山，见本页注②。

认为是你的伟大救世主，他将打伤蛇头；
不久这事将更清楚展现在你面前。这位
受到祝福的族长，时候一到，将被称为
‘忠实的亚伯拉罕’，留下一儿子，儿子
留下一个孙子，无论信仰、智慧、名望，
都像他一样；那孙子和他生养的十二个
儿子①，离开迦南，走向从此以后被称为
埃及的土地，尼罗河把那土地一分为二；
看看吧，那儿河水奔流，从七个入海口②
注入海洋；在饥荒的年代，他受到一个
年纪较轻的儿子③的邀请，来到那片土地
旅居，那个儿子的丰功伟绩已使他升任
那个法老王国的二号人物；他死在那里，
留下他的家族逐渐成长壮大为一个民族，
现在这个成熟的民族受到一位继位国王
猜忌，他试图阻止他们的过度繁衍生息，
如同侨眷的数量太大一样④；于是他不再
殷勤好客，视之为侨民，反而迫使他们
成为奴隶，杀死他们的男婴⑤：直到两位

---

①亚伯拉罕的儿子以撒，孙子雅各；雅各有十二子，为犹太人十二支派的祖先。

②在维吉尔的史诗《埃涅伊德》中，尼罗河有七个入海口。

③指约瑟，《圣经》中雅各的第十一个儿子，是结拉给他生的第一个儿子。“约瑟”表示增添之意，结拉以示渴望神再赐她一个儿子。

④见《圣经·旧约·出埃及记》第1章第8节及后：“有不认识约瑟的新王起来，治理埃及，对他的百姓说：看哪，这以色列民比我们还多，又比我们强盛。来罢，我们不如用巧计待他们，恐怕他们多起来，……。”

⑤埃及法老命令产婆见犹太女人生的男婴都杀死，但不能被很好地执行，于是改令将男婴抛入河中。摩西出生后，其母将其放入筐里，置于河边，后被法老女儿收养。见《出埃及记》第1章。

同胞（那两位同胞一位叫摩西①，一位叫
亚伦②）接受上帝的派遣，前来认领他们
是他的子民，摆脱奴役，他们带着光荣，
带着借来的财宝③，回到他们的应许之地④。
但是首先，那位无法无天的暴君，因为
他拒绝承认他们的上帝，或者拒绝尊重
神示，所以必定会受到预示灾难的神迹
和判决的严惩不贷⑤：江河之水必将变成
满河的血液；青蛙，虱子以及苍蝇必将
以令人恶心的闯入，塞满他的整个宫殿，
遍布他的每寸领土；他的牲口必将死于
瘟疫并腐烂；他以及他全体国民的周身
肌肉上必将长满浮雕一样的脓疱和水痘；
霹雳携带着冰雹，冰雹携带着火，必将
撕碎埃及的天空，就像车轮在地上旋转，
碾过之处毁灭一空；所剩之物，如蔬菜、

---

①摩西在希伯来语的意思是：从水里拉出来（因为法老的女儿把摩西从水里救了出来）。他是《圣经》故事中犹太人古代领袖，带领在埃及过着奴隶生活的以色列人到达神所预备的流着奶和蜜之地——迦南。神借着摩西写下《十诫》让他的子民遵守，并建造会幕，教导他的子民敬拜他。

②《圣经》故事中摩西之兄，犹太教的第一祭司长。

③见《圣经·旧约·出埃及记》第12章第36节：“耶和华叫百姓在埃及人眼前蒙恩，以致埃及人给他们所要的。他们就把埃及人的财物夺去了。”

④据《旧约·创世记》记载，以色列人祖先亚伯拉罕由于虔敬上帝，上帝与之立约，其后裔将拥有“流奶与蜜之地”——迦南（指的是约旦河以西地区，包括加利利海以北和死海以南地区）。现在基督徒们相信，旧约中的“应许之地”就是今天的三教（基督教，伊斯兰教，犹太教）圣城耶路撒冷。

⑤埃及法老不肯听从摩西和亚伦屡次的请求，让以色列民离开埃及地，神就吩咐摩西、亚伦在法老面前多行神迹奇事，用十大灾难临到埃及。十大灾难分别是：血水灾、青蛙灾、虱子灾、苍蝇灾、畜疫灾、泡疮灾、冰雹灾、蝗灾、黑暗之灾和长子灾。见《出埃及记》第7—15章。

水果或者谷物，必将被乌云一般的泛滥
蝗虫吃光，大地之上不留任何绿色之物；
黑暗必将笼罩他的全部国土，伸手不见
五指的黑暗，遮蔽青天白日，长达三天；
最后，随着午夜的一击，埃及的头生子
必将悉数死光。这样，那条河中的大龙①，
身负十道伤痕，最终将服服帖帖，百依
百顺让他的侨民②离开，他虽然反反复复
为自己的顽固不化之心卑躬屈膝，然而
解冻之后，仍然比冰更硬；他怒火中烧，
追赶那些他刚刚放走的人们，直到大海
吞没他和他的大军，但是，大海让侨胞
通过，就像经过干燥的土地，那是摩西
使用他那根令人敬畏的神杖，分开大海，
在两道水晶墙中间留出旱地③，直到那些
被他援救的人们登上他们的海岸：上帝
愿意给予他的圣徒如此令人惊奇的力量④，
虽然他现在是天使模样，但他将会置身
一朵云中，走在他们前面，白天是一朵
云彩，夜里是一根火柱，云彩火柱指引

---

① 指埃及法老。见《圣经 · 旧约 · 以西结书》第 29 章第 3 节：“说主耶和华如此说：埃及王法老啊，我与你这卧在自己河中的大鱼为敌。你曾说：这河是我的，是我为自己造的。”

② 以色列人旅居埃及但不是埃及人。法老奴役了他们。

③ 见《旧约 · 出埃及记》第 14 章第 15—16 节：“耶和华对摩西说：你为甚么向我哀求呢？你吩咐以色列人往前走。你举手向海伸杖，把水分开。以色列人要下海中走干地。”

④ 本卷第 201—204 行见《出埃及记》第 13 章第 21 节：“日间，耶和华在云柱中领他们的路；夜间，在火柱中光照他们，使他们日夜都可以行走。”

他们前进的道路，当那冷酷无情的国王[1]
追赶之时，他在他们后面断路：他必定
通宵追赶，但直到天亮，黑暗始终阻挡
他的追近，那时，上帝的目光穿过云彩
和燃烧的火炬，将使那整个的大军陷入
困境，使他们的战车车轮统统失去控制，
当时，摩西按照命令，把他有力的神杖
再一次伸到海面上；大海服从他的神杖，
让波浪返回各自严阵以待的队列，一举
吞没法老的大军：这个挑选出来的种族[2]，
平安走向迦南；他们从海岸出发，穿过
荒芜的沙漠[3]，放弃现成便捷之路[4]，以免
刚一涉足就引起迦南人惊恐；因为他们
是外行，所以非常害怕战争；上帝担心
他们重回埃及：宁可选择遭受奴役一般，
缺乏体面的生活，因为无论是对于贵族
或者贫民而言，生命更加珍贵，正因为
没有受过军事训练，所以无论什么地方
都不能轻率行事。尽管他们滞留在茫茫
荒野，然而他们同样能够赢得这种生活；
在那儿，他们将建立他们的政府，通过

---

① 指法老。
② 指以色列人后裔或以色列人。这一表达始于 19 世纪种族主义者的论述。
③ 以色列人从红海登岸后，经西奈等旷野北上。
④ 见《圣经 · 旧约 · 出埃及记》第 13 章第 17、18 节："法老容许百姓去的时候，非利士地的道路虽近，上帝却不领他们从那里走，因为上帝说，恐怕百姓预见打仗后悔，就回埃及去。"

十二个部族推选他们的大元老院①，颁布
法律，实施法制。上帝，从西奈山下凡，
在雷鸣、闪电和震耳欲聋的喇叭声之中，
它那灰蒙蒙的山巅将会战栗；他将亲自
向他们颁布法律②，部分是关于民事审判，
还有的部分是关于宗教的献祭典礼仪式，
通过未来人与事的预兆让他们了解在先，
那预定的‘子孙’将打伤那条蛇，凭借
这种方式他能够实现人类的解救。但是，
对凡人的耳朵而言，那来自上帝的声音
令人恐惧：他们恳求摩西，也许他可以
向他们转述上帝的意志，停止让人感到
恐惧；他同意按照他们的请求那样去做，
告知他们说，如果没有中保，那就没有
接近上帝的途径，现在，摩西显然肩负
中保的崇高职责，他要向大家介绍一位
更加伟大的人，他将预言他的鼎盛时期，
所有的先知，在他们的老年，都将歌颂
伟大的弥赛亚时代③。法律和礼仪就这样
得以建立，上帝因为人们服从他的意志

---

① 指摩西、亚伦及以色列长老中的七十位，他们组成管理政治和宗教的集体。见《圣经·旧约·出埃及记》第24章第1—9节及《旧约·民数记》第11章第16—30节。

② 摩西在西奈山传法律给民众。见《出埃及记》第20章第18、19节：“百姓见雷轰、闪电、角声、山上冒烟，就都发颤，远远的站立，对摩西说：‘求你和我们说话，我们必听，不要上帝和我们说话，恐怕我们死亡。’”

③ 同《新约·希伯来书》第8章之后，弥尔顿认同基督教的观点，认为摩西预示耶稣以及以色列人为基督徒或其化身，是真正的上帝子民。弥赛亚是犹太人的伟大的解放者，而耶稣就是弥赛亚。

而深感高兴，以至于他允许在他们中间
建立他的圣幕[1]，上帝与凡人就住在一起；
根据他的命令，一座雪松木的圣殿修建
完成，黄金覆盖顶子，圣殿的里面放有
一个约柜，在那个约柜里存有他的石碑，
那是他的契约的纪录；在那些纪录上面，
在那两个明亮的基路伯展开的翅膀之间，
是安在约柜上的金盖，上帝休息的地方；
七只灯盏[2]一一点燃，放在他的御座前面，
仿佛象征着黄道十二宫之中的神圣星星；
除开他们上路旅行的时候，白天，一片
云彩将会停留在那顶帐篷的上方，夜晚，
一束火光将会高高挂在头顶之上；最后，
依靠他的天使指引路线，他们来到那片
土地，许诺给亚伯拉罕和他子孙的地方；
其余的事说来话长：打仗的次数有多少，
战胜过多少个王国，消灭了多少位国王，
或者太阳如何不得不停在中天，一整天
一动不动[3]，如何使夜晚的正常运行延误，

① 又称会幕，意为“上帝居住其中”，最初是建在旷野里的帐棚，为摩西按照耶和华指示建造，是以色列人进入应许之地后神会见以色列民的地方，后为神殿替代，

② 在犹太史学家约瑟夫的《犹太古事记》中，七头烛台象征七颗行星。

③ 见《圣经·旧约·约书亚记》第10章第12、13节：“当耶和华将亚摩利人交付以色列人的日子，约书亚就祷告耶和华，在以色列人眼前说：日头啊，你要停在基遍；月亮啊，你要止在亚雅仑谷。于是日头停留，月亮止住，直等国民向敌人报仇。这事岂不是写在雅煞珥书上么？日头在天当中停住，不急速下落，约有一日之久。”

人的声音发号施令，‘太阳，停在吉比恩[1]，
还有你，月亮，待在亚雅仑的山谷[2]里面，
直到以色列取得胜利为止。’以撒的儿子，
亚伯拉罕的第三代[3]这样呼喊，他的整个
家族，从他而来，必将像这样赢得迦南。”
　　亚当这时插嘴进来：“天上派来，我黑暗
之中的明灯啊，你展现大显天恩的事件，
那些事件主要涉及堂堂正正的亚伯拉罕
和他的子孙后代；现在，我第一次感到
我的两眼真正睁开[4]，我的胸中心安神泰，
然而片刻之前，一想到我和全人类未来
将会怎样，我就茫然自失；但是，现在
我看见他的辉煌时代，所有民族因为他
必将得到祝福，由于我采用严禁的手段
追求受禁的知识，所以，我无功不受禄。
然而有个问题我不明白，为何上帝甘愿
在凡尘世界屈尊住在那些凡人们的中间，
所颁法律数量如此之多，种类如此之全？
如此之多的法律说明他们之中就有如此
之多的罪恶，上帝怎能与这样的人同住？”
　　米迦勒对他这样说道：“请勿怀疑，自从
你招致之日起，罪恶就会在他们的中间

① 亚摩利族（闪米特人的一支）分支希未人的首都，位于耶路撒冷以北 5 英里。
② 位于耶路撒冷以北 14 英里。
③ 指雅各，以撒（希伯来族长，犹太人的始祖亚伯拉罕和萨拉的儿子）之子。
④ 见《圣经 · 旧约 · 出埃及记》第 3 章第 5 节：“因为神知道，你们吃的日子眼睛就明亮了，你们便如神能知道善恶。”

盛行；为把他们的原罪暴露在光天化日[①]
之下，所以才为他们立法，当他们看见
法律能够发现罪恶，但不能排除罪恶时，
他们就鼓动罪恶向法律宣战，他们也许
断定，除了用那些虚幻无力的赎罪方式，
如公牛和山羊的血以外，为了人，更多
更加宝贵的鲜血必须付出，必须让正义
为非正义付出代价，那么在这样的正义
举措中，凭借输入给他们的信仰，他们
可以找到正当理由面对上帝，泰然自若，
良心安宁；法律，行礼如仪，不能抚慰
良心，也不扮演人的道德角色，人不能
履行道义，那就不能生存。因此，法律
似乎缺乏完美，但是，立法的目的是要
把它们委托出去，一旦时机成熟，上升
成为一份更好的契约，从影子似的预示
到真理，从肉体到灵魂，从苛律的强迫
接受到自由地接受无穷无尽的怜悯慈悲，
从奴态的害怕到子女的敬畏，都要守约，
那么法律的重负就会转变为信仰的善行。
就此而言，虽然说摩西深得上帝的宠爱，
但是，他仅仅是法律的传达人，不是他

---

① 本卷第 287—299 行中，弥尔顿让米迦勒以圣徒保罗的方式阐释法律、罪和正义。实际上，这一阐释明显地按照弥尔顿的意图有所改动。另外，把圣幕和摩西联系其中，朦胧地预示希伯来法律就是基督教真理。

将带领他的人民进入迦南[①]，而是约书亚，
异邦之人称之为耶稣[②]，他的名字和职责
肩负着这样的使命： 他必将除掉那一条
恶敌一样的蛇，把历经世间的寂寥苍凉，
久久漂泊的人们带回去，平平安安送达
世世代代安宁的乐园。他们被安置住在
尘世的迦南，在这期间，他们本应安居
乐业，兴旺发达，享有长久太平，但是，
当国民的罪孽打断他们社会安定的时候，
受到激怒的上帝于是就给他们树立敌人，
他时常从敌人那里挽救他们之中的那些
忏悔的人，首先是通过士师，后来依靠
国王；第二代国王[③]，因虔诚和豪迈壮举，
名满天下，他将收到那不可撤回的诺言[④]，
即，他的王座将永垂不朽；所有的预言
将异口同声地传颂： 大卫(我如此称呼
这位国王)的王室血统将养育一个儿子，
即那位‘女人之子’[⑤]，这是你知道的预言，

---

①耶和华让摩西死于摩押，让约书亚带领以色列子孙进入应许之地，即迦南。见《圣经 · 旧约 · 申命记》第 34 章。

②约书亚是嫩的儿子，摩西的后继人，带领以色列人进入迦南。耶稣就是希腊语中的约书亚，意为“上帝，救世主”。见《申命记》第 34 章第 9 节：“嫩的儿子约书亚；因为摩西曾按手在他头上，就被智慧的灵充满，以色列人便听从他，照着耶和华吩咐摩西的行了。”

③第一代犹太王是扫罗，第二代是大卫(前 1011—前 981)，定都于耶路撒冷。在王以前统治以色列的是士师。

④即借先知拿单之口。见《申命记》第 7 章第 4—17 节：“当夜，耶和华的话临到拿单说……拿单就按这一切话，照这默示，告诉大卫。”

⑤在《新约 · 马太福音》第 1 章和《新约 · 路加福音》第 3 章第 23—38 节中，传耶稣为大卫的后裔。

亚伯拉罕知道的预言，所有的国民必将
信任他，如列王知道的预言一样，列王
队列中他排在最后，因为他的朝代必将
万古流传。但是，首先必须说说那王位
继承人的长长名单；他的儿子，第二任
国王[1]，因荣华富贵和聪明才智闻名于世，
上帝云遮雾绕的约柜，那时仍然暂放在
飘泊不定的帐篷中，将被他珍藏在一座
壮丽的神殿里面。在他之后，将被载入
史册，他的继承者们，有的好，有的坏；
坏的记录卷轴更长，其臭名昭著的偶像
崇拜，超过常人罪孽之和的其他一大堆
不端行为，必然极大地激怒上帝，致使
他抛弃他们，把他们的土地，他的神殿，
他们的城市，他的神圣约柜，以及所有
他的神圣物品，暴露给那座骄傲的城市，
一次嘲弄，一场浩劫，它那高高的城墙
如你所见，剩下断壁颓垣，后来那地方
叫做巴比伦[2]。他让他们滞留那里，就像
坐牢一样长达七十年，然后带他们回来，
没忘慈悲，没忘美好时光中向大卫发誓
订立的契约。上帝让列王，他们的主子，
同意他们离开巴比伦，回家之后，他们

---

① 大卫的儿子是以色列第三位王，所罗门的时代是犹太王国鼎盛时期。西方有“所罗门的荣华富贵”和“所罗门的聪明”的谚语。

② 位于美索不达米亚平原，意为“神之门”。弥尔顿认为巴比伦帝国建立于古巴比伦之上，并在尼布甲尼撒二世统治时期掳掠了以色列人及其王。

首先重建上帝的神殿[①]，一时间生计困难，
生活俭朴，等到人财两旺的时候，他们
派系作乱，四分五裂；但是，纷争首先
在祭司中间爆发[②]，他们是看管祭坛的人，
本应为和平鞠躬尽瘁；他们的争长竞短
给神殿本身带来污染；终于，他们[③]夺取
权杖，因为蔑视大卫的子孙，于是失去
权杖，输给一个陌生人[④]，以至真正按照
天意选定的弥赛亚王，也许诞生之时起，
就被排斥在他的权利以外；但在他降生
之际，一颗以前在天上未曾见过的星星，
宣布他的到来，引导那些打听他的诞生
之地的东方贤哲，前来敬香，献上没药
和金子；一位表情严肃的天使告诉那些
正在守夜的朴素牧羊人，他的诞生地点；
他们欣然匆匆忙忙赶向那里[⑤]，远远听见
列队的天使合唱团向他献上的欢乐颂歌。
他的母亲是一位处女，但是，他的父亲

① 公元前538年，波斯王赛勒斯颁布命令允许犹太人回到耶路撒冷，并开始建立神殿，在波斯王大流士一世在位时建成。公元前458年波斯王亚达薛西允许以斯拉率领大批以色列人回到耶路撒冷。

② 指约书亚和奥尼阿斯争当祭司长。弥尔顿早期以写关于反对基于主教和大主教的教会当局的小册子出名。他认为特殊的教会管理结构无可避免地导致腐败。

③ 指阿里斯托毕拉斯，身为祭司长和国王，统治到公元前63年，庞培（罗马大将和政治家）占领耶路撒冷才宣告结束。

④ 即以土买人安提帕特，公元前61年起罗马人任命的耶路撒冷的统治者和公元前47年起恺撒任命的犹太的行政长官。其儿子希律王，罗马同意他统治犹太的四分之一地。

⑤ 指耶稣的诞生地伯利恒，位于耶路撒冷以南附近。

就是无限权力的上帝；他必将继承王位，
登上御座，无论尘世的范围有多广多宽，
他的统治必将贯穿尘世，他的光辉荣耀
必将与日月同辉。”

　　他说完之后，看出亚当大喜过望，仿佛
喜从悲来，两眼热泪盈眶，竟然一句话
都说不出来；终于他像哈气般这样说道：

　　“啊，喜讯的预言家，远大希望的拍板
定夺人！现在，我心明眼亮，完全明白
为什么我心驰神往的追求常常徒劳无益，
为什么我们的远大前程应该叫做‘女人
之子’：童贞之身的母亲，深得上天宠爱，
我为你欢呼，然而，你将出自我的下身，
那至高无上的上帝之子将出自你的子宫；
因此上帝与人就连为一体。那条蛇现在
必须忍受死亡的极大痛苦，等待他头上
致命的创伤：请告诉我他们搏斗的时间
地点，怎样的一击将伤及那胜者的脚跟[①]。”

　　米迦勒对他这样说道：“不要去梦想他们
之间的搏斗如同一场决斗，伤口的位置
在头上或脚跟；不要因此梦想圣子兼备
人性和神性，就更有力量挫败你的敌人；

---

①见《圣经·旧约·创世记》第3章第14、15节：“耶和华神对蛇说：你既做了这事，就必受咒诅，比一切的牲畜野兽更甚。你必用肚子行走，终身吃土。我又要叫你和女人彼此为仇；你的后裔和女人的后裔也彼此为仇。女人的后裔要伤你的头；你要伤他的脚跟。”胜利者指耶稣，即“女人的种子”或“女人的后裔”。

虽然撒旦从天上堕落，遭受致命的创伤，
但他不会这样就被征服，他还没有丧失
给你带来死亡创伤的能力，你的救世主
将会来到你的面前，他将为你医治创伤，
不是要消灭撒旦，而是要消除他留在你
和你子孙身上的流毒；除非你能够弥补
自身不足，服从上帝的法律，自己承担
死亡的惩罚，并承受死亡的痛苦，否则
不能治病救人；这一惩罚，你罪有应得，
这一惩罚将会延续下去，自然而然落到
你的子孙身上：只有这样，崇高的正义
才能得到满足。他必将一丝不苟地履行
上帝的法律，既是出于服从，也是出于
挚爱，尽管只需挚爱单单就能履行法律①；
他必将忍受你所受到的惩罚②，通过变成
凡人肉身，忍受含垢忍辱的生活和经受
诅咒的死亡，宣称生命将属于那些凡是
愿意相信他救赎的人，并宣称他的服从，
通过输入的信仰，将会变成他们的服从，
虽然他们的言行合法，然而灵魂的得救
来自信仰，而非善举，所以，他的美德，
而不是他们自己的美德，将会拯救他们。
为此他必将过着遭受仇恨的生活，受到
辱骂，被暴力抓住，受到审判，被判处

① 见《圣经 · 新约 · 罗马书》第 13 章第 10 节：“爱是不加害与人的，所以爱就完全了律法。”
② 指亚当因违禁受到惩罚，耶稣代人受过。

可耻可憎的死刑，被他自己的国民钉在
十字架上①，因为带来生命从而遭到杀害；
然而他把你的敌人钉在十字架上②：针对
你的法律，全人类的罪恶，与他被钉死
在那儿，那些对于上帝的这一正义深信
不疑的人，永不再受伤害；他这样死去，
但不久就将复活；‘死亡’必将没有力量
长久侵占他③；就在第三次曙光回来之前，
黎明的星斗将会看见他起来，走出坟墓，
就像曙光一样容光焕发，你的赎金已经
付清，这意味着人从‘死亡’得到赎救，
他代人而死，凡是被赋予生命的人不能
忽略，接受恩惠是因为信仰坚定，不能
没有善行。你本来难免一死，失去生命，
永远掉入罪恶的深渊，但这一神圣之举
消除了你的厄运，即，死亡；这一行动
将会打伤撒旦的头，将会压倒他的力量，
击败‘罪孽’和‘死亡’，他的两只主要
臂膀，把它们的一根根毒刺扎进他脑袋，
远比暂时的死亡必将伤及胜利者的脚跟
扎得更深，或他赎回的人，他们的死亡，
一种死亡，如同睡眠，如同那飘向永垂

---

① 弥尔顿采用了当时非常固执的反犹太人的流言，即把耶稣钉在十字架上的是犹太人而不是罗马人。

② 见《圣经 · 新约 · 歌罗西书》第 2 章第 14 节：“又涂抹了在律例上所写攻击我们，有碍于我们的字据，把他撤去，钉在十字架上。”

③ 见《新约 · 罗马书》第 6 章第 9 节：“因为知道基督既从死里复活，就不再死，死也不再作他的主了。”

不朽的生命的一阵轻轻微风。复活之后，
他留在尘世的时间将并不比他几次出现
在门徒面前的时间更长，他活着的时候，
他们始终跟随着他；教育各民族的重任
必将交给他们：他们师从他学到了什么，
他的拯救行为，他们一定相信在那滚滚
激流之中施行的洗礼：洗涤他们的犯罪
过失，迎来纯洁生命的象征，如果死亡
降临，为了如像救世主那样死去，那么
早就已经在心里有所准备。救世的道理，
不但要向亚伯拉罕所生的子孙后代进行
宣讲，而且还要向世界各个地方，信奉
亚伯拉罕的子孙们进行宣讲①；只有这样，
所有的民族，他的后代，必将得到祝福。
到了那时，他必将以胜利者的姿态凯旋，
从他敌人和你的头顶上空穿过，向天顶
上升，飞向那极乐世界；途中他将突然
抓住措手不及的那条大蛇，‘空中王子’，
并让他锁链加身②，拖着他横穿他的整个
王国，然后扔下他，让他惶惶不可终日；
在这之后，他将会进入天国，重新回到
上帝右手一侧他的座位上，高高地坐在

① 亚伯拉罕的信徒和亚伯拉罕的子孙，分别对应转信基督教的异教徒和犹太后裔。保罗认为，转信基督教的异教徒和单纯的犹太人相比是更为纯正的亚伯拉罕的子孙。见《圣经 · 新约 · 加拉太书》第 3 章第 7 节。传统的反犹主义者从中寻求理由。

② 见本书第 5 页注②。

天国里所有明公巨卿的头顶上方①；这个
世界必将因老迈而衰败，到了那个时候，
他将带着光荣和权力从那儿前来，审判
死活两类人，不但要判处背信的人死刑，
而且要奖赏守信的人，把他们接进不管
是在天上还是人间的幸福之境，到那时
人间处处将会变成天堂，远比这伊甸园
更加幸福，时光也远比在这儿更加快乐。”

天使长米迦勒说到这里就突然停顿下来，
仿佛站在这个世界极其重大的转折关头；
我们的祖先感到又喜又惊，就这样答道：

“啊，无限的仁慈，无量的仁慈，由恶
而来的善必将使之产生，以致层出不穷，
恶转变为善，比起用善创造天地，创世
第一次把光明带出黑暗，更加绝妙精彩！
我的心里顾虑重重，现在我是应该为我
造成的罪孽和引出的罪恶忏悔呢，还是
应该为由此产生的更多的善而倍加感到
喜不自禁：就上帝而言，因为善的增加，
那么他的荣耀也相应增加，所以，来自
上帝赐给人类的慈悲就将大大超过愤怒。
然而，请你告诉我，如果我们的救助者
必然要重上天堂，把他为数不多的信徒

---

① 见《圣经·新约·以弗所书》第 1 章第 20、21 节：“就是照他在基督身上所运行的大能大力，使他从死里复活，叫他在天上坐在自己的右边，远超过一切执政的、掌权的、有能的、主治的，和一切有名的；不但是今世的，连来世的也都超过了。”

留在真理的敌人，那些背信弃义的民众
包围之中，那什么将会降临到他们身上？
那时谁将要引导和保卫他的人民？难道
他们不会比对他更残酷地虐待他的信徒？”
　　“毫无疑问，他们会的，”那位天使答道；
“但他将给自己的信徒们派遣一位圣灵，
这是天父的诺言，他的圣灵将住在他们
里边，通过爱的感化影响，信仰的法律
必将写在他们心上，实实在在指导他们，
除此以外，信仰的法律还将给他们披上
精神的盔甲，能够抵抗撒旦的屡屡攻击，
阻挡他血红的火箭[①]，尽管终将难免一死，
但毫不畏惧别人能加害他们的所作所为；
凭借心灵深处的安慰去反抗如此的残忍
行为，并且常常支撑到足以能够使他们
不可一世的迫害狂感到惊诧莫名的地步，
因此得到补偿：因为圣灵，首先倾泻到
他的十二使徒身上，他们受他派遣去向
各民族传播福音，然后倾泻到所有接受
洗礼的人们身上，赋予他们惊人的天才，
能说各种各样的语言，创造所有的奇迹，
就像他们的主曾在他们面前所做的一样。

---

① 见《圣经 · 新约 · 以弗所书》第 6 章第 13—16 节：“所以，要拿起神所赐的全副军装，好在磨难的日子抵挡仇敌，并且成就了一切，还能站立得住。所以要站稳了，用真理当作带子束腰，用公义当作护心镜遮胸，又用平安的福音当作预备走路的鞋穿在脚上。此外，又拿着信德当作盾牌，可以灭尽那恶者一切的火箭。”

因此他们赢得各个民族众多的民众满怀
欢欣，接受那从天国带来的福音；最终，
他们完成毕生传教，圆满结束赛跑比赛，
写下他们的教义和他们的经历流传后人，
然后死去。但正如他们早已警告的一样，
在他们的位置上将要继任的是狼，一群
冒充导师的恶狼[1]，他们将把天上的神圣
秘密统统变成他们自己野心勃勃的利益
和不义之财，乱用异端异教和经外传说
玷污真理。那群恶狼的影子只有在那些
朴实无华的书面记载中才能见到，即使
不是圣灵，也同样能够一目了然。另外，
他们必然要追求有助于他们自己的名声、
地位和头衔，把这些与世俗的权利结合
在一起，尽管装模作样，然而任何时候，
一举一动俨然就像圣人一般，独自挟持
上帝的圣灵为己所用，给予所有的信徒
类似的假设诺言，在那样的幌子伪装下，
圣灵的所有法律将被世俗的权利强加在
每个人的良心上，这样的法律，绝不会
见之于经传，永垂史册，或者将被圣灵
把它们刻写在人们的心上。除了用暴力
曲解圣灵的慈悲本身，并束缚他的自由
同伴以外，他们还希望什么？除了夷平

[1] 此处弥尔顿借保罗的临别赠言，《圣经 · 新约 · 使徒行传》第 20 章第 29 节和自己的十四行诗《给克伦威尔将军》的末句：“这些雇佣的狼，所传的福音是无穷的欲求”，来批判当时的教会。

依靠信仰建立起来，历久不衰，他充满
生机的神殿①，代之以在尘世上反对信仰，
反对良知，凭他们自己而非别人的信仰
建立的庙宇以外，还能够听到什么绝无
谬误的声音？然而许多人将不得不相信，
巨大的迫害必将从此落到所有坚持崇拜
上帝和真理②的那些人身上；其余的人们，
数量更大的部分，将会看在表面的礼仪
和华而不实的形式上而对宗教生活感到
满意；由于受到诽谤毒镖的刺杀，真理
不得不撤退，信仰的善举少得几乎绝迹：
人类社会就将这样日复一日，好人遭殃，
恶人当道，人类社会在她自身的重累下
叹息呻吟，等到那一天，前不久才许诺
要帮助你的人，那位‘女人之子’出现，
一旦他回来，正义的人扬眉吐气，邪恶
之徒受到报复，当初费解的预言，如今
昭然若揭，众所周知：他就是你的上帝，
你的救世主；最后，为了消灭撒旦以及
他的堕落世界，他从天国搭乘朵朵云彩，
身披天父的光轮显现③；于是，从那熊熊

① 见《圣经·新约·哥林多前书》第3章第16节：“岂不知你们是神的殿，神的灵住在你们里头么？”

② 见《新约·约翰福音》第4章第23节：“时候将到，如今就是了，那真正拜父的，要用心灵和诚实拜他，因为父要这样的人拜他。”

③ 见《新约·马太福音》第26章第64节：“耶稣对他说：你说的是。然而，我告诉你们，后来你们要看见人子坐在那权能者的右边，驾着天上的云降临。”

燃烧的火海之中，经过净化，经过提炼，
诞生出建立在正义、和平与爱的基础上，
结出累累硕果，带来欢乐和永恒的幸福，
新的天，新的地[1]，永无尽日的千秋万代。”

他一结束发言，亚当最后这样回答说道：
“享受天国之福的预言家啊，你的预言
一眨眼就已经量完这个转瞬即逝的世界，
时间老人的行程，直到时间老人停下来
为止：远处乃茫茫深渊，是来世，没有
眼力能够到达她的尽头。我，受益匪浅，
即将从此离开，思想出奇地安定，拥有
本人凡能容纳下的足够知识，超过这一
限度，那曾是我吃亏上当的追求。从今
以后，我将牢牢记住，服从是最高追求，
心怀敬畏地热爱唯一的上帝，行走就像
行走在他的面前一样，无论在什么时候
都要遵守他的天命[2]，视他为唯一的依靠，
他对自己创造的作品无不充满怜悯慈悲，
依然不断以善胜恶，通过微不足道成就
丰功伟绩[3]，巧用被认为又小又弱的力量
推翻世俗的强权，采用朴实无华的温和

① 见《圣经 · 新约 · 彼得后书》第 3 章第 12、13 节：“切切仰望……新天新地，有义居在其中。”

② 见《旧约 · 撒母耳记上》第 15 章第 22 节：“顺从比祭物好，听命比献上最好的羊更能得他欢心。”

③ 见《新约 · 罗马书》第 12 章第 21 节：“你不可为恶所胜，反要以善胜恶。”《新约 · 路加福音》第 16 章第 10 节：“人在最小的事上忠心，在大事上也忠心。在最小的事上不义，在大事上也不义。”

柔顺去战胜老于世故，为了真理的缘故
受苦受难，那才是为了最大胜利的坚韧
表现，对忠实的信徒而言，死亡乃生命
大门[①]；他的言传身教让我懂得了这一点，
现在，我承认他是我永远神圣的救世主。”

那位天使同样对他致以这样的最后答词：
“学到这一点，你就到达了智慧的顶点；
尽管你已经知道所有天体的名字，所有
天上的神灵，海洋的所有秘密，造物主
所有的杰作，或者上帝在天上，在空中，
在地上，或者在海里创造的作品，享有
这个世界上的所有财富，享有一个帝国
所有的统治权，但不要好高骛远。仅仅
加上与你掌握的知识一致的行为；加上
信仰；加上美德、忍耐、节制；加上爱，
它的名字以后必然被叫做‘博爱’，其余
等等的灵魂： 因此，你将不但不会因为
离开这座乐园而不乐意，而且将会因为
在你内心拥有一座乐园而感到无比幸福。
有鉴于此，现在就让我们从这高瞻远瞩，
思前想后的山顶下去，因为严格的时刻
要求我们离别此地；看看吧，那些卫兵，
根据我的命令扎营在那边的山上，正在
等待他们调动的命令，他们的阵线前面，

① 英雄受难是弥尔顿史诗的重要主题。在本书第 9 卷第 31—33 行、《复乐园》第 1 章第 426 行及《力士参孙》第 645 行均有记述。

一柄火剑，开拔的信号，正在猛烈旋转。
我们不可一再久留： 走吧，去唤醒夏娃；
此外，我已经通过展示美景的温柔之梦
使她平静下来，情绪镇定，温顺而谦卑：
你，在恰当的时机，让她与你共同分享
你的所见所闻，尤其是要弄明白，什么
或许关系到她的信仰，她身后子孙后代
（因为通过那个‘女人之子’）将要完成
对整个人类的伟大拯救，所以你们可以
活下去，在世的时间还将会相当的漫长[1]。
你们俩要心心相印，坚持同样一个信仰，
虽然由于过去犯罪的原因而悲伤，但是，
想透幸福的结局，反而应感到倍加安慰。”

　　他一旦说完，他们俩就一起下山；下山
之后，亚当便一马当先，跑向夏娃正在
睡觉的凉棚，但却发现她已从梦中醒来，
她用这样并不忧伤的话语欢迎他：

　　“你从哪里回来，到过哪里，我都知道；
因为，自从由于懊悔和心情悲伤，精疲
力竭，我睡着后，上帝同样出现在睡眠
之中，他已送来吉祥的美梦，美梦告知
一个十分令人满意的预兆： 现在请前面
带路，我内心不想多留；跟你离开就是
要留在这里；没有你在这里留下，就是
不同意离开这里；就我而言，你是苍天

[1] 见《圣经·旧约·创世记》第 5 章第 5 节：“亚当共活了 930 岁就死了。”

之下的万物，你是全部的归宿，只因为
我的任性犯罪，你才从这里被驱逐出去。
然而铁板钉钉，从这里我要带走这更进
一步的安慰：虽然因我的缘故一切失去，
但是，却被赐予如此厚爱，我受之有愧，
通过我，许诺的种子将使一切失而复得。”

我们的母亲夏娃说出这番话，亚当听完
非常高兴，但没有应答，因为那天使长
此刻站得太近。一个个基路伯身着明亮
盛装，已从另一座山上下来，奔向他们
预定的岗位，如流星一般在地面上滑翔，
又如从一条大河升起的傍晚薄雾，滑过
沼泽头顶，在地面越聚越浓，紧紧跟随
回家途中农夫的脚跟亦步亦趋。在行进
队列的尖兵高高的头顶上方，上帝之剑
为他们挥舞开道，它亮如烈焰，像彗星
一样光彩夺目，散发着阵阵灼热，仿佛
利比亚那散发出焦味的空气，滚滚热浪，
开始烘烤那一片温和的地方；有鉴于此，
那位催促的天使一手抓住一位我们逗留
不去的双亲，带领他们直奔东门，疾步
走下峭壁，直到峭壁下面的平地；从此
以后，他就消失得无影无踪。他们回头
一望，那伊甸园的整个东侧一面无不在
眼前，那就是片刻之前他们幸福的家园，
如今那把烈焰熊熊的火剑在那上空挥舞，
门口挤满一张张令人畏惧的面孔和火焰

燃烧的武器：他们落下天性的滴滴眼泪，
但随之擦去；世界完全展现在他们面前，
选择哪儿为他们的安身地，天意是他们
向导；他们，手牵手，步履踉跄，步伐
缓慢，穿过伊甸，踏上他们的寂寞旅途。

译文名著精选书目

傲慢与偏见	〔英〕简·奥斯丁 著 王科一 译
简·爱	〔英〕夏洛蒂·勃朗特 著 祝庆英 译
基督山伯爵	〔法〕大仲马 著 韩沪麟 周克希 译
少年维特的烦恼	〔德〕歌德 著 侯浚吉 译
茶花女	〔法〕小仲马 著 王振孙 译
呼啸山庄	〔英〕艾米莉·勃朗特 著 方平 译
悲惨世界	〔法〕雨果 著 郑克鲁 译
堂吉诃德	〔西班牙〕塞万提斯 著 张广森 译
红与黑	〔法〕司汤达 著 郝运 译
雾都孤儿	〔英〕狄更斯 著 荣如德 译
欧叶妮·葛朗台／高老头	〔法〕巴尔扎克 著 王振孙 译
莎士比亚四大悲剧	〔英〕莎士比亚 著 孙大雨 译
泰戈尔抒情诗选	〔印〕泰戈尔 著 吴岩 译
乱世佳人	〔美〕玛格丽特·米切尔 著 陈良廷等 译
鲁滨孙历险记	〔英〕笛福 著 黄杲炘 译
安娜·卡列尼娜	〔俄〕列夫·托尔斯泰 著 高惠群等 译
十日谈	〔意〕薄伽丘 著 方平 王科一 译
福尔摩斯探案精选	〔英〕柯南·道尔 著 梅绍武 屠珍 译
老人与海	〔美〕海明威 著 吴劳等 译
漂亮朋友	〔法〕莫泊桑 著 王振孙 译
巴黎圣母院	〔法〕雨果 著 管震湖 译
双城记	〔英〕狄更斯 著 张玲 张扬 译
最后一片叶子	〔美〕欧·亨利 著 黄源深 译
瓦尔登湖	〔美〕梭罗 著 徐迟 译
一九八四	〔英〕奥威尔 著 董乐山 译
复活	〔俄〕列夫·托尔斯泰 著 安东 南风 译
三个火枪手	〔法〕大仲马 著 郝运 王振孙 译
苔丝	〔英〕哈代 著 郑大民 译
变色龙	〔俄〕契诃夫 著 朱逸森 译
钢铁是怎样炼成的	〔俄〕奥斯特洛夫斯基 著 王志冲 译
浮士德	〔德〕歌德 著 钱春绮 译
太阳照常升起	〔美〕海明威 著 赵静男 译
莎士比亚喜剧五种	〔英〕莎士比亚 著 方平 译
理智与情感	〔英〕简·奥斯丁 著 武崇汉 译
罪与罚	〔俄〕陀思妥耶夫斯基 著 岳麟 译
羊脂球	〔法〕莫泊桑 著 郝运 王振孙 译
鼠疫	〔法〕加缪 著 刘方 译
青年艺术家画像	〔爱尔兰〕乔伊斯 著 朱世达 译

我是猫	〔日〕夏目漱石　著　刘振瀛　译
神曲	〔意〕但丁　著　朱维基　译
红字	〔美〕霍桑　著　苏福忠　译
到灯塔去	〔英〕伍尔夫　著　瞿世镜　译
格列佛游记	〔英〕斯威夫特　著　孙予　译
大卫·考坡菲	〔英〕狄更斯　著　张谷若　译
道连·葛雷的画像	〔英〕王尔德　著　荣如德　译
童年／在人间／我的大学	〔俄〕高尔基　著　高惠群等　译
城堡	〔奥地利〕卡夫卡　著　赵蓉恒　译
汤姆·索亚历险记	〔美〕马克·吐温　著　张建平　译
九三年	〔法〕雨果　著　叶尊　译
铁皮鼓	〔德〕格拉斯　著　胡其鼎　译
卡拉马佐夫兄弟	〔俄〕陀思妥耶夫斯基　著　荣如德　译
远大前程	〔英〕狄更斯　著　王科一　译
马丁·伊登	〔美〕杰克·伦敦　著　吴劳　译
名利场	〔英〕萨克雷　著　荣如德　译
嘉莉妹妹	〔美〕德莱塞　著　裘柱常　译
细雪	〔日〕谷崎润一郎　著　储元熹　译
哈克贝里·芬历险记	〔英〕马克·吐温　著　张万里　译
儿子与情人	〔英〕劳伦斯　著　张禹九　译
野性的呼唤	〔英〕杰克·伦敦　著　刘荣跃　译
牛虻	〔英〕伏尼契　著　蔡慧　译
包法利夫人	〔法〕福楼拜　著　周克希　译
达洛卫夫人	〔英〕伍尔夫　著　孙梁　苏美　译
永别了，武器	〔美〕海明威　著　林疑今　译
喧哗与骚动	〔美〕福克纳　著　李文俊　译
猎人笔记	〔俄〕屠格涅夫　著　冯春　译
圣经的故事	〔美〕房龙　著　朱振武等　译
希腊神话	〔俄〕库恩　编著　朱志顺　译
格林童话	〔德〕格林兄弟　著　施种等　译
月亮和六便士	〔英〕毛姆　著　傅惟慈　译
失乐园	〔英〕弥尔顿　著　刘捷　译
海底两万里	〔法〕儒勒·凡尔纳　著　杨松河　译
丧钟为谁而鸣	〔美〕海明威　著　程中瑞　译
安徒生童话	〔丹麦〕安徒生　著　任溶溶　译
了不起的盖茨比	〔美〕菲茨杰拉德　著　巫宁坤等　译
虹	〔英〕劳伦斯　著　黄雨石　译
摩格街谋杀案	〔美〕爱伦·坡　著　张冲　张琼　译
坎特伯雷故事集	〔英〕乔叟　著　黄杲炘　译
战争与和平	〔俄〕列夫·托尔斯泰　著　娄自良　译
环游地球八十天	〔法〕儒勒·凡尔纳　著　任倬群　译
人生的枷锁	〔英〕毛姆　著　张柏然　张增健　倪俊　译

剧院魅影	〔法〕加斯东·勒鲁 著 符锦勇 译
百万英镑——马克·吐温中短篇小说选	〔美〕马克·吐温 著 方平 等译
培根随笔全集	〔英〕弗兰西斯·培根 著 蒲隆 译
金银岛·化身博士	〔英〕斯蒂文森 著 荣如德 译
无名的裘德	〔英〕哈代 著 刘荣跃 译
一千零一夜	方平 等译
刀锋	〔英〕毛姆 著 周煦良 译
小妇人	〔美〕露易莎·梅·奥尔科特 著 洪怡 叶宇 译
玻璃球游戏	〔德〕黑塞 著 张佩芬 译
凯旋门	〔德〕雷马克 著 朱雯 译
变形记——卡夫卡中短篇小说集	〔奥〕卡夫卡 著 张荣昌 译
伊索寓言	〔希腊〕伊索 等著 吴健平 于国畔 译
前夜 / 父与子	〔俄〕屠格涅夫 著 丽尼 巴金 译
大师和玛格丽特	〔俄〕布尔加科夫 著 高惠群 译
死农奴	〔俄〕果戈理 著 娄自良 译
被伤害与侮辱的人们	〔俄〕陀思妥耶夫斯基 著 娄自良 译
黑桃皇后	〔俄〕普希金 著 冯春 译
伊利亚随笔精选	〔英〕查尔斯·兰姆 著 刘炳善 译
危险的关系	〔法〕拉克洛 著 叶尊 译
夜色温柔	〔美〕菲茨杰拉德 著 汤新楣 译